苔枝缀玉

陈 均 著

宁波出版社

图书在版编目（CIP）数据

苔枝缀玉 / 陈均著. -- 宁波：宁波出版社，2023.1
ISBN 978-7-5526-4493-7

Ⅰ.①苔… Ⅱ.①陈… Ⅲ.①随笔 – 作品集 – 中国 – 当代 Ⅳ.① I267.1

中国版本图书馆 CIP 数据核字（2021）第 256300 号

苔枝缀玉
TAIZHIZHUIYU

陈　均　著

责任编辑	俞　琦
责任校对	虞姬颖
封面设计	马　力
出版发行	宁波出版社

（宁波市甬江大道 1 号宁波书城 8 号楼 6 楼　邮编　315040）

网　　址	http://www.nbcbs.com
印　　刷	宁波白云印刷有限公司
开　　本	889mm×1194mm　1/32
印　　张	12.125
字　　数	300 千
版　　次	2023 年 1 月第 1 版
印　　次	2023 年 1 月第 1 次印刷
标准书号	ISBN 978-7-5526-4493-7
定　　价	85.00 元

如发现缺页或倒装，影响阅读，请与出版社联系调换　电话：0574-87248279

目录

/ 卷 一 /

003　汤显祖的思想世界

007　罗浮枝头美人魂
　　　——汤显祖的南粤之途与"临川四梦"

014　谭鑫培为何被喝倒彩?
　　　——《盗魂铃》琐话

021　《天女散花》:现代中国艺术的初曙

028　司徒雷登与梅兰芳

035　《国剧画报》:宫廷戏曲研究的起点

041　陈梦家先生看地方戏

047　从戏曲史窥见清代社会日常
　　　——读《文化中的政治:戏曲表演与清都社会》

053 京剧史与掌故学

058 近世中秋应节戏的变迁

062 民国昆曲与民国文人

066 "北京大学与昆曲"琐谈

072 吴梅与北京大学昆曲教育

078 昆曲中的古琴

084 "传统"与"回向":昆曲的过去、现在与未来

087 青春版《牡丹亭》

091 昆曲与文人、商人、官人

095 "非遗"后的北京民间昆曲活动之一瞥

104 昆曲作为一种"文人艺术"
——张紫东、补园与晚清民国苏州的昆曲世界

109 穆儒丐的戏曲撰述

113 穆儒丐和《北京梦华录》

119 奇人·奇书·奇史
　　　——谈穆儒丐和他的《北京》

128 《牡丹亭》版画摭谈

/ 卷 二 /

141 "庄周梦蝶"寓言的三重含义

146 隐之境界
　　　——谈船子和尚

151 陶渊明《形影神》读解

157 《西游记》、顾随与禅宗

161 废名乃金圣叹之转世也

163 《潇湘水云》的"万古愁"

167 近代琴史上的失踪者
　　　——读《庄剑丞古琴文稿》

173 顾随札记

187　驼庵遗事
　　——读顾之京《我的父亲顾随》

191　沧海月明珠有泪
　　——略谈朱英诞及其散文

196　周汝昌的红学世界

200　平行世界的张爱玲
　　——读张爱玲《少帅》

206　莎士比亚：开启现代世界的"潘多拉盒"

212　"看懂"李安

217　心有猛虎，细嗅蔷薇
　　——谈胡金铨及其电影

224　《茶馆》及蓝天野一代

228　杨典诗散论

236　一截陈寅恪式的心史

239　诗成珠玉
　　——读志坚诗集

243　国士风
　　——孙玉石先生印象记

/ 卷 三 /

/ 近世昆曲逸闻录 /

257　吴梅自许词曲第一

259　"余桃公"的纸上"传奇"

262　白永宽：昆曲中的谭鑫培

264　"铁嗓子活猴"郝振基

266　听陶歌似诵陶诗

269　民国昆曲的"一台双绝"

271　一百年的两个"活钟馗"

273　韩世昌与"伤寒病"

275　韩世昌演《游园惊梦》

277　民初的一场昆弋义务戏

279　中途陨落的昆旦白玉田

281　"思凡""双思凡""反思凡"与"丑思凡"

284　顾传玠弃伶学农

287　徐朔方、胡兰成与昆曲

292　丑角大师的百年

/ 当代昆曲人物志 /

296　岳子散记

300　幽兰犹是幽梦来
　　　——记丛兆桓先生

304　艺兼京昆，六场通透
　　　——记北昆名净周万江先生

309　汪世瑜：巾生魁首　还魂圣手

312　仁者之"甜"
　　　——蔡正仁先生印象记

317　中国好声音
　　　——张继青先生印象记

323　昆曲之儒
　　　——洪惟助先生印象记

329　白先勇的昆曲之旅

340 不惜歌者苦,但伤知音稀
　　——李淑君的人生与艺术

355 哀董萍

359 红楼梦·高腔·张卫东

362 听张充和的故事

366 桃花鱼

370 花开阑珊到汝
　　——《京都昆曲往事》后记

375 俞平伯与昆曲
　　——《俞平伯说昆曲》前言

卷一

汤显祖的思想世界

2016年是汤显祖与莎士比亚逝世四百周年,世人仍然不能免俗地去争论汤翁与莎翁孰高孰低。自然,在知名度与影响力上,据说莎剧是地球上仅次于《圣经》的印刷物。套用流行语,汤翁与莎翁之间,应至少隔着几个塞翁(塞万提斯。2016年亦是塞翁逝世四百周年,但国人势利,不太提及)。

在中国频频召开的研讨会上,学者们为汤翁抱不平,譬如,云汤翁比莎翁要伟大得多。莎翁只是个戏子与编剧,在中国文学史上,大概只能是李玉(清初文人,写过不少有名的传奇,但因是奴仆出身,故而身份较低)那样的角色,连李渔都不是。而汤翁呢,是明代中后期的典型文人。所谓典型文人,既是进可安邦治国的政治家,又是退则诗酒风流的"百科全书式"的学者作家。

上戏剧课时,我也不想免俗,主动拉众生谈论这个热门问题。

首先说,汤翁与莎翁,其实是一个"拉郎配"。因为我分明记得,在二十世纪五六十年代,当时的一对"男神"是莎士比亚与关汉卿,因为据说二人都被列入《世界文化名人录》,而且彼时都以他们为人民性的代表。但是风水轮流转,过了几十年,关汉卿变成了汤显祖,大家谈论莎士比亚的关注点从"人民性"变成了"人性"。

所以我们谈论莎士比亚,谈论关汉卿,谈论汤显祖,说到底,谈论的还是我们自己,是随着时代的变化而改变的我们的头脑与意识。

一生发表意见曰:汤显祖还是比不上莎士比亚的,因为莎士比亚挖掘人性很深,譬如《哈姆雷特》的内心独白云云。但是汤显祖呢,《牡丹亭》里还是中国式的大团圆。我对这种观点早已司空见惯啦。于是,赶紧去颠覆中学语文教育。

药方之一来自《易经》大学者潘雨廷。潘先生曾言及汤翁之"临川四梦",明代王思任以"四梦"为"情侠道佛","情侠"可归之于"儒",因此汤翁的"临川四梦"其实说的就是"儒道佛",而三教合一正是明代中国人的思想世界。

因之,汤翁在"临川四梦"里体现出来的思想世界,即是中国思想发展到明代时的一个典型样态。儒是现世,道为出世,佛则是度世,最后所达至的是众生平等之佛家境界。《西游记》《红楼梦》差不多也是这样,儒道佛互证或互相对话,展示的皆是明清中国人思想的程度。

在世人眼里,知晓汤翁,多是从《牡丹亭》,而将汤翁仅作为一位戏剧家来看待。但汤翁少年时即追随罗汝芳,是陆王心学的信徒,因此在《牡丹亭》里标榜"情教"。而于儒家经典,自是熟稔非常。郑志良君偶然发现了汤翁讲《尚书》之书,约二十万言,由门人所撰写的序言即说汤翁以研究《尚书》闻名于世。

汤翁与达观之间的交往尤可一说。达观乃是明末四大高僧之一，也是彼时禅宗之代表，与汤翁则是亦师亦友。在一首诗中，汤翁写道：

思达观

何来不上九江船，船头正绕香炉烟。
第一人从欢喜地，取次身居自在天。
语落君臣回照后，心消父母未生前。
看花泛月寻常事，怕到春归不直钱。

这是一首表达汤翁与达观之间的心意的诗。从诗中看，汤翁对禅宗之境界应是了然于胸，如"第一人从欢喜地，取次身居自在天"，虽是套语，但表达了汤翁对达观及自己的期许。而"语落君臣回照后，心消父母未生前"，则是著名的禅宗曹洞宗的公案与话头，也即达至前述境界的参修之法门。而最后一句"看花泛月寻常事，怕到春归不直钱"，则是汤翁的印证之句，也即通过此句，能窥见汤翁此时修证的境界到何等地步。因前几句不过是禅宗之套话，最后一句才是转语，最能见作者的修为。解读者多认为此句反映了汤翁对禅宗的"当下性"的领悟。但此语却可商榷，因"看花泛月寻常事"仍是套语，而"怕到春归不直钱"却又似《牡丹亭》里杜丽娘游园之感慨，不能说是境界较高的顿悟之语。

或者，此诗仍只是士大夫之禅学，只能代表汤翁此时所至为《牡丹亭》之儒家境界，还未能到《南柯记》之佛家解脱。而汤翁辞世之《绝笔诗》云"含笑侍堂房，斑衰拂蝼蚁"，或者可说近乎其境了。

最后，我又说：《牡丹亭》里杜丽娘生可死、死可生，莎翁如《罗密欧与朱丽叶》只能借助药物，而且都是不可逆转的。哈姆雷特、李尔王诸角色感天动地、人神共怒，但毕竟是落花流水春去了。说起来，虽然"还魂"在中国故事里并不稀奇，但汤翁之"还魂"还需以"尽情"为三生之证（民国时俞平伯又赞之曰"尽情"即"尽美"），明显高出志怪笔记一筹，且也足以证明汤翁的思想世界比莎翁更深一层哩。

载《醒狮国学》2016 年第 8 期

罗浮枝头美人魂
—— 汤显祖的南粤之途与"临川四梦"

2016年是汤显祖、莎士比亚和塞万提斯逝世四百周年。世界史上有一个轴心时代,即孔子、释迦牟尼、苏格拉底、耶稣生活的时代。那么,汤、莎、塞生活的十七世纪,或许也可算作一个文学的"轴心时代"吧。

但是,长期以来,汤显祖其名不显,一般只能在古代文学史、曲谱、戏场偶闻,与莎翁、塞翁在本国及世界文学的位置及影响不可同日而语。究其因,大约是大家都把汤显祖当作一位"戏剧家",而戏曲小说,直至近代,才在文学史上有了一席之地。

翻读新出版的《汤显祖集全编》,读到汤显祖因上疏,被贬到广东徐闻做典史,从家乡江西临川一路而来。在汤显祖的名作《牡丹亭》里,柳梦梅从广州城跋涉至江西南安,花了三年的工夫,千辛万苦。汤显祖则只用了数月时间,中途还至罗浮山一游,作诗甚多。其中有一首云：

> 夜酒朱明馆，参星倚户开。
> 梅花须放蚤，欲梦美人来。

汤显祖应是知晓"罗浮美人"之典故：一名书生，游罗浮时遇见一位美人，饮酒交谈，不觉大醉，醒来只空余一株梅树。怅惘之情可见。在《牡丹亭》里，书生梦见一位美人（即杜丽娘）立在梅树下，于是易名为柳梦梅，从此历经梦中情、人鬼情、人间情，成就三生因缘。或许《牡丹亭》里的意象、氛围也能从此次罗浮山之游找出若干源头？

一

汤显祖之所以被贬官徐闻，而有南粤之行，实是因为向明神宗上疏弹劾首辅申时行等大臣营私舞弊。汤显祖彼时虽只是南京的一个冷职闲官，但上疏之后便是天下惊，在《明史》的汤显祖小传里也录有这篇疏文。

世人往往将汤显祖视作一位"戏剧家"，写有"临川四梦"四部传奇，而以《牡丹亭》流传最广。其实不然，汤显祖首先是一位典型的明代中后期的文人，一位素有天下之志但无所用，最后寄情于戏曲传奇之"小道"的士大夫。

汤显祖的仕途生涯挫折重重，虽则少年成名，诗文播于世间，他写的文章还成为当时为科举考试而刊行的八股文范文，但他本人的科举之路颇为不顺。多次应试,及至中状元后,先是在南京当了多年的闲官,又一贬再贬,到徐闻当典史,到遂昌做县令,最后挂冠,不告而去,被朝廷免职……人生看起来就是在抛物线式地下滑,从起点回到终点,在家乡筑园自娱(据说所居玉茗堂很简陋)。

汤显祖这一命运,大半和他本人的性格有关,汤显祖传里称其"小锐",这既是对他外貌的描绘,也可作为他性格的素描。换言之,汤显祖志向高远,性格较烈。当他进京赶考,和朋友们诗酒往还时,首辅张居正为使其子中举,邀请名士入府,以为其子获取名声。汤显祖拒绝了,因此便有了一次次的落选。

在一次次赴京赶考路途上,不知汤显祖是否有《邯郸梦》里卢生行于邯郸道的梦幻之感?

二

在南粤之行途经肇庆时,汤显祖曾遇到两位天主教徒,见到"画屏天主绛纱笼",教徒则"自言天竺原无佛"。后来汤显祖又绕道去过澳门。因此在《香岙逢贾胡》一诗里,就有"明珠海上传星气,白玉河边看月光"之句。香岙即香山岙,明时泛指澳门一带。这一段经历,也就留下了汤显祖是否见过利玛窦的公案。其时,利玛窦居于澳门,在广东传教已有二十余年,汤显祖所遇就算不是利玛窦,也应是利玛窦的弟子。算起来,汤显祖算是中国最早一批接触天主教的文人了。

在《牡丹亭》里,柳梦梅从广州出发,在路途中遇困,于是到香山岙里的多宝寺向前来祭宝的钦差求助,大约正是取自汤显祖的澳门之游历。汤显祖描绘赛宝会的耀目,想必外国商人及其贸易给他留下了深刻印象。

中国思想里的儒道佛，自东汉以来，经过碰撞、冲击和互相渗透，到明代，已成"三教合一"之局面，从而成为彼时文人的基本知识世界。汤显祖亦是如此。江西本来道教盛行，他的祖父信奉道教。汤显祖自己也受到泰州学派的影响，曾跟从罗汝芳学习。罗汝芳在各地讲学，开设书院，宣扬王学，而反对彼时正统的程朱理学。而与达观的交往，更是对汤显祖有着直接的影响。达观即明末四大高僧之一——紫柏尊者，他曾见汤显祖题壁诗，认为有佛缘，后来相见，便一直想度化汤显祖，并给汤显祖起法名寸虚。因之，汤显祖之思想，渐由儒道转为禅宗。

汤显祖的"临川四梦"，虽都是取自传奇小说，但恰好对应了汤显祖以及明代文人的三个世界。《紫钗记》《牡丹亭》是儒之世界，《紫钗记》说的是霍小玉和李益的悲欢离合，因为黄衫客的侠义行为，最终团圆；而《牡丹亭》则是柳梦梅和杜丽娘的天上地下的三生情，历经地府人间，终得团聚。正如汤显祖在《牡丹亭》的题记里所说，"情不知所起，一往而深，生者可以死，死可以生"。他以"情"与"理"相对，而自称是"情教"。这又和同时代的徐渭、李贽等诸狂狷之士精神相通。

此处又要说到《艳异编》，此书有多个版本，其中有一版署作王世贞编、汤显祖摘评。王世贞何许人也？乃是彼时之文坛领袖。而汤显祖则是以《牡丹亭》风行天下，尽管此书之编者、评者至今仍有争议，但是对"艳"和"异"的兴趣，却正好是明代士人及社会的好尚。《牡丹亭》不正是如此吗？杜丽娘之"艳"，梦中情、死而复活之"异"，恰好是这部传奇里最突出的部分。难怪尽管很可能这部《艳异编》

的评者并非汤显祖,但书商们、后世的文人们都相信汤显祖是这一类选本的标志。而且,《艳异编》之后,又有《广艳异编》《续艳异编》……成为明代小说的一个潮流。

三

近些年,浙江遂昌与江西临川都在争夺《牡丹亭》的诞生地,有人说汤显祖在遂昌任上开始写《牡丹亭》,回临川后完成。亦有人说《牡丹亭》是在汤显祖回临川后才开始写作并完成。这种争执有一点点"七城争荷马"的样子。但不管《牡丹亭》何时出现,汤显祖的南粤之行,以及遂昌的经历必定在他其后创作的传奇里留下声影。

《邯郸记》即是言"道",说的是中国人都熟知的"黄粱一梦",卢生在邯郸道上,一梦之间,度过了中国读书人所梦想的和可能的一生,做官、钻营、权势、遭谗、贬官……其时发出欲求如当日在邯郸道中而不能之哀叹。梦醒后方知只是一瞬。如果说《紫钗记》《牡丹亭》还是热热闹闹的人间小团圆,《邯郸记》则是通过神仙故事,让人在瞬间体悟世间的虚幻,而力求超越。

而《邯郸记》里,当卢生遭谗,幸免于法场之后,被贬之地就是海南。汤显祖任徐闻典史之时,对海南描绘甚多。如在徐闻登高望海南:

> 珠崖如囷气朝昏,沓磊歌残一断魂。
> 但载绿珠吹笛去,买愁村是莫愁村。

> 一曲明珠老会稽,客行长忆夜乌啼。

琼潮不解人朝夕,半月东流半月西。

此正是"烟波江上使人愁"之类的感慨。他还一度到海南游历,到过五指山。在《万州藤障子歌》《黎女歌》《槟榔园》诸诗里,汤显祖则如风土志般细描了海南的风俗与节庆之景。

《邯郸记》里,当卢生出生入死,一路遭遇老虎、强盗、渔夫之后,来到"鬼门关"时,遇到了樵夫,应是汤显祖当时所见的海南,譬如"崖州蛮户,生来骨髓都黑",又如以石头的"碉房"和树上的排栏为室等。而卢生召还时,受崖州司户的欺压和"黑鬼"的照顾,或许又可比作汤显祖在徐闻创贵生书院的典史生涯。

四

汤显祖离开徐闻,回家乡小住后,又前往遂昌赴任。在遂昌数年,汤显祖颇有政绩,譬如除虎、兴学。《牡丹亭》里有《劝农》一折,说的是太守下乡,农家的陶然之乐,此戏在宫廷里也常常上演。这里当然少不了汤显祖作为县令去劝农的经验。而且,最有趣的是,在遂昌流传有汤显祖看蚂蚁打架的传说。

《南柯记》写的是佛之世界,以蚂蚁之国为寓言。淳于棼在大槐树下做了一梦,化身为蚁,在蚁国里度过了一个人的生死哀荣之一生。汤显祖写这个南柯的蚂蚁之国的灵感,除了来自佛经,是否也因在遂昌的日常生活的引子?《邯郸记》和《南柯记》写的都是梦,但《邯郸记》是以人来写人的一生,而《南柯记》是借蚁来写人的一生。与邯郸梦相比,南柯之传奇已超越人之世界,而进入更高的境界。

因为不忍矿监的催逼盘剥，或许亦是对宦途和人世的幻灭和悟解，汤显祖终于抛弃了仕途，私自回到家乡临川，开始度过他隐居、写诗文传奇、"自掐檀痕教小伶"的晚年。《牡丹亭》里"标目"的【蝶恋花】一曲恰也是他的心曲：

忙处抛人闲处住。百计思量，没个为欢处。白日消磨肠断句，世间只有情难诉。玉茗堂前朝复暮，红烛迎人，俊得江山助。但是相思莫相负，牡丹亭上三生路。

载《海南日报》2016年2月22日，署名"罗孚"

谭鑫培为何被喝倒彩？
——《盗魂铃》琐话

作为京剧黄金时代的名伶之魁首，谭鑫培先生留下了诸多野史逸闻。其中，我最感兴趣的两则都与一出戏有关。这出戏的名字是《盗魂铃》。《京剧知识词典》解释云：

> 猪八戒途中遇女妖，女妖将其诱入洞中，洞中系有"魂铃"，摇动时即能摄人魂魄。八戒将其盗走，众妖随后追击，孙悟空接应八戒，力败群妖。故事不见《西游记》。谭鑫培、王又宸等曾演出，仿照《戏迷传》，专为反串演唱各个行当唱段，无故事情节。

从这一叙述来看，《盗魂铃》虽是西游戏，但看起来只是借用了《西游记》的人物设置，故事无考，或者并无故事情节，只是反串和竞唱以求热闹而已。

谭鑫培与这出《盗魂铃》有很深的关系。一则逸闻是说《盗魂铃》的演出与谭氏有关,李洪春在《京剧长谈》里讲述:

> 一天,西太后传差进宫演戏。谭鑫培因为闹肚子,进宫晚了。西太后知道后很生气,传见他,问他为什么误差。谭鑫培说是因为闹肚子、走动较多,故此来迟。西太后说你误了差我得罚你。谭鑫培说情愿领罚。西太后说我罚你唱《九狮岭》的猪八戒。谭鑫培一怔,心说你明知我不会,可罚我唱八戒!说不会又不行,叫抗旨不遵,更得罪上加罪。只得领旨下殿,准备演出。他到了后台,急忙找到王长林,问他八戒怎么演法,王长林给他说了个梗概,将说完,戏就开始了。
>
> 本来八戒的单场是没有大段唱的,因为是丑角应工嘛!可谭鑫培别开生面,没上场就先来个"龙凤阁内把衣换"的西皮导板。上来就是东一句西一句的原板,只要合辙,不管是什么戏上的,就给唱上了。加上表情、身段、耙子的配合,真是声情并茂、别具风格。就连见到狮子也加上了一大段"先瞧头、后瞧脚,再看看模样好不好……"的"数来宝"。至于后边的开打,更是又滑稽又火爆,因为谭鑫培有武丑、武生的底子。
>
> ……后来《九狮岭》就缺头少尾,只单唱《盗魂铃》一折。一出以武旦为主的戏,变成了一折以老生为主的戏。至于与妖精一起大唱什么学"四大名旦"反串"二进宫"之类的表演,是仿《戏迷传》《十八扯》,这是后来加上的,不是谭鑫培的发明。

从上文中可知,经过谭鑫培临时钻锅、演出,《盗魂铃》由武旦、武丑的戏,变为老生、武旦的戏,其中有老生的唱段展示,也有火爆的开打场面。文中《九狮岭》的戏名无考,疑是《狮驼岭》的讹音或变体。

另一则更为著名的故事是谭鑫培晚年在上海演《盗魂铃》被喝倒彩,因此铩羽而归的逸事。此处引陈定山《春申旧闻》:

……一日,杨贴《猪八戒盗魂铃》,学唱各种生、旦、净、末、丑兼翻四只台,沪人空巷往观。谭本擅武功,不甘示弱,次日亦贴《猪八戒盗魂铃》,沪人亦空巷而往。及唱,无学南北腔调,观者已渐哗矣。及登四只台,以年老失功,竟无法翻腾,而缘着桌脚子爬下。有小报界人刘束轩者,少年气盛,在包厢中大呼倒好。时许少卿为新新舞台主,亦恃势气盛,自后捆束轩颈,而风波轩然起矣,次日小报界无不攻击谭鑫培,至于体无完肤,刘许亦相见公堂。谭大愤,不终约而北返,立誓不再至沪唱戏。

关于在《盗魂铃》里猪八戒是否要从四张桌子上跳下,历来有正反两种意见,一种认为谭鑫培不能完成这一动作,故而省略,如陈定山所述"年老失功",因此被叫倒好;另一种看法认为谭鑫培的演法符合猪八戒的性格,不仅是谭氏善于演戏的证据,被叫倒好纯属于上海观众不懂戏。梅兰芳在《舞台生活四十年》就是如此述说:

我们只要把猪八戒的性格分析一下,就知道谭老板的不翻下来是对的,果真翻下来倒不合理了。

…………

> 这完全是一出无理取闹的趣剧,决不是一出卖弄武工的大武戏。谭老板最擅长的是掌握剧中人的性格,他用这种滑稽姿态演出,是不会错的。等他下了桌子,还有几段唱工,都是学的别人的玩艺。

那么,谭鑫培为什么,以及是否应当被叫倒好呢?《盗魂铃》是否如梅兰芳所说"是一出无理取闹的趣剧"呢?这涉及《盗魂铃》一剧的变迁史,也就是《盗魂铃》从哪儿来,又是怎么变化的。在程砚秋收藏的宫廷曲本里,我偶然发现有一个叫作《窃铃》的抄本,这个抄本又署名《狮驼岭》。抄录者叫曹文澜。曹氏是乾嘉时代的名伶,往来于宫廷与苏州之间。此抄本注明抄写时间为"嘉庆十九年",即1814年,距今已是200多年,是现今所见到的该剧最早的抄本。

自康熙时起,宫廷开始将《西游记》小说编撰为剧本,名为《升平宝筏》,并逐步建造适合《西游记》"上天入地"的三层大戏台,最后达五座之多。宏伟的戏台建筑,不仅适合演神仙鬼怪之戏,而且往往被当作外交礼仪的场所。《升平宝筏》的版本较多,完整的剧本分为十本,每本二十四出,一共二百四十出,可以连演半月以上。这一体制和规模,也成为《昭代箫韶》《劝善金科》《鼎峙春秋》《忠义璇图》等宫廷大戏的标准。

除了规模庞大,需要动用几百甚至上千名演员的宫廷大戏外,《升平宝筏》也被编写和保留了可以独立演出的小型本戏和单出散出折子戏。小型本戏,如《宝象国》将白骨精和黄袍郎的故事编在一起,《狮驼岭》将狮驼岭与柳迎春的故事编在一起。单出戏,见于记载的,如与元杂剧《西游记》相关的《认子》《北饯》《学舌》等折。

抄本《窃铃》不见于《升平宝筏》的狮驼岭故事单元,但是从狮驼岭故事里宕开一笔,有些类似于小说《西游补》在《西游记》"三借芭蕉扇"后又写了一个鲭鱼精的故事。《窃铃》之故事,说的是猪八戒盗魂铃,和现在的《盗魂铃》情节设定大致相同,但不同处在于,这是一个有头有尾、有因有果的西游记故事,如猪八戒为何盗魂铃,猪八戒为何盗得的是假铃,女妖从何而来,等等。这些在现今的剧本里已是阙如了。《窃铃》为曲牌体,这也是宫廷大戏里的标准样式,唱昆腔和弋腔。由武丑与武旦唱对手戏,主要角色有孙悟空、猪八戒、土地、狐精、另一女妖。在故宫所藏的宫廷戏画《性理精义》里,有一幅《盗魂灵》,描摹的是猪八戒、孙悟空与青蝎精、红蛛精相斗的场面,和此抄本恰好相合,只是女妖的名字不同。这幅戏画说明《盗魂铃》在宫廷曾有演出,而且根据《升平宝筏》,有不同的演出变体(青蝎精、红蛛精出自《西游记》),所以宫廷画家可以画下这一场景。

《窃铃》抄本显示,这出戏的特色是前有戏谑(猪八戒与女妖插科打诨),后有武戏(孙悟空、猪八戒与二女妖、群妖大战,并冲入阵中)。在故宫所藏升平署本、车王府所藏曲本里,这出戏变成了乱弹或皮黄本,加入了更多的戏谑成分,如猪八戒拉出四小猪助战。但故事逐渐演化,如《狮驼岭》的原文本被淡化乃至消失,狮驼岭变成了石头岭,或另安排了有五头狮子出场的"狮驼岭",逐渐失去故事构造时的文本语境。虽然如此,演法却变化不大,依然是前戏谑后开打。

到民国时期,《盗魂铃》的演法有所变化,以《戏考》第十五集里的《盗魂铃》为例,我们看到,首先演唱变为皮黄老生展示唱腔,此前的几种宫廷抄本里,无论是昆腔还是皮黄,皆有男女对唱的场面。但《戏考》本里,猪八戒由武丑变为老生反串,并演唱老生经典唱段。这一变化,当是谭鑫培临时创造,并成为潮流。猪八戒与女妖之间依然有常规的戏谑场景,结尾是火炽且激烈的大开打。这一开打场面,在宫廷抄本里只有简单叙述,但在《戏考》本里,则有较为详细的提示:

> 引猴上入阵穿四门打介,猴下。四小猴上,翻跟头上,高下。净引八戒上,入阵。四小猪上,翻跟头介上,高下。八戒上高,比介,跳下。净众随下。

由此可见,猪八戒翻下桌子乃是此剧的规定动作。在《戏考》的本剧说明里,也有对《盗魂铃》特色的描述:

> 是剧情节,无甚精彩。沪上各舞台,每逢排演,座为之满。推原其故,本应武丑串八戒,而易以鼎鼎大名之文武须生,其魔力之入人深,有不期然而然者矣。谭鑫培在中年时,最为拿手之剧。盖于角斗时须高垒方桌四五只,由上反跌而下。艺员中之能力薄弱者,不敢轻于尝试。近来杨四立、王又宸所演,亦颇可观,其唱做工夫,并皆佳妙。

此剧的特色已变为前面展示老生唱腔,后面激烈武打。谭鑫培虽是老生,但早年以演武生闻名。在《同光十三绝》画像里,扮演的是黄天霸。翻桌子自然不成问题。所以,当初谭鑫培创立《盗魂铃》的新演法,大约只是改变前半段的演唱,而后半段的武打并未省略。

在民国时期的报刊上,对名伶演《盗魂铃》时猪八戒翻桌子,往往也大加称赞,如1912年的某期《图画剧报》还配有杨四立从四张半桌子上跳下的漫画。

《盗魂铃》的变体还在不断地产生，如李万春在1957年演《盘丝洞》《盗魂铃》，将这两出连演，又增加情节，使之成为一出人数众多、武打激烈的大戏，还添加了李万春当场绘画的噱头。而到了二十世纪八九十年代，李慧芳多次演出《盗魂铃》，并拍摄彩色电影，或因时长限制，将《盗魂铃》截头去尾，变成了一出猪八戒与女妖竞唱的热闹戏，窃铃之缘由以及开打被删减乃至消失无踪。真正变成一出《戏迷传》了！

让我们再回到谭鑫培的年代。当谭鑫培在上海演出之时，《盗魂铃》的演出正是以老生反串与大开打为特色，虽然这种演法是谭鑫培首创，但此时谭鑫培已不能再演翻桌子，而是创造了猪八戒爬桌子而下的诙谐场面。尽管这一演法在北京曾演过，也得到认可。但来到上海，在习惯于大开打的热烈场面的上海观众面前，仍然未能被接受，因而成为谭鑫培演艺生涯的滑铁卢。

这两则谭鑫培演《盗魂铃》的逸事恰好是一"首"一"尾"，"首"是谭鑫培改变并创立了现今所知的《盗魂铃》演剧样式。《盗魂铃》剧因以老生反串武丑，也被认为是谭鑫培所擅长的诸剧里很特别的一出。"尾"即谭鑫培的表演由盛转衰，面临新兴伶人的挑战，最终失意。伶界大王谭鑫培的退场，有几个重要的标志，如与梅兰芳打对台失利，在上海演《盗魂铃》被喝倒彩。虽然剧界的更替实属平常，也有戏剧潮流的兴衰在焉。但《盗魂铃》一剧的演变史可为此作一注脚，并成为这个激变时代的一枚剪影。

载《文史知识》2019年第8期

《天女散花》:现代中国艺术的初曙

从 1915 年 4 月至 1916 年 9 月,梅兰芳经历了一个犹如超新星大爆发的超常时期,在 18 个月的时间里,创演了 11 出新戏,开始引领国内剧坛潮流。彼时梅兰芳已成为国内最走红的名伶,——在对台戏中,他用新戏夹老戏的演出方式打败了"剧界大王"谭鑫培。不久,谭鑫培去世,梅兰芳荣膺新一代"剧界大王"。目前,尚少有人专门关注这一神秘的创造期,梅兰芳舞台艺术的多种类型都在那一时期尝试并生长。就梅兰芳的艺术生涯而言,那一时期是抽枝发叶,此后便是开花结果。

梅兰芳开出的第一朵艺术之花就是《天女散花》。经过梅兰芳及梅党中人精心筹备 8 个月,这出戏一经推出便成为名剧。自 1917 年 12 月在吉祥戏园首演起,《天女散花》成为梅兰芳最受欢迎的早期代表作。1919 年 4 月,梅兰芳开启首次访日巡演之旅。1929 年 12

月,梅兰芳开始访美巡演,从"剧界大王"到代表中国及东方的世界名伶,《天女散花》乃是第一功。

《天女散花》是梅兰芳创演"古装新戏"这一类型的产物,更具体地说,是"以画入戏",即是以佛像、仕女图等中国画中的形象,当作戏剧舞台中人物形象的借鉴,而创造出不同于彼时戏曲舞台形象的新剧。梅兰芳在《舞台生活四十年》里回忆道:

> 我从学画佛像、美人以后,注意到各种图画当中,有许多形象可以运用到戏剧里面去,于是我就试着来摸索。一步一步研究的结果,居然从理想慢慢地走到了实验,像《奔月》《葬花》两出戏里服装和扮相的创造,就是脱胎于这些形象。……
>
> 《天女散花》的编演,是偶尔在一位朋友家里,看到一幅《散花图》,见天女的样子风带飘逸,体态轻灵,画得生动美妙;我正在凝神欣赏,旁边有位朋友说:"你何妨继《奔月》之后,再排一出《天女散花》呢?"我笑着回答:"是呵!我正在打主意哩!"因为这样的题材很适宜于编一出歌舞剧。

戏曲舞台上的传统人物装扮,主要以明代的服饰为依据,并形成了一套基本的规范。1913年12月,梅兰芳首次到上海演出,见识了上海新式的舞台装置,并在时兴的"醒世新戏"的启发下,开始编演时事新戏和时装新戏,相继推出《孽海波澜》《宦海潮》等新戏,大获欢迎,成为追逐潮流的明星。而在这创造力爆棚的18个月里,除了继续推出时装新戏外,他还独出蹊径,创演"古装新戏",从《嫦娥奔月》《黛玉葬花》再到《天女散花》,创造了另一个独特的新戏

类型。这一类型的开始,据齐如山回忆,是和他对欧洲戏剧潮流的认识有关:

> 我到欧洲,去了几次,在德法英奥比等国,很看过些戏。……彼时欧洲正风行神话戏,且编的排的,都很高洁雅静,返回来看看我们本国的戏,可以说是没有神话剧,有之则不过是妖魔鬼怪,间有讲一点情节的,则又婆婆妈妈,烟火气太重毫无神话戏清高的意味。

"高洁雅静"的"神话剧",恰好可以定义梅兰芳从《嫦娥奔月》到《天女散花》的实践。在梅党文人里,自从齐如山因《汾河湾》与梅兰芳订交之后,因齐如山对戏曲较为熟悉,一直扮演着顶层设计的帮助者角色。梅兰芳从《散花图》悟得《天女散花》一剧,可说是渊源于此。

《天女散花》的情节极简单。此处引《戏考》上对此剧的注解:

> 《天女散花》,向无此戏,乃近数年来,北京诸名士,与《嫦娥奔月》等古装新剧,同为梅伶而作者也。剧旨以劝世点化、醒人魔道为主。剧情则刺取《维摩传》中,维摩大弟子衣袖着花,仍落色相,结习未除等一节参禅语为蓝本。中间本空洞无物,亦并无他情节,专以古装翩舞,及唱片中词句雅隽见长。

这一描述和评价可谓时人之评。与彼时注重情节、打斗、砌末的流行神话戏如《西游记》《混元盒》等相比,全剧只有简单的故事框架,即天女奉如来之命去给维摩散花,而亮点在于"古装翩舞"与"词句雅隽"。

在梅兰芳的回忆里,花了很多篇幅来讲解如何将画中的"古装翩舞"化作戏中的"古装翩舞"。譬如画像里的天女御风而行、双脚凌空、风带飘飘,但是在舞台上却只能用两只绸带配合音乐来舞蹈。梅兰芳运用了《哪吒闹海》里耍龙筋、《水斗》里舞彩绸的身段,创造出空手舞绸带子的技巧,也被称作"武戏文唱"。

《天女散花》里天女的主要唱段亦已是经典,譬如《云路》一场:

> 祥云冉冉波罗天,
> 离却了众香国遍历大千。
> 诸世界好一似轻烟过眼,
> 一霎时来到了毕钵岩前。
> 云外的须弥山色空四显,
> 毕钵岩下觉岸无边。
> 大鹏负日把神翅展,
> 迦陵仙鸟舞翩跹。
> 八部天龙金光闪,
> 又见那入海的蛟螭在那浪中潜。
> 阎浮提界苍茫现,
> 青山一发普陀崖。

虽然词句是佛经之语,但也是境界阔大的写景抒情之咏叹。据穆儒丐小说《梅兰芳》里的描述,当外国公使观赏《天女散花》时,听到唱词里的佛经之语"深文奥义","尊他是中国第一名优"。这一效果,恰好是齐如山的戏剧理念之体现。

《天女散花》不仅让梅兰芳创造了国内的戏剧新潮,而且帮他打开了世界之门。在《天女散花》的一次堂会上,日本人大仓喜八郎观看《天女散花》,大加赞叹,邀请梅兰芳进行访日巡演。1919年梅兰芳首次访日演出,此前虽然有中国伶人在日本演出,但规模较小,也不被当作真正的艺术,自梅兰芳开始,戏曲开始作为具有中国性的艺术而被世界看待。在访日前,梅兰芳准备了形式多样的剧目,但到了东京帝国剧场,都改作了《天女散花》一剧。而且,在梅兰芳巡演的三座城市里,《天女散花》是唯一都曾演出的剧目。由此可见,梅兰芳的《天女散花》已成为他的身份标识,甚至当作再造中国戏曲的标记。而在1929—1930年的访美期间,《天女散花》和《刺虎》等剧目,也成为梅兰芳的主要演出剧目。

《天女散花》之所以获得成功,可以说是梅兰芳"以复古为创新"的产物。此处的"古"包括三个层面:其一,以"古画"入戏,在《嫦娥奔月》《黛玉葬花》之后,继续将"古装"引入戏曲舞台。其二,向昆曲学习,梅兰芳为排演"古装新戏",在齐如山的建议下,开始学演昆曲,演出《游园惊梦》等昆曲折子戏,从而在北京引领了"昆曲热"。与此同时,在新戏里也运用了昆曲,在《散花》一场里,梅兰芳运用了《赏花时》《风吹荷叶煞》两个昆曲曲牌,从而排演出载歌载舞的场面。其三,在剧本的特色与风格上,模仿宫廷演剧,尤其是宫廷承应戏的体例与结构。如以"舞判"开场,再继以"堆罗汉"的场面,均是宫廷承应戏的排场。我们不妨推测,梅党在编排《天女散花》时,一定参考了缀玉轩中收藏的南府升平署剧本,而加以变化和翻新。在这一意义上说,梅兰芳《天女散花》也可视作延续了宫廷演剧的风范。

《天女散花》甫一出现,便呈现出新的面貌。一则是在舞台形象上,在流行的时装戏与传统戏之外,又开出新路。二则是将歌舞融入京剧之中,使京剧开始雅化,呈现出"载歌载舞"的面貌。民国初年南通的实业家、名士张謇非常喜爱梅兰芳,称之为"浣华小友",并在家中筑有"梅欧阁","梅"即梅兰芳,"欧"即欧阳予倩。他在给梅兰芳的信里写道:"美术学中有戏剧,与专言通俗者不同。质言之,戏剧美术犹歌舞,舞今所无,歌可以昆曲、二簧赅之。通俗犹新剧,以其本色衣冠而无唱也。沟通此事,期益社会,非熔铸古今中外而斟酌损益之不足以为阶梯。弟之才艺适于美术,予倩则通俗优于美术。"张謇的所思所想,正是民国初年中国戏剧之分途,欧阳予倩从京剧转向话剧,而梅兰芳则进一步提高了京剧的艺术性,形成其"熔铸古今中外"的风格。追溯起来,其起始便是《天女散花》。最重要的是,《天女散花》所透露的意识,和现代中国的思想意识同步,甚至成为现代中国的思想意识的一部分。譬如说,上述所引用的唱词,为天女在云路上所见之情景,它既是对佛经中大千世界的复述,更可以看作对民国初年中国人的地理意识的描绘。如张謇写给梅兰芳的信里回忆《天女散花》:

> 容易人三十,喧呶客万千。
> 丹青应代霸,歌舞有余妍。
> 忽忆散花剧,游来诸佛天。
> 更谁能说法,我到地球边。

让我们再次回到梅兰芳的《天女散花》。在《天女散花》的开头，如来佛祖说道：

> 要醒千年梦，需开顷刻花。

在齐如山的初始版本里，"千年梦"原是"大千梦"，即是从"大千世界"而来。但是其后的流行剧本里，"大千梦"往往变成了"千年梦"。虽是一字之易，佛经故事就被悄悄改造成了"醒世"戏，——在从晚清到民国这样一个大变局中，在启蒙者一次次试图唤醒沉睡的巨龙或睡狮，或者如鲁迅所云唤醒铁屋子里沉睡的人们时，梅兰芳的《天女散花》恰好是一朵顷刻之花，绽放出耀眼的光芒，而成为现代中国艺术的初曙。

载《中华瑰宝》2019 年第 11 期

司徒雷登与梅兰芳

说起司徒雷登与梅兰芳,一位是因《别了,司徒雷登》一文而在二十世纪中国留下印记的美国驻华大使,一位是代表二十世纪中国艺术高峰之一的京剧大师,他们之间有着什么样的因缘呢?虽然如今的"梅学"已逐渐对梅兰芳的朋友圈与梅兰芳的艺术进行深度开掘,但还不及此。

与人们熟知的短暂大使生涯相比,司徒雷登对于燕京大学才是塑造灵魂的人物,他一手创建并发展了这所与北京大学"同名"的教会大学(燕京即北京,而且英文译名也一度相同),规划了将"废园"变身为蕴藏皇家园林遗韵的现代校园。司徒雷登之于燕京大学,堪比蔡元培之于北京大学,而所用心力则过之。梅兰芳与司徒雷登的相识,是从梅兰芳到燕京大学演出义务戏而始。

司徒雷登回忆,虽然他很早就看过梅兰芳的戏,但仅是一名观众,虽然"顿时被他那精细优美的动作吸引住了",但并未想到和梅兰芳结识。梅兰芳到燕京大学演剧时,因司徒雷登的私人秘书傅泾波介绍,他与梅兰芳、齐如山成为经常往来的友人。在燕京大学校园刊物上,有一则新闻,就说到梅兰芳将自己院子里种的蔬菜赠送给司徒雷登的佳话。

1927年11月,梅兰芳再次应邀到燕京大学演出,他游览了燕京大学校园,畅春园、朗润园、达园、南大地、临湖轩……并在贝公楼(今北大校长办公楼)前合影,晚上则演出《嫦娥奔月》。值得注意的是,报刊称梅兰芳曾为燕京大学捐款数千元,因此,梅兰芳来到燕京大学,不仅是作为让众生(学生)倾倒的"伶界大王",而且是这所由司徒雷登执掌的教会大学的赞助人。

齐如山的《梅兰芳游美记》,以及《齐如山回忆录》里的《国剧发扬到国外去》一章,回忆与详述了1929—1930年梅兰芳访美巡演的历程,向来被当作是梅兰芳此次空前绝后的美国巡演(七十六年后青春版《牡丹亭》美西巡演方有如此之效应)的不二文本。齐如山多处提及司徒雷登的帮助,但很奇怪的是,这些记述往往被忽略,最后转化为诸如此类的问题:齐如山的叙述是否可信?齐如山或张彭春,到底谁是梅兰芳访美巡演的功臣?

在2015年出版的《梅兰芳来往书信集》里,收录了不少梅兰芳与其师友之间的信札原件与录文。在冯耿光给梅兰芳的七封信里,有三封是梅兰芳赴美前所写,专谈赴美之事。而附录里,编者又很"贴心"地放了一封齐如山给冯耿光、赵叔雍等人的长信,这封信大概因为并非直接写给梅兰芳,所以屈居附录,但是与前面所编入的冯耿光的信恰是隔空对话。

冯耿光的三封信里，第一、二封信就是阻止梅兰芳赴美，这大概就是齐如山在回忆录里所说，"有兰芳一两位老朋友，正住在上海，大为阻挠"。身为梅党的中心人物，冯耿光为什么有此举动呢？信中主要谈到对于司徒雷登的怀疑。冯耿光写道，施植之（当时中国驻美国大使施肇基）见到司徒雷登，发现司徒雷登对于梅兰芳赴美毫无计划，亦不甚关心。当施植之讲给冯耿光听后，冯便紧急给梅兰芳、齐如山写信叫停。齐如山的长信便是对这些质疑的回复与解释。

齐如山在《梅兰芳游美记》及回忆录里都反复提及，梅兰芳的赴美巡演，已筹划多年。但是与事后追忆相比，齐如山的这封回信则是在"历史的现场"，——甚至尚不知赴美是否可以如愿成行，一方面呈现了更多当事人的细节，另一方面，如果将《梅兰芳游美记》与这些信札对比，就可以发现哪些情节由齐如山在回忆中进行了编辑与修改，从而形成了此后数十年间国人对梅兰芳游美的基本描述。

齐如山要回应的是冯耿光对司徒雷登的质疑，于是将他及梅兰芳与司徒雷登的协商与策划的过程——道来，我们便发现，在赴美的早期策划中，司徒雷登确可算作最有力的赞助者。譬如，无量胡同的梅宅成为国际交往的一个"会客厅"，齐如山写到，很大一部分客人就是由司徒雷登介绍，而这种"会客厅"的功能，其意也在于为梅兰芳赴美并成为世界名伶做铺垫；又如，商议由燕京大学出资赞助梅兰芳到南洋去演出，再到美国演出。尽管计划后来取消。但是在梅兰芳的考量里，通过燕京大学在海外进行募捐应也是重要的途径。

齐如山比较司徒雷登与梅兰芳访日的赞助者龙居濑一，指出司徒雷登比龙居濑一更有力量。还比较司徒雷登与张彭春，解释之所以在访美之行里排斥张彭春，是因为司徒雷登与张彭春及其兄张伯苓在美国募捐的竞争产生矛盾。而且,司徒雷登之所以参与筹备,是因为梅兰芳的请求,也即由与梅兰芳的私人友谊而来。最有趣的是,彼时赴美巡演的方案,也即司徒雷登参与的方案,很可能是在大学演出,即由司徒雷登联系美国四所大学邀请演出。这就颇似于青春版《牡丹亭》在美西的加州大学的四个分校演出的情景了。

在专为此次赴美编撰的英文版《梅兰芳》一书里,开首便是司徒雷登的序言,他介绍说这本书"正是西方读者所需要的关于中国戏剧艺术的历史和技巧的信息""作者的评价和赞誉确实代表了中国人民对这位天才同胞的普遍看法。不仅如此,外国人也被他迷住了,虽然无法分析他的魅力来源。"在结尾,司徒雷登更像是谈到了他心目中的梅兰芳,"在私人生活中,他是一位有着温柔敦厚素养的有魅力的年轻人,没有被所有对他的追捧宠坏,而且带着几乎天真敏感的友善。即使在一个热情好客的国度里,他也是如此。""他愿意与那些能从中受益的人分享自己对艺术的掌握和从艺术中得到的利润。"

虽然在《梅兰芳往来书信集》里仅收录四信,但梅党内部关于此事的争论肯定很热闹,据称仅冯耿光就写了百封以上。在周作民的文集里,存有他写给傅泾波的信,询问傅泾波在美国联系梅兰芳赴美之事的进展。按照原定的计划,司徒雷登的私人秘书傅泾波先去美国,安排妥当后,梅兰芳一行再出发。周作民是金城银行的总经理,也是梅兰芳赴美的支持者之一。他们还专门成立了一个中国文化经济协会,第一项业务就是筹款帮助梅兰芳赴美。

在冯耿光介入后,梅兰芳赴美就由冯耿光接盘,从梅兰芳的"游美记"来看,和此前的计划大相径庭,而且主要由张彭春与华美协进社操办，司徒雷登也不再出现。齐如山在《梅兰芳游美记》里写到此时，也只提及司徒雷登运用他在教育界的人脉，对梅兰芳表示欢迎云云。

司徒雷登的回忆录里，谈及梅兰芳则很淡然，仅一段，似乎是他在华五十年里的短短插曲，云：

> 他要制订赴美演出计划，便同我商量事务安排上的问题，而且还就剧目选择，以及如何使它们适合美国人的口味问题征求我的意见。我一再向他声明，我对中国戏剧一窍不通，对美国戏剧知道得也很少。不过，在他的坚持要求下，我盛情难却，不得不去观看他的演出，而在一些新添加的剧目的熏陶下，也就使我学会以赞赏的眼光去观看他的演出了。在那次极为成功的赴美演出的准备工作中，梅先生听从了我的意见，这一点虽然显得荒唐可笑，但是却使我读遍了有关中国戏剧的所有英文资料，在内行的指导下观看了最优秀演员的演出，从而也就使我与这位当今舞台上的偶像建立了意料不到的个人友谊。

这一段文字主要说的是他在梅兰芳访美筹备中的作用，丝毫不涉及在美巡演的实际过程。但"意料不到的个人友谊"显然是司徒雷登对这段经历的结语。让我们再回到1929年9月30日。这个日子对于司徒雷登与梅兰芳都意义非凡。这一天是燕京大学校园落成典礼晚会的日子，燕京大学于1924年从狭小的城里搬到这一片西郊外的废园（司徒雷登的妻子安葬于此），此后开始规划，已有五个年头,主要建筑大体落成,譬如称作"园中之园"的女生部宿舍(今静园里的六个院子中的四个),还有散落在无名湖边的男生部宿舍(今未名湖边的四斋),燕京大学校园已被称作中国最美丽的校园之一。对于梅兰芳来说,十余天后,他就要正式宣布赴美之行。此次演出,不仅仅是因为与司徒雷登的情谊,更是因为在燕京大学这所非常美国化的教会大学里,此次演出即相当于赴美的热身。这一天的演出,记者做了如此描述:

> 节目中因有梅兰芳之太真外传,往观者异常踊跃,礼堂因开门过迟,门外拥挤太甚,致将门上玻璃全行碰碎,观众皆挤得大汗淋漓,狼狈不堪,甚有大呼救命者,秩序欠佳,此固由于主事者之疏忽,亦可见梅伶魔力之宏也。是夜,第一场为新剧……第三场即梅兰芳之太真外传第三本;闻梅伶不久将赴美献技,此次乃大显身手,盖座上美国来宾归国后必为之作极有效力之宣传广告也。此次梅伶献技燕京,己己于人可谓两全其美。是夜到场来宾并有张学良夫人等名人,观客较前夜尤众,真可谓盛极一时者也。

这一晚,贝公楼的礼堂里,人群簇拥,顾颉刚、容庚在日记里都提到了此次演出(但是未观看),而冰心、吴文藻夫妇早早坐到了前排,他们发现校务长司徒雷登正好坐在后面,于是回头攀谈。

司徒雷登与张彭春,尤其是与张彭春的哥哥张伯苓之间存在着利益的冲突,尤其是在争取美国的募捐与影响方面,司徒雷登为燕京大学、张伯苓为南开大学,之前就产生了矛盾。如今在梅兰芳赴美这一件中美交往的标志性事件上,在梅党的"里子"冯耿光的支持下,张氏兄弟获得了主导权。此后司徒雷登淡出,虽然仍身为支持梅兰芳的中国文化经济协会的成员,但与梅兰芳赴美前的那些互动频频的佳话就成为袅袅余话,乃至于沉埋于历史的尘埃了。

2021 年 1 月 26 日于燕北园

《国剧画报》：宫廷戏曲研究的起点

近日，由故宫戏曲研究所、中国人民大学国剧中心、北京外国语大学艺术研究院联合主办的宫廷戏曲研究论坛刚刚落下帷幕。大约在去年秋天，故宫的故宫学研究所与中国人民大学文学院也曾主办国际宫廷戏曲论坛。与会者更是不仅来自大陆与港澳台，亦有来自美国、日本的资深学者。由此可见，宫廷戏曲研究已是一个较为国际化的戏曲研究领域。

但是数十年前，更准确地说，在二十世纪五十年代至七十年代，情形却冷落得多。我曾在网上看见中华书局编辑部给一位昆曲研究者胡忌的信，胡忌是一本影响甚广的昆剧史著《昆剧发展史》的作者，编辑的回信正好是对此书书稿的审读意见，其中一点便是提出减少宫廷戏曲的篇幅。这是因为，在那个年代，宫廷戏曲是一个负面的名词。也大约因为如此，较少有人进入这个领域。另一本昆剧史的"名著"《昆剧演出史稿》,在八十年代初的初版本里,宫廷戏曲的篇幅很少,也处于被批评的位置。但在九十年代末的修订版里,宫廷戏曲一下子有了很多的正面叙述。因此,宫廷戏曲的位置,以及研究规模、趣向,实在是反映了时代氛围的变化。

二十世纪八十年代以来,最有名的宫廷戏曲研究者当属朱家溍先生。朱先生是故宫的文史大家,又爱学戏、票戏,在京剧昆曲领域有极高造诣。或许是近水楼台,身处故宫,一方面可实地考察,接触清宫档案和戏台行头,另一方面又能访问宫廷遗下的太监杂役,所以写就了多篇关于清宫演剧的文章,这些文章收入了《故宫退食录》。《故宫退食录》又是那些年的畅销书与长销书之一,因此影响极大,传播也很广。其他专业研究者,如丁汝芹、戴云、么书仪、范丽敏等,都较早开始注意到宫廷戏曲,并在很艰难的环境下进行了初步但深入的研究。环境之艰难,正在于资料之难以得到,大多宫廷戏曲档案和文本,都深藏在故宫博物院、第一历史档案馆、中国艺术研究院、中国国家图书馆等地,很难接触到,或借阅手续烦琐,费时费力。据范丽敏云:为写论文,曾在第一历史档案馆连"泡"了数月。我戏答:那还是在手机不能拍照的年代里。

这些年来,宫廷戏曲研究更是有了迅猛的发展。这一趋势,首先离不开两套丛书的出版。一套是《故宫珍本丛刊》,里面有一部分是宫廷演剧的文本;另一套是《中国国家图书馆藏清宫升平署档案集成》,包括宫廷戏曲的档案和剧本。这两套丛书,虽然还不是清代宫廷戏曲的全貌,但已是宫廷戏曲研究者取之不尽的宝库。尤其是,往日几乎不可知的史料文献,如今唾手可得,这两套丛书功德在焉。此外,诸如《傅惜华藏古典戏曲珍本丛刊》《北京大学图书馆藏程砚秋玉霜簃戏曲珍本丛刊》等文献的整理与出版,诸如傅惜华等学者型藏书家、程砚秋等名伶的藏书相继出版,都包含有不少来自宫廷的戏曲剧本,因此也提供了很丰富的宫廷戏曲文献。

当研究者开始进入逐渐丰富的宫廷戏曲文献领域时,却仍然可以回首,去关注民国时的一份期刊:《国剧画报》。《国剧画报》创办于二十世纪三十年代初,共出版了两卷七十期,为第一份戏剧画刊。它由北平国剧学会主办,而此组织,是当时最有活力的戏曲研究团体,不仅囊括了当时的名伶名流,如梅兰芳、余叔岩等,而且一大批优秀的戏曲学者、藏书家都在此刊上发表图像资料与文章,如齐如山、傅惜华、傅芸子等,可谓精彩纷呈。

然而,最为重要的是,《国剧画报》创办时,正好处于两个节点。一个是戏曲研究的转型与变化,张一帆在他的著作《"剧学"本位的确立》里曾说"二十世纪二三十年代""这个时期的戏剧研究""开始全面转向集中戏剧艺术本体诸要素的'剧学本位'"。也即在三十年代之时,戏曲研究正面临一个由文本向综合型剧学研究转变的趋势。另一个是因1924年冯玉祥"逼宫",升平署曲本、档案等文献资料大量流于宫外,为个人与团体所收购、收藏,并有所整理与研究。大约是这两个原因,加之画刊在出版业渐渐趋于流行("读图时代"),《国剧画报》应运而生,不仅成为那个时代文化、娱乐业的重要阵地,对于戏曲,尤其是宫廷戏曲,更是一份丰富且珍贵的展示、整理、研究与遗存。

如果追溯宫廷戏曲研究的前世今生,《国剧画报》应可说是一个起点。这不仅因为,我们现在既定的关于宫廷戏曲的知识,很大程度上即是源于《国剧画报》。譬如现今谈起宫廷戏曲的机构,如南府

和升平署、内学与外学,最早披露和描述的一批文章,就是在《国剧画报》上,如岫云的《升平署之闻见》(上)一文即说:

> 高庙巡幸江南,始带回昆剧并四大名班。昆腔班,隶南府,专排当时新编之剧,并承应高庙亲制之御制腔。(因余家藏有乾隆年南府之旧账簿,上记某日传昆腔新小班二学入内廷排戏字样。)据此,考知昆腔班,为外学小班也。旧大班,内学者,即旧南府供奉。所演只昆弋二种,与南昆不同,以此别之。内学者以太监为多数,令外学菊部人教之。兼有外学人在内学戏者,谓之内学学生。(后在光绪时,凡久在内廷教戏者,皆称南府学生。)至一二三学,大概即当年所分之班。……

从这一叙述里,可见到关于宫廷戏曲机构的知识是如何由档案、口述材料("闻见")之类的史料,逐渐开始丰富,从而形成后世关于宫廷戏曲机构的基本知识。

不过,我更感兴趣的是《国剧画报》上登载的那些"消失的知识"。譬如,在《国剧画报》上,曾经有一个有趣的讨论,齐如山、王瑶青等曾参与,或实地考察,或引述口述历史。这个话题是关于"景山观德殿旁所祀之神像"。此神像为喜音圣母,据宫中传闻,为嘉庆的生母,是一名歌者。这无疑是一个关于宫廷戏曲与宫廷政治文化的话题。在讨论过程中,先后有数人去探访并摄影,看到的是一片神像及其场所逐渐毁坏的景象。最后,这一话题也无疾而终,大约是已经消失了,也就无从查考了吧。

《国剧画报》中所摄的宫廷戏台甚多,其中有为现今研究者屡屡提及的三层大戏台,朱家溍、傅雪漪等都对这一戏剧史上的独特景观有所描述,但读过《国剧画报》便知,对于宫廷戏台最早以及较为详细介绍的研究者,当属齐如山这一批学者。从《国剧画报》所刊登戏台摄影及说明文字里可以看到,他们不仅实地去"田野调查"——这些戏台照片,除一部分是故宫博物院所赠,其他都是齐如山等人摄影而来,成为这些戏台所留存最早的摄影之一,而且,在他们所搜集、探讨的宫廷戏曲的戏台里,有一部分已永远不见,如升平署戏台,还有一部分,也不见于现今的论述,如南海春藕斋小戏台、南海纯一斋戏台等,更有一些戏台,如暖台、板台式戏台,因是临时搭建,更易为现今研究者所忽略。

我对于《国剧画报》一直很感兴趣,但为便利起见,都是使用电子版,连电子版的影印版都收集了好几种版本,可惜一般较为模糊,而且大多残缺不全。今年10月,在江苏溧阳参加一个傩戏研讨会时,偶遇学苑出版社潘占伟先生。该社以影印京昆史料文献为特色,潘先生用力甚多。站在观看傩戏的人群里,聊起《国剧画报》。潘先生告知我,《国剧画报》早在前些年就由该社影印出版了。大小、印张、用色,和原刊几乎完全一致。除报刊中缝的广告,因影印不便,就没有了。回京后,迅速在网上买下此刊影印版,果不其然,此份影印版是现今最完备的影印版,读来赏心悦目。此后,每逢相关会议及话题,即推荐此刊。一问之下,一般宫廷戏曲研究者其实都曾有查询、复印《国剧画报》之经历,如么书仪先生就谈及当年曾托人复印《国剧画报》,因是大开本,复印下来颇为不易。

因以上经历,我也更觉《国剧画报》之重要。虽然如今关于宫廷戏曲的文献材料日渐增多,但《国剧画报》之意义,在于它不仅是宫廷戏曲研究的起点（就宫廷戏曲研究领域而言，是一个开端），而且也是宫廷戏曲的入门（了解宫廷戏曲的基础）。更值得挂心的，不仅是那些已知的、正在繁殖与增长的知识，更在于，那些随着时间的推进、文物的损毁，在历史中已经消逝不见的影像与知识。

载《广东艺术》2015 年第 6 期

陈梦家先生看地方戏

陈梦家先生少年以新诗闻名,后以青铜器及古文字研究立身,又以明清家具的收藏为佳话,可以说是一位经历、蕴藏非常丰富的学者。按现在的流行语说,他既是一位硬核学者,又是一位宝藏学者。

在新诗史上,陈梦家是闻一多和徐志摩的学生,是新月派的第二代,又因为编选了《新月派诗选》,所以也被认为是新月派后期的主将。陈先生转入青铜器与古文字研究,实际上也标志着新月派作为一个诗歌探索的潮流过去了。

陈梦家在新诗史上的位置,如果从我们现在对新诗史的图景的认识来看,他基本上延续了新文学初期新诗对于情感的探求。受欧洲浪漫主义的影响,闻一多、徐志摩为高峰,陈梦家为殿军。之后的中国先锋诗歌受欧美现代派影响,以戴望舒的现代派和卞之琳的汉园三诗人、林庚为代表,风景就为之一变了。

陈先生的新诗，感情充沛，讲求形式。这样一种趣味实际上也影响到他后来的审美趣味，包括对青铜器、明清家具、地方戏，以及诸艺术的态度。

在戏曲研究里，以前谈及陈先生主要是他在对商代青铜器、金文的解读里，支持了王国维先生的戏曲起源于巫觋之说，把陈先生当作戏曲起源于祭祀之说一派，而且相关论证里也经常运用陈先生对金文的解读。

赵珩先生曾撰文回忆陈先生看地方戏的逸事。这确实是人们知道很少或即使知道但不知其详的陈先生的一个侧面。赵先生回忆得也比较详细，我也就我经查阅史料所获述说一二。

其一，陈先生看地方戏，从现有回忆来看，应该是在二十世纪五十年代初。藏书家姜德明的回忆里，提到1956年拜访陈先生，陈先生说近年来看地方戏。此后他给《人民日报》写文，有一系列，现在见到的大多是1956、1957年所写，主要是《人民日报》，也有《光明日报》《北京日报》。最早的一篇见于1954年。《梦甲室存文》里收入十篇，但据我粗略的查寻，至少有七篇还未收入。

其二，陈先生写地方戏，主要是河南梆子，后来称为豫剧，包括河北邯郸的曲周河南梆子剧团，西安的樊戏，河南的陈素真、马金凤等。那时的戏曲以声腔分类，所以除河南外，陕西、河北、山东都有河南梆子。新中国成立后以地域性的剧种分类，这种现象也不多见了。此外，还有北京的曲剧。据赵先生回忆，他对川剧很熟悉，也看秦腔。和一般的文人喜好京昆不同（如俞平伯先生喜欢昆曲、顾颉刚先生喜欢京剧），陈先生喜欢看地方戏，大概和新中国成立后对地方戏的鼓励有关系。除了剧评外，1959年6月，陈梦家在下放到河南洛阳十里铺村时,还将小说《红日》改编为豫剧剧本。

其三,在《梦甲室存文》里,有三篇陈先生谈艺术的文章。这三篇被放在《梦甲室存文》的戏曲类里,似乎是对地方戏的评论,其实并不如此。这三篇虽然涉及地方戏,但主要还是说自己的艺术观念,而且是将青铜器、明代家具、地方戏、书画、假山、公园等放在同一个视野里。也就是不仅仅是传统艺术,也包括公共艺术。他曾经想写一本这样的专门谈艺术精神的小册子,但是只完成了三篇就不能写了。这三篇文章是《论人情》《论简朴》《论间空》,它们能够体现陈先生怎么看待艺术品,所以非常重要。

《论人情》里,陈先生认为:

> 一切好的文学艺术品总是顺乎人情合乎人情的。文学艺术既是表现人类的情感思想的,而人人具人情之所常,所以作品可以感动人心。那些诗歌、戏曲、小说可以表现几百年或上千年以前的人情,我们今日读之犹有同感,为之感慨落泪或同声称快;那些表现现代生活的诗歌、戏曲、小说倘使不能合乎人情的表现出来,可以使人啼笑皆非或漠然无动于衷。我们对于戏文的剧情往往是熟悉的,但是表演人情的透彻,可以使人明知其结束而一定不放松地要看到底。《秦香莲》一剧中的包公一定要铡了陈世美才合乎人情天理,否则不成其为包公。小白玉霜所演的秦香莲,观众明明知道她要得到最后的胜利的,但毫不放松地一定要看到她的成功才放心称快而去。那就靠表演的艺术了。

这是对地方戏的看法。陈先生认为因为地方戏简单，所以表现人情更加可感。文章《要去看一次曲剧》里写道"魏喜奎以前所主演的曲剧《罗汉钱》《柳树井》和《妇女代表》张桂容等，都很能表现出人情味，因此使人感动"。

这种表现人情，陈先生认为是艺术品共通的特征：

> 我们欣赏那些石刻的泥塑的铜铸的佛像，欣赏他们眉目间的神情、手指尖的意趣、衣折间的风度，并不因为他们是神道，并不仅仅着眼于金装和雕镂之精工或色彩的鲜丽和谐，而由于在线条以外表达了人情。那些庄严、微笑和苦难的忍受反映了作者对于人世间的希望。佛就是人，佛像无异是人像的化身而已。

《论简朴》里，陈先生提到"古代的艺术作品，常常在简朴的形式下表现得很美很完整。一幅用墨色绘成的兰花，一张四条直腿、一块长平板的明代书桌，一个素净不刻饰的周代铜鼎：它们都是很简朴无华的，然而非常美。它们并不是采取简单的做法，而是用高度的艺术匠心创造出来表面简朴而美的形象"。而"地方戏本来是没有布景的，他们的动作程式是因没有景色而发展成形的，有人说这太简陋了，于是来了许多布景，而忙于布景，演戏的人苦了"。

《论间空》里，"间空"实际上就是留白。陈先生将诸种艺术形式并列：

> 在中国的艺术作品中，有种种不同方法来运用间空的。

轻描淡写的少数几笔墨色的写意画,留出很多的空白;一张简朴的明代琴桌全身是素的,只是几个略带文饰的"牙";一个素的铜器只在盖上铸上小小三个伏兽。这是把大部分的间空打在整个美术设计以内。书本和书画的装裱,在所刻文字和所作书画本身以外,留出很大的"天地头",这样既使一幅满满的山水或一篇繁琐的考证,看起来比较不紧张一点(天地头也有实用的意义,在书本上可以作批注校记,在书画上可以诗跋题记)。这种是用衬托的间空。我现在坐的是一张明代黄花梨椅子,其上部的背雕出了繁缛的许多图象,而下部的足全是素的,只有一小朵雕花。这种是用一部分的间空来调和或冲淡另一部分繁缛。苏州城内有名的汪氏义庄的假山,传说是明代的制作:山很小而屈折有奇趣,有大树小桥,而在数方丈之地仿佛别有天地。这种是用巧妙的布置使有限的空间人为的有扩大的感觉。

而地方戏是具有这样的特征的:"没有布景或只有简单陈设的地方戏,也是冲淡了背景而使观众的视线只注意到演员,而由演员的动作暗示出房屋、庭院、山野的存在。这也没有什么不好的地方。一个好演员,可以在他的演作上更自由地创造出背景来,比那些画好的更好。这本是我们传统艺术中很宝贵的一点,而近来有些自作聪明的改革家一定要用愚笨的法子制造全幅的布景,似乎大可不必。"

凡此种种,陈梦家先生实际上是将地方戏与中国传统艺术,以及现实生活中的公共艺术并列之,从而归纳出中国艺术的精神,并用这种美学去看待身边的艺术与艺术品,来看待、鉴赏与推动地方戏的传承与发展。

其四,因为看地方戏,导致陈先生卷入了文艺界的政治旋涡,并因戏成祸。对于地方戏,陈先生的态度主要有两种:1.鼓励继承与保持传统,提倡开放禁戏。如《老根与开花》、谈樊戏的文章等。2.反对教条主义的戏改。1957年5月26日,他在《文艺报》"正确地对待文艺界内部矛盾"专题里,发表了《要十分放心的放》,通过对西安狮吼豫剧团访问的经历,对张光年的"教条主义"提出批评。后来张光年称这篇文章是"右派作家陈梦家先生的嘲笑"。

由以上可知,陈梦家先生看地方戏、谈地方戏,以致在反右运动中的遭遇,很大程度上是和他的艺术趣味相关的。我们从陈先生的三篇谈艺术的文章,可以了解陈先生的艺术观念,并且可以换一种眼光来看待陈先生的研究与收藏,也即陈梦家先生将青铜器、明清家具并不只是作为研究对象、收藏对象,而更是作为一种艺术品来欣赏的。

载《北京晚报》2019年12月5日

从戏曲史窥见清代社会日常
—— 读《文化中的政治：戏曲表演与清都社会》

美国学者郭安瑞（Andrea S. Goldman）的《文化中的政治：戏曲表演与清都社会》，曾获2014年美国亚洲研究协会列文森中国研究最佳著作奖，2018年由社科文献出版社出版中译本。甫一面世，便引起戏曲研究界及其相关领域的关注。

该书中译本由戏曲学者路应昆作序，言其在"戏曲与社会文化诸方面的关联"有深入探讨，之后明清史学者巫仁恕为其撰写书评，言其"反映了跨领域文化史研究的新趋势"，并从社会史、文化史角度进行介绍。可以说，在戏曲研究、文化史、社会史、清史等领域，这是一本正在得到重视和阅读的新著。

该书以晚清北京戏曲为切入口，考察清朝的社会和文化，将不同的学科领域巧妙地勾连在一起，叙事清晰，逻辑严谨。书中归纳与阐发的一些新概念，相当有创造性和冲击力。

首创"商业昆剧":戏里的道德、政治与美学

在郭著里,"戏园"(或"商业戏园")是一个中心概念,作者将其作为类似于哈贝马斯的"公共领域"或"公共空间"的概念,既分析了"戏园"不同于"堂会""庙会""宫廷"等场所,因其具有相对独立性,也分析了"戏园"里存在多种力量的角逐,来自政治、经济、文化诸多力量的博弈塑造了"戏园"这一空间。但"戏园"又并不具备哈贝马斯意义上的"公共空间"的独立性。这些论述,大致应用了文化史领域的研究方法,正如郭著书名"文化中的政治",这种分析方法,使晚清北京戏曲混沌不清的面貌得到较为清晰的勾勒。

由"商业戏园"而来的"商业昆剧"("一种混合性的商业性昆剧"),则是郭著提供的一个新概念。书中关于"花谱"以及作者、"戏园"等主题的探讨,这些年来,已有一些较为深入的成果,如么书仪、吴新苗的著作。但"商业昆剧"之说,就我所见,还是第一次提出(《中国昆剧大辞典》用"俗创"来作为这一类剧目的分类),作者用很大的篇幅,在第二部分提出和分析"商业昆剧",在第三部分用实例来论证。

从郭著的论述来看,启发她"发明"这一概念的契机,一方面是对戏园的商业性的论述的展开,戏园作为一个不同于宫廷、堂会、庙会等地的空间(郭著将宫廷演出涵盖在堂会内,实际上应有所区分),正是在于它是商业性的,而在这一空间里在场或不在场的诸多成分,朝廷、观众、文人、伶人等,则是围绕着舞台表演,这决定了在戏园里上演的剧目具有很强的商业性,但也是多种力量形塑后的结果;另一方面,得益于戏曲史家陆萼庭的"折子戏的光芒"的启发,陆萼庭将

昆剧史的发展描述为从"全本戏"到"折子戏",尽管近些年来这一描述被质疑,但仍然是目前公众对昆剧史的基本认知。郭著从流行的"折子戏"选本及观剧日记、花谱这类文献,发现在"折子戏的时代"里,戏园里常演的折子戏,无论是独立演出的折子,抑或串折演出,往往改变了"全本戏"的本来面貌及意图。

路应昆在序里也以《长生殿》里的唐明皇与杨贵妃被当作才子佳人为例,提及"全本戏"和"折子戏"之间的变化重塑了原文本中的人物形象。郭著则通过《义侠记》《水浒记》等传奇,在戏园里留存与上演的折子戏,来探讨这种"商业昆剧"的具体面貌,及其所反映的道德、政治与美学上的变化。值得注意的是,陆萼庭提出昆剧从"全本戏"到"折子戏"的变化,关注点在于昆剧艺术本体的发展,譬如各种行当的表演艺术的提升等。而郭著则关心在这一变化中蕴含的政治与文化意义。

高雅的通俗版,花雅之争的新视角

"嫂子我"戏是郭著在第三部分提出的另一个新概念,《水浒记》《义侠记》等传奇本来以水浒英雄如宋江、武松为主角,阐扬忠义观念。但在戏园里流行和上演的折子戏,却以原本中的次要角色如阎婆惜、潘金莲为主角,甚至出现模仿这一类角色而重新编剧的皮黄折子戏。

民国时剧评家陈墨香提出"嫂子我"戏的命名,这一类折子戏在昆曲里被命名为"刺杀旦"戏,应属于"三刺三杀"里的"三杀","刺杀旦"戏的命名更侧重于行当和表演艺术,而"嫂子我"戏更侧重于这一类形象的色情与戏谑的微妙情感。郭著分析了"嫂子我"戏在传奇原本、宫廷大戏、戏园流行选本里的状况，从而以实例展示"商业昆剧"的实存面貌。而且随着时代的变迁，"嫂子我"戏所表达的意识形态也有所变化。

有趣的是，最近在北京上演了两版《义侠记》，一版是4月10日在北大百年讲堂演出的苏州昆剧院的新版《义侠记》，以现存的有关潘金莲的折子戏为主，再进行少量的修补，如补上关于潘金莲的前情叙述等，使其成为一个以潘金莲为主角的本戏。另一版是4月11日在国家大剧院小剧场上演的北方昆曲剧院的《义侠记》，该版是由串折构成，也即由留存的《义侠记》折子戏串演而成，除以潘金莲为主角的折子戏外，还有以武松为主角的折子戏，如《打虎游街》等。这一点似乎也可提醒我们，即使是"商业昆剧"，亦有着不同的趣向与形态。

郭著中所提出的"商业昆剧"，对于解决戏曲史尤其是晚清民国戏曲里的一些难题，可以成为一种应对方案。譬如，在对昆曲衰落的叙述上，民国以来的通常观点是自乾隆晚期徽班进京，此后形成皮黄，标志着昆曲的衰落。但也有人认为，昆曲的衰落期要晚得多，直至嘉庆或光绪末年才走向衰落。郭著关于"商业昆剧"的提法，实际上在昆曲与皮黄之间找到了一个过渡，也即昆曲（高雅）— 商业昆剧（高雅的通俗版）— 昆剧剧目被翻成的皮黄或花部戏曲（通俗），如此一来，既给花雅之争找到了一个"中间物"，也给戏曲史里的昆曲与皮黄之间的更替，找到一个较有说服力的过渡状态。

路应昆在序里也提到，郭著阐发的"19世纪初杂糅的商业昆剧的重要意义"值得注意。戏园里的"商业昆剧"的存在，给戏曲史里的花雅之争的辨析提供了新的视角。除此之外，在堂会、庙台、宫廷等空间,昆曲作为一种"大戏"(礼仪性剧目),实际上也使得昆曲的衰落期比以往人们通常认为的要晚很多。这些现象汇集起来,可能给现在的戏曲史尤其是昆曲史造成颠覆。

美中不足:时代感的疏失与史料的更新

尽管郭著是一本涉及戏曲研究及相关领域的佳作,但读完仍有些遗憾,在此也提出,以就教于作者及方家。

其一,与戏曲相关的时代感略有疏失。作者虽收集了较为详尽的原始材料,但对于戏曲及其变迁似乎并不那么敏感,其中最典型的是"剧种"一词的使用。在郭著中,"剧种"一词的使用频率很高,其中有的出现在章节题目上,如"第三章戏曲剧种、雅俗排位和朝廷供奉",正文中更是比比皆是。"剧种"一词如今被广为使用,用于区分不同区域、不同类型的戏曲。但是这一概念及区分方式得到普遍使用是在1949年以后,而在此之前,尤其是明清时期及民国,多用"声腔"表示。也即,在郭著所论述的晚清北京戏曲里,戏园里上演的是多种声腔,这些声腔之间的关系,有些较为接近,有些则差异较大。因之,作者所描述的"昆曲 — 商业昆剧 — 花部戏曲"这一模式里,情况千差万别,譬如徽班,容纳了包括昆曲在内的多种声腔,早期亦以昆曲为主,通过吸收、改造诸种声腔,最后形成皮黄。郭著对"剧种"概念的使用,导致其在论证中简化了此种复杂状态。

其二,从参考文献来看,作者所引用的中国大陆的戏曲研究著作基本上是在2010年前,这当然和该书的写作周期相关,在自序里,作者已说明该书写于2011—2012年。但是,近些年来,随着清代宫廷戏曲档案的几次大规模影印（如国图、故宫所藏升平署档案戏本的影印），宫廷戏曲研究也有很大程度的拓展，郭著中引为主要论述依据的朱家溍、范丽敏的撰述固然很重要，但已经不够，或其论断被更新。举例来说，郭著在论述"清廷供奉与1860年后的规定"时，谈及"有关在宫廷搬演花部戏剧的最早记录可追溯至1802年"，作者依据的是朱家溍、丁汝芹《清代内廷演剧始末考》里的记述和辨析。朱家溍根据升平署档案，将侉戏的记载定为道光五年（1825）。其后王政尧则据档案将之提前到嘉庆七年（1802）。实际上，在清宫中出现"侉戏"的时间，现今已提前至乾隆三十一年（1766）。这是研究者通过一份《乾隆添减底账》中关于黑炭、红罗炭的使用记载而发现的。《清代内廷演剧始末考》一书是朱家溍和丁汝芹在非常艰难的条件下手抄升平署档案所撰。如今升平署档案的大量影印，给研究者提供了更多"发现"的便利。

对于中国大陆的戏曲研究及相关领域的文化研究来说，郭著在理论方法上有很高的借鉴性，其对晚清北京戏曲的"细描"，也给逐渐热门的相关议题提供了更多讨论的可能，当然也存在一些为"理论"而削足适履的情况。限于篇幅，在此也就不赘述了。

载《新京报》2018年5月19日，题为
《〈文化中的政治〉：从戏曲史窥见清代社会日常》

京剧史与掌故学

京剧的掌故之书,影响最大的当属 1985—1997 年由北京市政协组织编选的《京剧谈往录》四编。笔者在穆儒丐《伶史》的前言里曾提及戏曲史写作的一条线索,即是从花谱到伶史再到掌故学,而京剧掌故学的集大成之书,便是《京剧谈往录》。《京剧谈往录》的制作出版,形成了一种"谈往录"式的文体。其一是如朱家溍先生在《京剧谈往录四编·序》里的概括:"想起什么就写什么,总之是京剧范围内以往的事",这是指文体和言说自由。朱先生也"现身说法",由目录里的"孙盛云"信马由缰写了一大段与此书无关的"仲盛珍",来演绎"谈往录"的这种自由且有趣的文风。其二是"三亲"原则:"亲历、亲见、亲闻",必须是自己亲身经历的见闻,方可形成文字。这一原则虽不能保证所述的事件完全如实,但出自历史当事人的见闻,不同于小报上捕风捉影的八卦花絮,至少能保证视角的真实。这两条原则其实也算是掌故学的基础了。真实与有趣相结合,而且书写的大量细节可窥见"历史的幽微之处",因而这一类的京剧掌故也就蔚为大观了。

如今再回望《京剧谈往录》,却又能感觉其间有一种悲情存焉。因为《京剧谈往录》近似"杂志书",具有与社会生活的同步性与即时性,它一边选录,一边征稿,一边出版,读者、作者、京剧爱好者的心境在同一种社会氛围里。《京剧谈往录》是在京剧的衰微年代里回忆京剧的"黄金时代"。在改革开放初期,京剧经历了昙花一现的繁荣,此后被市场经济挤压到了社会的边缘。《京剧谈往录》就是在这样的社会氛围里"生产"出来,因此也自然带有一种抢救、保护京剧艺术的"共情"在内。这种社会氛围与社会记忆无形中扩大了《京剧谈往录》的影响,很快就一书难求。冯牧在《京剧谈往录续编·序》里就感慨"读者的需求与兴趣和图书发行的情况,存在着多大的差距"。笔者在世纪之交阅读《京剧谈往录》,经过在旧书摊上多次"偶遇",终于凑齐了一套来"压箱底"。《京剧谈往录》的编辑出版增加了彼时社会文化里正在被迅速稀释的京剧"浓度",——此后在一些谈论、挪用京剧掌故的大众书籍里,往往都有"京剧谈往录"的影子,包括曾经火红一时的章诒和的《伶人往事》,——而这"浓度"经过了三十年的轮转,在中国推行"非遗"的二十年间,又渐渐开始"浓质"起来。

《京剧谈往录》四编"升级"成了《京剧往事》十卷本。从篇幅上看,《京剧往事》增加了更多的掌故,主编钮骠先生与张一帆先生在前言里提及,所增选的篇目亦是遵循"三亲"原则。据笔者的阅读,增选的篇目大致有两个来源:其一是来自《戏曲艺术》《中国京剧》等期刊上的回忆文章,这一类文章比较接近于《京剧谈往录》的"谈往录"文体与风格;其二是来自《立言画刊》等期刊上的文章,多为新闻式的"记者采访",这一类文章符合"三亲"原则,但是视角为即时报道式,和原有的"谈往"的回忆角度有所差别,不过似乎也可以作为补充,使得"京剧往事"中的"人与事"变得更为"立体"。

从《京剧谈往录》到《京剧往事》的变化,又并非仅是简单增加了文章与篇幅,而是在原有口述史的基础上,增加了京剧史的维度。《京剧谈往录》的栏目虽有大致的分类,但是在篇目编排上,往往因所搜集的文章而定,关注的重点是京剧中的"人与事"。而在二十余年后,再重新编排这些"人与事",一则有了时间的距离,可以较为从容地梳理与整合京剧史;二则因为编者的知识背景,更注重于京剧史研究。在《京剧往事》的前言里,主编首先就将这些"人与事"置于"约一百八十年"的京剧史的视野下进行考察。这种京剧史的角度,具体体现在纵、横两个方面:纵的方面即是京剧史,十卷本依照京剧史的线索而进行分卷排列,比如第一卷的三个栏目,"艺苑薪火"所选为喜(富)连成科班,"菊部群英"所选为程长庚、谭门、孙菊仙、杨隆寿、王瑶卿、红豆馆主、齐如山等,"梨园旧闻"所选为"清朝管理戏曲的衙门",这些文章谈论的是晚清民初时期的"人与事",关系到京剧史的开端。以下各卷依次编排,虽然不一定会严格对应,但是读者如果通览十卷,在沉浸于京剧掌故之余,便可获得关于京剧史的整体印象。横的方面是编者将若干主题相同的文章撮集在一起,从而形成一个个小专题。这些专题可视为京剧史的横截面,或者比喻为京剧发展"激流"中的一个个"小岛"。这些"小岛"由那些篇幅较长的"谈往"文章构成,——这些长文往往通过传主经历、剧团机构的变迁展现了时代的侧面。《京剧往事》的编者通过增选文章，制造了更多的"小岛"，譬如第四卷有三篇文章的主题皆是荀慧生，第一篇张伟君的《荀慧生传略》原载于1985年出版的《京剧谈往录》，第二篇张胤德的《回忆荀慧生的几件事》原载于1988年出版的《京剧谈往录续编》，第三篇荀慧生的《三分生》原载于1962年7月17日的《文汇报》，三篇文章写作于不同时间，出自不同的作者，撮集在一起，体现了编者从多个侧面来展现荀慧生的构想。这些编排，固然有前身《京剧谈往录》格局的基础，但是增选文章与小专题的设计，则又是编者对"人与事"的"历史定位"，含有编者京剧史观念的表达。

最为吸引笔者的自然还是书中的巨量掌故。偶一翻阅，无论翻阅哪一页，都可能有扑面而来的京剧"八卦"。譬如，在第四卷"菊部群英"里，有关于雷喜福的两篇文章。这两篇文章不见于《京剧谈往录》，都是编者新增。一篇选自民国时期的《立言画刊》，是新闻式的访问，一篇来自当代的《戏曲艺术》，是回忆文字。这两篇文章构成了互补的视角，可以拼出这位出身喜连成科班的名伶的整体印象。而当笔者翻读第一篇《雷喜福自述》时，便看到这样一段文字：

> 雷喜福照双人相，昔在城南游艺园演唱时，即照有周瑜、孔明、鲁肃三人相，自己并存有放大上色相一帧，今悬于喜福卧室中，配以檀木镜框，古色古香，雷极为得意，每有人往访，必告以当年摄此影经过。近又照有《借赵云》等，神气颇好。雷研究双人相时日颇久，摄影方法则不肯告人。唯青年老生李宝奎亦曾摄有《清风亭》之双人相。

这一段文字提供了一个关于雷喜福的生动细节，可以想见其人。对于一直留意晚清民国摄影的笔者来说，意外之喜是发现了雷喜福对于"特技摄影"的喜好，他的心态、行为无疑是民国时期戏装摄影的重要实例：当笔者再翻开第四卷正文前的彩插时，第一帧便是雷喜福饰演《盗宗卷》里的两个角色在同一帧照片上显影的"特技摄影"，一幅"双人相"赫然在目。从影像到新闻采访再到忆往，不同时空与不同介质的史料叠加起来，就构成了一种立体的形象。

正如上文所述，从《京剧谈往录》到《京剧往事》的书名之易，不仅意味着编者对京剧史料的处理方式的变化，更意味着京剧学的范式之变，即是从"掌故学"到"京剧史"：如何从丰富的掌故（京剧史料）里构建一种作为艺术史的京剧史，如何在京剧史的写作里运用原属于掌故学的京剧史料，这既是编者于京剧学的立场与态度的体现，也凸现了京剧研究新的问题意识与趋向。

载《广东艺术》2021年第6期

近世中秋应节戏的变迁

"长空万里,见婵娟可爱,全无一点纤凝。十二阑干光满处,凉浸珠箔银屏。偏称,身在瑶台,笑斟玉斝,人生几见此佳景。惟愿取年年此夜,人月双清。"这是昆曲《琵琶记·赏秋》中的名句。在古人的心中,当他们将目光投向夜空时,看到的月亮并非如今遍布环形山与荒漠的星球,而是月亮形状的园林格局的宫殿。在西安出土的一面唐代月宫婵娟铜镜背面,镌刻的场景大概可以反映唐代人"看到"的月亮:一株桂树生长在中间,树下蟾蜍跳跃,左侧是玉兔捣药,右侧则是嫦娥舞翩翩。

古人赏戏有应节之例,尤其是清代,每到节庆,总会应景大演与节日有关的戏剧,比如中秋节,就少不了演绎月亮里的故事,比如嫦娥奔月、吴刚伐桂、玉兔下凡等,彼时地上的人群在焚香拜月之余,观戏赏月,也别有一番人间情味。但是赏戏也有雅俗之分,在街市高台、商业茶园或者堂会里,大多演的是热闹戏,而家庭小宴则更注重情绪与气氛。在《红楼梦》里,贾宝玉对于热闹的神怪戏就很是厌弃。精于赏鉴的贾母,在上元节时听的是只要箫或提琴伴奏的昆曲《牡丹亭·惊梦》,而中秋赏月则要静听远处的笛声,追求的就是一种雅致的情趣。

在中秋例戏里,从清代乾隆时期到民国,最为热闹的一部当属《天香庆节》。《天香庆节》的故事杂糅了月亮神话、清朝宫廷与帝国外交,说的是月宫里的道仙宋无忌与捣霜仙子玉兔奉太阴元君之命,去向中国皇帝进献月中丹桂,以祝贺中秋。途中玉兔逃走。与此同时,阳精大圣金乌,派遣赤兔向玉兔提亲,聘礼是其所盗暹罗国主的夜明珠。不料,玉兔与赤兔定亲,于是金乌与赤兔、玉兔打斗。二兔败逃缅甸,将夜明珠献给缅王,引发暹罗与缅甸两国交战。宋无忌进献丹桂后,与金乌追至缅甸。太阳帝君收回金乌,宋无忌收回玉兔。缅甸和暹罗修好,共同上表皇帝,并且进献夜明珠、赤兔和金乌。这是一部二本十六出的大戏,一般在圆明园同乐园里的清音阁三层大戏台演出。从情节来看,这部戏里出现的缅甸与暹罗向清朝皇帝进贡的历史事件,正是发生在乾隆三十三年至四十五年(1768—1780)间,也是乾隆皇帝"十全武功"之一种。按照清宫编剧的惯例,这一类时事随即就会编入宫廷戏剧上演,不仅夸耀皇帝的功绩,而且在节庆宴会场合增添吉祥气氛。

这部戏的完整版一般只在中秋前后演一到两天,但是所需演员众多,台上群兔禽鸟海怪纷纷打斗,煞是闹热,而且剧中情节涉及天上地下,在三层戏台之间用云兜穿梭,还使用船只、日月光等大型道具,可谓一部前现代时期可以让人眼花缭乱的"高科技"舞台剧。到了民国时期,内廷剧本流落民间,曾在宫廷演戏的王瑶卿等人将《天香庆节》稍加改编,以清宫旧戏相号召,仍然在中秋节时作为"应节戏"演出,颇受欢迎。剧评家张聊公在《听歌想影录》里描述看戏场景:"民国六年中秋夕,至第一舞台,观《天香庆节》,闻是剧编排,悉照前清大内所演,故欲一观其内容,王瑶卿与王长林,饰玉兔夫妇,李连仲饰金乌大仙,范福太饰……扮像光怪陆离,情节滑稽侚诡,皆莫可稽诘,……观其缅甸王欲进贡,兔儿夫妇,遂以夜明珠进诸节,皆足表见当时天朝尊严之观念,宫掖神怪之理想,其为大内之老本子,殆无疑义,惟诸伶科诨,不免有随意增减之处,故尚能引发人笑耳。"由此可见这出《天香庆节》的卖点就在于热闹与清宫戏。当然更应节的是祝语,从"恭逢皇太后夙与勤恩夜寐勤政"改为"恭逢中通至德光昌",也体现了时代之变。

随着民国取代清朝,"启蒙"与"救亡"的理想将中国带入现代社会,对月亮的感觉也随之发生变化。还在《天香庆节》作为应节戏流行一时之际,新近崛起的名伶梅兰芳正在引领新一代剧坛的潮流,他的梅党智囊齐如山曾在法国居留,观看流行欧陆的"小仙儿剧",认为中国的神话剧只是"妖魔鬼怪"和"婆婆妈妈",但欧洲的神话剧却有"高洁雅静"之精神。于是,在齐如山的建议下,因中秋节演剧之需,梅兰芳创演了《嫦娥奔月》。与《天香庆节》相比,《嫦娥奔月》没有那么热闹的场面,也没有演绎奇诡的神怪故事,只是以嫦娥与后羿的故事作为框架,亮点则在于"古装"与"梅舞"。从《嫦娥奔月》开始,梅兰芳陆续创演了《天女散花》《上元夫人》《洛神》等"古装戏",将舞蹈作为戏剧的重要元素(被称作"梅舞"),之后形成"梅派"。"古装"与"梅舞"提供了一种"复古"式的视觉经验,宛如古代仕女画在现代舞台上的立体呈现,又加入了现代的舞台美术,譬如新式的灯光运用,给观众提供了新颖的观剧体验。更重要的是,《嫦娥奔月》制造了一种"热闹下的寂寞"的心理感受,在最后一场戏里,嫦娥叹息:"碧玉阶前莲步移,水晶帘下看端的。人间匹配多和美,鲜瓜鲜酒庆佳期。一家儿对饮谈衷曲,一家儿同入那绣罗帏。想嫦娥独坐寒宫里,这清清冷冷有谁知?"

在这部新剧里,虽然套用的是嫦娥千载以降的"寂寞心",但是在热闹的戏院里,以"寂寞"达成与观众的"共情",无疑是一种在现代剧场观剧的"现代体验"。尤其是和充斥插科打诨、神仙妖怪等旧式体验的《天香庆节》相比,同在中秋时节竞演,给人的新旧之感受应当会很强烈。就如张聊公的感叹"同一应节戏,雅俗之判远矣"。相比以前的雅俗之分,《嫦娥奔月》这种类型的戏剧其实是一种新型的雅俗合流,制造了一批新的城市戏剧观众和戏剧趣味。

如今的中秋佳节,应节戏的惯例早已荡然无存。除了少数民俗展示场合,中秋拜月的习俗似乎也绝迹了。一轮明月照窗前,除了阿波罗登月飞船、月球车的现代科技和科幻大片,关于月亮的古典愁思仍然会萦绕于现代人的心间。在城市的楼群里偶然瞥见明月时,或者当你蓦然念起古诗文里的月亮,或想起昆曲、京剧或其他的什么戏剧所演绎的中秋故事,譬如梅兰芳、马连良,……那就不妨与古人一般"应节"且聊解这"万古愁"吧。

载《北京晚报》2022 年 9 月 9 日,题为《中秋应节戏的变迁》

民国昆曲与民国文人

在昆曲史上,"民国昆曲"是一个重要而又特殊的时期。一则昆曲从痴迷中国二百年之盛终转至衰,证其空谷幽兰之喻,恰又如所谓"旧时王谢堂前燕"(昆弋伶人陶显庭暮年常饰《弹词》之李龟年,时人多以为昆曲命运之象征也)。二则昆曲由宫廷艺术转而流落于民间,辗转于城乡,"礼失而求诸野",其主要扶助者亦从庙堂转为文人(如北大师生、齐如山、张季鸾诸君之于荣庆社,穆藕初、徐凌云、张紫东等沪苏曲家之于昆曲传习所)。

昆曲之衰,远因或是近世中国社会语言文化之变动,白话渐次取代文言,昆曲生存之土壤被抽空;近因则是新文化运动影响所及,"旧戏"皆被视作消遣或落伍之艺术,遑论昆曲。

想当日《新青年》同人胡适、傅斯年等"门外谈戏",批判"旧戏"激烈矣,如胡氏即以"遗形物"目之。虽则彼时应者颇寥(小报、梨园其实也都在谈新剧、文明戏或改良戏),但随着新文化运动之观念于现代中国之普及,其所表述的戏剧观念与话语亦随之成为流行。

一个人所未知的隐性线索是:《新青年》同人之所以批判"旧戏",实则因为昆曲。民初之北京,因昆弋社之进京、梅兰芳等名伶学演昆曲、蔡元培等北大师生提倡昆曲,因而有了一个小小的昆曲复兴,时有"文艺复兴"之说。此"文艺复兴"与《新青年》之"文艺复兴"名同而实异,岂不有话语之争欤?

在围绕着昆曲的新旧文人里,最可探讨的或许首先是新文人,即新文化运动中人。也即,在如此半新半旧、不新不旧之时代,浸染于旧文化然持有西化新潮视角之文人,如何看待昆曲这一中国传统的艺术?

顾颉刚为疑古之新史学大家,但他最早想做的却是"戏史",只因他是戏迷一枚。其日记《檀痕日载》曾刊布,可见彼时观剧热狂之状。《九十年前的北京戏剧》一文可说是"民国昆曲"之前史,亦可见顾氏之新观念,即以"自然""个性"释昆曲之衰。二十年后,洪深、董每戡以"脱离民众""远离大众"为昆曲衰落之因。自民初至民末,社会于昆曲观念之变化,由此便可窥见。

俞平伯、赵景深皆是民国时期昆曲的积极参与者,一处燕都,一居沪埌,新中国成立后,又分别成为京沪两地昆曲研习社的主要创建者,曲界有"南赵北俞"之说。二人多有相似,如其家皆习昆曲,皆热衷于曲社活动,俞之谷音社,赵之虹社……二人皆在大学,所治领域为古典文学;二人早年皆为新诗人,转而治旧文学;相合之处多矣!但又有不同,俞之习昆曲乃是家庭熏染,或更有兴味于文本及曲唱,其《〈牡丹亭〉赞》可称随笔之杰作,于汤显祖此剧发见甚多。赵习昆曲,初因是教学之需,由教戏曲而习昆曲,兼之又为编辑家,故其于报刊记述曲事

卷一 / 063

甚多，亦见饶有兴趣之处。

胡山源为新文学之"弥洒社"中人，亦是昆曲之宣扬者，其述仙霓社之文，初载于1938年之《红茶》，其文尚未完即止。又见于1985年之《兰》（中国昆剧研究会会刊），彼时胡氏尚健在，撰后记交代云：

> 其时予身兼数职，日奔走于衣食，实无暇将此文续写下去，不得不中止其写作。尚拟写者，为仙霓社"跑码头"，至抗日战争发生，该社入上海小世界，行头被毁为止。今此戋戋者，对于该社初期经过，已具梗概，深望海内同嗜者，能补予不足。

胡氏之述仙霓社，虽仅及昆曲传习所之事，后之昆曲史多有引申之。胡氏似不习昆曲，只"读（亭厢殿扇）"与"谈"，但其夫人方培茵却唱演昆曲。沪上亦常见"昆曲女票友"（赵曾以此名撰文），1947年的一则《申报》广告即预告"特别广播节目"：

> 九时四十分起，特邀虹社全体名票播唱昆曲，有赵景深君，李希同女士长生殿小宴，汪一鹏女士劝善金科思凡，殷菊侬女士，张元和女士南西厢佳期，戴夏君，姚季琅女士，蔡漱六女士，胡惠湘女士牡丹亭游园惊梦。迄十二时许始毕。

刘半农、老舍、郑振铎、卞之琳诸人亦是与昆曲有渊源者。刘氏曾是《新青年》之猛将，后却倡导研究保存昆曲，如昆弋学会之成立，刘氏即是主持者，惜中道夭亡，未竟其事。其述韩世昌之小品虽寥寥数言，韩伶之义跃于纸面，如梅慧仙当年之韵事也。老舍据云亦会唱昆曲，早年任中学教员时，以昆曲为音乐课。郑振铎治戏曲史料及文学史，颇能认识昆曲之价值，其于燕京任教之时，曾请昆班于学校演出。卞之琳忆张充和文多言昆曲，盖因张充和为习昆曲之"民国闺秀"也。（张家四姐妹，除张兆和外皆习昆曲。叶圣陶曾云，张家四姐妹，谁娶了谁幸福。）故卞氏写小说仍不忘张充和之昆曲，《雁字·人》一篇以女主角演《昭君出塞》来闲谈中国艺术之精神，其文虽是小说，亦可视作诗与散文也。

"民国昆曲"之文甚多，有剧评家（如齐如山、冯小隐、徐慕云、徐凌霄、刘步堂等）之文，有伶人（如白云生、俞振飞、韩世昌、梅兰芳等）之文，但新文人谈昆曲却不算多。或因其少，故能卒成此编也。虽则如此，一集在手，便可一览民国昆曲之大略，如南北昆班之仙霓社、昆弋社、昆伶之韩世昌、白云生、俞振飞、"传字辈"等，曲家之俞平伯、赵景深，曲社之谷音社、上海诸曲社，及集曲学大成之吴瞿安。

卢前述其师瞿安逸事，颇可见其性情，是为瞿安之传法弟子。郑振铎却只得瞿安之教师之一面，然太平湖闻笛声追游船之事足令人神往之至也。

知堂不喜京戏，读《扬州画舫录》中演《西厢》亦只当作京戏，其实是昆曲。然知堂却又是知人也，言情致，言见识趣味文字，可谓得古今艺术之三味也。

又，我久愿编一集"民国文人谈昆曲"。10月间，子善老师至京主持海豚书馆之沙龙，言及《民国古琴随笔集》，见猎心喜，遂献《民国昆曲随笔集》之芹，其意乃是新文人所撰述之昆曲文章。集未刊行，然有此文也。

癸巳冬至前六日于通州

"北京大学与昆曲"琐谈

说起"北京大学与昆曲",应是渊源甚早,亦甚深。北京大学可算是中国最早接触昆曲,并施以昆曲教育的大学之一。1917年9月,吴梅应蔡元培之聘,以上海一中学教员之身份,至北京大学教授"古乐曲",吴梅于文科及国文研究所教授"文学史""词曲"等课程,也在学生社团音乐研究会中授曲。因吴氏教曲热心勤勉,使得音乐研究会几乎变成了"曲社"。后蔡元培有意改组音乐研究会,为其施行美育之实验,并由校方聘任导师,遂聘客居京城的曲家赵子敬为音乐研究会昆曲组之导师,再加上时任北大校医、后为考古学家的陈万里亦授曲,每周皆有固定拍曲场所和拍曲时间,并参加当时流行的游艺会。如在一次演奏大会的节目单里,有风琴、提琴、古琴、舞蹈、唱歌等,昆曲则有两次,录下:上半场有《定情·絮阁》,由昆曲组导师及会员演唱,下半场为《痴梦·活捉·访素》,由赵子敬、陈万里、程龙骧演唱。彼时此类活动甚多,一时蔚为壮观,著名学者如任二北、俞平伯等都曾在此习曲。后来成为著名戏曲学者的钱南扬,也有带"二师"到北大上学的逸闻,"二师"即是厨师和笛师。

蔡元培先生亦留有佳话传世,如称《尼姑思凡》为反封建的宗教剧(胡适日记里亦有此评价),如观昆曲时,留有"宁捧昆,勿捧坤"之语。

其时北京有"昆曲复兴"之说,北京大学师生于提倡昆曲,其功尤大,譬如蔡元培曾组织赴法勤工俭学义演,邀请京昆名角演出昆曲,又如"北大韩党六君子",为北京大学六位学生支持昆旦韩世昌,为其延请吴梅授曲,并出版花谱。韩世昌因之走红,后被称作"昆曲大王",成为北方昆曲之代表人物。

至二十世纪三四十年代,北大校内昆曲传习活动仍有延续,譬如文学院艺文研习会昆曲组(北文曲社),请曲家许雨香授曲(许雨香为俞平伯之姻弟,阖家皆擅昆曲,今见俞平伯致周作人信札,即有托请许氏来北大教授词、昆曲之事)。我曾访问于四十年代中后期学习昆曲的北大学生,她们除向许雨香学曲外,还由校方延请北方昆弋名角王益友、韩世昌等人教授身段。彼时学曲的刘保绵曾为我手书许雨香简历:

> 许雨香(1881—1959),名宝菡,浙江杭州人,书香世家,先世兄弟八人中有五人为翰林。有唱昆曲的家风。会昆曲极多,生、旦、净、丑的曲子都能教。他自己吹笛教唱。他大姐为俞平伯夫人。俞平伯工昆丑。其二子许承甫(化名沈化中),地下党员,习笛与二胡。其二女许平甫,唱旦,工"游园""扫花"。其四女许丰唱官生。

王益友为昆弋武生，擅演《夜奔》，其时来往京津二地授曲，逝世后，由北京大学师生搭台义演，为其购置棺木，办理后事。其时学曲者有俞琳，在八十年代曾担任文化部官员，倡导组织全国昆曲培训班、振兴昆剧指导委员会等，在1986年制造了一个小小的"昆曲年"。三次昆曲培训班传授了百余折昆曲折子戏，为今日之昆曲演出与传承之基础。

四十年代后期，昆弋社已无力组班，偶有演出，多是曾在北大学曲的曲友如张琦翔等帮忙串戏，方能维持。张琦翔博闻强识，对京中曲事了如指掌，曾帮助韩世昌整理艺事。惜年不遐寿。又有陈古虞，本为西洋文学系学生，却好昆曲，虽扮相不美，但所记尤多。许雨香南返后，即由陈古虞任昆曲组导师。陈氏后任教于上海戏剧学院，八十年代偶回京，为伶人授昆弋《刺虎》《夜奔》诸戏，据云《刺虎》由其而传。今有说戏录像存焉。

至五十年代，北京大学教师里，好昆曲者有之。如林焘、杜荣、朱德熙诸先生，曾与清华大学汪健君等曲家，组织北京昆曲研习社西郊小组。新中国成立初，在流传的校园逸闻里，有俞平伯先生串《活捉》，新时代的大学生不以为然之传闻（其实多半非真，因俞氏并不串戏，偶或在舞台上打鼓）。也有浦江清先生在教学楼唱《长生殿·闻铃》而学生因拖堂腹内如雷鸣之回忆。

九十年代之后，北京大学京昆社出现，由北方昆曲剧院老生演员张卫东先生义务教曲约十三载，不仅培养了一批昆曲爱好者，而且定期学曲串戏。尝见网上某旅游指南，其中一条便是"到北京，在北大京昆社学昆曲"。北京大学心理学系骆正教授曾开设戏曲欣赏公选课，以心理学解读京昆名剧，有《中国京剧二十讲》《中国昆曲二十讲》行世。哲学系教授楼宇烈先生曾担任北京昆曲研习社主委，并在北大校内组织定期拍曲。

大约在2005年，我曾在北京大学校长办公楼观看京昆社演出，有《加官》《闹学》诸出，此次似为北大京昆社校内成员最后一次较有规模之演出。因《闹学》里，春香往陈最良背后贴了个纸剪的大王八，虽是业余串演，但整台气氛欢乐，因而记忆深刻。还有开场《加官》，演者醉态可掬，后张卫东先生告诉我，这位同学一句不会唱，但又想在去美国前演一次，故而给他排了这出不用开口的吉祥戏。还有，一位在美读博后回社科院工作的左派美女学者，也常对我说，在北大读研时，也在京昆社"混"，不会唱，主要跑龙套，扮过"大铠"。后来在纽约，也偶尔参加张充和曾活动的纽约海外昆曲社的活动。

亦是在2005、2006年，由白先勇先生制作的青春版《牡丹亭》全国巡演，在北大巡演数轮，场面宏大，据云虽寒冬天气，排队者仍络绎不绝。青春版《牡丹亭》在北大的演出，直接开启了青春版《牡丹亭》的高校巡演，所至之处，大抵情形相似，或更热烈。因此，昆曲应在大学生中传播，成为昆曲传承的一个共识。多年之后，昆曲观剧环境之改变，如常言之年轻观众多（黑头发的比白头发的多），与此种情形不无关联。

白先勇、叶朗二位先生携手策划了青春版《牡丹亭》进北大，此后也常引用据说出自北大学生之口的两句"金句"：一云"宁愿醉死在牡丹亭里（观看青春版《牡丹亭》时）"，另一云"现在世界上分为两种人：一种是看过青春版《牡丹亭》的，一种是没看过青春版《牡丹亭》的"。虽是口口相传之戏语，但亦能说明青春版《牡丹亭》彼时之接受，以及对昆曲在北大传播之影响。

2009年，白先勇先生和叶朗先生又开启"北京大学昆曲传承计划"，先举办青春版《牡丹亭》演出，及昆曲文化周，一时之间，北大校园内皆是青春版《牡丹亭》之亮丽剧照。其后，又在北大开设"经典昆曲欣赏"公选课，后升为通选课。此课延请海内外顶级昆曲艺术家及著名学者，以讲座之形式，使学生近距离感受昆曲之美。此课之设置为一大创举，因此前昆曲讲座多为零星、少量，或仅在戏迷小圈子里流通。此课之开设，据我所知，至少产生五大效应：其一，吸引了许多北大学生来了解昆曲，不仅选课人数日增，而且听课者不仅仅止于选课生，曾经选课，或未选课的学生也常来旁听，并对昆曲感兴趣。其二，成为北京地区的昆曲盛事，每年的昆曲课，常常吸引北京及海内外昆曲爱好者来旁听。其三，为此种昆曲教育之先声，北大昆曲课之后，香港中文大学、台湾大学亦开设昆曲公选课，亦借鉴北大昆曲课之模式。其四，形成昆曲传承的良性循环，除培养昆曲观众、爱好者之外，昆曲课还通过邀请昆曲大师来讲课、邀请苏昆青年演员来演出新学的折子戏等方式，不仅在课堂之外向选课学生立体呈现昆曲之美，而且也起到促进昆曲传承之功用。其五，通过在北京高校海选方式，策划演出校园版《牡丹亭》，并曾参加文化部组织的会演。此亦可算是校园昆曲活动之"高峰"了。2017年又有校园传承版《牡丹亭》海选及排演，算是故曲重来，又续上了这一回。

2013年，北京大学昆曲传承与研究中心成立，除继续承担"经典昆曲欣赏"通选课外，还组织了三次"昆曲大师清唱会"，极受欢迎。2016年、2017年分别编辑出版了《牡丹情缘——白先勇的昆曲之旅》《昆曲欣赏读本》等书。而且，组织北京大学"戏曲与中国传统文化"沙龙活动,以宫廷戏曲、新编越剧、昆曲编剧、民国京剧等为主题,召集和吸引了众多北京高校的戏曲研究者及爱好者共同交流。此外还借助慕课平台,推出"'非遗'之首:昆曲"课程,不仅已有二十余所高校的学子选修,而且每学期邀请昆曲艺术家及学者来讲座,与各地选修学生直播互动,形成了一种新的昆曲教育方式。

目前,北京大学校内的昆曲活动,除"北京大学昆曲传承计划"外,较为常规的,还有楼宇烈先生的每周曲会、京昆社的昆曲教学(由昆曲传承计划资助部分经费,聘请江苏省昆剧院一级演员顾预授曲。2015年京昆社亦有成员被派去给以色列总统演《游园惊梦》。2016年和北京昆曲研习社合演《临川梦》)、国学社聘请张卫东先生授曲及诵念等。可以说,迄今为止,北京大学的昆曲教育,既是不绝如缕,而且相较其他高校,更为丰富多维。2017年,教育部昆曲传承基地也花落北大,此或许是新篇章。而近二十余年在北大习曲之学生,如今在海内外传播昆曲者,不计其数,也正成为昆曲清曲传承及曲学研究的主要力量。

笔者多年查阅近现代昆曲资料,并亲历十余年来之北大昆史,以上拉杂述来,记忆所及,或尚有不准确之处,希读者见谅且指正。

载《中国文化报》2016年5月17日,题为
《不绝如缕 丰富多维——北京大学与昆曲》

吴梅与北京大学昆曲教育

1917年9月,因蔡元培之召,吴梅赴北京大学任教,作《仲秋入都别海上同人》诗,云:"寰中久已无新室,日下何劳补旧闻。不第卢生成绝艺,登场鲍老忽空群。"并夹注:"时洪宪已罢废国学,征余授古乐曲。"不难看出诗中那种"春风得意马蹄疾"式的欣快之感。事实确系如此。虽是"乞米长安",又"陋巷箪瓢",但从此揭开了北京大学昆曲教育乃至艺术教育的序幕。这也是有记载的不同于民间曲社传承的大学昆曲教育的起始。

吴梅在北京大学的五年

吴梅在北京大学工作的时段,为1917年9月至1922年夏,共五年。其工作有两项:一项担任文科教授及国文研究所教员。吴梅承担的有两类课程：其一是文学史，这一类课程是文学史、近代文学史。2005年由陈平原编订出版的《早期北大文学史讲义三种》，收录法兰西学院汉学研究所图书馆所藏吴梅撰《中国文学史（自唐迄清）》讲义，大致展示了吴梅讲授《中国文学史》的基本内容。其二是曲学，这一类课程有词曲、曲、戏曲（甲）、戏曲（乙）、戏曲史、中国古声律。吴梅的《词余讲义》即是此类课程的讲稿。值得注意的是课名的变化：随着时间的推移，吴梅担任的课程由最初的词曲变为曲，又变为戏曲。1921年10月13日《北京大学日刊》上所刊登的中国文学系选课科目里有戏曲（甲）、戏曲（乙）、戏曲史，这可能是最早与现今学科体系里的戏曲课程有直接渊源的命名。另一项工作是传授昆曲。以《北京大学日刊》1918年5月登载的《集会一览表》为例，《集会一览表》是北京大学各部门的讲演预告，在5月，"音乐会"召集的吴梅教授昆曲的集会次数有8次，大约是每周两次，每次一小时。

再查阅《北京大学日刊》，吴梅担任的本科课程每周10课时，研究所每周2课时，而吴梅教授昆曲每周亦有8课时，可以说吴梅在昆曲传习上倾注了不少的时间与精力。在1918年4月11日的《北京大学日刊》上，有一则《音乐会通告》：

> 谨启者：昆曲一部，自吴瞿安先生教授以来，进步非常之速，但人数过多，科门太繁，吴先生大有应接不暇之势。

此条通告也可说明吴梅至北大后的工作情况。值得一提的是，蔡元培1916年12月到任后，先后重组音乐研究会，成立书法研究社、画法研究会等校方支持的学生社团，并聘请王露教授古琴与琵琶，陈师曾、徐悲鸿等教授绘画，逐步展开其"美育"布局。吴梅、王露、陈师曾等人也成为近代以来昆曲、古琴、绘画等中国传统艺术进入大学教育的标志性人物。

北京大学音乐研究会昆曲组

此时北京大学昆曲传习的组织，随着校方的美育方案和机构的变动，有北京大学乐理研究会昆曲门、北京大学附设音乐讲习会中乐部昆曲专修课、北京大学音乐研究会昆曲组等命名，其中以"北京大学音乐研究会昆曲组"最为常见。

鼎盛时期，昆曲组有三大导师，除吴梅外，便是陈万里和赵子敬。陈万里是苏州人，在北京大学任代理校医，是中国摄影的开创者之一，曾拍摄故宫、敦煌等地，后以陶瓷研究闻名。陈万里喜唱昆曲，常有在集会中演唱昆曲之举。因音乐研究会里学习昆曲的学生很多，吴梅请陈万里来兼教副丑行当，每周一次。赵子敬则是常州曲家，受袁寒云之聘，来北京授曲，也被延请到北京大学教授昆曲。大约是因为吴梅、陈万里都是北京大学的正式教职员，且工作繁忙，所以赵子敬便成为音乐研究会的主要昆曲导师。

1920年，《音乐杂志》第一卷第七期刊载北京大学音乐研究会导师姓名表与第一期会员姓名表：在《导师姓名表》里，赵子敬为昆曲导师。在《第一期会员姓名表》里，昆曲组会员有32人。《音乐杂志》第一卷第八期的封面，则刊载了《昆曲组导师会员合影之一》：六人围长桌而坐，一人撇笛，一人持板，此为昆曲组活动之略影。这幅照片留存了彼时北大传习昆曲的珍贵场景。俞平伯的回忆文章则提供了细节："后得问曲学于吴师瞿安，至己未春（八年四月）师于课外借红楼中教室开一歌曲班，从之者不多，余仅习得【南吕宫】【绣带儿】二支，且无是处，引吭发声，颇为特别，妻及许闲若弟常引以为笑也。"

除日常传习活动，昆曲组师生常常出现在彼时新兴时髦的音乐演奏会上。1919年2月2日、3日，北京大学第一次召开学生游艺大会，为画法研究会筹款。内容包括书画展、新剧演戏、音乐、幻术、谜语、辩论、技击等。音乐部分有"吴瞿安赵子敬陈万里诸先生之昆曲""均是使人闻之乐而忘倦"。此次游艺会效果良好，不仅京中各报登载消息，而且教育总长、次长参加，蔡元培致辞，最后筹得款项约1000元。1919年4月19日，北京大学音乐研究会在米市大街青年会举行音乐演奏大会，共19个节目，其中昆曲节目列出3个，除开场与大轴都是昆曲组的昆曲，还有吴瞿安、赵子敬、陈万里、程龙骧的昆曲。自此次演奏大会后，音乐研究会每年4月左右举办演奏大会成为定规。1920年4月17日，北京大学音乐研究会再次在米市大街青年会举行音乐演奏大会，共22个节目，其中昆曲有：《定情·絮阁》由昆曲组导师及会员演唱；《痴梦·活捉·访素》由赵子敬、陈万里、程龙骧演唱。1922年5月1日、2日，音乐研究会演奏大会又一次举行。节目分三类：原有之部、新增之部、创造之部，其中，原有之部（包括昆曲）、新奇乐器、创作之部里的歌舞是演奏会的重点。从演奏大会的节目安排看，虽然比重各有不同，但昆曲组演唱昆曲天然是演奏会的一部分。

昆曲版北大校歌

最有趣的是，吴梅还写过一首今人少知的北大校歌，而且可以用昆曲演唱。在《国立北京大学廿周年纪念册》里，载有两首吴梅撰写的"歌曲"。一首《北京大学校歌》，另一首《北京大学二十周年纪念歌》。兹录之：

北京大学校歌
文科教授吴梅撰

景山门启鳣帷，成均又新，弦诵一堂，春破朝昏，鸡鸣风雨相亲。数分科有东西秘文，论同堂尽南北儒珍。珍重读书身，莫白了青青双鬓，男儿自有真，谁不是良时豪杰，待培养出文章气节少年人。

北京大学二十周年纪念歌
文科教授吴梅撰

械朴乐英才，试语同侪：追想逊清时创立此堂斋，景山丽日开，旧家主第门程改，春明起讲台，春风尽异才。沧海动风雷，弦诵无妨碍。到如今费多少，桃李栽培；喜此时幸遇先生蔡，从头细揣算，匆匆岁月，已是廿年来！

这两首歌曲，为庆祝北京大学成立二十周年而撰，尤其是第一首，在校刊上冠以"校歌"之名，且附以简谱，可见在当时应是受到校方认可，并可传唱。1921年，北大校方决定"暂不制校歌"，直至如今，北大亦是"没有校歌校训"，这两首歌曲遂被掩埋于历史的尘埃。虽则不同时代的学生群体里风行《未名湖是个海洋》《燕园情》等歌曲，但往往被当作是"地下校歌"。

在《霜崖曲录》里，我们或许能够看到这首北大校歌的另一面目，这是一支宫调为"正宫"、曲牌为"锦缠道"的散曲，和正式刊载的北大校歌相较，差异不大，但很有几处不同，如起首为"启成均，景山街槐堂又新。弦诵一家春，几年来鸡鸣风雨相亲。数分斋有东西秘文，论同堂尽南北儒珍"。对照散曲与"校歌"，如"一家春"与"一堂春"、"分斋"与"分科"，可见其视角、其声音、其叙述由私人变为公共。反之，亦可证知此版北大校歌其实也寄托了吴梅数年来任教于北大的感慨与认知。

1922年6月19日的《北京大学日刊》上，刊载了《吴瞿安启事》，云"暑假回南"，岂料此行一去就不再复返。因北大毕业的好友陈中凡之邀，吴梅转而任教于东南大学。此时，校医陈万里也早就离职，从事陶瓷考古研究。北京大学附设音乐传习所成立后，整体按照西方音乐教育的体制设定，昆曲传习活动被边缘化，赵子敬也由昆曲大王韩世昌赡养。直至1931年，北京大学音乐学会设立昆曲组，由笛师何经海教授昆曲。北京大学的昆曲教育才翻开又一篇章。

关于吴梅昆曲版北大校歌的话题，百年来偶有提及，如鱼儿浮出水面，但真正得以挖掘与传唱却在近年。2019年5月24日，北京大学首届戏曲节上，由京昆社二十余年的新老社员合唱昆曲版北大校歌。11月9日，在纪念吴梅逝世八十周年研讨会上，吴梅的曾外孙朱宗明重新抄写了此版校歌，赠予北大昆曲传承基地，也许可以视作最新的后话与佳话了。吴梅曲学之遗响仍在流传。

载《文史知识》2020年第3期

昆曲中的古琴

昆曲与古琴皆为联合国教科文组织收录的世界"非遗",也是中国率先进入世界"非遗"行列的传统艺术。虽然二者产生时间不同,古琴的历史比昆曲要悠久得多,但自明清以降,倒像是一对"同命鸟",作为中国雅文化的象征,同兴同衰,同喜同悲,直至新世纪,经"非遗"之认证,恰似被打了一剂强心针,虽然繁华不再,但又骤然增添出一番新光景了。

说起"昆曲中的古琴",首要的是引用《红楼梦》。在这部呈现了清代中期社会生活的《红楼梦》里,谈及戏曲之处甚多,尤以昆弋为主。"戏中戏"的手法亦频频使用。单说唱戏时提到古琴的场合,却只有一处,来自见多识广的老祖宗史太君。在第五十四回《史太君破阵腐旧套　王熙凤效戏彩斑衣》里,史太君先说清唱,不用大乐队,用箫或提琴伴奏,就很雅致。又说起昆曲与琴,其语甚是精妙。暂引如下:

我像他这么大的时节,他爷爷有一班小戏,偏有一个弹琴的凑了来,即如《西厢记》的《听琴》、《玉簪记》的《琴挑》、《续琵琶》的《胡笳十八拍》,竟成了真的了,比这个更如何?

史太君抑或曹雪芹当日的见闻,过了二三百年,依然熠熠有辉。因为,虽然杂剧传奇里,尤其是才子佳人剧里,写古琴几乎是"家常便饭",但至今犹在昆曲舞台上氍演的,还是有这么三出折子戏。思来想去,我也仅能给史太君的戏目再加上一出:《琵琶记·赏荷》。

一　才子佳人弹"琴"说爱

在才子佳人剧里,传情的工具之一,就是琴。最典型的就是王实甫《北西厢》的《听琴》和高濂《玉簪记》的《琴挑》,都是男女谈情说爱之际,用琴声来进行沟通,表达心意。这种方式,追溯起来,来自司马相如和卓文君。卓文君跟司马相如私奔,就是因为偷听到了司马相如弹琴。琴的力量如此之大,直教人生死相许。有一部《琴心记》的传奇述其事,只是如今不在舞台上演出了。司马相如与卓文君以琴传情的故事,成就了无数才子佳人谈情说爱的佳话,也成了以琴传情的谱系的源头,张君瑞与崔莺莺、潘必正与陈妙常,甚至贾宝玉与林黛玉,都只是这条谱系在文学天空的偶然现身。

剧中弹琴也有三种子模式,一种是才子听佳人弹,一种是佳人听才子弹,还有一种是合二为一,才子弹一曲,佳人弹一曲,互相对弹。

《西厢记》的变迁就有前两种模式的变化。《西厢记》故事的源头是唐代元稹写的《会真记》或《莺莺传》,故事的开始差不多,但是结局不一样。我们现在熟知的《西厢记》结尾是"愿天下有情人终成眷属",莺莺与张生成其好事。但是唐代元稹写的结局不是这样的,张生遇到莺莺只是一场艳遇而已。张生去赶考,如"游仙窟",在路上经历了这么多,最后的态度就像司马相如的《美人赋》一般,把莺莺给抛弃了。关于张生和莺莺何以如此,是一桩公案,涉及唐代的制度与文化,我们暂且不说。只是说在元稹的《莺莺传》里,写到张生要求听莺莺弹琴,但是莺莺不肯弹,最后分离的时候,莺莺才弹了一曲,由于心绪太乱,也不成声。这里,琴也成为两人的爱情故事的一个情节,从不弹琴到不成声,是莺莺的心境变化。

此后,元代的诸宫调《西厢记》,王实甫的《北西厢》杂剧,再到明代改编的《南西厢》,弹琴的主角变成了张生,红娘出谋划策,张生通过弹琴表达自己的爱慕之意,使莺莺大为感动,他们的情感之路由此通关。

王实甫的《北西厢》在舞台上演出很少,所幸的是,北京的北方昆曲剧院因为地域与传统的关系,对在舞台上演《北西厢》有执念,从二十世纪八十年代的"马西厢",到新世纪的大都版《西厢记》,都按照王实甫《北西厢》来改编和敷演。因此总会有《听琴》一折形诸舞台。且听,在张生弹的曲子里,有《凤求凰》,从曲名也可知其意,这即是当年司马相如弹给卓文君听的曲子。我们也可看到,司马相如与卓文君的魂灵回荡在这个良夜(中秋月圆之夜)。

我们再来看《玉簪记》的《琴挑》。《玉簪记》是明末高濂的作品,说的书生潘必正和尼姑陈妙常的爱情故事。潘必正到姑姑当住持的女贞观读书,结果爱上了观中的尼姑陈妙常,通过听琴、问病、偷诗,最后成其好事。但是姑姑发现了,立逼他去应试,离开此是非之地,于是就有了《秋江》这一折名戏。在潘陈的情感四部曲里,"听琴"是互探心意之始,也是关键一步,很有妙趣,两人互弹琴曲,来互通心曲。琴与情之间的微妙关系,其实也很直白。这一段《琴挑》渊源有之,就是元杂剧《竹坞听琴》,也是一位书生到郊外的一个小庙,听到一个尼姑弹琴,循声而往,结果成其好事。当然里面也少不得司马相如与卓文君,也弹了《凤求凰》。看来司马相如真是古代青年男女的爱情导师!

二 新弦与旧弦 —— 你思念的到底是哪种弦?

以前的琴用丝弦,容易断,不像如今常用钢弦。弹琴时心绪不宁,断弦率很高。所以《空城计》里司马懿通过听诸葛亮弹琴来判断对方虚实。断弦之后需续弦,还有新弦与旧弦之分。弦又有了婚姻的寓意。于是,昆曲里有一出《琵琶记·赏荷》便在此寓意上做足了文章。《琵琶记》的故事流传较广,主角是蔡伯喈。蔡伯喈即是琴史上大大有名的蔡邕,"焦尾"和"断弦"的典故都和他有关。不过在《琵琶记》里,蔡伯喈却是一个"不忠不孝"的书生,尽管被粉饰成了"全忠全孝"。故事说的是蔡伯喈在家乡娶了一位夫人叫赵五娘,娶亲之后他去赶考,中了状元,被牛丞相招婿,于是就出现了一个类似于陈世美的故事。蔡伯喈和牛丞相的女儿牛小姐结婚以后,住在相府里,闷闷不乐,因为他想念原配妻子。这时有一出戏叫《琵琶记·赏荷》,里面出现了弹琴场景。蔡伯喈和牛小姐对话,要请教一曲,先弹了一个刚才我们在《玉簪记》听到的曲子,是无妻之曲。接着弹《风入松》,弹着弹着弹错了,弹成了《思归引》,表达他想回家的心情。蔡伯喈将神思恍惚归咎于琴，说他弹得惯旧弦，弹不惯新弦。为什么会这样呢？只因有了这新弦故而撇了旧弦。在这个故事里，蔡伯喈被迫娶了牛小姐，跟原来的妻子赵五娘分别，就用了旧弦和新弦的典故。在舞台上，蔡伯喈闷闷弹琴，屡屡弹错，自然心有所指，观众也都与蔡伯喈"共情"，共享同一个秘密，只有这位牛小姐不明就里，并不知夫君心系"旧弦"，而她本人就是总也弹不好的"新弦"。

大约因为是琴史上的闻人，蔡邕继续在《续琵琶》里出场。《续琵琶》是曹雪芹的祖父曹寅的作品，故而红学家以此来作为《红楼梦》作者确是曹雪芹的一个证据。《续琵琶》之剧名，看似是接着《琵琶记》写下去，因此从蔡邕写到了蔡文姬，最后落脚于文姬归汉，蔡文姬弹唱自己创作的《胡笳十八拍》，惊天地动鬼神，谓为名曲。《续琵琶》其实很久没有在舞台上演过了，但是多年前，曹雪芹学会会长胡德平整理了《续琵琶》，又推动用昆曲来演，所以先后出现了两版《续琵琶》。前一版是串折版，选了一些《续琵琶》里的折子，连缀成篇；后一版是大戏版，将原著重新整合成本戏。两版之优劣不在本文讨论范围，倒是剧中蔡文姬演奏《胡笳十八拍》值得一说。

在琴曲里，《胡笳十八拍》亦失传已久。在二十世纪五十年代，琴家陈长林等人合作，打谱挖掘了这首大型琴曲，当时曾举办演奏会，从此，此曲重又流行于世。串折版《续琵琶》里专门安排了弹唱《胡笳十八拍》一场戏，饰演者涂玲慧是琴曲的发掘者之一、又精于诗词吟唱的傅雪漪先生的徒弟，因此在舞台上扮演蔡文姬弹唱选曲，琴家杨芬女史亦为其伴奏，甚是难得。昆曲乐队里通常没有古琴，演员精通古琴的也是少数，因此在戏中出现古琴、碰到演奏琴曲的场合，如前面说的《听琴》与《琴挑》，往往用古筝或箫来伴奏了事。演员亦虚作弹琴姿态而已。

  时序流转,昆曲与古琴结伴成为中国传统文化的代表。近些年来,二者结合的昆曲剧目开始频频出现。譬如,白先勇制作的新版《玉簪记》,提出"琴曲书画"的昆曲新美学,将昆曲与古琴深度融合,因剧中有《琴挑》一出的缘故,不仅借来唐琴"九霄环佩",由李祥霆替潘必正与陈妙常弹奏琴曲,还将古琴演奏作为幕间的主题音乐。因为这一实践,白先勇提出了昆曲舞台是流动的中国传统文化博物馆之说。又者,戴晓莲的古琴音乐会《静听琴说》也开始利用《琴挑》和《空城计》,演绎曲中意境,或扮成剧中角色亲自弹奏古琴。最近,石小梅的新编《春江花月夜·乘月》一出在北大上演,张若虚携琴出场,琴与情融于月下,而构成一段神鬼皆歌泣的传奇。

载《文史知识》2020 年第 11 期

"传统"与"回向":昆曲的过去、现在与未来

昆曲是中国的第一个世界"非遗",古琴是中国的第二个世界"非遗"。记得在申请第一个"非遗"时,还曾因申报昆曲还是古琴产生过争论,但最后还是申请昆曲。因为古琴还有小范围的研习,但昆曲——快灭绝了!更符合"非遗"的本意。

或许是恰巧,或许是正好。四千年的古琴和四百年的昆曲作为中国传统文化的两个代表,并因被列入"非遗"而改变了命运。昆曲2001年成为"非遗",古琴2003年成为"非遗",而自2004年之后,中国社会轰轰烈烈的"非遗"体制化不仅使"冷门"成为"热门",而且极大地影响了它们在当前中国社会文化空间中的位置及发展。

以昆曲而论,虽仅四百余年,但能与四千年之代表中国雅乐传统的古琴并列,实有当然之理由。今人往往力图追溯昆曲历史至更"古老",如"昆曲六百年"之说,现在已成所谓"常识",但实则是不可靠、

尚待考之历史。而且,更重要的是,昆曲之为中国传统文化精粹之一,并不在其"古老"(即便六百年、八百年,其仍然是近代中国之产物,又何能与希腊、印度、东南亚之戏剧及傩戏、目连戏、梨园戏诸戏来论"古老"),而在其是中国传统文化至明清时代之际所结的一枚"奇异的果实",是中国文化诸多领域发展至成熟时之"集大成"者。

昆曲之剧本,为明清传奇,是明清文人倾注心力与志趣之作,也是中国传统诗文学的延续,其综合诗词曲及小说家之言,乃是一代之文学。而昆曲能基本以其原词演唱,因而可将中国传统文学"立体化",从中可窥见中国古人生活之一斑。而现今之京剧及地方戏,绝大多数为近现代新编剧词,其文学性不能与之相比。

昆曲之音乐,为中国雅乐传统之遗存。宋金元之南北曲,至明代由昆曲而合为一体,清代乾隆时期编纂《九宫大成南北词曲谱》,录有四千余曲牌,但仍有遗漏。即便如此,它仍是中国传统音乐之宝库。

昆曲之舞台砌末,亦是明清时代物质文化之体现。清代宫廷的三层大戏台,其结构巧妙、排场宏大、机关砌末精奇,即是一证。昆曲之行当家门极细,身段繁复且擅于文本之表达,皆是中国传统戏剧发展至成熟状态之样态。

更重要的是,昆曲不仅仅是戏剧,更是一种成熟精致的承载"中国精神"的"中国艺术";不仅仅是一种娱乐方式,更是明清以来中国人的一种生活方式。从明清笔记、小说、戏曲等文章中多能寻得其踪迹。

然而,昆曲之命运又是"久衰而未绝"。自民国以来,昆曲流落民间,由宫廷艺术转变为民间艺术,主要依靠民间社会之爱好昆曲的文人与商人支持,譬如北方之昆弋社与北京大学师生,南方之昆剧传习所与穆藕初、张紫东、徐凌云等沪苏曲家。然因抗战之中国社会动荡流离,于二十世纪四十年代,亦成余响。这一命运与古琴亦相类。

而1954年,古琴既有北京古琴研究会之整理挖掘。至1956年,昆曲则有"一出戏救活了一个剧种"的说法,因被纳入体制,昆曲又得以延续与发展,而因彼时之"通俗化""人民化"之社会要求,昆曲之发展亦有变化。此后,昆曲消失近14年。新时期后,昆曲经历短暂复兴,又因市场经济退居社会之边缘,昆曲从业者被称作"八百壮士"。

昆曲成为"非遗",可比作打了一剂"强心针",随着"非遗热"及青春版《牡丹亭》的巡演,使得昆曲获得百年以来前所未有之位置与影响。

但不容乐观的是,昆曲的传统资源却在迅速流失,民国时期昆曲班社所承继的传统剧已大为减少。新中国成立之初至今,传统折子戏剧目亦从700余折减少至200余折。事实上,昆曲作为中国传统文化之象征使得昆曲获得如今之境遇,反之,昆曲所保有的传统资源决定了昆曲未来的发展与命运。

今人多好言"古树新花",这自然是中国传统文化现代化的好象征。对于像昆曲这样的传统文化来说,更重要的或许是"回向",也即回到历史的关节点,真正地去了解传统、梳理传统,熟悉进而保存传统、激发传统,从而将今人之创造纳入越来越大的传统。而非以"传统"或"现代"之名,创造的却是非古非今(既不传统也不现代),如此传统亦将枯竭,新文化之创造亦将是无源之水。朱子诗云,"问渠那得清如许,为有源头活水来",此之谓也。

甲午国庆前一日于长春桥
载《中国艺术报》2015年3月25日,题为《昆曲为何能"久衰而未绝"?》

青春版《牡丹亭》

当人们还在为新落成的国家大剧院的首演剧目争论不休时,青春版《牡丹亭》已悄悄踏上国家大剧院的舞台——作为首批试演的七个剧目之一,2007年10月8日至10日,青春版《牡丹亭》又一次来到了北京——仅仅在五个月前,它刚刚在北京展览馆举行第一百场演出。相似的情景一再重演,国内外的戏曲学者又一次云集京城,宣读事关青春版《牡丹亭》的论文,而这些文章又将被结集,汇入绵绵不绝的青春版《牡丹亭》宣传品中。但与以往稍有差异的是,在研讨会的最后一天,以说《论语》《庄子》走红全国的"学术超女"于丹,出现在会场,居于桌旁侃侃而谈,还在国庆的央视节目中说起了昆曲……

从2003年白先勇开始筹备青春版《牡丹亭》,到2004年4月在中国台北首演,到在国内各高校的频繁巡演,到被报道为堪比"梅兰芳赴美"之轰动的美国巡演,再到如今登上国家大剧院,青春版《牡丹亭》之路途风光及影响自不待言。时人论及青春版《牡丹亭》之成功,不外乎"白先勇"加"青春版",以及"全本""原汁原味"之类的广告语。事实上,由于白先勇所持有的"文化象征"(著名小说家)和"政治象征"(白崇禧之子,统战人士),使他得以整合诸多资源,并投入到青春版《牡丹亭》的生产与运作中。譬如,他选择实力原本较为薄弱的苏昆(江苏省苏州昆剧院)合作,便迎合了苏州以昆曲为"城市名片"之诉求,在与地方势力的共谋中,青春版《牡丹亭》之制作与推广方得有强力后盾。又譬如,他延请浙昆(浙江省昆剧团)汪世瑜和江苏省昆(江苏省昆剧院)张继青亲为教授青春版《牡丹亭》主演,并分别担当总导演和顾问。汪世瑜素有"巾生魁首"之美誉,张继青号作"张三梦",皆为声名卓著、表演精湛之昆曲艺术家,但分属不同剧团,在以往行政体制中,集聚于另一剧团本属难事,但白先勇为之,并以之为青春版《牡丹亭》艺术之保证及号召。又如青春版《牡丹亭》赴国内外众多高校及演出场所巡演,所到之处待若上宾,更非白先勇而不能有。再如青春版《牡丹亭》背后的巨额投资、剧本唱腔的改编、演出宣传之运行,等等,皆需整合国内外的诸多资源,凡此种种,其发动均系于白先勇一身。

青春版《牡丹亭》之风行,可谓极大地改变了昆曲之观念及其运作机制。自二十世纪八十年代以来,剧团依托行政体制获取资源及位置,昆曲之表演及接受基本在小圈子内循环,观看昆剧一般被视作"落伍",所谓"年轻人不愿看慢曲,老年人舍不得花钱"是也。但青春版《牡丹亭》提出"青春版""全本""原汁原味""大制作"诸多概念,其强大的包装及宣传机器以"时尚"相号召,因而使昆曲在人们的观念中由落伍陈旧的艺术一变为可消费的"时尚"——如同欣赏芭蕾或西方古典音乐。在此前后,"非物质文化遗产"这一称号逐渐在中国社会升温,昆曲因第一批进入"人类口头和非物质文化遗产"名录,而获得更多关注。"非物质文化遗产热"与青春版《牡丹亭》之热感相应和,因而有所谓"昆曲热"之现象。

青春版《牡丹亭》之后,有《1699·桃花扇》。《1699·桃花扇》本是文化体制改革的产物,即经"事改企"之改制后,新成立的江苏演艺集团为推出精品以印证其改革之政绩,聘请话剧名导田沁鑫执导,而曾有过戏曲经历的田沁鑫则选中江苏省昆,并排演《1699·桃花扇》。《1699·桃花扇》亦效仿青春版《牡丹亭》,如以"青春版""大制作""原汁原味"等概念为号召,请来与白先勇相当的文学名家余光中挂名为顾问等,并更为激进,诸如所选用演员更为年轻,打出复原1699年原貌之广告等。不过,由于其资金、宣传推广等运作大多依托行政力量,因此其市场及影响似乎并不如青春版《牡丹亭》。而且,《1699·桃花扇》除了青春版,还相继推出传承版、简版、音乐会版等诸多版本,这说明其资源整合尚待完善,亦可能在尝试青春版之外的其他出路。事实上,《1699·桃花扇》虽以青春版始,却以传承版获誉。《1699·桃花扇》之后,一时成为媒体热点的,又有厅堂版《牡丹亭》。厅堂版《牡丹亭》沿用青春版《牡丹亭》《1699·桃花扇》之概念,如青春版、原生态、以余光中挂名顾问、话剧名导(林兆华)与昆剧导演(汪世瑜)之合作等,又根据其所在地皇家粮仓之特点,提出"厅堂版"概念,如借用"家班"之称呼、小剧场、不用麦克风之类的"非舞台"形式,与之相应的是"高票价",因而引起争议。不过据《南方周末》对皇家粮仓经营者的访谈,所谓厅堂版《牡丹亭》,其出发点不过是其承包皇家粮仓之后的一笔生意而已。此外,"全本"这一概念亦有所伸展,青春版《牡丹亭》提出"全本"、连演三天之演出方式,苏昆在稍后推出的《长生殿》亦是连演三天的全本,而上昆(上海昆剧团)则又于 2007 年推出连演四天的全本《长生殿》。

自青春版《牡丹亭》而下,凡新创昆剧,均循"青春版""大制作""全本"之路线,并愈演愈烈。虽则人们于昆曲之观念由"落伍"转为"时尚",昆曲的影响及接受群体扩大,但昆曲演出、制作诸方面的运作机制反受制于此。而且,因昆曲首批进入联合国"人类口头和非物质文化遗产"名录,也成为各种势力争夺之目标——商人借昆曲以作广告(如厅堂版《牡丹亭》),地方势力借昆曲以作"名片"(如由江苏投资的纪录片《昆曲六百年》被讽为"苏州昆曲六百年"),剧团借新创昆剧以获文化部项目资金……对这一趋势持批评立场,较为系统且尖锐,并产生很大影响的,南有顾笃璜,北有张卫东——诸如张卫东所言"正宗昆曲,大厦将倾",或许是对这一流行趋势的当头棒喝。

载《话题 2007》,生活·读书·新知三联书店 2008 年

昆曲与文人、商人、官人

2012年11月17日，在北京大学百年讲堂上演的"2012中国昆曲名家北大演唱会"接近尾声时，出现了"于丹被轰"事件，随即因微博及媒体的渲染与讨论，成为当时社会公共事件之一。作为曾在现场亲历此事的观众，我赞同将此事件分为两个层面：其一是昆曲演出现场的"于丹被轰"，代表部分传统戏曲观众对于丹讲昆曲的不认同。其二是在网络与媒体上的"于丹被轰"，则是于丹讲昆曲与讲《论语》《庄子》一起，被当作"心灵鸡汤"式的"官的帮闲"，而成为某些社会政治情感的宣泄口。

自2001年昆曲被列入首批世界"非遗"后，昆曲从以往在中国社会文化空间中的边缘位置逐渐变得比较重要，这一变化与政府将"非遗"作为文化战略的一部分、"非遗"体制化和社会动员同步，大约于2004年开始，此后各种社会力量相继介入昆曲领域。大略可分为"文人""商人"和"官人"。

"文人"以白先勇为代表,其策划的青春版《牡丹亭》最为著名。青春版《牡丹亭》被视作新世纪以来最重要的昆曲文化现象,它至少直接导致了三个变化:其一是公众心目中的昆曲文化形象转变(从"陈旧落伍的艺术"变为"可消费的时尚"),并带来昆曲观众群体的扩大(从"座中皆白发"变为"座中皆黑发");其二是冲击了中国大陆昆剧的运作模式和舞台美学,其所运用的"青春版""全本""原汁原味"等概念已成为各昆剧院团制作昆剧的基本概念。其三,也是最重要的,就是在昆剧制作领域,出现了来自港台的"现代制作人",体制内的"文化官员"被取代,民间力量成为昆剧制作的主导力量,因而形成了不同于以往昆曲基本上在体制内循环,以政治化、通俗化为制作理念、以获奖为目标的运作模式。此后,白先勇一方面由依托传统昆曲舞台实则观念前卫的舞台美学提出"昆曲新美学",另一方面将昆曲普及的重心由以演出方式进大学逐步转变为以教学方式进大学,陆续在北京大学、苏州大学、台湾大学、香港中文大学推动设置昆曲课程。这些昆曲课程除了成为当地昆曲普及的重要依托,也将推动昆曲的普及、教学与研究进入到大学的体系中,假以时日,可能会产生更深远的示范效应。

"商人"以王翔为代表,其策划的厅堂版《牡丹亭》最为典型。厅堂版《牡丹亭》是因承包皇家粮仓而来的昆曲"生意",它的出现,将昆曲与大众文化的关系实现了一个颠倒,因青春版《牡丹亭》尚是在昆曲的运作中借鉴了大众文化的运作手段,但厅堂版《牡丹亭》则标志大众文化将昆曲纳入其中,以达成其目标。此后王翔又制作了以"男旦""女同"为号召的《怜香伴》及为纪念厅堂版《牡丹亭》600场

"站台"的"2012中国昆曲名家北大演唱会"。园林版昆曲也是近年来出现的一种昆剧制作形式,它与厅堂版昆曲一样,皆是运用昆曲的"非遗"概念而予以运作的大众文化形式。

"官人"则是指代"文化官员"。虽然"文人""商人"在昆剧制作上形成了一定冲击,但因昆曲从属于国家文化体制,"文化官员"仍是昆剧制作中的最主要力量,2006年的《1699·桃花扇》被当作文化体制改革的试验品,而2011年豪华青春版《红楼梦》则先后获得了数千万元的资金。由于"文化官员"负责制定各种文化政策,及掌控诸多资源,当这一群体将昆曲纳入重要的工作目标时,以往昆剧制作在体制内循环的模式则有愈演愈烈之势,并在相当程度上影响昆曲发展。

在这一过程中,值得注意的是"民间昆曲"里"传统"观念的变化。"民间昆曲"是一个鱼龙混杂的群体,包括了形形色色的戏迷、粉丝、曲家曲友,及上述文人、商人等,其取向各不相同。但"民间昆曲"中始终有一部分力量坚持"传统"昆曲的观念与传承,如各地曲社、曲家曲友的昆曲传习活动。自2001年之后,"民间昆曲"的"传统"话语因"非遗"的出现而获得了更有力的资源。故宫文史大家、京昆名家朱家溍曾发表文章,提出两个重要观念:一是认为昆曲已处于饱和状态,如《游园惊梦》等折子戏即是增减一分都不能;另一是提倡"以复古为创新"。2006年,苏昆全本《长生殿》在北京演出时,张卫东发表题为"正宗昆曲,大厦将倾"的谈话,其意即是站在"传统"立场,批评新编昆剧。直至近年,我们可以看到两个变化:一是诸如顾笃璜、朱复、张卫东等站在"传统"昆曲立场的曲家,其观念表达日趋激进,并在昆曲爱好者群体获得了更多的认同;另一是一些昆曲老艺术家，在批评新编昆剧时亦站在"传统"立场，如丛兆桓提出"转基因昆曲"概念，蔡正仁、张静娴批评《2012牡丹亭》的"创新"等。在《2012牡丹亭》的风波中，展现的即是"商人"与站在"传统"立场的曲友及老艺术家的分歧（曲友反对其"涨调门"，老艺术家则批评其"创新"），并从微博上的争论延伸至上海媒体的批评之战。

北京大学百年讲堂上演昆曲时的"于丹被轰"事件，混杂了"北大""昆曲""于丹"三种文化符号，如果将之还原到昆曲现场，则可视作"非遗"以来日益复杂与激烈的昆曲观念和现状的表征之一。"于丹被轰"只是在北大这个场所发生的一个小插曲，不是开始，亦将有来者。

载《南方都市报》2012年12月11日

"非遗"后的北京民间昆曲活动之一瞥

2008年的农历新年刚刚翻过,"四大昆班进北京"的资讯便轰然而至,江苏省苏州昆剧团的青春版《牡丹亭》预定了情人节,上海昆剧团的全本《长生殿》盯牢了劳动节,江苏省昆剧院的《1699·桃花扇》或许正在寻觅时机,北方昆曲剧院尚在构想中的《北西厢》已提前发布演出消息……

在昆曲名列联合国"人类口头与非物质文化遗产"榜首五年后,试图去描述"北京民间昆曲活动"仍然是困难的——因为,与大肆炒作的新编昆剧相比,它是无名的,除了零散地沉浮于网络和口口相传;它是无钱的,政府支持和商业投资滚滚流向的是专业昆剧院团的"大制作";它是自生自灭的,除了一群群形态各异又分散的昆曲爱好者,一些人加入,一些人又离开,周而复始。即使是在昆曲被宣称由"困曲"变为"知音满天下"的今日,即使昆曲在现代青年的心目中大有从"落伍的艺术"变成"可消费的时尚"的趋势,但北京的民间昆曲活动似乎仍然游离于这些热闹之外。

不过,即便如此,笔者还是寻求着几个关键词,来对"非遗"后的北京民间昆曲活动作一个勾勒,或者"一瞥"。因为笔者深知,这并非预示着它将如冰山浮出历史的地表,而只是像鱼儿偶尔短暂地游弋于现实的水面。

官方与民间

何为"官方"?何为"民间"?这一话题较为敏感,但也容易区分。如果以政府和专业院团的直接介入作为"官方"的标准,那么,在北京的民间昆曲活动中,所谓"官方"仍是缺席。近年来,上海、南京、苏州等地的昆剧院团陆续开办教唱昆曲班、招聘昆曲义工、建立联谊会之类的组织,但北京的专业昆剧院团仍然毫无动静或甚少采取应对措施。这也给了笔者一个方便的分类标准,据其性质及机制不同,大致可将北京的民间曲社分为以下几种:"半官方""校园社团""课堂式""家庭式"及以欣赏为主的泛爱好者群体。

"半官方"的曲社包括北京昆曲研习社和陶然曲社,北京昆曲研习社于1956年8月成立,是由北京市文化局主管的民间社团,在为数不多的北京曲社中,北京昆曲研习社历史最悠久、声誉最高、建制最为完备,它不仅是民国时期北京各种曲社的继承者,而且社中名人辈出,有著名学者、在《红楼梦》讨论中因被批判而闻名全国的俞平伯,有"合肥四姐妹"中热衷昆曲事务的张允和,有文史大家、著名京昆票友朱家溍……种种逸事也引起一般社会人士的颇多兴趣。北京昆曲研习社有固定的活动时间和活动场所——每周日下午在北京东城区织染局小学拍曲，一年六次同期，在国家图书馆古籍楼内举行。在2006年，为庆祝北京昆曲研习社成立五十周年，还在前门饭店的梨园剧场举办了两次演出。而且，随着"昆曲热"的升温，一度门庭冷落的织染局小学，也渐渐活跃起来——对昆曲发生兴趣的爱好者，在网络上略加咨询，就会寻至这里。但是，"铁打的营盘流水的兵"，最初萌生的好奇过后，留下的又是什么呢？曲社的指导老师杨忞，年过七旬，仍然每周从霍营赶往城内的曲社教曲，笔者问及曲社的学曲情况时，她拿出一个破旧的大笔记本，上面写满了姓名及电话号码，有些伤感地说："每周几乎都有新人来，我请她们写上联系方式，但不久以后就不来了。多年前的电话号码还在，人却不见了。"

陶然曲社于2004年成立，由北京市京昆振兴协会主办，每周六上午在北方昆曲剧院内活动，由已退休的北方昆曲剧院老艺术家张玉文及其学生教曲，"到我们这儿来吧，包您三个月就能上台"，这是张玉文的口头禅。陶然曲社与天津的曲社交流较多，有时也登台彩唱。

"校园社团"的曲社中，知名度最大的可能就是北京大学京昆社了，其正式介绍为"北京大学京剧昆曲爱好者协会，简称京昆社，是以学习了解京昆艺术为主、兼及地方戏曲、民间曲艺的大学生文化艺术社团"。——校园内的昆曲曲社或兼及昆曲的爱好者团体大多如此定位。北京大学京昆社成立于1991年，其后在北方昆曲剧院老生演员张卫东的义务指导下，开始正式的昆曲学习，并常有机会组织或参加演出，电视上的大学生京昆大赛之类的节目也常常能见到京昆社学生的身影。北京师范大学、中国音乐学院、中国艺术研究院、中国传媒大学等高校和研究机构都有类似的曲社。

随着某些高校将昆曲教育纳入其教学体系,"课堂式"的昆曲学习也成为一种值得关注的现象,譬如中国传媒大学影视艺术学院聘请朱复为戏剧戏曲学专业讲授研究生选修课程"京昆艺术专题""昆曲清唱研究",中国音乐学院聘请张卫东开设昆曲课程。如此,不仅便于其所授课高校学生就近学习昆曲,而且由于课堂的开放性,事实上成为除北京昆曲研习社、陶然曲社外,北京的昆曲爱好者们学习昆曲的好去处。此外,陈为蓬在清华大学、笔者在中国传媒大学开设了面向全校的昆曲欣赏类公选课,除了引导学生欣赏昆曲名家名段,还邀请南北曲家、著名演员举行讲座。

"家庭式"的曲社特指位于海淀上庄的"西山采蘋"曲社。曲社的成立还有着一番故事:在西山脚下风景秀丽且"远山近水"的上庄,有一批文化人渐渐在此居住,在2003年"非典"肆虐的日子里,困居在此的文化人组织了"读书会",每周请一位主讲人讲授传统文化,并开展讨论。"非典"结束后,读书会继续坚持下来。有一次,以"昆曲"为主题的读书会,请来张卫东主讲。一讲下来,这群文化人对昆曲的兴趣被激发了。于是,开始每两周学唱一次昆曲,并命名为"西山采蘋"曲社。社长徐迅介绍说,"曲社成员有各行各业的,有大学教授、作家、学者、戏曲爱好者,男男女女、老老少少,最年轻的15岁,现在上高中"。"西山采蘋"曲社将学唱昆曲视作一种加强传统文化修养的方式,社员多为居住在上庄的居民,很少和社会上其他昆曲团体发生关联,这一"家庭式"的曲社模式似乎颇有"三五知己,浅吟清唱"的旧时士大夫冶游之乐的趣味了。

以昆曲欣赏为主的泛爱好者团体,多为对传统文化或国学感兴趣的团体,常临时招集于某个茶社、酒吧,或邀请昆曲专家来讲座,或请资深曲家、曲友作昆曲赏析，或爱好者们随意漫谈，举办曲会进行交流，形形色色，不一而足。

一个人和他的故事

在网络上随意搜索"张卫东"和"昆曲"这两个关键词，就会看到见诸报道和博客里的众声叙述：

张先生打电话说："见过六十多人一起学曲吗？"于是，晚上笔者们便走了一遭，地方是相当地远噢，城铁、地铁、公汽，回来时还打车来着。不过，总算见识了一番。也是头一回见张先生教曲……最后提供的一个细节：好几个中老年女学生霸占了教室的前排，下课时还给了张先生一个橘子。

张先生来笔者们学校讲课，回去打车还不让笔者们送，至今都很歉意，很尊敬他的说……

4月3日晚6点，北方昆曲剧团著名演员张卫东先生应笔者校传统文化学社之邀在教四114开始了一场妙趣横生的昆曲系列知识讲座。

和张卫东老师相见已有几次，但这是第一次听他的课，笔者总觉得他很像田汉的《名优之死》里的刘振声，一副心忧天下的样子，是那种对自己的艺术尽心竭力的人，值得人尊敬！

张老师属于昆曲的"守旧派"，经常说继承和保存也是一种发展。跟白先勇比较不对眼，不赞成现在改良的貌似昆曲模样。

要谈论近些年来的北京民间昆曲活动，当然少不得要谈到张卫东。张卫东旗人出身，据说，在很多场合，给人以"京城最后一个遗少"的强烈印象，又有文章戏称他是"想生活在明代的人"。北京的民间昆曲活动，大半都与他有关。譬如昆曲曲社及活动：北京昆曲研习社，张卫东曾担任多年的社委，负责组织同期；北京大学京昆社，张卫东坚持教曲十五年，不但教唱昆曲，还说戏教戏排戏，有时甚至还自掏腰包；中国音乐学院，张卫东首度开设昆曲课程；中国艺术研究院，在张卫东的倡导下成立了国艺曲社，一年多时间举办了两次同期曲会；上庄的"西山采蘋"曲社，在张卫东的指导下发展成为"家庭式"的曲社；还有北京城市服务管理电台的昆曲系列讲座……给张卫东打电话，半夜十二点打最为靠谱，因为他不用手机，只有家里的固定电话，而且他永远——套用一句流行语——不是在教曲，就是在教曲的路上。

在一篇文章中，笔者曾如此描述："他是一个多元身份的复杂的人：演员、曲家、昆曲的保守主义者、传播者，还有老北京文化、旗人文化、道教音乐的传承者……这一身份的多元赋予了他某些迷人之处。"说是演员，他乃是北方昆曲剧院的正工老生，以《草诏》《写本》等戏闻名；说是曲家，他自幼在北京昆曲研习社向吴鸿迈、周铨庵等曲家学唱昆曲，并被朱家溍收作关门弟子；说是昆曲的保守主义者，其《正宗昆曲，大厦将倾》一文可谓"一石激起千层浪"，至今仍是让人怀念的热点话题，是新创大制作昆剧的当头棒喝；说是昆曲的传播者，其十几年如一日地在北京大学、中国音乐学院、北京师范大学等高校义务教曲、讲座，毅力及热情自是令人赞叹……

在昆曲界,曲家以"糟改"批评演员,以"传统"号召曲友,而演员以"观众"为借口,并视曲家为业余"票友",已是常态。而张卫东身兼演员和曲家,但这一身份的分歧或对立并未造成两难的局面,而是被他巧妙地整合在一起,从而获得了一个对于昆曲发言的独特位置和稳固资源。

对于现今的昆曲,他被认为是"昆曲的保守主义者",好发新论,但又并非毫无依据,事实上,诸多奇论往往寄托的是更深的期望。譬如,他提出"正宗昆曲,大厦将倾",不仅是对新创昆剧的批判之言,更是提出了"三五知己,浅吟清唱"这一回归魏良辅时代的理想模式;"昆曲不是戏曲"之论,实则针对时下将昆曲简化为"表演"艺术,而将昆曲提升到文化层次,扩大了昆曲的内涵。不仅如此,他还将其理念实践于其昆曲表演和传播中。

关于演员的自我修养,他曾提出"三台说",即"舞台、曲台和书台",既能表演,又能研究,还能写作,这便是一个好演员的标准。如果再加上既能提出自己的观点,又能通过其实践将其理念予以传播——"知行合一",这便成就了昆曲界的一个"异数",也"书写"着一个北京民间昆曲的"传奇"。

"非遗"后一代

明天有谁和我去霸县采访民间昆曲艺人?

和上次我们去高阳河西村一样,一天可能回不来,且没地方住,女生或者爱干净的三思哦。

今天也没想到明天去,那边打电话说明天王疙瘩村彩排,人会比较齐,所以就明天去了。

2008年元宵节的前一天,豆瓣网的"在北京看昆剧"小组出现了这个帖子,虽然因时间紧迫、响应者尚来不及聚集,但天南地北的关注者却着实不少,并迅速构成一个小小的热点话题。之后几天,关于这次采访的亲历记及时"出笼",录音、视频则出现在专门的视频网站"土豆网"上,可供自由观看和下载。这自然又形成新一轮的话题和讨论。

近些年来,网络上的昆曲论坛、博客已成为获取昆曲资讯(录音录像资源、学曲、演出消息、演员动态等)、进行昆曲交流的主要场所,从现已消失的"裛晴丝"到苏州的"中国昆曲论坛"、南京的"幽兰雅韵"、上海的"戏曲百花园",再到方兴未艾的"豆瓣"上各个昆曲小组,甚至连北方昆曲剧院、上海昆剧团等昆剧院团都纷纷建立官方网站。还有众多的昆曲博客(演员、曲友、昆曲爱好者皆有),"现场"记录着各地昆曲的活动状况。或许可以说,只要点击鼠标,在网络上漫游,便可知昆曲界动态及八卦逸闻。

这一网络的"繁荣"状态,与昆曲名列联合国"人类口头及非物质文化遗产"榜首同步。青春版《牡丹亭》的全国巡演,"非物质文化遗产热"在大陆的升温,都促成了某种程度上的"昆曲热",因而制造了昆曲的"非遗"后一代。

"非遗"后一代则更多地依赖或选择网络,网下学曲,网上交流,通过网络探讨各种关心的话题、评论演员艺事、组织活动,更是经常的景象。与以往曲友间口口相传,通过电话、书信评论曲事、臧否人物的传播方式相比,这种经由网络的交流方式自有其开放性,如果置于一种良性的网络生态之中,则易于摆脱小圈子的狭隘习气、互相讨论意见以及聚集人气、资源共享。

对于北京民间昆曲活动来说,随着"非遗"后一代的骤然增多,网络更显示出重要之处。因为相对于其他地区,北京城市规模大,曲友层次参差,来源不一,既有骨灰级的资深曲友,又有入门级的爱好者,亦有粉丝等追星一族;各种职业身份差异,各种观点歧异,不断加入的新人……导致了某种"零散"状态。网络尤其是"豆瓣"这种自由互动型社区类网站的普及,提供了一个个可供讨论、观看和动员的"公共空间"。

在2006年,豆瓣网的"北京的昆曲小组"最热门的事件之一即是在网络上号召曲友捐资制作挂历,祝贺著名昆曲表演艺术家侯少奎从艺五十周年,不到一月时间,从最初四人倡议发起,到网络动员,其间对于挂历小样的献计献策,活动方式的论证、公示,网友的讨论,方案的变动,再到400份挂历制作成功,显示出民间昆曲活动具有官方所不能企及的效率及影响度。又如,2007年底,在豆瓣网上由两位曲友公布的兴之所至的高阳之行,又开掘出"探寻北方昆弋"这一被官方久已忽略的现象,并成为一个持续不断的公开话题。这或许证明,在由网络为载体的"非遗"后一代所推动的北京民间昆曲活动,不再是一种简单的学曲唱曲的样式,而具有了某种行动和实践的潜能。

载《空生岩畔花狼藉》,台湾秀威2011年

昆曲作为一种"文人艺术"
——张紫东、补园与晚清民国苏州的昆曲世界

近日在张瑞云先生处得睹张氏旧藏《昆剧手抄曲本一百册》,并言及《昆剧手抄曲本一百册》与《异同集》之渊源,《昆剧手抄曲本一百册》为目前所知收录剧目最多的曲谱总集,达九百零四折,并有多种稀见剧目。其于昆曲之重要意义,已见若干学者阐发,譬如楼宇烈先生认为此曲本之出版为"当今昆曲遗产保护工作中的重要成绩之一",又如王馗先生认为此曲本之编订"保存了民国时期尚存的昆曲艺术遗存",又如周晓、易小珠先生认为此曲本及藏于中国昆剧博物馆的昆曲手折有很多为俞粟庐先生亲录,故具"非常重要的文物价值"(金年满先生亦有考证),等等。各家阐释精义,读后良有所得,但亦使我想起另一话题,即昆曲作为一种"文人艺术",因所言之《昆剧手抄曲本一百册》、昆曲手折及"补园旧事"更近于"文人艺术"之意趣也。

昆曲作为一种"文人艺术",迄今论者甚少,尝见白谦慎言张充和及书法史,张卫东言昆曲与国学、儒学之关联立论之,虽取意各各不同,但实则脱离以昆曲为一种"戏剧样式"之观念窠臼。因以昆曲为"戏剧样式",或是以"戏剧样式"为主的艺术门类,更可能是一种近代之视角。如以中国的传统文化之源流视之,昆曲作为一种与诗书画印等相通或同源异流之"文人艺术",亦可呈现一种理路,或更能展现昆曲之内涵。

从《昆剧手抄曲本一百册》来看,除用于"拍曲"之实用功能,其抄写者之书法,在"名人手迹"之文物价值外,可视作晚清民国时期书法艺术的重要遗存,如张紫东向俞粟庐学习书法及临摹王羲之行书之经历,以及一些如今尚不知姓名及不知名的抄写者的书法,可知彼时之书法史状态。也即,抄写曲本之行为,并不单单具有拍曲、曲谱之整理、编订等功能,更有文人之寄托与趣味在焉(前者亦在其内。除《昆剧手抄曲本一百册》外,"外观精美"的昆曲手折并钤有诸多"精致"印章,更能体现此种意趣)。或者说,曲本及手折本身即是"文人艺术"之产物。

而且,从《异同集》到《昆剧手抄曲本一百册》的生产、流播和印制过程,在曲本背后的"人与事",亦揭橥了一个关联至北京、苏州及其周边的文人圈,其交游与人际网络,不仅昭示近代以来昆曲史的某个侧面,亦可窥见昆曲作为一种"文人艺术",与书法、绘画、篆刻、诗词等一起,在晚清民国文人阶层之间所具备的功能与作用。

再说"补园与昆曲",从现今所开掘的"补园文化"来看,昆曲仅是其中一部分,此外亦有园林、建筑、书法、绘画、篆刻、收藏、陈设、楹联、诗词等,均涉及近现代文化史的重要方面。但"补园文化"之特殊性在于,它所关涉的诸种文化与昆曲多有交集,或者可描述为,昆曲是"补园文化"之重心。从《补园旧事》及其《续编》的众多忆旧、研究文章可知,"补园"之初建,昆曲即是其所考虑的因素之一,再如卅六鸳鸯馆和十八曼陀罗花馆,即为便于拍曲而设,卅六鸳鸯馆之建筑或许不甚符合园林之美学,但却为拍曲营造了一个良好的空间。亦即,虽则园林美学与昆曲美学有相关性与相似性,但当两者有所冲突时,补园之建造者则是倾向于昆曲美学,此馆之营建即是在昆曲美学与园林美学之间的选择,这也更可作为昆曲在"补园文化"中的重要性之佐证。而且,二书描写和回忆了补园内的大量日常生活场景,譬如拍曲唱曲彩串、题词碑刻、晾晒书画戏服等,从这种日常琐事之追忆,亦可体味到昆曲作为一种"文人艺术"在补园之位置。

补园又为书画藏地。张紫东之祖父张履谦建造补园时,延请画家、曲家及书法家为西席,而俞粟庐曾在补园教两代人唱曲和习字。紧邻补园戏厅的是大书房,各房还有小书房,藏书甚丰。张履谦本人爱好昆曲,又善篆字和篆刻,且收藏字画文物。张紫东亦是昆曲名家,称作"吴中老生第一人",善书法,收藏碑帖。他请行家来欣赏碑帖并题签,其中即有俞粟庐、吴梅等曲家之题签。现诸多博物馆保存有补园之藏品,如苏州博物馆藏有300多本补园的藏帖,上海博物馆亦有收藏。

尤可注意的是《滋兰室遗稿》,从诗稿本身所寄寓的情怀,以及后人对作者王嗣晖(张紫东继母)的追忆与研究中,我们可以感受一个身受中国传统文化侵染的闺阁女子形象,并令人思至时下较为引人注目的张充和现象,张充和为"合肥四姐妹"之最幼者,其张家亦是苏州之大家族。如今张充和的主要身份被认为是曲家,但也兼通诗书画，而被定位为"文人艺术传统在当代的延续"（白谦慎：《张充和的生平与艺术》，载《张充和诗书画选》，生活·读书·新知三联书店 2010 年）。由王嗣晖至张充和，我们可以看到，这种包括昆曲、诗书画印等传统文化的习得，其实是传统社会里精英家庭所具备的基本教育和素养，亦体现中国传统的"文人艺术"之"情致"。

昆曲作为一种"文人艺术"，其特性可描述为两个方面：一者，昆曲本身即是一种综合艺术，此种"综合"并不等同于素常所说作为戏剧样式之一种的昆剧之"综合"，譬如昆曲手折所蕴含的书印等艺术，拍曲彩串所体现的音乐、服装、园林、建筑、舞台等艺术，等等。二者，昆曲与其他艺术种类一起，构成中国传统文化中最精粹的部分。余英时曾引《庄子·天下篇》"道术将为天下裂"来描述中国传统艺术的综合性及共通与关联之理（余英时：《〈张充和诗书画选〉序》，出处同上）。在传统文化中，昆曲不仅与其他文人艺术相通，而且兼具礼仪性和世俗性之功能。从宫廷来说，昆曲在节庆、接见使臣中成为一种礼仪式的演出样式，在民间社会，在各种喜庆堂会及招待宾客的礼仪性场合，昆曲也多是不可或缺。而且，昆曲作为日常消遣与娱乐之一种，也具备更为广泛的世俗性之功用。

这就涉及另一话题，也就是自近代以来，随着中国之现代化，中国社会结构的变动，传统社会及其文化亦呈现变化之势，西方文化挤压或占据了以往传统文化之空间，而且，在现代知识体系之下，昆曲不再被视作一种"文人艺术"，而更多地被当作一种戏剧样式，其空间由厅堂转移到剧场，这一变化所产生的影响兹大，譬如从文化上，由于参与者与赞助者阶层的变化，昆曲不再向上，而是向下，也即其趣味不再是趋向于文人化，而是极力迎合与满足新观众与政权之需求，而这一阶层，由于近现代文化与社会变革，其趣味则多趋于通俗化和西化。在这一情境之下，如今我们所言及昆曲之诸多时弊如通俗化、意识形态化等，即屡见不鲜焉。

昆曲在补园中的位置，以及所延伸的昆曲在晚清民国社会结构中的位置，也是一个可探索的问题。补园的拥有者张氏家族，其身份亦官亦商，在传统社会结构中应属于士绅阶层，士绅阶层对于地方政治的领导与参与，为中国明清社会的一个显著特征。从"补园旧事"的回忆来看，昆曲除作为业余消遣，亦关涉士绅之间的应酬与人际网络，譬如在苏州及其周边，存在着诸多与"补园"相似的士绅家庭，拍曲、同期、组织曲社及研习昆曲成为其日常应酬的一部分，这些应酬不但加深家族之间的联系，甚至产生联姻关系，而且有助于共同承担和处理一些地方事务，如昆剧传习所的建立、昆曲的教学、昆曲人才的培养，都牵涉到苏州乃至上海的曲家及文人群体。这仅是一例。《补园旧事续编》里所辑录的《苏州市录》，亦谈及银行公会等组织在补园里的雅集。那么，这些士绅家族如何通过昆曲开展其交游及加强人际网络，以及昆曲作为传统的文人艺术在文人、士绅的人际网络中被赋予的功能，有待于发现更多的史料，而予以考掘。

（补记：感谢张瑞云先生关于《昆剧手抄曲本一百册》及补园书画藏品状况的介绍。其他引自《补园旧事》《补园旧事续编》及《昆剧手抄曲本一百册》研讨会文，不再另注。特记之。）

载《中国昆曲艺术》2012年第1期

穆儒丐的戏曲撰述

穆儒丐是清末至新中国成立间的一位著述甚丰的文人、报人,其撰述大致有小说、剧评、翻译、岔曲、话剧、杂论、散文、新闻记述等。在新中国成立后,其文名长期不显,几乎是"文学史上的失踪者"。但近些年来,有来自戏曲研究、满族文学研究、现代文学研究等领域的学者,开始挖掘其作品及意义,尤其以其小说《梅兰芳》《北京》较为引人注意。

此处单说穆氏之戏曲撰述。因穆氏为生长于北京的满族人,从小喜好戏曲,后寄身报业,撰文也少不得谈及戏曲,因此其戏曲撰述也较多且繁杂,亦有具有较独特之价值的著作。依其文类可分为小说和剧评。

小说可分为三类:其一,实名小说,如《梅兰芳》以梅兰芳为主角,描写北京梨园景象。《北京》约有三分之一篇幅写白牡丹(荀慧生)的成名史;其二,以伶人生活为主题或内容,如中篇小说《女优》;其三,改写戏曲故事和剧本,如中篇小说《琵琶记》。总体而言,穆儒丐的小说皆是"问题小说"和社会小说,也即,穆氏虽写的是戏曲故事和伶人故事,但其意却在写社会之现状(即廿年目睹之社会怪现状之意)寄托其感世用世之心。

在这些小说中,《梅兰芳》因涉及实名,如梅兰芳、姚玉芙、郭三相,以及虽是化名,但很容易能找到原型,如马幼伟(冯幼薇)、齐东野人(齐如山)等,在连载时,报馆曾经被砸(穆儒丐在小说里曾交代其事)。穆氏在东北谋生,后续完小说。但出版后,也被冯幼薇收购焚烧(此事见于郑逸梅笔记)。在当时或许所见还有,但时至今日,已不多见。八九年前,我曾在孔夫子网见有人售《梅兰芳》报刊本,为《群强报》连载剪报版本,应无穆儒丐后来所续写之内容,当时售800元。我联系店主,店主说在外地,回去后找,此后遂无消息。孔夫子网上的条目也消失了。一位研究日本戏剧的同事,也曾告诉我在《日华公论》上载有此小说日译的前几章。此外,大概就是日本的图书馆有藏了。

《梅兰芳》在当时可说是时事小说,写梅兰芳的成名史,写至赴日即止。于今日看来,或许有二重意义(仅就戏曲而言,其他如老北京民俗、语言学、满族文学等暂不论)。其一,堂子、歌郎之史料。小说首回即述堂子歌郎之变迁,之后以梅兰芳之经历,围绕梅兰芳之成名,以及其所涉社会关系,展现了堂子之运作、歌郎之生活。么书仪先生曾利用这些资料,对晚清民初的戏曲生态,做出非常精彩的论述。其二,对梅兰芳家世的叙述,亦为史料。我曾对照《伶史》的梅巧玲世家,发现小说中的基本线索基本与其一致。也即,穆氏是以《伶史》中的梅兰芳家世为依据,在细节上予以虚构结撰而成。其他,如对梅兰芳在上海的演出,对《顺天时报》的菊选、刘喜奎、鲜灵芝等伶人的描写,均有一定的文献价值。

《北京》是穆儒丐所写的另一部社会小说,其中三分之一篇幅涉及白牡丹(荀慧生),主要写及荀慧生的成名史。除北京风物、社会景象之类的描写,其于戏曲之价值在于补足了荀慧生成名或早期演艺史的一个缺失,如早期白党。穆儒丐描写了早期白党捧荀慧生,除了使荀慧生成名,还帮助荀慧生处理脱师的契约问题,帮助荀慧生从梆子转学皮黄等,后被荀慧生所弃。这一段历史,后来的荀慧生传多省略,或叙以别因。如荀慧生脱师,写成尚小云相助,等等。《北京》则在一定程度上从亲历者的角度予以复原。可惜,穆儒丐所任职的《国华报》现已不存,但仍有一些旁证,如梨园新闻里,曾提及《国华报》举行童伶选举,白牡丹当选为童伶博士。在《半月戏剧》上,曾刊登一篇荀慧生传记文,后来引来另一篇文章补正,所述和《北京》里的情节一般无二。此外,穆儒丐到东北后,曾在《盛京时报》发表剧评,谈及在北京捧白牡丹后被弃之事,和《北京》所述也保持一致。

剧评可分为两类。其一,较成体系的著作。1.《伶史(第一卷)》,这部著作依《史记》之体例,来叙述同光至民国之间的名伶,不仅出版时间较早,写法也是空前绝后,而且,其叙述数十位名伶及其家族,可以说是晚清民国或京剧发生期的全景图,比虚构的《同光十三绝》更具有代表性。在《伶史(第一卷)》中,穆氏不仅述名伶的身世、成名史、结局及特点,而且以其事迹阐发其在戏曲史上的地位及意义,是一部有价值的早期戏曲研究著述。2.《北京梦华录》中的"大戏"部分。《北京梦华录》是穆儒丐于二十世纪三十年代在《盛京时报》

的专栏,回忆晚清民初时期的老北京,分为"北京的粥类""北京的点心""北京之饮食店""大戏和杂耍""奇巧手工""骑射游猎""风俗礼节"等专题,其中"大戏"介绍清末民初北京的戏剧体制与风俗,可与相关戏曲史料相印证。其二,散篇剧评剧论,所涉内容较为广泛。以在《盛京时报》上的文章为例,有谈及长春戏园的变迁、名角演出、戏剧概论、戏曲文本的讲述以及掌故等。

穆儒丐的戏曲撰述大约如此。总体而言,穆儒丐作为剧评家,因特殊原因,其名不显,但其熟悉梨园掌故,且与民初之梨园亦有参与、亲历,故其撰述应得到相应之重视。此是作为戏曲史料之价值。此外,其作为文学之价值,如梨园小说(如陈墨香之《梨园外史》,以水浒写梨园;徐凌霄之《古都残照记》,亦写堂子事,惜今整体本被删),亦应引起注意。至于其文本的文学价值,在现代文学、满族文学、老北京民俗、语言学领域的价值,则又是另话了。

乙未八月初七于燕北园

穆儒丐和《北京梦华录》

一

对于现代文学的读者来说,穆儒丐可能还是一个陌生的名字。就我所见,除1986年吉林文史出版社在《晚清民国小说研究》丛书里收入一本署名"儒丐"的小说《福昭创业记》,自1945年以来,中国大陆并未出版穆儒丐的其他作品。而且,这本《福昭创业记》是删节版,对作者的介绍也仅是简单道及"长期担任《盛京时报》文艺副刊的主编,撰写了不少文艺作品,是三十年代东北文坛上一位知名的小说家"云云。

与这种情形相反,近些年来,在满族文学和戏曲研究这两个领域,穆儒丐要显得"大名鼎鼎"一些。前者,张菊玲先生以穆儒丐为主要研究对象之一,探讨老北京的文化以及满族在晚清民国时期的命运，已是一个视穆儒丐为满族文学代表作家的重要路径。在这一视野中，穆儒丐其人其文，亦因此具有更深远的文学与文献意义。譬如张先生常以之与现代文学相比，认为穆儒丐的小说《徐生自传》可比拟《留东外史》，而《如梦令》可与老舍的《正红旗下》相论，等等。关纪新、刘大先等先生也以穆儒丐《北京》为"风雨如晦书旗族"之重要文本。

后者，么书仪先生自研究领域从元代戏曲转至晚清民国戏曲之后，以穆儒丐的小说《梅兰芳》为重要例证，探讨了"堂子""歌郎"等现今所讳言之晚清民国戏曲之"体制"与戏曲变迁之关联，胜义纷呈，亦刷新了对晚清民国戏曲状况的一般认知。穆儒丐《梅兰芳》一书也为更多人所知晓和瞩目。

穆儒丐《梅兰芳》一书可值一说。此书写梅兰芳之早年及成名史，虽是写伶人，但其趣味并不与报刊流行的娱乐花絮相类，穆儒丐一方面是当作"信史"（穆儒丐曾写《伶史》，以《史记》体写伶人，这本小说其实是《伶史》中"梅巧玲世家第一"之扩写），另一方面是"社会小说"，即以梅兰芳之成名史来写社会问题。但因涉及实名实事，小说《梅兰芳》于民国八年（1919）出版后，被冯幼薇收购焚毁，至今存世者，或许已较稀少了。而此书赖张菊玲先生自日本东京都立中央图书馆复印携回，又因么书仪先生的研究公诸于世。

二

穆儒丐1883年或1884年（有争议）出生于北京香山健锐营的一个旗人家庭，原名穆嘟哩，号六田，别署辰公，曾赴日本早稻田大学留学,回国后先后在北京、沈阳等地谋生,长期寄身于报业(北京《国华报》、沈阳《盛京时报》),笔耕不止。1945年回北京,易名为宁裕之。1953年任北京文史研究馆馆员。1961年去世。穆儒丐之著述多淹没于旧刊之中,尚难窥其全貌。他的写作领域很广泛,至少包括小说、随笔、剧评、岔曲等,其中以小说最为可观。曾有论者认定他的《香粉夜叉》应算是现代文学的第一部长篇小说。而我则以为他早期的小说《徐生自传》《梅兰芳》《北京》可说是晚清民初的北京三部曲,曲折且细致地描绘了时代鼎革中的北京风貌。而这一书写,一直延续到二十世纪四十年代出版的《如梦令》,主题皆是北京这一城市的变迁与生活于其间的人的命运。

也正因为如此,在穆儒丐同样数量繁多的随笔里,我首先注意到的便是《北京梦华录》。一方面,不仅仅是因为作者取意于《东京梦华录》《梦粱录》等中国古代"清明上河图"式的风俗笔记,——穆儒丐在这些短章中回忆了老北京(对他而言,老北京即是晚清民初时期之北京)的社会生活的主要方面,如点心、粥、茶馆、酒馆、工艺品、婚嫁风俗等,这些描述有些能从现今研究老北京民俗的著作中读到,但亦有不少描述尚不见于相关史籍,而且,因这些叙述多是穆儒丐所亲身经历及见闻,故读来历历可感,仿佛可由这些文字回到历史的现场。譬如,谈及"大戏",我便能与彼时旧刊上的剧评相互印证;在谈及诸种杂耍时,我亦从王度庐的小说《卧虎藏龙》中读到了相似的描绘,不禁会心一笑(因王度庐亦是旗人)。

另一方面,在这些细琐的回忆与描述之间,却寄托着作者之情感与心志。依我阅读之浅见,较明显之处有二:其一是遗民之志。穆儒丐既身为满人,民国取代清代,虽有语曰"民国即敌国也",但遗民之志并不是如此之二元化。以穆儒丐而论,虽从北京迁至沈阳谋生,且寄望于满族精神之复兴,但亦关注民国之变化与社会问题。因此,穆儒丐亦如中国传统的读书人一般,既托身于其所在之群体之命运,也有关心"天下"之兴亡的理想与寄怀。在《北京梦华录》中,对往昔生活一一盘点,也是如张宗子在《陶庵梦忆》中所寄托的遗民心绪,繁华皆成旧梦之慨也。这些文字,虽是写老北京之风俗文化,因是写他自己的所闻所见,大体上还是以旗人社会的生活为主。故命名为"北京旗人梦华录"亦可。

其二是社会问题。穆儒丐从事文学之初,便是以小说写"社会问题",这一倾向也成为他毕生创作的基本方向和动因。即使是在写记忆中的老北京,也常常忍不住穿插议论,时时予以今昔对比。人是物非之景,可感叹的往往不仅是时间的流逝,而且是社会的变迁,以及随之而生发的诸多问题。

以上所说是我理解的《北京梦华录》之优点和特点。不足之处或许在于,这些文字都是报刊连载。穆儒丐虽早有写"北京梦华录"之构想,但写作之初,并非"谋定而后动",只是一篇篇写来,其间又夹杂有其他事务。因此,其文尚不够系统与细密,多为即兴式。

《北京梦华录》连载于1934年之《盛京时报》,其专栏原无"北京梦华录"之名,在《北京的粥类》《北京之点心》二文刊出之后,写至《北京之饮食店·之八》时,始冠以"北京梦华录"总名,此后再分门别类,一一述之。

因此,我依照连载的顺序,将《北京的粥类》《北京之点心》亦归入《北京梦华录》之序列,并按时间先后对诸文进行大致排列。较难解决的问题是文章的序号,原文序号排列较为混乱,譬如,前两篇各有自己的序号,冠以"北京梦华录"之名后,虽包括多篇文章,但又是按照连载次序统一编号。连载时,又出现序号不一致、重复、颠倒的地方。而且,序号和文章的分节、文章的连载期数,又不相合。这些问题给展示其全文风貌造成了一定的麻烦。经过多种尝试后,我找到一种也许较为可行的方案。即,整体上按照穆儒丐写作这些文章的顺序来排列,但每篇文章的序号,依照原文的序号,重新排列。序号的位置,按照穆儒丐原文的序号区分,尽量不作增删。这一处理的意图,一则是尽可能尊重文本之原貌,二则是以保持文本之"现场感"及文意畅通。

三

上文提及穆儒丐在满族文学中的重要意义,以及在戏曲领域中逐渐产生的影响,但仅仅从这两个领域或这两个视角来看待穆儒丐,还远远不够。因穆儒丐其人其文的意义虽借此得以初步阐发,但亦因此有所限制。将穆儒丐置于现代文学及现代文化的空间中,才有可能发掘其更深之意义。

譬如,关于中国现代文学史的结构与标准。半个多世纪以来,现代文学领域的学者多持新文学的立场及姿态,其所描述的文学史之图景,基本上以新文学的价值观来建构,并因此确立了对于这一阶段的作家作品的定位及解读。这一方式,虽在二十世纪八十年代以来的"重写文学史"中被冲击,但其实仅仅是很有限的松动,其价值观与文化观虽有变化(如从"左翼"至纯文学),但主体仍依其旧。在这一视野下,穆儒丐所获得的位置,——一本研究伪满文学的著作偶尔被提及时，仅以其为通俗作家。但如以穆儒丐的写作而论，则并不能以通俗作家来论之，其经历、其写作、其思考、其寄托，其实与现代文学所认定之诸大家处于同一空间，而作品之意义，亦值得深入挖掘。又如，对东北现代文学的叙述。在现代文学叙述的等级制中，往往以新文学的传播作为线索，因之东北文学处于一种被传播的次级位置。但在民国初年，东北地区应是一个特殊空间，因时代之变化，一批知识人（包括穆儒丐）赴东北谋生，他们的活动与创作，具有相当的水准。但在现今的文学史视野中，竟是完全失踪了。

关涉穆儒丐的话题，或许还可以有更多，譬如在语言学领域，穆儒丐的小说《北京》，就被日本学者太田辰夫当作北京话的样本来研究。因此，这本首度结集面世的穆儒丐随笔《北京梦华录》，应也可给诸多领域的研究者与读者，带来一些新的话题与感受。

甲午腊月十四日于燕北园
载《中国艺术报》2015年6月1日

奇人·奇书·奇史
——谈穆儒丐和他的《北京》

列位看官,现在摆在大家面前的,是一位奇人,一本奇书,一部奇史。为何如此说法?且待我慢慢讲来。

一

一位奇人,即本书的作者穆儒丐。穆儒丐并不姓穆,因他是旗人,本无所谓穆姓。"儒丐"是他的号,即是"九儒十丐"之意,自况是落魄潦倒的读书人。"穆"则是来自他的名穆嘟哩,在满语里是"龙"或"辰"之意,所以他又自号"辰公"。总之,他常常开门见山,自述云:燕赵悲歌之地,长安卖浆之家,有废人焉。……

——他出生在北京西山的健锐营(里面住的都是当年乾隆征大小金川的精锐部队),出生于1883年或1884年(现在还有争议),先是在晚清政治改革中，被送到日本早稻田大学学历史地理，又继续学政治经济学。学成回国后，却发现一无所用，正好赶上了民国取代清廷。于是寄身于北京刚刚兴起的小报业，作为记者，经历了那几年乱哄哄"你方唱罢我登台"的乱局。

——他开始写小说，写他所熟悉的北京城的"堕落"，写这座城池的种种世相，写旗人在这清朝民国易代中的悲惨遭遇，写彼时最红最火的娱乐业及明星（梅兰芳、荀慧生等）的发迹史和黑幕。换言之，他从雨果等西洋作家那里得到了观察社会的方式，而将读书人的志向寄托于文学。却不料，又因为小说，被砸掉了饭碗（因小说《梅兰芳》被"小说中人"砸了报馆），后来远遁东北谋生。出版了小说，又被私人（"小说中人"）收购、焚烧一空……可谓是中国民间禁书史的奇观。

——他半辈子生活在东北，每天在当地报纸上写各式各样的文字（小说、剧评、散文、话剧、翻译……），写的大多是他念念不忘的北京。譬如这部《北京，1912》（原名《北京》，今为便于读者理解，易为此名）的小说，就是从北京迁徙至东北时所写。从早年的《徐生自传》《梅兰芳》《北京》（我称之为"北京三部曲"，写的都是时代鼎革之际的老北京）到最后一部长篇小说《如梦令》（1943年出版，从清末民初写到了二十世纪三四十年代的北京），可以说，在穆儒丐的笔下，呈现了晚清至民国时期的北京大观。

——他是旗人，回到满洲人的"龙兴之地"，他在文字上竭力探索满洲人何以兴起，因此写了一部满洲兴起的历史小说《福昭创业记》（这部小说被孔夫子网站的诸多卖家标注为"评书"，也被学者命名为"制造英雄"），他裹挟在伪满洲国的历史与现实里，却又如往昔帝国的读书人一般，翘首北京，心怀天下。

——他在晚年回到北京,更名改姓、默默无闻、平静地度过了这段晚景时光,似乎很少人去追究他在东北的历史(不知道他是怎么做到的)。在东北,他曾经有过家庭子女,现在似乎无影无踪。没有人知道他是穆儒丐,一位曾经"丈夫胸怀冲天志"、写过数以百万字的文人。只因他还写岔曲,所以在八角鼓票房里,还有人回忆起这位孤独的老人,还演唱他写的若干曲子。最后见到他的身影,是在一张天津八角鼓名家收徒的合影上,照片上印的时间却是他去世(1961)的次年,因此又给后世留下了悬念。

二

一本奇书,说的就是本书。非是"王婆卖瓜",作为编者的我来替已成"古人"或"近人"(现在都找不到家人后代)的作者穆儒丐来吹嘘,而是这本书确乎有着重要而稀缺的价值,因此也就让我不辞辛劳地将它从湮灭约九十年的历史尘埃里拾捡起来(上一次在中国大陆出版还是1924年),重新郑重地向诸位介绍一番。

——这是一本在现代文学史上无名,在满族文学、戏曲、语言学、老北京文化诸领域大名鼎鼎的小说。如今的现代文学史,即使数十年来经过了数次重写,周作人、张爱玲、钱锺书取代了以往的"左翼"作家巨头,坐上了前排的交椅,但都始终与穆儒丐无关。因他,——一位研究东北沦陷区文学的学者在专著里偶尔提及的穆儒丐,——只是一位通俗文学作家而已。"北京三部曲"或其他作品,亦是少人认真对待,或者仍是栖于旧刊和早已绝版的民国旧书。但是在另外一些领域里,情形却大不相同。穆儒丐的形象转而"高大上",成为重要的研究对象或不可或缺的人物。

——在满族文学(或旗人文学)里,最重要的大人物是谁呢?清代的有曹雪芹,有纳兰性德,有西林太清,有文康……民国呢?有老舍,有穆儒丐,有王度庐,有郎红浣……穆儒丐大体上和老舍相当,都书写了乱世之中的旗人、风雨飘摇时代的老北京。只不过老舍乃新文学中人,有时亦听"将令"。犹记一位民俗学家常人春曾愤然而言:北京的警察怎么可能是《四世同堂》里那样的!而穆儒丐,全然与新文学无涉,或者并无此影响。

——在近世戏曲里,穆儒丐是重要的剧评家,尽管还远远未被认识。他将伶人的历史当作《史记》来写,故有《伶史》一书,亦是空前绝后的奇书一部,此是最早的研究晚清民初戏曲的专书之一。他写了小说《梅兰芳》,这本"实名制"小说叙述京城乃至全国最走红的伶人、亦被后世当作中国戏曲的"代表"的梅兰芳,却是写梅氏的歌郎经历。被焚烧数十年后,又被研究者发掘出来,用来探讨彼时的戏曲生态。而读者诸君看到的本书,其三分之一,写的是白牡丹,即四大名旦之另一位,荀慧生。写荀慧生如何成名,作者皆是亲历,因此历历在目。这段历史在现今荀慧生传记里多付诸阙如,或可参照之。

——在语言学研究里,穆儒丐的这本书乃是研究北京话的重要文本。日本学者太田辰夫将本书作为汉语及北京话教材,还专门写文章讨论这部社会小说,探讨小说中的老北京话的释义。本书的注释虽简略,亦有一些难点没有解决(书中有些老北京俗语,问及相关人士,也无人知晓),但实实是从这位日本学者的文章中获益匪浅。

——在老北京文化里,穆儒丐应当有着更重要的价值。因穆氏所描写的,是自晚清至民国的老北京。现今诸多回忆"老北京"的文史书籍,于穆儒丐而言,不过是经过时代之变,加速"堕落"后的"新北京"而已。本书即是描写了辛亥前后的北京,其地理、其人物、其政治经济,皆如在面前。穆儒丐另有《北京梦华录》,亦是将儿时的北京与彼时的北京时时对比,从中亦可见北京社会文化之变迁。然而,这些仅仅是穆儒丐反复书写北京的文本中,具有代表性的极少数的几种而已。

三

一部奇史,即本书乃是北京之奇史,书中所写及、道及的种种世相,有些或许耳熟,曾被书写,如八大胡同。(但八大胡同与国会之关联,谁又写得那么翔实明晰可感?)而大多细节很少见诸新文学诸多作家笔下。以我看来,这或是因为新文学作家大部分都是老北京的外来者(除老舍外),文学史上所谓"京派",也不过是寓居于北京的外地文人而已。他们可以描摹北京的风俗与风景(如卞之琳写"垃圾堆上放风筝"),但对老北京的细节缺乏理解,对老北京的前生今世,更是茫然少知。他们所书写的其实是新北京的新生活,即便是好谈古、好抄书、好风土的周作人。而穆儒丐这些彼时寄身于报业的文人,或与今日之专栏作家相仿,但不仅仅写"美文""时评",还要写新闻、剧评、打油诗、岔曲……简直是样样都干。而且他们本身即是北京土生土长(多是旗人),对老北京社会、文化及生活的变化极其敏感,因而事事皆流露于笔下,而化作彼时老北京的一份极真实、又极富情感的见证。以下举本书中所涉及的数个事件为例。

旗人之命运。本书中几乎无处不有。鼎革之后,旗人之遭遇极其悲惨，但亦有分化。书中人物大多是旗人，因此本书亦可称作一部辛亥之后的旗人"变形记"。大多数旗人堕入社会底层，如主人公宁伯雍（亦是穆儒丐之自况，穆后来改姓宁）从郊外进北京城，在万寿山所雇人力车夫，便以满语呼之。彼时之旗人，无生存手段者，男多以人力车夫为业（因此老舍的祥子也以拥有自己的人力车为奋斗目标），女则多堕入娼门。观此段描写，与鲁迅《一件小事》、胡适之人力车夫诗相比，可见差异。鲁迅文、胡适之诗仅止于对人力车夫的崇拜或同情，人力车夫只是劳苦大众的符号。而穆儒丐所写这一场景则涉人力车夫之因果。

书中亦写堕入娼门之旗人妇女，至少有两种：一是桂花，为其母主动送入窑子，成为八大胡同里的红人，被议员包养，因而引发了一场闹剧。二是秀卿，因家贫卖笑，却是奇女子，被主人公引为知己，后因贫病而死。此二种，皆是入娼门之旗人之命运，或者前者更常见一些，后者只是作者之理想人物（亦是才子梦）。

书中亦写旗人之同流合污、飞黄腾达者。如主人公寄身之《大华日报》老板白歆仁，白氏是主人公留日的同学，亦是旗人，回国后应合时势，在国会里当议员，出入于八大胡同，又拥护袁世凯复辟。从书中描写的细节，再对照相关史实，就会发现，其实具有很强的自传性。如主人公宁伯雍即是作者穆儒丐之化身，报馆老板白歆仁亦真是穆氏的留日同学乌泽生的化名，穆儒丐来到北京城谋职，就是栖身于乌泽生担任经理的《国华报》（惜《国华报》今已不存，不然可见更多细节），乌泽生投入进步党（可说是进步党的党鞭），被列入安福系家谱之孙辈。乌氏鼓吹袁世凯当皇帝，时《国华报》新闻常自称"臣记者"，亦是民国报界的一大笑谈。书中，主人公指责老同学背弃往日理想，亦是有据可查。因彼时留日的部分满族学生，曾创办《大同报》，提倡君主立宪，穆儒丐、乌泽生都曾赞襄其事。而这群留学生的领袖，满洲宗室恒钧，彼时也在国会为议员，成为国民党人。因此，往昔的这群朋友，满怀天下之大志，在其所属的阶层倾覆后，走上了迥然相异的道路。也可由此见及辛亥之后旗人知识分子的分化。

书中所写白牡丹，亦可一说。因这也是穆儒丐关心的伶史的一部分，但与穆氏写《伶史》、写梅兰芳不同，穆氏写白牡丹，除揭露北京的社会问题，更多是一段伤心史。这段故事，以主人公发现白牡丹开始，到看戏结识一帮朋友组织白社，捧白牡丹成名（今日仍能见到《国华报》组织童伶竞选，白牡丹选为童伶博士之记载）。又帮助白牡丹脱离师傅之束缚，出钱请老师教白牡丹皮黄，如此等等。但白牡丹成名后，即为有钱有势者所夺，白牡丹亦对这帮早期白社成员弃之如敝屣。查之此段戏界往事，今多不见提起，说起荀慧生（白牡丹为其唱梆子时的艺名），亦说起为师傅所困，不能解脱，但多叙述为好友尚小云所救，全然无穆儒丐在内的这批早期白社成员的影踪。但书中所述大体应为真事。去东北之后，穆氏在《盛京时报》写剧评，亦提及捧白牡丹之伤心事。此外，在《戏杂志》的某一期，我偶然发现一段文字，可与书中白牡丹事相印证。那是因《戏杂志》上登载"白牡丹传"，结果有人打抱不平，认为其传少了一段重要内容，所以投了一篇《白牡丹传补遗》，以下摘录兹文片段，可对照之：

……民国二年，友人朱佩弦、秋吟籁、刘弦伯、张梦词辈，组织白社于燕京，以词儿（白牡丹）为社长，骚坛健将，咸属而和之。时人称胜焉。顾尔时之词儿，为秦腔花衫。师事庞姓，性极蛇蝎，常不使之有片刻欢。后虽荷朱秋刘张诸公之垂青，得稍见天日，而每出必以三秃（庞氏子，习丑，蠢如鹿豕。偶与词儿配演《小放牛》，是犹以金盏玉杯盛狗矢也）偕。三秃贪狼，多与之钱，则可减少词儿之磨折，故朱秋刘张诸公，皆不惜以阿堵物为词儿谋幸福也。学戏时代之困苦，大率类是。个中黑幕，实有不忍言之者矣。嗣词儿病嗓，哑不成声，皮相者顿现其炎冷之态，独朱秋刘张诸公之怜惜不稍替，乃商之庞氏。（时词儿未出师，伶界惯例，未出师前，有所举动，未得师氏允许，不可。）而为词儿谋重振之方，易二黄之辙。庞氏至此，不得不允其求。乃由朱秋刘张诸公，鸠资延聘陈桐云，不数年而艺大进，小嗓亦颖脱而出。此盖彼苍之有造于词儿也。然苟不遇朱秋刘张诸公，则词儿之为词儿，未可知矣。

这一段叙述，和书中几乎一般无二，只不过穆氏用了化名。这也可足证穆氏写白牡丹成名史之亲历性与细节之真实。但是，此文只是说了故事的开始（美好之佳话），却没有道出故事的结局（丑恶之现实）。后来的捧白牡丹者里，为何不见"朱秋刘张诸公"的身影？答案即是在穆氏此书里了。

本书之细节，大多可玩味，也可与其时之新闻相对照。我在读《顺天时报》《群强报》时，曾对其社会新闻及剧评等栏颇为留意，也时加记录。读穆氏此书也往往有此感。如书中，主人公进城见西四牌楼被烧。此即1912年正月十二日之时，据云袁世凯为阻止国民党代表将政府南迁之议，而纵兵掳掠之事。此外，穆氏还写及万松野人，万松野人正是创办《大公报》的英敛之，亦是旗人，在香山创办慈幼院。

北京现正提倡"三山五园"文化,而读穆氏此书,便可知"三山五园"在晚清至民国初年的衰落了。而山川人物的衰败,不仅仅是旗人以及其所居住的北京城的命运,亦是一个时代的文化的结束。

书中主人公甫进1912年之北京城,便见兵火之象,此后以记者之业,遂见及北京城中的芸芸众生,遭遇形形色色之社会怪状,除以上所述种种,尚有和尚乔装娶妻,有画秘戏图的无赖成为教育杂志编辑,有监狱式的孤儿院,有种种没落之旗人家庭……

虽然穆氏所写,乃是如此之北京奇观,但又不能仅仅以奇观文学视之。也即,并非鲁迅所谓"黑幕小说"。换言之,穆氏写的是世相(社会小说),但探寻的依然是从古至今的知识分子之寄托:这个社会为何会堕落,而且还将堕落下去?理想的社会到底在哪里?

乙未七夕次夕于燕北园

载《中国艺术报》2015年12月7日

《牡丹亭》版画摭谈

谈论戏曲版画,最好的例子是《牡丹亭》。这么说似乎有些奇怪,因为众所周知,《西厢记》版画纷繁多姿,应用广泛,是对社会文化渗透最深的一种戏曲版画。但《牡丹亭》版画的好处在于不多不少,是一个观察明清时期版画与书籍文化互动的好样本。

《牡丹亭》写成于万历二十六年(1598),现存至少有二十多种版本。如今能见到的最早刻本是石林居士序本,刊刻于万历四十五年(1617),这是汤显祖逝世的次年。但它应该还不是最早的印本。因汤显祖生前就曾赠人以《牡丹亭》了。

根据木刻版画的兴衰,《牡丹亭》版画可以分为四个阶段:第一阶段是明代万历时期,这是版刻的"黄金时代",《牡丹亭》适逢其盛,出现了多种刊本,版画风格各具特色,其中两种成为后来大部分《牡丹亭》版画的源头;第二阶段是明代天启、崇祯时期至清初,这是"文人版画艺术"的时代,版画风格日益精致,出现了以玩赏为目的的艺术精品。第三阶段是清代中后期,版画乏善可陈。第四阶段是清末至民国,石印逐渐取代木刻,木刻版画艺术也就衰落了。直至如今以"非遗"视之。囿于篇幅,以下以版画的功能,摘说明代万历、泰昌时期三种典型的《牡丹亭》版画。

一　图与文合

现今所能见到的最早刻本为石林居士序本,刊刻于1617年,刊刻地点是武林(杭州)。卷首有石林居士和汤显祖的序言。

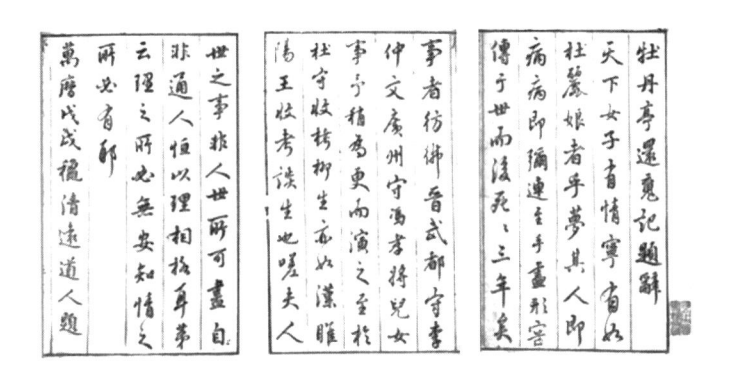

汤显祖号"清远道人",这篇自序摹刻了汤显祖的手迹,所署时间为"万历戊戌"(万历二十六年),研究者据此推断出《牡丹亭》写成于1598年。石林居士序本的版画有40幅,《牡丹亭》一共有55出,这意味画工给《牡丹亭》主要折子都画了插图。它采用的形式是左图右书,左边是版画,右边是文本,图文对照。图是单面式,放在每一出的开头,起到和文本对照的功能。这种形式,相较于明朝前、中期的书籍版画，是一种新兴的潮流。之前的版画最常见的模式是上图下文，在同一页里，上面三分之一的地方画图，下面三分之二的地方留给文字，上下对照。单面版式插图的出现，意味着读者对阅读图像的需求增强，由于画幅的增加，画工用于表现文本内容的空间也扩大了，因此可以渐渐脱离简单的图示，而兼顾表达文本的内涵。

这是《牡丹亭》的第二出《言怀》，柳梦梅短暂出场，说自己做了一个梦，梦见一位美人，然后改名柳梦梅。版画中是一个沉浸在梦境中的情景：一位书生斜倚在一块假山石边，旁边有一棵柳树，柳树旁还有一棵矮小一点的梅树，这位书生闭目遐思，仿佛还沉浸在梦境的愉悦里。看看这位书生的神情，非常传神吧？柳树、假山，还有上空的云纹、左上角的天空里双飞的燕子，都烘托了整个氛围。虽然柳梦梅是在广州做的这个梦，但是图像画的还是梦中的场景，仿佛仍然和梦中的美人在一起。

这一幅是《惊梦》。图像的内容是杜丽娘梦见在花园里遇见一位书生,书生拿着柳枝,让她题咏。这幅图是对角的构图,右下角杜丽娘在闺房里伏案睡着了,左上是一个气泡,代表梦境。气泡里,两座假山石之间,有亭子,亭边杜丽娘遇见柳梦梅。这位女子的神情如何呢?

虽然左图右书,但是右边的文字和左边的图像并不完全对应。在右边书页的文字里,杜丽娘还在游园,要等游园之后才做梦。因为版画总是放在每一出开头的位置,这就起到向读者预告、激发读者好奇心的效果。

这一幅《寻梦》,版画里所绘的四周风景,和第一幅《言怀》是不是很相似?柳树、梅树、燕子、假山石。杜丽娘来到此地,追忆梦中的

卷 一 / 131

情景。请注意她屈身的身姿和沉浸于梦境里的愉悦的表情,并不亚于最好的舞台表现。然而这是画工根据文本,用线条所描绘!

在这一幅《冥判》里,杜丽娘情死之后,来到地府,判官审问杜丽娘,最后放了杜丽娘。这是一幕喜剧,中间有小鬼劝判官收杜丽娘为妻的情节。这幅图像,并不像传统的地狱情景,没有画公堂、审问、刑具等场景,反倒像一间书房,上方桌上有笔有纸,云雾缭绕,几个小鬼也不凶恶,反而做惊奇之状,杜丽娘下跪行礼,但是也没有恐惧,反而楚楚动人。判官亦是含笑,双手伸出,似乎是要杜丽娘起身。

这幅版画是最后一出《圆驾》,杜丽娘的父亲杜宝不相信杜丽娘复活,认为杜丽娘是妖怪,最后闹上了金銮殿,皇帝拿来照妖镜,证明

杜丽娘是人，不是妖。图像画的就是此时的情景。没有皇帝的形象，只有金銮殿下的文武官员，跪拜的是杜丽娘。左上戴道冠的是帮柳梦梅挖坟的石道姑。

以上即是石林居士序本的40幅版画里的5幅，有一种清新流丽的线描风格，人物的表情很传神。最重要的是"图与文合"，起到辅助阅读并增强阅读感受的叙事功能。这也符合戏曲文本作为案头阅读的定位。

二　图与唱合

石林居士序本在后世不很流行，因为次年（1618）臧懋循刊印了雕虫馆本。臧懋循是汤显祖同在南京当官的好友，也曾一同观剧，但他认为汤显祖不懂音律，所写"四梦"是"案头之曲"，而非"筵上之曲"，所以对《牡丹亭》进行了删改，将原本55出改为35出，每出配一幅图，共35幅版画。臧懋循曾编印《元曲选》，选择了一百种元曲曲本，加以删订，风行一时。雕虫馆本由吴郡（苏州）书业堂刊印，版画风格繁丽，带有装饰性的图案化倾向，而且在明末重印的版本里，版画的位置也由每一出的开头集中于卷首，形成了一种"书中书"的

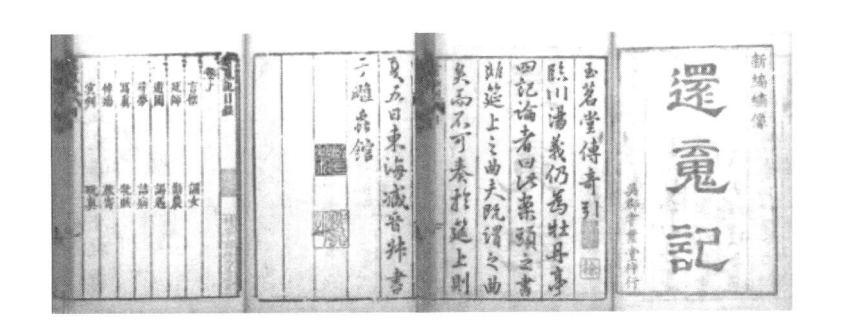

形式。35幅版画单独成为小辑，可供玩赏之用。从叙事性到装饰性，这也是版画由万历时期到天启、崇祯时期的流行趋势。与石林居士序本相比，雕虫馆本的版画更趋于舞台演剧。

还是以这五幅版画为例，在《言怀》里，元素依旧，柳树、梅树、云朵、假山石，只是柳梦梅改成了站姿，仿佛舞台表演一般，在述说梦境和志向，而不是像石林居士序本的版画中那样卧于石旁，沉浸在梦境里。《惊梦》里的装饰变得华丽，衣服、床帐上都有绣花。室外的场景增加了水面和亭子。而且，看气泡梦境里两人的姿态，——柳梦梅拿着柳枝，还做了一个身段，这应是舞台上演出《惊梦》的身段。在《寻梦》里，衣服装饰依旧华丽，柳树、梅树在水畔，杜丽娘的姿势如舞台身段。《冥判》展现了半个空间,判官正在堂上审问,杜丽娘跪拜陈情,但是身旁多了一位站立的花神,这位花神戴额子,判官背后是屏风,这无疑是从舞台上临摹搬来的场景。在最后一出《圆驾》里,金銮殿上的争执变成了庭院里的"合家欢"。杜丽娘、柳梦梅拜见杜宝与杜母。传圣旨的官员已到了门首。庭院里画着松柏。从这幅图,也可看出臧懋循及舞台演剧对《牡丹亭》原意的修改。在汤显祖的《牡丹亭》里,皇帝虽然解决了杜丽娘是人是鬼的问题,但是杜宝、柳梦梅这一对翁婿还没有和好。而在舞台演出里,这一矛盾往往就被喜气洋洋的大团圆结局掩盖了。

两相比较,我们可以看到,虽然都具有叙事性功能,但雕虫馆本显然更有演剧意识,图像更多地参考了舞台上的实际演出,而非如石林居士序本,画工主要通过阅读文本来发挥想象力。因此,在雕虫馆本的版画里,"图与唱合"的特征与功能就更加明显。

三 诗意图

无论是"图与文和"还是"图与唱和",版画都还处于书籍的附庸地位,主要承担的是叙事功能。但是随着书籍文化的发展,更多的文人进入戏曲小说的阅读与消费群体中,因此版画也呈现出某种"文人版画艺术"的潮流和特征。最典型的即是泰昌元年(1620)刊刻的茅暎评朱墨套印本。这一种茅评本堪称名作,尤其是版画。虽然评点使用了臧懋循和茅暎自己的文字,但是文本却不是雕虫馆本,而是汤显祖的原本。这是由吴兴(湖州)闵氏所刻的朱墨套印本。它的版画是双面连式,有13幅双面连式。和之前的版画相比,它的版画可称为"诗意图"。在画面里,以风景为主,风景大于人,人只是在风景里活动,占据画面主体的不是人物,而是风景。而风景的诗意,即王维式的"诗中有画,画中有诗"之意。画意并不一定要与戏曲文本相合,而是由印入画面的曲文敷演开来。

这一幅《惊梦》,在双面构成的大图里,杜丽娘身处右边的闺房,左上角山间的小路上,隐隐出现男子与女子同游。图中有假山、有梅树,但不一定有柳树,杜丽娘的梦,没有用气泡来表示,而是用画面中央的亭台作了区隔。画面的上方,有一句曲文"雨香云片才到梦儿边",这是杜丽娘的唱词。这幅版画正是对这句曲文的演绎。

这一幅《寻梦》,图画上占据大部分空间的是水面,一位女子在水边的楼阁里白昼做梦,水面的另一边是远山。上空也有一句曲文"楼上花枝照独眠"。这幅《寻梦》,没有依照该出的情节,画杜丽娘到花园里,在梅树下追忆梦境而感怀,而是依照这一句曲文,画杜丽娘独自睡眠的风景。

这是最后一幅《圆驾》。之前的两种版画里,地点要么是金銮殿,要么是庭院。这幅图却是在山间漫步,前面是两位官员,大概是杜宝与柳梦梅,后面是三位女子,杜丽娘、石道姑和春香。谁能想到他们是去皇宫争吵呢?右上方的曲词"平铺着金殿琉璃翠鸳瓦",显示他们正在去往皇宫。左上方出现了画师的名字王文衡。

茅评本版画的风格似山水画和诗意图,和演剧没什么关系,与文本也若即若离,更多的是根据曲文敷演成画中的风景与意境。画工并不直接反映和对照文本上的描写,而是自由发挥,画出了一幅幅风景图。如果比照文人画的传统,这就是一种文人化的版画。戏曲版画逐渐脱离实用的叙事与图示功能,变成了一种类似于笺谱、画谱、册页等"工艺品"的案头玩赏之物。

这三种版画当然并不能囊括所有的《牡丹亭》版画，但是基本上可以代表《牡丹亭》的主要谱系，以及版画从"案头"（图示文本）到"场上"（图示演剧）再到"案头"（玩赏艺术品）的发展趋势。上文提及雕虫馆本版画在后世最为流行，不仅经常被不同版本翻印、摹刻与组合，而且在唱本、石印本里也被模仿，只是技术越发粗糙和等而下之了。石林居士序本的版画则因后世对这一版本的摹刻，大约是因为对汤显祖原本的追求，清代的冰丝馆直至民国的暖红室都相继摹刻了这一版本。而且，因为暖红室本的精美，尤其是相对于清代中期以降粗劣的木刻版画，石林居士序本的版画反而为今人所更熟悉了。茅评本版画则是作为《牡丹亭》版画里最为精美的艺术品，光芒四射，成为书籍文化史上的瑰宝。

载《中华瑰宝》2020年第8期，题为《版画中的〈牡丹亭〉》

卷二

"庄周梦蝶"寓言的三重含义

庄子作为中华文明史的源头之一,其文章和言说影响后世至深,直至三千年后的我们自己,仍然都在与之对话,并在这一循环往复的过程中,返本归元,以庄子思想,结合不同的时代状态,翻出新意,从而产生出尝试解决时代与人生问题的精彩思想。

在庄子的文章里,最有名、最富诗意的两个动物寓言应该是"鲲化鹏"与"梦蝶"。"鲲化鹏"出自《庄子》第一篇《逍遥游》之首,想象奇瑰,有开天辟地、宇宙洪荒之氛围。而"鲲"化"鹏"略似世人所说鱼龙之化,但所寄寓之生命含义更为深刻。此处不多述及。"梦蝶"出自《庄子》第二篇《齐物论》之末,亦是想象奇诡,尤其是在该篇层层论述,其意似尽后,添景(影子)与罔两(微阴)的对话,又似意尽。忽添此一喻,恰似神来之笔。虽然后世认为此段可能是竹简的混入,也许并非庄子原文所有。但这只是假说。即便如此,此段之出现,使

得庄子之《齐物论》更为圆满。其事之原文为:

> 昔者庄周梦为胡蝶,栩栩然胡蝶也。自喻适志与!不知周也。俄然觉,则蘧蘧然周也。不知周之梦为胡蝶与?胡蝶之梦为周与?周与胡蝶则必有分矣。此之谓物化。

这一段话洋洋洒洒,可谓是浪漫抒情话语之极致。然而,虽然语句简单,但语意有几度曲折,实际上非常丰富。而且,因这种语言的修辞学,导致后世各取所需,形成了不同的解读与想象的方式。

第一种为诗人的想象与修辞。庄子之文影响后世之文甚多,"庄周梦蝶"几乎也是一个惯常的主题。譬如李商隐的《锦瑟》诗,开首便是"锦瑟无端五十弦,一弦一柱思华年。庄生晓梦迷蝴蝶,望帝春心托杜鹃"。其诗说及人生的追怀与迷惘,"庄周梦蝶"为其核心意象之一,而从情绪上来说,更是此诗的中心意象。因"庄周梦蝶"的第一层,"昔者庄周梦为胡蝶,栩栩然胡蝶也。自喻适志与!不知周也。俄然觉,则蘧蘧然周也",就有此种迷惘之情的显露,庄周梦为蝴蝶,非常愉快("自喻适志"正是形容此种愉快),但忽然梦醒,还是那个庄周。梦中的愉悦已成追忆。李商隐《锦瑟》诗的含义,其实不出"庄周梦蝶"的第一层所表示的意思。而且,由于《锦瑟》诗的流传与经典化,它所运用的"庄周梦蝶"之比喻,也成为后来诗文的常见模式。诗人多借"庄周梦蝶"表达追悔、惘然之情感。换言之,因为中国古典诗歌也以抒情为特质,庄周的蝴蝶也成为中国诗歌天空中的一只翩翩蝴蝶。述其事者不胜枚举。今之台湾诗人也有以周梦蝶为名者。

古典诗文中的"梦蝶"之喻,由庄子文章中的"梦蝶"的第一层而来,含义最浅,多为抒发人生之感触,以至于成为滥调。此段之第二层,"不知周之梦为胡蝶与？胡蝶之梦为周与？"多见于传奇小说,譬如传奇里有《蝴蝶梦》,述庄周装死,其妻田氏守灵,庄子则化作楚王孙以试之。楚王孙向田氏求亲,但忽病。田氏心动,欲劈棺以庄周之脑救楚王孙。其事出自"庄周试妻",事虽荒诞无经,与"庄周梦蝶"关系也不算密切,但传递的是"庄周梦蝶"之人生虚幻无常之感。"庄周梦蝶"的第二层,可以说是物质世界的相通。虽然现代世界已经可以部分做到细胞的修复、再生,或转基因,但是不同物质世界的相通与转换,还是一种"科幻"或"奇幻"。在庄子的文章里,"庄周"与"蝴蝶"之间的转换,则是通过"梦"来实现的。后世有一篇传奇可以与"庄周梦蝶"相应,即汤显祖所撰《南柯记》,说的便是书生通过梦,进入蚂蚁王国,而以蚂蚁的形式,过人的生活。最后梦醒,又恢复为人。汤显祖的"梦蚁"与庄周的"梦蝶",正是同一层面的故事。汤显祖以蚂蚁国的一生,来观看与解析人之一生,所表达的意思很深。汤显祖的其他几部传奇,如《牡丹亭》《邯郸梦》皆有梦,但只是人与人之间的交流与变化,尚未触及人与物之间的转换与变化。《南柯记》的境界、思考程度最高,而与庄子《齐物论》中的"梦蝶"相对应。这些文本,与"梦蝶"的第二层的意思相应,人生之虚幻无常之感,较之迷惘之情,更深一些。

　　庄子《齐物论》的"梦蝶",其重心为第三层,"周与胡蝶则必有分矣。此之谓物化"。程度较前两层高出很多。因庄周与蝴蝶,第一层说的是时间之别(梦与梦醒),第二层说的是空间之别(人之世界与物之世界),语意越来越深。而到第三层,则将时间与空间合为一体。因庄周与蝴蝶原为一体,但是在我们现在的时空中,庄周与蝴蝶是不同的物质状态,人与物是分开的。也即是,庄周与蝴蝶之别,其实是我们自身的限制所造成的,作为这个具体时空的人,由于眼界与头脑的局限,只能认识到人与蝴蝶的差别。如果想打破这种局限,向更高的状态跃进,却又无别的途径,就只能通过"梦"这种形式来达到。荣格、弗洛伊德等精神分析学家,对"梦"的探索,虽各有解释,但亦可看出,"梦"其实是一种人自身产生,但要摆脱人自身的限制,向上跃进的"权宜之计"。

再回到《齐物论》。这篇文章的篇名历来阐释很多,各不相同。张文江认为,这篇文章的核心在于篇首的"今者吾丧我"之意。后文都是这一意思的展开与论述。篇首说的是南郭子綦的"悟道",其所悟的便是"吾丧我"。"悟道"之后,人的精神状态就不同了。正如文中所说"今之隐机者,非昔之隐机者"。"吾"与"我"是一样又不一样的。一样的,都是指自我。不一样的则是"吾"与"我"既分又合,如同"庄周"与"蝴蝶"。在更高的时空里,"庄周"与"蝴蝶"其实是一体的,但是在我们的时空里,"庄周"与"蝴蝶"又是不同的物质状态。在从我们的时空向更高的时空跃进时,除了未来的科技、现在的梦二种途径外,还有第三种途径,就是"悟道"。这一途径与后世之禅宗相似,即通过"顿悟",摆脱思维的限制,从而达到生命的自由的状态,也即"立地成佛"。

现今有"蝴蝶效应"之说,即"亚马孙雨林一只蝴蝶翅膀偶尔振动,也许两周后就会引起美国得克萨斯州的一场龙卷风"。此是见微知著之说,程度上还不能与庄周的这只蝴蝶相比。"庄周梦蝶"是"今者吾丧我"之寓言,或者说是如何达到自由之境界的寓言。反过来,佛家所说"破执",不拘泥于"吾""我"之分、"庄周""蝴蝶"之分,才能达到真正自由的境地,也即"物化"。或许这正是庄子《齐物论》的题中之义吧。

载《醒狮国学》2015 年第 12 期

隐之境界
——谈船子和尚

在中国文化里,"隐"是一个复杂且多层面的概念。大多数的"隐"其实是"显",低者以"隐"为"名",如明代的陈眉公,时人讽为"妆点山林大架子,附庸风雅小名家""翩然一只云间鹤,飞来飞去宰相衙",此即鲁迅所说之"帮闲";中者以"隐"为"退"或"伏",如谢安之"东山"、诸葛孔明之南阳,"隐"只是一种准备或潜伏的阶段,最终还是要达到"显";高者可算是"渔樵闲话"之"渔樵"了。但是渔樵闲话起来,仍然是历史、政治和人生问题。虽然境界很高,但还是如庄子所说的列子御风一般,"犹有所待也",很高明,但还是有寄托、有牵挂,不算是最高的程度。

在中国古代的隐士里,我最记挂的是一位和尚,以摆渡为生,故名为船子和尚(真名是船子德诚)。禅宗的和尚当摆渡人,颇为常见,一方面禅宗不就是生死之间的"摆渡"吗?具有度人度己的象征意义。另一方面,由于历史上的几次灭佛行动(所以《西游记》里也写有"灭法国"),和尚们被迫还俗后,多有从事摆渡者。而且,禅宗也提倡身体力行,以船子为职业度日结缘者也是一种常见的选择。因之,当我看胡金铨的电影《空山灵雨》时,寺庙的住持圆寂,并非解脱"成佛",而是化为山下河边的摆渡人,当摆渡人回头一笑,对着昔日的施主、当日仓皇逃跑的盗经者时,我又一次想起了这位船子和尚。

历史上关于船子和尚的记载很少,或者说,只是因为一首诗、一个故事,船子和尚的踪迹才偶然留存在这个世界上。

这首诗就是《船子和尚拨棹歌》。它属于"证道歌"之类,也就是船子和尚在摆渡生涯里,为了印证自己的修为而作的一些偈语韵语。这些诗,虽然不见于诗史(诗史也不会重视),但是有着极高的境界。譬如这一句"夜静水寒鱼不食,满船空载月明归"。

此句并非说的是乡野之乐,或隐居之乐,而是证境界之圆融与开豁。前句道尽静寂,既可能是实境(船子生活在船上,此境应是常见),也应是修为到了此境,如镜台之喻。但仅仅是静寂还不够,必要由此境"自生其心",后句即是大喜悦之光明之境。此诗欣赏容易,理解亦不难,但到达却是很难,或许是顿悟之际方能睹之。

后世感叹赞颂此句的有之,但多是追慕,要达此境却未曾梦见。如参寥潜禅师写有"太湖三万六千顷,影在波心月在天"。真歇清了禅师赞说"篷底月明载归去,劫前风韵落谁家"。其诗多是套语,境界比之船子原作,相距不可以道里计。或许,这些禅师只是想感叹一下而已,反倒将要紧之处轻轻放过。

如参公案,参此句即有可能顿悟。又如和尚亦可参《西厢记》、参《红楼梦》。

一个故事便是船子度夹山之事。夹山和尚后来开山立派,成了一代宗师。因夹山顿悟的机缘,连带船子和尚也为人所注意。《五灯会元》有《船子德诚》一节,篇幅很短,说的主要就是船子度夹山的事迹,有好几处精彩的叙述。

首先是船子和尚的生存状态。他是药山的得意弟子("自印心于药山"),但嗣后却并不如其他友人一般,开宗立派,而是"上无片瓦,下无卓锥""泛一小舟,随缘度日,以接四方往来之者。时人莫知其高蹈"。此即是隐者。

其次是船子和尚之"传法"。虽然船子摆渡,所见四方之客甚多,但世人多鲁钝,没有遇到可传法者。文中举了一例,船子举船桨,问客人:"会吗?"客人答:"不会。"因此,船子感叹:"棹拨清波,金鳞罕遇。""金鳞"即是能识生死、透尘网之会心人。

在船子之隐里,世事已了,大约只有一件憾事,就是"传法"。《船子和尚拨棹歌》里常常写道:"问我生涯只是船,子孙各自睹机缘,不由地,不由天,除却蓑衣无可传""三十余年坐钓台,钩头往往得黄能。锦鳞不遇虚劳力,收取丝纶归去来"。

只有到了夹山得到指点,来见船子时,船子方有了用武之地。正是在与夹山的对答中,我们才在诗之外,真正看到了船子和尚的智慧,也听到了精彩的思想。一开始,夹山已是影响一方的高僧,但在对答中为道吾所笑,也证明了自己的修为不够。于是去寻找船子,与船子有此对答:

  船子才见,便问:"大德住甚么寺?"山曰:"寺即不住,住即不似。"师曰:"不似似个甚么?"山曰:"不是目前法。"师曰:

"甚处学得来?"山曰:"非耳目之所到。"师曰:"一句合头语,万劫系驴橛。"师又问:"垂丝千尺,意在深潭。离钩三寸,子何不道?"山拟开口,被师一桡打落水中。山才上船,师又曰:"道!道!"山拟开口,师又打。山豁然大悟,乃点头三下。

这一段非常精彩。夹山回答船子之语,看似高明,其实是套语,也即学来的未经实践和审视的口头禅。故船子问:"甚处学得来?"此后,夹山要回答时,又被船子打到水里,此正是禅宗之棒喝,终而使得夹山顿悟。

虽然故事如此,但这也只是禅宗常见的顿悟手段,所谓"德山喝,临济棒"也。只是顿悟的一瞬间,还得巩固起来,须得"百尺竿头,更进一步"。因此船子和尚对夹山云:"须藏身处没踪迹,没踪迹处莫藏身。"

这句话可说是船子一生体悟之精华,其实说的也就是"隐之境界"。"藏身处没踪迹"是真正的"隐",万千人海一身藏,隐士有隐于山、隐于水、隐于野、隐于官、隐于市……各种各样的隐法,不管是怎么隐,但世人往往是托词、遁词而已。"没踪迹处莫藏身",与上句相对,比上句更重要,因世人多以隐为隐,隐成为其依托、其支撑,而真正隐的境界却并不如此。或许因为上句,或许因为世俗里,"没踪迹处"已出名,反而是有大踪迹处了。如今日新闻里,常见报道终南山之隐士,称作五千人去终南山隐居,空谷幽兰之所反而成了闹市,龙蛇混杂,各怀鬼胎,此即是后句所说"没踪迹处"。

在故事的最后,当夹山告别船子时,又有了精彩惊心、无声又灿烂之一幕:

山乃辞行,频频回顾。师遂唤:"阇黎!"山乃回首,师竖起桡子曰:"汝将谓别有。"乃覆船入水而逝。

夹山虽然得以顿悟,但还不够彻底。所以告别时还有眷恋之意,而船子纵身投江,正是"了生死"之举。一则,从打夹山入水,到自己"覆船入水",手段更为酷烈,如禅宗所云"杀人刀,活人剑",以自己的行动来完成传法。另一方面,或许也实践了自己所说的"须藏身处没踪迹,没踪迹处莫藏身"。因船子向夹山传法,以船为隐已成"没踪迹处",亦不能再隐了。

在历史的水面里,船子和尚仅仅是暂时显露,便永远地逝去了。他的事迹(或故事,或寓言)里,虽然没有较多成长的细节(另一处记载里,有两句写他在药山处的证悟,如他度夹山仿佛),但《船子和尚拨棹歌》里,可看到他的船子生涯、他的天才、他的内心的圆满、他所达到的境地,这便是"隐之境界"的写照。换句话说,如果不是因为他念兹在兹的"传法",他恐怕更能实现他的理想吧,如他所说"有鹤翱翔四海风,往来踪迹在虚空"。

最后再来一句题外话。在胡金铨的《空山灵雨》里,住持圆寂前考察弟子,三个弟子描述了三种境界,有勤勉、有合作、有体悟,但住持最后却传法给一位刚来的"罪犯",自己去做了一位摆渡的船子。这一故事,也足以说明胡金铨对禅学的理解非同小可了。

载《醒狮国学》2016年第2期

陶渊明《形影神》读解

一

在中国诗史上,陶渊明及其诗的影响及地位都已无可否认,常被称作"千古隐逸诗人之宗",是开创了中国诗歌的基本道路、具有标志性并能不断给后代诗人(无论是古诗还是新诗)启示的诗人。陶诗语言简洁明了,但意蕴丰富,外枯而内腴,能将复杂的意思和感受表达得很简单,既好读,也可回味良久,故流传于世的名篇佳篇甚多。

陶诗的风格向来也有争议,譬如著名的鲁迅批评朱光潜的解陶诗,朱光潜从美学角度来读陶诗,读出的是冲淡平和,"采菊东篱下,悠然见南山"这样一种超越性的境界;而鲁迅则引"刑天舞干戚,猛志固常在",力证陶诗里体现的勇猛精进精神。如今看来,这场争论既有彼时的社会背景（抗战）和社会氛围，也有未能看待陶渊明及其诗之整体的误读。

顾随评陶诗，集中阐发两点：其一是人生性；其二是超越性。前者即鲁迅之意，也近于新文学运动里"为人生"之说，但要更深入一些，顾随用"肩荷人生"之语，颇似鲁迅诗里"两间余一卒，荷戟独彷徨"，夏志清写鲁迅即是"捐住黑暗的闸门"。后者即陶诗不仅仅是为人生之意，朱光潜以审美之说来说陶渊明，多从欣赏角度，实则是将陶渊明之意义窄化。此"超越性"，应是老庄的道家思想意义上的超越。两者就构成了陶诗的不同面相的统一。

《形影神》在陶诗中不太引人注意，经常为各种诗选所漏选，但又偶被人打捞，并赋予其重要性。譬如马璞说，"渊明一生之心寓于《形影神》三诗之内，而迄莫有知之者，可叹也"。也即，这首诗反映了陶渊明的基本思想。在陶诗中，自有其独特位置。

究其因，或许与其题材为"玄言诗"有关。此诗语言虽明白，但并非如话，因谈玄论理，本来就对读者或对话者的水准有一定要求，加之语境脱离后，后代读者就更难读懂，遑论得其妙了。但其诗历经千年，仍能存世，亦因如此。今世往往将其视作陶渊明思想以至魏晋时期中国思想的一个重要标志。

二

《形影神》由"并序"和三首诗构成，三首诗又各以"形""影""神"的口吻道出，"形""影""神"成为具有独立性的人物，互相争辩，犹如一部小型诗剧。因之，此诗亦被今人视作中国古典诗歌中少见的具有"现代性"的诗歌。

仔细分析诗题,可以看出三者的关系不同,前两首是"形"与"影"的赠答,后一首则是"神"的解释。也即"神"在程度上要高于"形"和"影"。如果按照程度、层次或境界的不同,可以将"形""影""神"依次命名为凡人、贤人(君子)、圣人。

"并序"言此诗之起因与取意。起因为"贵贱贤愚,莫不营营以惜生,斯甚惑焉"。

"贵贱贤愚"即世间人,包含有此诗所述及的凡人、贤人与圣人。而世间人,所困惑的最大问题,亦是终极问题,即是生死问题。在"并序",陶渊明中直取核心,并以"形""影""神"的述说论证之。

第一首为《形赠影》,即"形"对"影"说的话。"形"可解释为身体,和自然万物相比,人是"暂存者"(海德格尔语)。此首或许包含两重含义:第一重是人的身体的有限性,即诗中所说"适见在世中,奄去靡归期"。正因为其有限性,从而世间人对于有限、偶然以及情感有了深入的体验;第二重是由身体的有限性,而导致人自身的有限性。因诗中开首所言,即人之世界观:"天地长不没,山川无改时。"——由人的身体的有限,从而认为自然万物的无限。其实不然,自然万物亦有尽时,也会毁灭,犹如庄子所说的"大年"与"小年"的区别。所以我们能够看出,凡人因身体的有限,而导致视野的狭窄,如处于柏拉图所言之"洞穴",因而不能看出人之生命的超越之可能,故而以酒来消遣忧愁。陶诗中多"酒",亦有此因。

第二首为《影答形》,即"影"回答"形"时说的话。谚云,"虎死留皮""雁过留声,人过留名"。又有"形影不离"之说。"影"于"形"而言,因"影"之虚幻灵动,相对于"形"之有限,似可稍稍超越其局限性，故"影"有回答"形"之问题的资格。在世间人中，"影"相应于"贤人"。一方面，"影"亦困扰于自身的有限性，因影依附于形，形灭，影亦会灭。另一方面，影又有超越的可能，即诗中所言"立善有遗爱，胡为不自竭？"通过"立善"来解决人之有限的问题。这一方案即儒家之"立德立言立功"之"三不朽"说。既然身体是有限的，必将灭亡的，那么通过此种方案来追求人之无限。因陶渊明一般被认为是"外道而内儒"，历来对于《形影神》诗的解读，多认为此首为本诗之核心，亦是陶渊明的志向。其实不然。"立善"与"饮酒"相比，对于解决生死之问题，或许程度高一些，但实际上并不能解决，因有"尔曹身与名俱灭"（杜甫《戏为六绝句》），其结果只能如"影"之虚幻而已。

第三首为《神释》，即"神"对于这一问题的解释。"神"相当于世间人中的圣人，其目光在芸芸众生之上，故能将世事看得清楚。如其评"形"之说，"日醉或能忘，将非促龄具"，评"影"之说，"立善常所欣，谁当为汝誉"，如王之涣诗云"欲穷千里目，更上一层楼"。因"神"的程度高，看得更远，所以"形""影"所忧虑、困扰的问题，对其而言，并不称其为问题。"形""影"为解决这一问题，苦心经营的方案，也是"弹指间灰飞烟灭"。最后，"神"表达其观念"纵浪大化中，不喜亦不惧。应尽便须尽，无复独多虑"。这一表达，在中国思想史中甚为有名，可说是魏晋之前的中国思想的高峰。正是因"圣人"独立于这一高峰，故而解答"形""影"等芸芸众生之问题，并解决生死之大问题。

三

陶渊明此诗有其背景,即魏晋时期玄言清谈之风习,彼时之名士喜谈生死之问题。亦有儒道佛在中国思想之消长,自汉代佛教传入中国,魏晋时儒道佛已成竞争局面,至唐代三教皆有长足发展与变化,而至明代则成为中国士人的基本思想。而明末西学渐进,遂成中西竞争之势。此诗即是对这一问题的回应,"形"之说回应"道","影"之说回应"儒","神"之说回应"佛"(即针对慧远之"形尽神不灭"之说)。或许,陶渊明在此诗中既处理了生死之问题,亦处理了其所处时代的基本问题,故能达到一定的高度,因而有了长久的价值。

附诗:

形影神

陶渊明

并序

贵贱贤愚,莫不营营以惜生,斯甚惑焉。故极陈形影之苦,言神辨自然以释之。好事君子,共取其心焉。

形赠影

天地长不没,山川无改时。草木得常理,霜露荣悴之。
谓人最灵智,独复不如兹。适见在世中,奄去靡归期。

奚觉无一人,亲识岂相思?但余平生物,举目情凄洏。
我无腾化术,必尔不复疑。愿君取吾言,得酒莫苟辞。

影答形

存生不可言,卫生每苦拙。诚愿游昆华,邈然兹道绝。
与子相遇来,未尝异悲悦。憩荫若暂乖,止日终不别。
此同既难常,黯尔俱时灭。身没名亦尽,念之五情热。
立善有遗爱,胡为不自竭?酒云能消忧,方此讵不劣!

神释

大钧无私力,万理自森著。人为三才中,岂不以我故?
与君虽异物,生而相依附。结托既喜同,安得不相语?
三皇大圣人,今复在何处?彭祖爱永年,欲留不得住。
老少同一死,贤愚无复数。日醉或能忘,将非促龄具?
立善常所欣,谁当为汝誉?甚念伤吾生,正宜委运去。
纵浪大化中,不喜亦不惧。应尽便须尽,无复独多虑。

载《醒狮国学》2015年第8期,题为《陶诗的深度》

《西游记》顾随与禅宗

眼下正在读《西游记杂剧》,非是通常所说的明代神魔小说《西游记》,而是元末明初杨景贤所写的"西游戏",其中一个桥段令人莞尔:唐三藏师徒行至西土,有一位贫婆来考验,给孙行者出的题恰是唐代高僧德山在出川途次遇婆子时被问的:"《金刚经》云:过去心不可得,未来心不可得,现在心不可得,不知你要点的是哪个心?"德山不能答也。但是在这个西游故事里,孙悟空以插科打诨的方式——答道"我原有心来,屁眼宽阿掉了也"——回答了这个考问。虽然此处作者让孙行者败回,去向三藏求救,而三藏则细细演绎了一番"心无所住"的道理。其实,在我看来,孙行者之答或可言之禅,而三藏法师则不是。当然历史上的玄奘亦不是。这或是作者的见识只及此境的缘故吧。

自唐代以来,禅宗作为中国思想自"老庄孔"以来所结下的另一朵"奇异之花",对中国社会之影响可谓深入腠理、如影随形,历宋元,至明代时,已成为中国思想之基本元素。譬如我们所说之话即名为"口头禅"。而且,随着禅宗东传日本,又由日本走向西方,禅宗已具有世界性的影响,如二十世纪六十年代美国的垮掉派运动,禅宗即是精神源头之一,其中有名作云《达摩流浪者》。如今行销全球的苹果公司,其创始人乔布斯则以"苹果禅"获至创意之成功。

于"禅宗对现代生活的意义与影响"之题目,本来禅者云"我处实无一法与人",我亦实无一语与人。但我又慕顾随"以一倦驼驰骋于烈风中"之精神,顾随曾作《揣龠录》,阐"第一义",漫道"兔子与鲤鱼"。我于此处亦不免效尤而强说之。

昔日王国维曾以三句词来描摹三层境界,即仿自青原行思所云"见山是山,见水是水""见山不是山,见水不是水""见山只是山,见水只是水"之说。此分虽是分别心,但也能说明禅宗"更上一层"之旨趣。我亦分作三层来解之。

第一层,即是最普遍的,乃是日常生活之审美。马祖云"平常心是道",换言之,禅处处存在于日常生活并得以实践之。但世人通常之理解较为泛,多为一种审美的意趣。记忆中以顾随在《月夜在青州西门上》一文中将这一体验写得最为妥帖。此文甚短,不妨抄之:

夜间十二点钟左右,我登在青州城西门上;也没有鸡叫,也没有狗咬;西南方那些山,好像是睡在月光里;城内的屋宇,浸在月光里更看不见一星灯亮。

天上牛乳一般的月光,城下琴瑟一般的流水,中间的我,听水看月,我的肉体和精神都溶解在月光水声里。

月里水里都有我么？我不知道。

然而我里面却装满了水声和月光，月亮和流水也未必知道。

侧着耳朵听水，抬起头来看月，我心此时水一样的清，月一样的亮。

渐渐的听不见流水；渐渐的看不见月光；渐渐的忘记了我。

天使在天上，用神圣的眼光，看见肉体的我，块然立在西城门上，在流水声中，和明月光里。

我初读此文时，便感叹顾随此时虽年轻，亦未习禅学，但已入其门径也。因此境恰可用禅诗"云在青天水在瓶"证之，唯有一个"肉体的我"，或许还留有时代之印记。

在日常生活中追求禅之意趣，不仅是一个方便的法门，而且也可寄托人们生活中的思想与情感，追求生活之艺术，如今蔚为大观的所谓"茶道""香道""花道""琴道"等多以追求禅之精神为标识，譬如"茶禅一味"，无一不渗透着禅之意味。

第二层，或可言之追求智慧，认识自己。六祖得法后，连夜逃亡，被慧明和尚追上，欲夺其法衣。六祖则问道："不思善，不思恶，正恁么时，阿那个是明上座本来面目？"此一语直问得慧明大汗淋漓。在日常生活中，虽时时追寻其中趣味，但抑或不免沉湎其中，忘却自己的"本来面目"。而彼时一声棒喝，正是截断众流，使人直接面对自己。西哲亦有言"认识你自己"。此即佛家所言"回向"，世人每每弃其累赘之物，而时时回到自己的初心，因而能积蓄能量，更上一层。此语正可应用于此物质横行之"小时代"也。《诗经》所言"无念尔祖，聿修厥德"或电影《一代宗师》所回荡的"念念不忘，必有回想"亦近此意。

第三层，则是生死之间，如电光石火，可得超脱。读《五灯会元》，便见禅师们时时处于一种紧张状态之中，即所谓"两刃相交"，——因这一时机稍纵即逝，而正是在这一时刻，所有的智慧与能量，集聚于一处，因而有了超越生死之可能。这也正是禅宗所说"杀人刀，活人剑"也。古人以虫于竹筒中蠕行为人之喻，这是一场黑暗且似乎无穷无尽的历程，恰似我们所处的大千世界，而彼时彼虫只要横身啮竹，便可获得大光明与大自由。此即科幻小说中所描绘之由低维度世界进入高维度世界。无独有偶，古希腊柏拉图亦有洞穴之说，即人处于洞穴之中，而不能忍受真理之光明。换言之，超越人自身之限度，而跃向更高的世界，正是人类恒久的愿望。而禅宗即指示出此一途径，此或是"即心即佛"之义也。

因此，禅之于现代生活，大略可分为此三个层次。但中国思想的独特之处，正在于浅者可识其浅，深者可识其深，如《道德经》所云之"上士""中士""下士"。日本茶道之大宗师千利休在打扫干净的庭院摇落满地枯叶，既是"侘寂之美"的简约生活美学（如"无印良品"之产品观念），亦是庄子"独与天地精神往来"之遗响。领悟且进入每一层次的人都可以获得自己的认识与意趣，因而也就既有"现世安稳、岁月静美"之景象，也有了勇猛精进、更上一层之可能。

载《醒狮国学》2014年第10期，题为《见山水得禅心》

废名乃金圣叹之转世也

夜正深,正是《夜奔》中林冲急走忙逃、虎啸猿啼的"听残银漏"时分。吾忽忽然有此怪异想法也。

但常出屋先生和唱经堂主人必不以为怪也。其时,一切之"怪"在二公面前均化作"快"也。

唱经堂主人乃常出屋先生之"古人",常出屋先生乃唱经堂主人之"今人"。

"不悲古人我不见,但悲古人不见我"(原为"恨",吾改为"悲",因"悲"比"恨"好)。如今,二公皆已身列古人,想必可谈可饮可辩可扭打一番也。只是吾不及见,吾又能见也。

"废名乃金圣叹之转世也"比"废名真乃金圣叹之转世也"好,去掉一个好端端的"真",此是吾之见二公也。

读《西厢》,昔唱经堂主人读之,常出屋先生不读而读之,吾亦读之,并读二公之读读之。

手抚书本,一为《废名集》,一为《天下才子书》,并置于书架之上,使二公不寂寞,亦使吾于中夜颇不无聊寂寞也。

与佳人同坐读《西厢》,得其缠绵多情之致也。与常出屋先生同坐读《天下才子书》,得其阿赖耶识之致也。与唱经堂主人同坐读《废名集》,得其古往今来之致也。与常出屋先生、唱经堂主人同坐读天下书,得其天地妙化之致也。

常出屋先生,乃天地第一文字解人也。唱经堂主人,亦是天地第一文字解人也。

凌晨三点,"二岁尚缺一月"之娇女忽呼上楼看碟,将往日所看之费雪、金宝贝、小小爱因斯坦、跳蛙、芝麻街一一看来,陪坐良久,取来《天下才子书》,与娇女同坐读之,如得古今文字之仙境,不觉东天发白,吾亦得其浮一大白之致矣。

"转世"即"真身",亦是"万佛现身"也。

载《名作欣赏》2010年第7期

《潇湘水云》的"万古愁"

初冬的一日,正与一位老师闲谈。那位老师研究庄子和《五灯会元》,还讲黑塞和尤奈斯库。他忽然问道:"我致力于挖掘中国传统文化中可以在未来转化的精神。昆曲里有吗?"我一时语塞。因虽然我谈昆曲的美、昆曲是中国文化在晚明所结的果实云云,但思来想去,或许昆曲能为未来的美学提供可追溯的原点,但在精神上呢?

仓促间,我回答:"昆曲或许没有,但是古琴有。"

此时,闯入我的脑间的便是古琴曲《潇湘水云》。

曾经很多次,当我走近电脑和碟机,这首伟大的曲子的引子甫一奏响,心弦即为之震颤!

乍看《潇湘水云》之题,世人多以为如其他常见的琴曲一般,是描绘"风景"的抒情之作,或用琴弦描摹古典的山水世界,或是闲情偶适,或是再难追寻,但依然可在红尘忙碌中寻取一方清净乐土。

这或许正是世人心中的古琴的形象。"清、微、淡、远",成为近世描述古琴的一般用语。事实上,自古琴成为"非遗"以来,古琴的传授与学习已可说是蔚为大观,但大多仍是时尚文化潮流中裹挟的沙土而已。坊间流传的"京城四大俗"之类的俗语,多半是少不了古琴汉服之类的时髦。由此亦可见,高山流水遇知音者仍是稀少而珍贵,更何况潇湘水云般的惆怅与大志。

当初,当我初聆《潇湘水云》时,闪现的却是诗人济慈的名句:

> 每当我在繁星的夜幕上看见
> 传奇故事的巨大的云雾征象,
> 而且想,我或许活不到那一天,
> 以偶然的神笔描出它的幻相;

《潇湘水云》之琴曲与济慈的《每当我害怕》之诗,看似截然不同的两件事物,但让我同样怦然心动的是什么呢? 当它们沿着不知名的路径相遇时,涌现出的却是一个巨大的"云图"。

《潇湘水云》之曲出自南宋郭楚望之手。明代朱权在《神奇秘谱》中解题曰:

> 是曲者,楚望先生郭沔所制。先生永嘉人,每欲望九嶷,为潇湘水云所蔽,以寓惓惓之意也。然《水云》之为曲,有悠扬自得之趣,水光云影之兴,更有满头风雨,一蓑江表,扁舟五湖之志。

郭楚望为南宋遗民。宋亡后,隐居于潇湘之间。彼时,虽有怡情山水之时,而更多的却是家国与文化沦丧之愁思。

"总为浮云能蔽日,长安不见使人愁。"太白吟咏此句时,正是在凤凰台上倾诉心曲。当日吟诗脱靴,挥笔"云想衣裳花想容"之太白,与那时扁舟五湖"纵指发奇哀,潇湘水云怒"之楚望,所见的岂不是同一片"浮云"。

当郭楚望泛舟潇湘之时,所望正是"九嶷",此山为舜帝之墓所在。在中国文化传统中,亦是华夏传统之所寄。那片遮蔽九嶷山的水云,那片使得郭楚望此生再也见不到华夏之文明的浮云,难道不正是时代之变的巨大的伤痛么。

明末张宗子披发入山,从阅尽繁华之翩翩佳公子变为断琴残书之陶庵老翁,仍书写明史不已,并以其为一生之志业。张宗子为绍兴"丝社"之成员,对自身之古琴颇为自许,想必谙熟《潇湘水云》之曲。张宗子亦是此云之下的伤心客。

所以,"潇湘水云"正是那"传奇故事的巨大的云雾征象"。此云一旦诞生,便是"万古愁"。

郭楚望虽然创作了这首伟大的琴曲,但在后世竟然湮灭无名。其曲作者之名亦为其徒所夺,又岂不悲哉!但仍有传说,譬如称赞他琴技之高,能使水中游鱼跳跃,如美人之"沉鱼落雁"。

明人高濂所作传奇《玉簪记》中,有《琴挑》一出,写的是书生潘必正与道姑陈妙常借古琴诉说情意,其中亦出现《潇湘水云》之曲。然其意或许是此曲之流行,或是仍取其怡情之意,而全然与其志气高妙、其"忧从心来"无涉。但是,这也正喻示着此曲千年以来的"变形记"。

友人杨典在其琴学杂著《琴殉》中曾解《潇湘水云》,言此曲是"一首当时很典型的表达大复仇情绪,却又因政治原因不得不藏形于山水之间,而不时地又闪现着杀伐灵感、血腥大气的琴曲"。此解与现今古琴之"帮闲派"之见大相径庭,然而一首给你"万古愁"的琴曲,当然并非壁间之小品,而必然是一首无所不包的"交响"之诗。

中国绘画传统中亦有"潇湘图"之传统,名品甚多。然而,一路看下来,原本是寓有政治与道德隐意的《潇湘卧游》,却真的变成了应酬之抒情。琴曲《潇湘水云》亦是如此。

但"潇湘水云"弦鸣时,翻腾的依旧是四海之志,以及那对中国文化不时袭来、不可断绝的"万古愁"。

载《醒狮国学》2015 年第 2 期

近代琴史上的失踪者
——读《庄剑丞古琴文稿》

琴家庄剑丞,号栩庵,于1953年早逝。在近代以来的琴史上,他算是一位"失踪者"。所谓"失踪",实则是神龙见首不见尾。明明知道他在琴史上重要,但往往只能找到"历史的鳞爪",而其人生与艺术均晦暗不明,难以辨识与体会,让人如同"雾里看花"。

近期出版的严晓星先生辑订的《庄剑丞古琴文稿》将这位琴史上的"失踪者"打捞了出来。虽然还不全面,但可呈现这位琴家的"多面",也构成了他比较完整的面相。书中收录了《栩斋日记》,有类张子谦先生的琴学名著《操缦琐记》,只是所记时间太短。在1938年9月4日的日记里,庄氏写道,"余在苏之友,以四种为最多,即酒友、琴友、棋友、曲友"。琴棋曲酒,是庄剑丞主要的生活内容。然而这种生活,尤其是昆曲、古琴与他的结缘,却有一番有趣的奇闻。庄氏本来是江阴人,曾在无锡、上海等地迁徙,后选择定居于苏州,以出租房屋为业,因此有大量的闲暇时间可以"做自己爱做的事"。庄氏喜欢音乐,从小吹拉弹唱,擅长弹奏琵琶等乐器。他在苏州住下来后,听到隔壁医生家每天唱昆曲,有一天忍不住去拜访,就此加入苏州的禊集曲社,成为中坚分子。1935年,邻居又介绍琴家查阜西和他认识,由此他专心向查阜西学琴。在《栩斋日记》里,他自道,自从学了古琴,对其他乐器再无兴趣,重新拾起时,感觉生疏了许多。

此后便是在琴史里频频出现他的身影。今虞琴社的雅集,《今虞琴刊》的编务,都少不得这位少年琴人。现今人们提及今虞琴社,大多只念到查阜西、张子谦、吴景略。虽然也会看到庄剑丞,但究竟还是不知这位琴社操持者的真面目。

庄剑丞以琴家而知名,他也曾痴迷昆曲,并留下了痕迹。在《庄剑丞古琴文稿》里记录但没有收录的,有两篇他用简谱翻译工尺谱的昆曲曲谱。其一为《思凡》的【风吹荷叶煞】一曲,刊于1929年12月出版的《戏剧月刊》第二卷第四期。其二为《长生殿·惊变》一折的全部曲谱,在1930年10月出版的《戏剧月刊》第三卷第一期。

昆曲曲谱用西方形式翻译或记谱,现今可知的较早实践是1929年底印制的《梅兰芳歌曲谱》,由刘天华用五线谱为梅兰芳的唱腔记谱,其中包含有昆曲曲牌。这是为梅兰芳访美巡演给美国人特别准备的"说明"。一般认为,简谱是从二十世纪初期传入中国,二十世纪三十年代伴随学校音乐教育而推广,成为主要的音乐记谱方式。使用简谱的昆曲曲谱,据浦海涅《民国翟城育正学校京昆曲谱考》一文介绍,1925年前后,河北翟城育正学校音乐社印制的曲谱,使用简谱来标识,包括皮黄、杂调与昆曲。到三十年代,一批专书如《昆曲新导》(1930)、《昆曲自习津梁》(1934)、《怡志楼曲谱》(1935—1936)等,分别在上海、北平、天津与河北等地出现。1946年,《梅兰芳歌曲谱》被国剧研究社用简谱翻译成五线谱,重新出版。到新中国成立后,简谱成为流行的曲谱形式,比如《振飞曲谱》《侯玉山昆曲谱》等,都用简谱来标识。

庄剑丞用简谱翻译昆曲的工尺谱,应是用简谱来给昆曲谱曲的较早实践。有趣的是,在庄剑丞翻译的简谱里,使用了"入慢""曲终"的符号,这是琴谱的减字谱里的常用符号。庄氏用减字谱符号加入简谱,来翻译工尺谱。虽然这种标识并未流通,但庄剑丞的这种方法,显示了他对琴学的了解。庄氏自述1930年左右拜访邻居开始学习昆曲、1935年遇到查阜西时开始学古琴。1929年的译谱,表明了他对古琴的接触应是更早。

读到此书后,接下来我有了一番奇遇。前些日子去昆山千灯镇,我携此书,又提起庄剑丞,清华大学陈为蓬教授的一句话举座皆惊,原来他和庄氏是亲戚,而且有着复杂的辈分关系——他叫庄为姑父,而庄称他为表弟。陈为蓬教授与庄氏之子关系甚好,他介绍说,庄氏因患舌癌去世后,庄妻即杜门不出,庄氏之子亦如此,母子相依为命。直至八十年代,国门打开,庄氏之子的少年女友从美国回来探亲,发现郎未娶、妾未嫁,此时母亲已去世,于是两人相携去了美国。此后音信断绝,不知下落了。陈为蓬教授还谈及庄氏的两位女弟子,见于书中庄氏所写的《"三反"交待材料》,一位名为陈以钿(文中误写为"佃"),一位名为陈以铃(文中误写为"玲"),陈以铃于2020年去世,而陈以钿还生活在南京。这些琴史余话不仅可资谈助,明了古琴与人生之因缘与际遇,更可作为此书之补白了。

《栩斋日记》之外,我最留意的是《今琴征访录》一文。此文叙录其时的名琴，其中写到"玲琅""绿绮""云和"三琴。著录之外，庄氏又写了一大篇关于斫琴者王心葵的文字。王心葵即王露，曾应蔡元培之邀于1919年在北大教授古琴与琵琶，直至1921年病逝。因这一经历，王露不仅成为北大古琴史的源头，而且在近代以来的琴史上也有着特别的象征意义，因王露在北大教古琴，是古琴进入高等学府的第二遭。与王燕卿在东南大学首教古琴相比，因北大在近现代中国大学里的地位，王露此举影响更大。庄氏述之：

民八年，北京大学校长蔡孑民氏，礼聘赴校，琴社遂移北平。校中诸生，从学尤众，造诣较深者，有山右张友鹤、湖北谷城杨心如、浙江章铁民、康白清诸贤，其学派声振于时。

王露不幸中道而逝，但北大的琴史则刚刚开始，此后琴家杨时百也曾来北大任教。而张友鹤、郑颖孙则活跃于民国琴史上。王露其人，事迹留存颇少，所见往往仅是笔记上寥寥数笔。庄氏所述虽不很长，但清雅可读，更是一幅完整的王露的生平"画像"，譬如此则的最后一段：

鲁省素为礼乐之邦，琴学之盛，首推东武。清道光时，有王冷泉者，学问渊博，指法精妙，属金陵派；同时有王西园者，德高望重，取音古淡，出虞山宗。心葵兼两翁之长，广而大之，且其音律精通，考据正确，蔡孑民、章太炎推尊为国手。齐鲁同调所称"琅琊三王"者，即谓冷泉、西园与心葵。心葵为人寡言笑，性敦厚，有古人风。

琴派、琴人及王露的模样，便跃然而出了。

在《庄剑丞古琴文稿》里，我们可以读到一位琴人的生活，以及对古琴艺术的苦心探寻。此书展现了庄氏并不长的古琴生涯里较为突出的成就，主要体现在两个方面：其一是对琴学的探讨，如《栩斋琴谱》里对琴曲的整理与"打谱"，对音律的研究；其二是对古琴史料的记录与保存。尤其是庄氏作为彼时古琴活动的参与者与组织者，《琴人书札》《栩斋日记》《今琴征访录》《"三反"交待材料》等撰述都是第一手的民国古琴文献。换言之，庄氏作为一位琴人，他的生平活动，他的文字，其实已是琴史的一部分。读此书，即是一次深入近现代琴史的探险之旅。

在此书前面的彩插里，有一幅樊少云与庄氏合作的"小画"，应是樊少云的"昆曲图册"里的一页。一侧为樊少云画庄周倚奇石而寐，上有松柏，下为白骨，但氛围并不凄清或恐怖，却是用笔温和。另一侧则是庄剑丞录《蝴蝶梦·叹骷》的三支曲牌的曲词。樊少云于庄剑丞皆是以昆曲与古琴等雅事而相交的友人，此次合作，取庄剑丞与庄周之"庄"字，又取庄周叹骷髅之戏文及意境，亦戏亦画，艺术与人生融为一体，可称是神来之笔。此图虽然仅是一幅小品，亦透露出民国时期江南文人的风流余韵。

庄氏追溯今虞琴社的来历及其意义，自有一番抱负，如"他的宗旨，除社友的互相研究琴学外，还负起提倡琴学，复兴古乐的责任"。近代以来的中国古琴，与昆曲一般，一衰再衰，但衰而始终不绝。庄剑丞参与组织今虞琴社的二十世纪三十年代中期，正是衰退期间的一次回光，琴人们在上海、苏州二地相往来，雅集与研究并存，确乎迸发出一股生机，庄氏则因其际遇而成为这次小小振兴的中心。但是随着战争与颠沛流离,这一生机转瞬即逝。下次的来临则是1954年北京古琴研究会的成立,以及2003年的古琴入选"非遗"了。庄氏的一生,辗转于苏浙沪三角地带,江南文化是其人生底色,或者说,正是由于浸润于江南文化,他才以古琴为志业,在琴史上留下了踪影。虽然他的艺术并未完成,但他完成了作为一位江南文人的传奇,亦是一段可以记怀的琴史传奇。

载《北京晚报》2021年11月4日

顾随札记

顾随最早的诗

在现代学术史和文学史上,顾随以诗词曲的创作、鉴赏与研究闻名,如今亦被视作"国学大家"。顾随作诗之始,据其所著《稼轩词说》之《自序》言:"吾年至十有五,所读渐多,始学为诗。"《顾随年谱》依此说,系于1911年。然现今所见顾随正式发表之诗文,则是在1923年即顾随由北京大学毕业至济南《民治日报》工作之后。前年冬天,我查阅旧刊,见到顾随诗文若干,多未载于《顾随全集》(2000年版),其中刊于《学生杂志》上署名"顾宝随"的四首诗,当可将这一时间推至1914年。

《二媪行》《白菊》《时值秋日,同学多种盆菊,黄紫粉白,灿烂如锦,有一盆久不开,戏赠以二十字》三首见于《学生杂志》第一卷第六号《文苑》栏,1914年12月出版。《余读板桥〈孤儿行〉,不知泪之何从也,因仿其体为之》见于《学生杂志》第二卷第一号《文苑》栏。此四首写作时间大约相近,《白菊》《时值秋日》皆咏菊,《二媪行》《余读板桥》皆是仿郑板桥诉人世疾苦。此处因篇幅所限,兹各录一首:

白菊

已除烟火气,入世亦仙人;
避俗何妨淡,无香始见真。

此首虽是咏物,但可见少年顾随之情趣、志向,或是以白菊自喻。而另一首咏未开之菊,亦有"晚成多大器,沦落有雄心"之句。如联系顾随此后之人生,及生前身后之命运,几可成"诗谶"了。

余读板桥《孤儿行》,不知泪之何从也,因仿其体为之

小子有母时,阿父教读。儿不才,阿父夏楚而鞭扑。面壁低声不敢哭。日暮放学,奔入阿母屋。

阿母病笃,卧床不能起。不饮不食,不言不喜。儿跪床前,洒泪不已。大声呼娘娘不理。儿诚不孝子,抱恨终天何及矣。

小子丧母,泪下如雨。东西流荡,如物无主。阿父视儿倍加亲,有怀难吐。问儿饥饱,视儿寒暖,知儿甘苦。儿虽有小过,不复似旧时怒。

小子初就外傅读书,踽踽凉凉,气不得舒。假日驱车,归里无母。百事不如初。阿父乃视儿衣破,令人缝洗。视儿屋秽,令人扫除。小子发乱,阿父手自梳。呼儿问,校中事,语徐徐。

小子论文才拙,读书性昏。不能努力上进,立志自存。难慰慈母意,空负老父恩。似此不肖,何如鸡豚。罪通天,夫复何言。

小子思母泪沾巾。不敢令老父见,恐伤老父心。凄凄秋风,哀哀暮砧。小子灯下自沉吟。

读此首,一则明顾随彼时作诗之所好,读且仿板桥诗。二则可知顾随心中伴随终身之隐痛,即母亲之死。据顾之京在《女儿眼中的父亲:大师顾随》中说:"父亲曾在自传中写,母亲'完全是被继祖母折磨死的'。"因继祖母之专横暴戾,顾随之母于33岁即抑郁而终,顾随因此留下了永远的伤痛。此诗可证其时之状。顾之京云,顾随于1958年写自传,但写至母亲之死便不再续,直至1960年去世。

获此数诗后,即提供给顾之京教授,并得以收入新版《顾随全集》(2014年版),只是可惜归入的是"早期新诗"。

载《今晚报》2017 年 5 月 15 日

顾随的"随便谈谈"

翻阅《顾随年谱》,1916 年至 1920 年夏,为顾随在北京大学就读之时,然几乎一片空白,曰"先生在北京大学学习",所列亦只是顾氏自述旧事,云读《金刚经》,云"自学为词",云参加五四运动,云本报考国文系后为校长所劝改学西洋文学等。读至此,已明顾氏一生之志业与兴趣,确乎于北大奠定也。

去岁看旧刊,偶得顾氏旧作若干,除《"立水淹"》《海涯》《诗拈古》诸文外,最可惊喜者,当是顾氏中学、大学时所撰诗文,可补足顾氏之学生生涯。中学时所作旧诗,现已载新版《顾随全集》(见《顾随最早的诗》)。尚有顾氏北大时期所撰的文章《随便谈谈》,未见选入。姑且录于此,是为顾氏北大生活之一瞥也。

《随便谈谈》一文刊于《学生周刊》1917年第二期《隽言》栏,署名为"本函授部文科第一届学员顾宝随",此文当系现今所找到的顾随发表的第一篇文章。全文如下:

随便谈谈

读书多而神劳,毋宁读书少而神逸。劳则纷无所得,逸则静有所会也。

读书之法,宁迟勿快,宁静勿慌,宁少勿多,宁拙勿巧。

学书(谓习字)令人俊,学诗令人雅,学剑令人壮,学柔术令人健。

于众人忙乱时,能以静遇之;于众人艳羡事,能以淡处之:做学生定然是好学生,将来便能做些事业。

常玩月令人心静,常玩水令人心淡,常读书令人心广,常下棋令人心忿,常赌博令人心诈,常闲散令人心荡。

得意时以静处之则心不骄矜,失意时以静处之则心不忧伤,忙时以静处之则心不内乱,闲时以静处之则心不外驰。

与好友假不得,与俗友真不得。宜真而假,宜假而真,其失均也。

善笑是有趣人,善哭是多情人,善不笑不哭是深心人。哭人之笑而笑人之哭,不是宵小便是奸雄。

　　此文确系"随便谈谈"之语,类似明清的清言小品风格,又未脱学生箴言之"文青气"。虽是如此,文中时有隽语,可令人遐思之。此亦可视作顾氏后来众多传诗论文谈禅之"指月录"之雏形也。登载此文之《学生周刊》,乃是彼时流行之学生"课艺"杂志,创刊终刊皆在1917年。据云此类杂志是在新文化运动后一大新事物,达百余种之多,读者及作者皆多为大中学生。顾氏中学时所作旧诗曾登载于《学生杂志》,此文又载于《学生周刊》。而且,初览之下,又见复旦公学二年级学生刘延陵亦有诗文载于《学生杂志》。刘延陵乃是初期白话诗人,其诗《水手》结穴一句"那人儿正架竹子,晒她的青布衣裳"可称名句,惜后来脑部受伤,不再为文矣。而《学生周刊》,则有林琴南、蔡元培、梁启超之小说或论说文。

　　顾随早期诗文载于此类刊物,且在其创刊之初,便参加其函授部文科,可见身为学生之顾随于文学之兴味,正所谓初始之"文心"也。

顾随撰写的民谣

　　1918年,在《北京大学日刊》附刊《歌谣选》233、235号上,陆续登载顾随提供的两首歌谣,其中一首附短评。

　　其一:

(四九)

　　小白鸡,上柴禾垛。没娘的孩,怎么过! 跟猫睡,猫抓我;

跟狗睡,狗咬我。娶个花花娘,搂搂我。

此章通行于直隶清河与山东临清两县。

顾随家虽在河北清河,但祖籍却是山东临清。且顾随母亲之家族亦在临清。或因此,顾随采录此则民谣,言流传于两地。又"没娘的孩"之语,或许可与顾随早年失母之身世相对照。

其二:

你是兄弟我是哥,打一壶,咱俩喝。喝醉了,打老婆;打死老婆,怎么过?有钱的,娶个花花婆;没钱的,娶个懒老婆。吃,吃一锅;拉,拉一锅。放屁打成锣。

此章通行于山东临清等处。

齐鲁之民俗犷悍,酗酒滋事,时时有之。此歌描写逼真,而后半则寓嘲笑规戒之意。

此二则歌谣署名为"文科英文门顾宝随君来稿",由此可知顾氏彼时之身份及所学。

歌谣运动为新文化运动之一部分,为刘半农等人所提倡,并得到蔡元培之支持。1918年5月20日起,《北京大学日刊》附刊《歌谣选》,后又出版《歌谣周刊》。在《歌谣周刊》1923年第31期,载有署名"顾宝随"提供的歌谣一首,题为《你是兄弟》,词和上文之"其二"相同,唯"懒老婆"易为"癞老婆"。彼时顾随已至山东济南任教,或许是编辑从《歌谣选》所选吧。

载《今晚报》2017年11月20日,题为《顾随采录民谣》

顾随咏韩世昌诗

顾随喜观剧,其谈诗论文多以禅与戏作喻,互为起兴发明,胜义颇多。然谈戏多举谭鑫培、杨小楼、尚和玉等皮黄名伶之艺术为证。坊间所闻顾氏逸事亦多涉皮黄名伶。如某生回忆,一日顾随登课堂,面容惨淡,言杨小楼去世,再也不听戏云云。

顾随与昆曲之因缘,顾氏似少言之,亦较少见人述之。唯曾见有文写"曲家顾随",急急觅来,不料说的是顾氏之戏曲研究,与昆曲无涉,足可喷饭。

然《顾随全集》里,有一长诗,可证顾随与昆曲之缘分匪浅也。此诗诗题颇长,诗亦如吴梅村《圆圆曲》之类,兹录如下:

三十一年三月廿八日观韩世昌演《思凡》于长安戏院,溯予初聆其此剧距今廿有三年矣,抚事感怀为赋长句

少居燕市好听歌,韩君妙舞况婆娑。
同时侪辈竞伎艺,就中感人输君多。
一折"思凡"九城动,绣毂朱轮相戛磨。
翡翠帘前月徐上,红氍毹上水生波。
飘絮游丝晴空里,欲坠还飞情难已。
声如初啭莺在林,身似三眠蚕乍起。
解缚脱羁得自由,一天云散日当头。
百尺清泉流下前山去,中有夷犹飘渺之轻舟。
曲终姗姗入绣幕,空山寂寂山花落。

忽然屋瓦震欲飞,欢声雷动掌声作。
重闻此曲在长安,俯仰沧桑二十年。
为君扶病始一出,惜君玉貌非旧妍。
谁知貌瘁神更全,遣声投袂倍婵娟。
华裙长袖何翩翩,旋规折矩遁方员。
霜橘味熟甘复酸,斜阳西照霞绵绵。
温润中令之笔意,精醇玉溪之诗篇。
神光离合乍明灭,灵风披拂行云结。
眼波意态两邈然,始信玄妙离言说。
忆昔吴赵两先生,同时联袂客旧京。
转喉引吭示规范,为君亲试玉笛声。
于今双墓俱宿草,叹息君亦垂垂老。
悬车悲泉海西流,逝水韶华何足道。
随众潮涌出歌场,雨脚飞洒云茫茫,举足何往意彷徨。
吁嗟乎开天旧事忍重说,一曲霖铃泪数行。

由此,可知顾随写此观韩世昌《思凡》之诗为1942年,而所忆为二十三年前之观剧,即1919年。彼时顾氏亦观此戏,两相对照,二十余年之光阴已逝,物是人非,不由得悼古伤今也。

韩世昌为昆曲名伶,其成名正是在民国六、七年,因北京大学师生及北京知识界之热心提倡昆曲,韩氏一时间可与梅兰芳并称,被称作"昆曲大王"。

顾随彼时正就读于北大,尚是翩翩一少年,其时或是多睹韩世昌之《思凡》及诸剧也。

二十三年之后,中国社会天翻地覆,从民国开国、新文化运动之生气转为沦陷之日伪空间,顾随已是双鬓雪白之"茅亭一倦驼",韩世昌亦经历昆弋班之离散分合,落拓京师。其时再观韩世昌之《思凡》,顾氏虽觉韩氏颜色不再,然技艺愈深也,如"温润中令之笔意,精醇玉溪之诗篇"之句,书法、诗词、戏曲,皆是顾氏之所好。顾氏以此为喻,亦可见其对此时韩氏之赏、之赞、之感也。

观剧完毕,恰遇纷雨阵阵,真个如明皇在剑阁一般。(《长恨歌》云:行宫见月伤心色,夜雨闻铃肠断声。)归至驼庵,青灯古卷,又是另一世界矣。

顾随评戏

顾随先生如今被视为"国学大家",经过十余年的"挖掘",及其弟子叶嘉莹女史与女儿顾之京的"整理",顾随的著作虽尚有遗珍,然大体格局可窥之。每每读之,皆有惊艳之感,犹如读新文学之废名。顾先生之"功业"主要在于词曲创作、鉴赏及书法、禅学等,他的两本小书《东坡词说》《稼轩词说》以禅语解词,文意双美,为难得之书。而且,我以为顾先生之成就在于课堂之"教师"角色,据学生回忆,顾氏授课天马行空,却又如禅师之接引,予人启示,胜义无穷。幸有叶嘉莹女史保存有当年课堂笔记,经顾之京整理,编为《驼庵诗话》《顾随诗词讲记》。细览之下,洵不虚也。

顾先生评戏亦有渊源,据云课堂授业之际,顾氏常以所观之戏取喻,亦是精彩。有人回忆某次上课,顾先生面色沉重,宣布杨小楼去世,并激愤云:再也不看戏了!只是此闻出自口碑,无有实证也。顾又撰有咏韩世昌之长诗,其题甚长,为《三十一年三月廿八日观韩世昌演〈思凡〉于长安戏院,溯予初聆其此剧距今廿有三年矣,抚事感怀为赋长句》,此诗为吴梅村《圆圆曲》之流,又感慨时间之流逝也。起首便是"少居燕市好听歌,韩君妙舞况婆娑"之句,顾氏爱好观戏,可知矣。其之研究与创作,由词转移至曲,或许与这一爱好有关。

只是顾随评戏虽多有流传,但其实并无记载。今春购得顾之京整理叶嘉莹听课笔记之全版,名为《中国古典诗词感发》,一读之下,书中实有前之数书未载之内容,且弥足珍贵的是,顾氏课堂上以戏解诗的场景,又得以重现。虽亦只是惊鸿一瞥,但不由得喜而抄录之。

其一,"有人轻而不盈,有人盈而不轻,马连良便是轻而不盈,小楼便是秀雅、雄伟兼而有之,尚和玉唱戏其实翻筋斗也翻过来了,但总觉得慢"。此意类似于卡尔维诺在《未来千年文学备忘录》中所言"轻与重",小楼即杨小楼,与尚和玉皆为俞润仙弟子,但风格不同。顾氏亦以此二人比作李白杜甫,"老杜有力,有时失之拙笨",即是尚和玉之风格。而李白"自然""真美,真好",便是杨小楼之属了。

其二,"某老外号'谢一口',只卖一口,你听了,非喊好不可"。梨园中此说甚广,未知顾之"某老"为谁,或为谭鑫培欤?谭之《四郎探母》"叫小番"一句为梨园佳话。我尝听北昆名净周万江先生云:当日裘盛戎亦是如此教他的。因卖得太多,观众会腻。而一口正好,可留一个念想,下回再来听。顾氏以"谢一口"证文章之力,奇绝之句,如今之所言"霸气外露",迫使读者不得不叫好也。戏与文一理。

其三,"如为杨小楼配戏之钱金福,功夫深,如铁铸成,便小楼也有时不及,可惜缺少弹性,去'死'不远矣。创造就怕这个"。钱金福为晚清民国之名净,顾氏于此处比较杨小楼与钱金福,亦同于比较杨小楼与尚和玉,大略也是"轻与重"之理。顾氏言"老杜七言律诗之结实、谨严"如钱金福之功夫,但尚欠一点"自然"而已。

其四,"谭叫天说我唱谁时就是谁,老杜写诗亦然"。谭叫天即谭鑫培,晚清民国之国剧大王也,谭调风靡国中。然其音厉,谓为亡国之音。顾云"西洋写实派、自然派则如照相师。老杜不是摄影技师,而是演员","演员"即指谭鑫培也。此处言诗与现实之关系,顾氏之比喻恰似诗之戏剧化。故而赞老杜"打破小天地之范围""不仅感动人,而且是有切肤之痛"。其实还是赞老杜之如尚和玉、钱金福,为有力之"重"者也。

其五,"如杨小楼唱《金钱豹》,勾上脸,满脸兽的表情,可怕而美"。《金钱豹》为孙猴子灭金钱豹之妖之剧,然却演变为金钱豹为主角,以金钱豹掷叉为一绝,俞润仙、杨小楼、尚和玉、俞振庭等皆能此剧。顾氏赞杨小楼此剧脸谱之美,为"可怕之美"。脸谱中此例甚多,如钟馗、张飞、无盐等,多是丑中见美也,非唯杨小楼所饰。顾氏以此喻赞老杜之"丑扮"句为"俊扮"。但又云"老杜那么笨的一个人,还有这一手"!此语似赞还贬,又似贬还褒也。

其六,"如唱戏老谭大方,马连良小巧,而笑弯儿太多、支离破碎,把完整美破坏了"。谭鑫培与马连良皆四大须生,然顾氏以二人之特点比作诗之完整性。"写作怕没东西,而东西太多又患支离破碎,损坏作品整个的美。"此言又有类卡尔维诺之观念也。

顾随之评戏,崇谭鑫培、杨小楼,而以尚和玉、钱金福、马连良次之。诸种艺术均异途同归,以戏解诗,亦是以诗解戏,皆是别开生面。顾氏以老杜为尚和玉、钱金福,以太白为谭鑫培、杨小楼,其志向、情趣由此可见矣。

载《大公报》2012年9月24日

顾随和《苏辛词说》

在现今知名的民国诸大家中，顾随算是比较特殊的一位。因他的著述相对较少，尤其是学术方面的论著，更是少见。如果翻开新版《顾随全集》，可知他的成就主要在两个方面。其一是创作：传统文学（诗词曲）和新文学（新诗、散文、小说）；其二是授课（由叶嘉莹及其他学生保存的笔记整理而来）。能够归入"学术"概念之列的，大概就只有关于元曲的辑佚与探讨的散篇文章，以及《苏辛词说》《揣籥录》这两本小书了。然则这两本小书其实也是随笔体，和我们现在所说的专著还是有所不同的。

以数量如此之少的学术著述，而被后世视作国学大家，除了因他的弟子叶嘉莹、周汝昌等大力宣扬之外（顾随曾以马祖寄语迦陵），定然有其不可磨灭且感人至深之物存焉。在关于顾随的传闻里，最为"神话"的就是他的授课，周汝昌在列举"先生一身兼为诗人，词人，戏曲家，文家，书家，文艺鉴赏家，哲人，学者"诸多身份与命名之后，又充满激情地补充（强调）说："尤其出色当行，为他人所难于伦比的，又是一位传道授业、最善于讲堂说'法'的'教授'艺术大师。凡是听过先生的讲课的，很少不是惊叹倾倒，欢喜服膺……"（《〈苏辛词说〉小引》）。

回忆顾随讲课场景的人及文章不在少数，印象最深的便是谈及顾随说杨小楼去世，再也不看戏之语。再就是吴小如在演讲时，提到听顾随上课的情景，说顾随讲辛弃疾，大半堂课东拉西扯，说天气，说自己的身体，最后才说了一句"以健笔写柔情"，使其记忆数十年后依然如新。

余生也晚，这样的讲课方式和授课艺术，只能是"梦里依稀"了。或即使有心仿效，却再也不及见真佛了。

坊间流传甚广的几种顾随著述，其实都是顾随的讲课笔记。前有《驼庵诗话》，后有《中国古典文心》《中国古典诗词感发》，除了诗词鉴赏易于流通接受外，大约是顾随讲课的精彩虽已不可复睹，但仍在讲课实录的字里行间，有几分留存。而那些警言金句，纷至沓来，读时如桃花扑面，时时袭中读者，使其头脑为之一变。

昔人虽已逝去，但其精魂、其神韵仍可借由文字，给人以超越世间和时间之启发。

讲课笔记虽然生动，但受记录者和整理者的程度的限制，也会有错句及误读，而且某些时候或许也使得讲者的程度不能充分展露。最理想的状态还是讲者自己来写。比如，我曾偶然找到顾随的几篇佚文，其中一篇恰好可以和课堂笔记里的一段文字相应，内容大体相似，但佚文的文笔华瞻，金句密集（相对于讲课实录里的"散点透视"），确有更精彩处。

《苏辛词说》撰写于1943年夏秋之际，初于1947年以《倦驼庵稼轩词说》《倦驼庵东坡词说》之名连载于天津《民国日报》，在顾随生前并未结集印行。后经顾随之女公子顾之京教授及顾随其他学生之整理，1986年《顾随文集》、2000年《顾随全集》、2014年新版《顾随全集》，皆收录这两篇词说，就此流布于世。然知者、读者、赏者似尚在少数。

顾随一生之功业唯在中国传统文学（诗词曲）的创作与鉴赏，《苏辛词说》即是这一领域的集大成之作。一则，顾随授课之理念、之艺术、之精彩，全然倾注于此书；二则，顾随以语录体来写此书，与其写《揣籥录》类似，语言与思想皆凝练，公案、断语信手拈来（常惹读者会心一笑），禅学与诗学互解，融会贯通，文辞亦如精金美玉，可赏玩不尽；三则解诗如解禅，直取核心，直见性命，读之可得探骊得珠之妙悟，实是中国古典诗学和现代文艺思想里，自王静安《人间词话》之后，最为精深、程度最高、亦很特别的一部著作。愿读者诸君识之。

乙未腊月十四日于燕北园
载顾随著、陈均校《苏辛词说》，北京出版社 2015 年

驼庵遗事
—— 读顾之京《我的父亲顾随》

驼庵（顾随先生）辞世已近六十年。这一个甲子，中国社会依旧风云变幻激荡，想必顾先生亦未必能逆料。每每念及知堂、废名、顾随诸前贤之著述生涯，便觉历史之无明。

就像刚读到的《经律异相》上的一个故事，说的是国王获得两只稀有的白象，坐于其背出游，不料到野外白象突然奔走，国王狼狈坠地。后来象师用烧红的铁丸惩治白象，铁丸穿喉穿肚而过，白象死去，国王大悔且悟。此本是常见之印度"故事海"之一勺。最后佛祖云：他便是当日的光明王，白象是某弟子，象师是某弟子。这也是佛经说法之常见结语。然生死之间，却似有重重隔世之迷雾，只是如李义山之说当时惘然也。

大疫之期，见网间有顾之京所著《我的父亲顾随》上市，顾之京教授为顾随之女，数十年致力于顾随著作之整理出版，其工作确系作家文人后裔挖掘推广尊亲撰述之典范也。曾读过顾教授以顾随八种词集来阐释其父之生平与思想，亦获知不少隐藏之意。此回待疫情气氛稍缓，便速购之。今日下午取得，迅疾读罢，略书数感如下。

顾教授之著作，以亲见亲感亲悟其父之人生志业为主线，读来亦亲切可感。仿佛昔时家庭之乐，历历在目，如习瑾庵前、萝月轩中之情景，欢声笑语，又如顾随所激赏之稼轩句"稻花香里说丰年"。

掩卷思之，最大收获，亦是最关注之处，往往是顾随人生与艺术之渊源。顾教授写其父亦特意标注于文中。如文学奇异体验之始，见于顾随在《稼轩词说》之自序，是在童年读杜甫诗，于大平原见空山草木。此种不可思议之感，常常伴随顾随之身，如同降神。在其少年名文《月夜在青州西门上》，亦俯身见及明月光与流水声里肉体之自己，既美丽亦是愁思也。此种感觉于顾随释读古诗文，评说禅宗公案，皆体现为身入其中，继而指引从学者、阅读者一路走入，如桃花源，再跳出予以评判。这种沉浸感，即使只是借得读者一分一毫，便足以使人领略其境了。此乃顾随解读世法之不二法门也。

又如青州时期，顾随遗有散文短篇小说五种，此乃其文学之始。因作词、编印词集，获沈尹默之赞赏，荐往燕京大学任教，此是顾随于大学传道之始。后为苦雨斋弟子，直至倦驼庵词人，终身志业全然是奠基于此刻。

由顾随之经历，便可知艺术与人生相互发明，亦相互成就，终而构成一个人的整体与肖像也。

顾随之文学鉴赏甚精妙，允为公论。展读此书，倒又发现一个"正法眼藏"，即小泉八云之英文诗讲义。往日知顾氏之于小泉，仅为译其文论而已。哪知顾随当日因熟谙英文之故，读小泉之英诗讲义来作解《离骚》、古诗文之助。顾之京叙述"特别是小泉八云氏讲英国诗的三大本英文讲义。小泉八云'注意字句的分析、欣赏与写作技巧','是一个精工巧丽'的文艺论者'"。读后便知,小泉八云给初登讲坛之顾随"第三只眼",或者说予以顾随细读诗文的启示,从而形成顾随解诗的基本路径。

在顾随诸逸事里,常提及其原本想考北大,却被北大校长蔡元培劝去先考北洋大学预科学英文,再读北大。据云出自顾随的闲谈,但有疑问:顾随读北洋大学预科为1914年,其时蔡元培尚未就任北大校长,此乃口述流传之谬误乎?此书中,顾之京给予了一种可信的叙述,顾随1914年考北洋大学预科学英文,1917年转入北京大学法科经济门,1918年由法科转入文科英文学门。这一由经济转英文的"转专业"之举,大约就是顾随忆及的蔡元培之建议。恰好前几日偶读《北京大学毕业同学录》,当年沙滩毕业之少年豪俊每人一页,一通翻来,至民国九年(1920),即见"顾宝随"之肖像与简历。此外有大名鼎鼎之傅斯年、罗家伦,亦有寂然无名然著述特丰、诗学精深、也是我近年常读之陶明濬也。

书中述及顾随曾居于成府村小院,"静得几乎像是没有人在这里住过",常食校中食堂,偶尔在成府村小饭铺"要上一盘饺子,配一杯白酒",独居客寓,竟至咯血。今日成府之名空留于北大东门对面如剑之成府路。不由想起1997年,万圣书园正在成府村,彼时因参加一个诗歌活动,驱自行车前往。见大名鼎鼎之万圣书园亦只是一小屋而已,旁则断瓦残垣,萧然黄昏,已是拆迁前夜。过些年再去,已不见丝毫痕迹,只有块然之 The Lakeview Hotel 了。

如今从博雅塔沿未名湖北岸,至湖心小岛,再至备斋。前几日见京都大学人文科学研究所公布的日人于二十世纪三十年代所摄燕京大学,燕京之门仅树一小木牌:燕京大学。门的形制与今日虽差不多,却显得草莽有致。又见备斋一帧,停靠数辆自行车,三二长衫男生正跨上台阶。读周汝昌文章时,周云从宿舍可望见未名湖,便知定是备斋。顾随从成府村去上课,定然经过备斋、均斋、才斋和德斋,而或去往穆楼也。

顾之京教授谈撰写此书之因缘,为2017年纪念顾随120周年诞辰,其时顾教授撰其父影记,编辑遂来约稿。因之想起我也曾携女参与此会,并带去旧刊所见顾随于清河高等小学堂时所撰课艺,云此乃所见顾随第一篇文章。今在书中亦见之。往事翩翩,愈读之,愈可见世间之种种法。

顾随云其为燕市沙尘中一倦驼而已。书中又忆顾随云喜欢花,因爱花即爱美。此种细节,读之往往心动。虽然此书尚不及顾随与彼之时运、文运与学运,然温言可亲。驼庵生涯已矣。驼庵遗泽则长存于时间,并予以一切爱好艺术者之滋养。这却是永远也无法磨灭的,即便是可吹散一切金刚山的"坏散"之风。

庚子二月廿一日于燕北园

载《北京晚报》2020年4月9日

沧海月明珠有泪
—— 略谈朱英诞及其散文

编辑嘱给这本朱英诞的散文小集写一篇"说明",云全书都是由民国旧刊上的旧文和手稿整理而成,体例及形成过程都比较特殊,因此有必要向读者交代一番。听罢,我就"动手动脚找材料",去寻找十余年前的记忆("锦瑟无端五十弦,一弦一柱思华年")——写博士论文收集资料时,偶睹《吴宓小识》。此是第一次见及朱英诞文。在2006年的文档里,还找到了写给北京大学新诗研究所诸师的"提议",建议收集、编选、出版朱英诞的诗文。此处摘其开首数语,以作朱英诞之简介:

在废名先生的《林庚和朱英诞的新诗》和《〈小园集〉序》中,有一个"少年诗人朱英诞"的神话及身影。朱英诞于1928年开始写诗,1932年在民国学院读书时结识林庚,后由林庚荐与废名。废名在《〈小园集〉序》中即写了这一相遇,称赞朱英诞"五步成诗"的才华。朱英诞的诗风处于林庚与废名之间，旨趣上与废名相近，而自成格局。

废名在北大讲新诗期间，朱英诞参与了编选，亦贡献意见。废名返乡前，荐朱英诞于周作人，于是乃有朱英诞在伪北大讲诗。是时，朱英诞担任北大"新诗研究社"导师，并开新诗课，废名"谈新诗"仅谈至郭沫若，朱英诞便接下来，一直讲到废名、林庚和《现代》。这本北大油印的《现代诗讲义》至今犹存，是非常少见的新诗史上的诗论。

从1932年至北平沦陷期间，朱英诞是相当活跃的诗人，诗文见诸京沪报刊，出版诗集《无题之秋》，《小园集》亦编就，并参与北平文学圈的文学活动，比如东安市场的"沙龙"等。从北平光复至解放，时运转换，一方面，友朋零散，朱英诞渐渐失去发表作品的空间，另一方面，或许也是为了保护自己，朱英诞以一名重点中学语文教师为业，不再发表作品，此后早早退休，成为"文学史上的失踪者"。

其时，朱英诞仍创作不辍，直至1983年冬去世。据闻，共自编新诗集二十余本，有诗三千多首，散文几大包，旧诗集八册，京剧剧本若干，并写有《李贺评传》《杨诚斋评传》等。

这几段话如今重看，竟也惹动我的一番情思，尤其今夜乃是七夕之夜（"庄生晓梦迷蝴蝶，望帝春心托杜鹃"）。而且因当日写下这番文字便算是"初心"。事隔已近十年，朱英诞的诗文虽有零星出版，但还难说尽如人意。但差可告慰的是，朱英诞在公众或研究者眼中的形象，已从"文学史上的失踪者"转成新诗史上的"隐逸者"，获得了一个较打眼的位置,两本规模较大的百年新诗选集都选了朱英诞较多的诗作。也许,无论如何也不会有再被湮灭的命运了吧。念及朱英诞当年在小院中青榆下孤寂的日日写作,去世前指其作品托付给长女,遗稿俱藏于一纸箱,真有所谓碧海青天、今日何日兮之感。

集中所选的绝大多数文章,皆是我在电脑上用"一指禅"一字一字录入。不过情形也不是那么糟糕,譬如读朱英诞的自传《梅花依旧》时,因手稿笔迹杂乱,影响阅读,总是读不完。正值在沪上过春节,耳畔皆是上海话、麻将音,百无聊赖,便想:不如打字,聊以度日吧。此后是获允给《新诗评论》做"朱英诞小辑",一时高兴,便将在民国旧刊上找到的朱英诞文章,以及部分从朱家纸箱里翻拍的手稿,录将起来。再后来是朱英诞晚年所写两部评传,也是因为手稿太乱,断断续续看了很久,也接不上来,干脆边打边读……

打来看去,温暖愉快之余,也因有所感。在其他文章里,我曾略说朱英诞的散文风格:一是"现代文学的活化石"。如果将朱文放置在现代文学里,大约是梁遇春一流,算是一位风格独特的作家,但还并不很特别、很了不起;但如果回放在当代文学里,则几乎是突兀般耀眼,因二十世纪五十到七十年代的时代气氛和文学风气,实在是容不得别样的风格。朱氏本人自知难为所用,不能发表,做好了藏诸书箱、留诸后世的准备,故能保持既有风格,为自己而写作,这一绝境反而成就了"空谷遗音"。即如曼杰斯塔姆所说"诗艺即政治"。因此,我常以为,朱英诞在当代的写作,其诗文不仅耐读,亦有可挖掘的思想史之意义。

二是"可见融传统与现代于一体之企图;其文风清婉曲致,娓娓道来,自成一格,散发出独特的叙述魅力"。这是给台版《大时代的小人物——朱英诞晚年随笔三种》书写的广告语,但又不仅仅止于此。

以我陋见，一个人的写作自有其原型，此原型支撑他的写作（是其写作资源、写作动力），也限制他的写作（写作的范围及能力）。而"强力诗人"则不断与之搏斗而得以诞生。朱英诞的原型即是诗人，我曾论说二十世纪三四十年代的"废名圈"，当年废名、林庚、朱英诞、沈启无这些"前线诗人"，所追求的新诗的"现代性"，被表述成以传统与现代相结合、并形成中国新诗的古典风貌（大意如此）。朱英诞的诗，恰是这一追求的最佳体现之一。由诗而及文，其散文的风貌也可作如是观。其风格之清丽婉转亦是由此生发、延伸而来。

朱文的风格，"自然而然"这一特质也很特出，正是东坡髯仙所说"行于所当行，止于所当止"。他的诸多文章，都会顺手记下写作的时辰。久而久之，与正文也浑然一体，就是视为文章的一部分也未尝不可，还别添趣味。因此，在整理其自传《梅花依旧》，我便原样保留了其文段落里所标注的写作时间，因这些不但是朱氏的写作习惯，亦是朱文的节奏、状态与味道。数十年后，我们仍可借此感受朱氏的所思所想（"沧海月明珠有泪，蓝田日暖玉生烟"），犹如和朱氏在这些时刻在纸上直面相见。

朱氏的写作生涯之长，在二十世纪中国文学里或是数一数二（从1928年到1983年），尤其是在退休后的二十年里，朱英诞念兹在兹的便是新诗。闲来翻读他庞杂的遗稿，我所看到的，就是他几乎每天都在写诗、改诗、誊诗，常常给自己的新旧诗作分卷编集，反复给自编的诗集写序跋小记，不断地变换各色笔名斋号，写下的种种文字大多与诗有关……如此凡数十年，这种写作的样态，不同于一般现代作家，反而和古代文人颇为相似，可说是一位生活在现代的古人。或者，也可用顾随喜用的"古典文心"状之。

集中文章，朱氏所用笔名甚多，不仅是在民国旧刊上发表的旧文（因此当初找起来也就比较费事），而且大量手稿多署不同笔名，或许会使初读者"丈二摸不着头脑"。在朱氏遗稿里，有一个粘贴旧作的剪报本，我曾见一纸，上书《笔名记录一》，记有"豈梦、朱英诞、皮同、振鹭、棣威、君潜、锡瀛、泽镛、舜弦、朱绅、柘潇、朱方仙、杰西、朱清和、进衡、朱丹庭、朱执御、冬坡、霜林、凫晨、朱曦、石木、朱青榆、杞人、损衣、琯朗、朱芳济"等名字。据朱英诞长女朱纹的统计结果，这些仅仅是"冰山之一角"，只是朱英诞所起所用的笔名中的一小部分而已。

朱氏有文名《诗的珠玉》。多年来，在读这些"大珠小珠落玉盘"的文字之时，我似乎也和作者一道，回到那些时刻，那些于人虽微、于己却重大的时刻，譬如，与祖母一起吟哦《长恨歌》的一刻；第一次踏进一座小楼，见到文学启蒙老师的一刻；写出所存的第一首诗《街灯》（朱氏记作"雪夜跋涉"）的一刻；从津沽迁至北平，见到林庚的时刻；一个人走过长安街访废名不遇的时刻；废名戏称他与林庚为"双白骑"的时刻……（"此情可待成追忆，只是当时已惘然"）诗歌及其友谊，废名给朱英诞《小园集》作序云"乐莫乐兮新相知""是个垃圾成个堆"。

两年前，编就本集，定名之时，我一直在"诗的珠玉"和"我的诗的故乡"之间犹豫徘徊（像是卞之琳诗里在窗内看桥上的人），想着要是都能用上该多好。但是书名似乎只能有一个，故最后思来想去，还是选了后者（委屈前者做了卷名），因文学、记忆与古籍，便是朱英诞诗的"故乡"，亦是一切好的中国文学的"故乡"。是为记。

乙未七夕于燕北园
载朱英诞著、陈均编《我的诗的故乡》，北岳文艺出版社2015年

周汝昌的红学世界

《师友襟期》是周汝昌先生晚年撰述的"人物志"。据编订者周伦玲女士的"后记",其书原名应是《鸿儒72家》。周先生随性而写,写毕便塞入牛皮纸袋,最后写成的至少108将。除少数文章字迹难以辨认,因而未能整理收入,其他文章皆由周女士整理,编入此书。此种写作方式,类似元人陶宗仪撰《南村辍耕录》,在树叶上书写,置于瓮中,再埋于树根下。

大约在前年,我因缘际会参加河北师大纪念顾随先生120周年诞辰研讨会,在会议的尾声,周伦玲女士取出一篇刚整理出来的周先生追忆其师顾随先生的文章,便是书中《苦水词人号倦驼》一文,云周汝昌先生晚年目障,字写得又大又斜,勉强辨识整理,才得此文。读毕,周女士与顾随先生之女顾之京教授相拥而泣,也令与座诸君别有一番感慨在焉。

今番读到此书，又念起彼时彼景，便知晓虽是纸上文章，而竟浇灌了周先生晚年心血，字字读来，皆不寻常。其中，最深的印象便是周先生行文的风格，虽不能说是戛戛独造，但确乎是一种浸透着浓郁周氏风格的文章。初读此集，周先生的性情言谈便扑面，甚乃是逼人而来。因周先生写文，全凭个人之神行意会，以个人所见所闻所思所想为据，行于所当行，止于所当止，颇近于顾随先生解读古诗文之风格。书中所叙，并非史书式的纪传体，对人物行状予以记录，而是叙述传主与自己的因缘。而其中大多数人都是因红楼梦研究而与周先生结缘。因此，此书的基本叙述模式便是周先生回忆红学之路上的人与事，以自己的见闻、理解与评判叙述之、臧否之。这些人与事，无论他们的身份、事迹、志业、声名如何，皆是周先生红楼宇宙里或明或暗的"满天星斗"。而这个宇宙显然是以周先生于红楼梦的思与写为中心而旋转的。周先生还专门为这批文章设置了诗赞体，即每篇文章后都自撰诗一首，作为对这些人与事的评赞。这种形式又接近于《史记》的"太史公曰"，也和戏曲里定场诗有些类同，周先生采用这种形式，当然是受这些典籍的侵染而仿效之，但也有为他的红学世界建立标准的用意，如同给水浒之一百零八将排座次。或者说，以他的视角，来建构一种松散的个人亲历的红学史。此书大略可以有三种读法：

其一，此书可视作周先生的红学自传。此书虽是写一个一个人物，但皆是周先生红学之路上有关涉者，譬如，有为大众所了解的，如顾随推荐周先生的第一篇红学文章，此是周先生走上红学之路的起始。而胡适对周先生的欣赏与提携，则是周先生红学之路的基础。也有一些较少为人知，但对周先生尤为重要者，如周先生的四哥周祜昌。在《世间曾有这么一个人——悼亡兄祜昌》一文里,周先生就一再提及兄弟情谊与红学情缘相交织,令人动容。如"拙著《红楼梦新证》的出版,四十万言的巨著,稿如山积,是祜兄一笔一画工楷抄清的""他的后半生,可说就是为了《石头记会真》一书而奋斗到底的,这是一部颇为求真的巨大工程",等等。

其二,此书又是一部红学公案录。在《何其芳》一文的结穴处,周先生写道:"世间事,曲折复杂,时出人'智'外,'五百年后'考证家考证'红学公案史',会涉及我所遇到的人和事。'考证'是'神通'有限的,常常弄得真实与幼稚颠倒起来。草草记之,以备来哲审判。"由此可见,周先生一气将诸多人物写来,其实是常常惦记着围绕着红学的纷争与公案。红楼梦之学,围绕作者、版本之说,聚讼纷纷。在中华人民共和国成立之初,时代的政治风向与红学交织在一起,红学不仅仅是学术,也成为政治的风向标,甚至成为政治本身,而影响普通生活。周先生以恭王府为大观园之原型,尊庚辰本贬程乙本,是影响了数十年红学及红楼梦文化的大关节,亦引发了更多的争议,直至身后。周先生自然深知此事,因此在写人写事之时,往往也当作红学公案之档案,以备后世评判。

其三,此书更可作为红楼遗珍录。周先生写及人与事,有一大类是红学史上的失踪者,也即周先生有所见闻与接触,但此后消失不见的与红楼梦及研究有关的人物。如《沈从文详注〈红楼梦〉》里,谈到沈从文曾写有"一部质、量俱不寻常的红楼注稿",而且沈从文彼时在故宫博物院工作,因之特别注意且主张对书中的实物予以解释。可惜的是,在现今所知的沈从文著作里,这本特别的红楼梦注解却是很少有人提起。又如《千秋疑案悼吴公》一文里,提及吴则虞谈到并获得某部《石头记》异本,但因为机缘不巧,周先生始终并未亲见。随着吴氏的去世,异本之事也就消失在历史的迷雾中了。再如文史学家张次溪所见过的"一部最巨大的《石头记》抄本,其册之尺寸,必须放在'八仙桌'上方能展阅"。凡此种种,周先生在红学之路上所见所遇,种种趣闻及遗憾,于书中随处可见,周先生在文中常为之叹息。

是书秘闻甚多,我最珍惜亦最感动的一则是写吴宓先生。吴先生以妙玉自况,仿《红楼梦曲·世难容》撰同题曲,周先生举"行真人愈妒,守礼世同嫌",来叹息吴宓先生之运命。然我独赏"只赢得花落无果空枝恋,又何须高人名士叹无缘"。此语应是吴先生回答这一中国现代文化史上的"时代与人生"之问了。

载《光明日报》2019年4月20日

平行世界的张爱玲
——读张爱玲《少帅》

张爱玲的佚文遗作的发掘,就像苏联的一位"撑杆跳高"运动员,——在奥运会和世锦赛上,每次都将自己保持的记录提高一厘米,一直保持了十余年。张爱玲的全集前些年早就出了,连以搜集现代文学史料闻名、雅称"张爱玲的未亡人"的陈子善教授,也开始在张爱玲编剧的电影上听录台词时,从上海小报上找到的佚文,宋家所藏的张爱玲遗稿,还有分散在各处的张爱玲书信,又开始一轮轮、一年年的"轰炸",几乎每本都会引起或大或小的话题或"热潮"。为什么呢?只有一个理由,因为张爱玲呀!

这本新近出版的《少帅》也是如此。一位朋友迅疾在网站上买了一本,"因为是张爱玲呀。即使是别人翻译的"。前些天,宋以朗、陈子善在北京大学百年讲堂举行这本书的首发式,一位喜欢朱天文的同学参加了首发式,又读了书,疑惑兼感叹地跟我说:"你读了《少帅》吗？这就是借一个历史框架写流苏和九莉呀。""这是一个张爱玲的平行世界。"

历史与小说的艺术

据《少帅》所附的《别册》介绍，这部张爱玲所写的英文历史小说，构思于1956年，写于1963年左右，但只完成了三分之二，就搁笔。此后，张爱玲对"张学良"这一题材失去兴趣，最后未完成。张爱玲去世后，宋家将遗稿复印本赠送给美国一家大学，从此石沉大海。直至近年，宋以朗决定找翻译，和这几年相继出版的张爱玲英文小说《雷峰塔》《易经》《小团圆》一般，使之最终得以面世。

在这些时间节点上，最关键的当然是1956年至1963年，彼时张爱玲正在美国，这位最知名的华文小说家，意图用小说打开美国的大门，而获得安身之地。1963年正是张爱玲的"幸运年"，张爱玲正在写《少帅》。《少帅》写的是张学良和赵四小姐的故事。在民国初年，从北洋军阀时代的张作霖，到西安事变的张学良，这位被称作"少帅"的张学良显然是中国"系天下安危于一身"的人物，而后被终身拘禁，又构成这位"少帅"的奇特命运。张爱玲其时决定来写《少帅》，也许既有出自题材的考虑（"中国符号"），更有她一贯在历史中寻找个人命运的写作趣向，正如《倾城之恋》里，一座城的陷落成全了一对男女的爱情。或者说，一座城的陷落只是为了成全一对男女的爱情。而在《少帅》里，有张学良和赵四小姐，赵四小姐说过的一句话，触动了张爱玲的心弦：张学良的拘禁，反而成全了赵四小姐。因张学良，这位合书生、军人与花花公子于一身的新军阀，当他处于被拘禁的境地时，反而能与终身追随他的赵四小姐相依为命。这桩关系到一个国家，比一座城市陷落更大的历史事件，最终也可以说是为了成全一对人儿呀。

《少帅》写民国初年，从张作霖进入北平到张作霖被炸死，再到"东北易帜"、张学良去南京就职。这一段历史风起云涌、纷纷纭纭，用鲁迅的诗就是"城头变幻大王旗"，但尽销于小儿女的喃喃话语之间。为了写这一段历史，张爱玲曾经想去台湾实地考察，也曾翻阅港台杂志的忆旧文章和传记，果不其然，在小说的一些细节里，研究者找到了彼时杂志上的文章的改写，但更多的是无从查考。除非是能找到张爱玲当时的阅读书单，就像最近有人从国家图书馆里找到王国维当年阅读的西文书一般。比如以下这一段写看戏：

她见过中途有些人离开包厢，被引到台上坐在为他们而设的一排椅子上。他们是携家眷姨太太看戏的显贵。大家批评这是粗俗的摆阔，她倒羡慕这些人能够上台入戏；尽管从演员背后并不见得能看到更多。

这种观众上台看戏的习俗，已是多年不见于舞台。这些年来，也只见过昆剧《1699·桃花扇》里，在大舞台上摆上椅子，让没有表演的演员坐着当看客，观看小舞台上的表演。但这种场景，倒可以当作张爱玲对于世间的一种观察和隐喻，也是小说中的作为小女孩的"周四小姐"（赵四小姐在《少帅》中的名字）的一种人生感想。

然而，通过材料重写历史细节之外，更重要的是小说的视角，那些情感的细节，倾注的却是张爱玲自己。正如张爱玲所说："历史如果过于注重艺术上的完整性,便成为小说了。"在《少帅》里,虽然经过翻译的"流失",但那种张爱玲气息,仍然扑面而来。比如写"周四小姐"想了解"少帅",想了解成人世界的愿望:

> 她是棵树,一直向着一个亮灯的窗户长高,终于够得到窥视窗内。

而"周四小姐"和"少帅"之间的感情和往来,既像《倾城之恋》里的白流苏和范柳原,又像《小团圆》里的邵之雍和盛九莉,也即,是一种张爱玲特有的情感经验与模式。张爱玲在书写张学良与赵四小姐的故事的过程中,逐渐偏离和改写了历史中的人物,而把他们变成自己的故事中的一个个化身。

张爱玲与胡兰成

张爱玲与胡兰成,这一对民国文坛的著名文人情侣,他们的故事,经由胡兰成的《今生今世》里的《民国女子》,已为大众所耳熟能详。诸多细节与金句,都已成为当代习语与野史的一部分。胡兰成在日本将《今生今世》寄给美国的张爱玲,但并无回应,似乎是这段故事的结局。然而,近年来出版的《雷峰塔》《易经》《小团圆》《异乡记》《少帅》等张爱玲遗稿,极大地改写了这一故事。因这几部作品,《雷峰塔》《易经》《少帅》皆有胡兰成的影子,《小团圆》是二人关系的隐写,《异乡记》是张爱玲用中文写的寻找隐遁在温州的胡兰成的一路旅程。由此可见,张爱玲不仅是为胡兰成开启写作之秘密的天启式的人物,胡兰成亦是张爱玲纠缠不清的一个主题。或者说,在张爱玲的文学经验中,胡兰成是一个刻骨铭心,以至被反复书写的一类角色。

在《少帅》里,"少帅"与"周四小姐"的情感故事,是不是另一个平行世界里的"胡兰成与张爱玲"呢?有人指出,这或许与纳博科夫其时正在美国流行的《洛丽塔》有关,《洛丽塔》不就是写一位中年男子对一位"小萝莉"的不伦之恋吗?"少帅"与"周四小姐"恰好亦如此。但如考察胡兰成与张爱玲彼时的年龄,也与这种年龄的相差相合。更重要的是,在《少帅》里,"周四小姐"对"少帅"的那种倾慕,一个小女孩眼中的情人的光辉,和张爱玲的表达何其相似,譬如这一金句:"见了他,她变得很低很低,低到尘埃里,但她心里是欢喜的,从尘埃里开出花来。"这是在《今生今世》里,张爱玲送给胡兰成的照片后所题的字。这种全身心的卑微的喜悦,不正是洋溢在小说《少帅》的整体氛围里吗?而几经波折,在餐桌和客厅里,太太小姐们所谈论的民国风云过后,"少帅"与"周四小姐"因缘聚合,成其好事之时,那句"岁月静好,现世安稳"又何其能反映"周四小姐"当时之心意。

在《少帅》的结尾,张爱玲写道:"下一次南行,太太们也与他同坐一架私家飞机。终于是二十世纪了,迟到三十年而他还带着两个太太,但是他进来了。中国进来了。""少帅"与"周四小姐"的故事到此戛然而止。据张爱玲原初的构思,这只是小说的三分之二,之后必定还会有"西安事变",这才是决定小说中"少帅"与"周四小姐"之终身的"倾国之恋"。或许,还有在台湾的幽居,与"土人"的来往,等等。但是张爱玲已经厌弃"张学良"这个角色了,这有点像她后来再也不回应胡兰成一般。小说《少帅》或许没有写完,但张爱玲心目中的"少帅"已经写完了。

"平行世界里的张爱玲",依旧是张爱玲。那朵花在尘埃里开放,经历世事后,又枯萎了。在一个个由张爱玲的文字构筑的世界里,来来往往的人与世,依然是张爱玲,依然是花开花落,人世轮转又无常。

载《海南日报》2015 年 11 月 23 日,署名"云雅",题为《张爱玲构筑的平行世界》

莎士比亚：开启现代世界的"潘多拉盒"

眼下，正是纪念莎士比亚、汤显祖和塞万提斯逝世四百年如火如荼的时节。但是，至少在中国，塞万提斯基本被忽略，只听闻上海有一部和塞万提斯有关的百老汇音乐剧《我，堂吉诃德》上演；汤显祖则主要集中在昆曲领域，"临川四梦"也都编出了昆曲版，此外便是汤显祖家乡江西的"乡音版"（其实是赣剧版）；莎士比亚则不同，英国皇家莎士比亚剧团、立陶宛OKT剧团轮番演出莎剧，连英国国家剧院的莎剧现场演出的电影放映，票价也能定得颇高，还不用算上大大小小的剧团上演莎剧改编作品。三翁的死后哀荣，虽不能盖棺论定，但亦是可见世人好恶之一斑。难怪乎香港的郑培凯教授最近的访谈题目就叫"汤学不如莎学"。

谁是莎士比亚？

莎士比亚到底是谁？这个问题至今尚未有定论。尽管关于莎士比亚的研究著作、传记已是汗牛充栋，而且还在源源不断地生产，未免让莎士比亚的爱好者或收藏者感到绝望。但迄今谁也没有确切找出一位真正的莎士比亚。有人说莎士比亚是同时代的一位贵族的化名，就像人们煞费苦心地考证《金瓶梅》的作者兰陵笑笑生到底是王世贞还是屠隆或是李开先，《西游记》的作者是鲁王府的一位深谙道教龙门派的无名氏而非落魄书生吴承恩，这些伟大的作品找不到伟大的作者……在伊丽莎白时代，编剧还是低人一等，不被当作正经的文学事业，如今视若经典的莎剧们也仅仅是观看戏剧时的"场刊""脚本"，因此莎士比亚竟然是匿名者。如同中国明朝的士大夫们，以小说为小道，编故事成了无名的消遣或斗争。

然而，莎学的学者数百年来依靠着蛛丝马迹——譬如通过仅存的一幅据称是莎士比亚的肖像和几个签名等，建构出一个莎士比亚的生活轨迹和文学形象：莎士比亚是伦敦附近一个小镇的文学青年，家道殷实随后又败落，经历了一场骗婚或逼婚后，孤身一人来到伦敦，先是当演员，后来当编剧，同时不忘在家乡置办家业，最后终于衣锦还乡，终老斯土。

人们一方面在竭力完善这幅莎士比亚画像，另一方面又在不停地质疑和解构。这位看起来平平无奇的小镇文学青年，真的是三十余部伟大剧作和一部十四行诗集的创造者吗？莎士比亚的教育程度、文化水平或眼界，能够使他写出《哈姆雷特》《奥赛罗》或《仲夏夜之梦》等等经典莎剧吗？

在电影《莎翁情史》里，莎士比亚真的就是这样一位出身卑微的文学青年，他的创作生涯、他的灵感的枯竭与再生、他的恋爱而不可得，都成就了《罗密欧与朱丽叶》这部杰作。这部电影的导演与编剧是汤姆·斯托帕德，也是熟谙莎剧，并因为对莎剧的后现代改编而成名的剧作家。

莎士比亚是现代世界的开启者

"生存，还是毁灭，这是一个问题。"这是一句家喻户晓的莎剧金句，出自《哈姆雷特》。可以说，凡是知晓莎剧处，便有此类金句流传。

英国在 2013 年放映了一部纪录片《缪斯之火》，拍的是两位演员兼莎剧爱好者的访问记，他们"以莎士比亚的名义勾搭"，访问大导名演、学者与路人，遍及英国、丹麦和美国，追问莎士比亚于他人、于自己的意义。印象最深的除了访问美国耶鲁的大批评家杰姆逊、一位开家庭莎士比亚剧院的爱好者之外，便是在街头见人就问莎士比亚，被问的人或许对莎士比亚知之无多，但基本上都能说出若干莎剧金句。

童道明先生在一篇回忆莎士比亚的影响的文章里提到，人们所传诵的《哈姆雷特》金句也是随着时代而变化的，譬如大半个世纪前，当时流行的是另一句"这是一个颠倒混乱的时代。唉，倒霉的我，要肩负起重整乾坤的责任"。而至二十世纪八十年代，就变成了"生存还是毁灭"了。

究其原因，还是莎士比亚的金句恰好触动了时代的情绪，并可以成为每个时代的表达物。正如莎剧的世界，正是微缩版的现代世界。

而莎士比亚,一手开启了现代世界的潘多拉魔盒。

我曾在课堂上比较过埃斯库罗斯的俄瑞斯忒斯三联剧和莎士比亚的《哈姆雷特》,二者的故事都是"王子复仇记",都是家族伦理与国家政治,或许《哈姆雷特》正是俄瑞斯忒斯三联剧这一类主题的支脉,但是二剧的过程、对故事的处理又非常不同。

在三联剧的第二部《奠酒人》里,俄瑞斯忒斯对叔父的复仇非常干净利落,对母亲的复仇也仅仅在短暂的争辩后就告成功。但是到了《哈姆雷特》,尽管当国王的鬼魂对哈姆雷特诉说了这桩惨事,但哈姆雷特依旧犹豫重重,不但要去亲自验证鬼魂的话,通过《捕鼠机》这部戏中戏来证实,而且一再延缓复仇,直至最终剧中主要人物全部死去。

这样一个古老的家族血仇故事,莎士比亚赋予了剧中人以丰富的内心感觉(或者如后世所说由文艺复兴而来的对人性的开掘),所以便有"一千个读者就有一千个哈姆雷特"之说。帕斯捷尔纳克的《哈姆雷特》诗云:"语静声息。/ 我走上舞台。/ 依着那打开的门 / 我试图探测回声中 / 蕴含着什么样的未来。/ 夜色和一千个望远镜 / 正在对准我。/ 上帝,天父,可能的话,/ 从我这儿拿走杯子。/ 我喜欢你固执的构思 / 准备演好这个角色。/ 而正上演的是另一出戏。/ 这回就让我离去。/ 然而整个剧情已定,/ 道路的尽头在望。/ 我在伪君子中很孤单。/ 生活并非步入田野。"正是这种现代人内心的喃喃自语。莎士比亚化身为古希腊神话里的潘多拉盒的开启者,将现代世界里的复杂事物一一放出。

莎剧的中国译者朱生豪描述多年玩味莎剧的感觉:"盖莎翁笔下之人物,虽多为古代之贵族阶级,然彼所发掘者,实为古今中外贵贱贫富人人所同具之人性。故虽经三百余年以后，不仅其书为全世界文学之士所耽读，其剧本且在各国舞台与银幕上历久搬演而弗衰，盖由其作品中具有永久性与普遍性，故能深入人心如此耳。"这大概能代表后世对莎士比亚的一般看法。

制造莎士比亚

莎剧的研究与演出如今往往是"分歧的想象"。莎剧的研究者努力追寻真正的莎士比亚，譬如，要找到由莎士比亚书写的剧本原本，但这几乎是不可能的任务。因为，由莎士比亚亲自校定出版的作品，只有他的《十四行诗集》。诸多莎剧剧本，都是在莎士比亚身后出版，由出版商与昔年同事"制造莎士比亚"的结果，不仅在排印上较为混乱，连当初的署名是否是莎士比亚，也无关紧要。这是由文学史上诗与剧本的等级地位所造成，犹如今日的严肃文学与通俗文学。再如，时至今日，戏剧编剧被称作剧作家，在文学史上有了一席之地，但大多数的影视编剧，仍然不被看作"文学"，还处于文学金字塔的底端。

这种状况，导致了对"真正的莎士比亚"产生了争议。而且，当莎剧出版后，有一段时间，如同文学史上的世代更替，莎士比亚被认为已经过时，几乎很少上演，似乎行将成为文学史上的失踪者。

但是，印刷业的发展"挖掘"了莎士比亚。莎士比亚逐渐成为经典作家的标志，剧本开始大量印刷。一幅在莎士比亚去世若干年后出现的油画上，画的是一个贵族的肖像画，而贵族手中拿着一本书，就是《哈姆雷特》。

随着莎士比亚被经典化，莎剧频繁上演，但与莎学的"求真"相对，莎剧的演出往往更突出"求变"，莎剧演出并不太追求"原汁原味"，而是经常改编，莎剧仅仅是一个故事框架，或知识背景，改编者、演出者往往加入自己的元素，称作"我们时代的莎士比亚"，从而呈现出千姿百态、花样翻新的莎剧面貌。

譬如《罗密欧与朱丽叶》本来是悲剧，但是在莎士比亚去世后不久，就有喜剧版的《罗密欧与朱丽叶》上演。最好玩的是，一天上演悲剧版，隔天再上演喜剧版。

就拿最近上演的皇家莎士比亚剧团所演出的莎士比亚历史剧来说，皇莎力图呈现原汁原味的莎剧，复原彼时莎剧演出的场景，很少做出改动，但盛名之下，观众的观感却是些许失望。相反，立陶宛OKT剧团对《哈姆雷特》的重新演绎，用灯光布景及其他舞台手段，建构了一个地狱般的场景，虽然有争议，但却被誉为"让许多观众第一次看懂了莎士比亚"。

莎士比亚在全世界的这种独一无二的地位，归根到底，离不开英语文化的霸权，前有号称"日不落帝国"的大不列颠，继以超级大国美利坚。四个世纪以来，英语文化借助于国家力量，遍及全球，并参与到诸多民族国家的现代文化的形成，因此造就了属于全世界的莎士比亚。与之相反，汤显祖则仅仅见诸中国的若干戏曲选本和零星舞台。近些年来，随着青春版《牡丹亭》的巡演和昆曲热，汤显祖也为更多人所知晓，但最新的逸闻是台湾大学王安祈教授带来的，她问学生《牡丹亭》的作者是谁，答曰：白先勇。

载《海南日报》2016年5月23日

"看懂"李安

在对2016年电影的期待中,最被看好的电影之一应属李安的新片《比利·林恩》,这不仅仅因为这部电影正是持续至今的"现实",说的是伊拉克战争,如今世界的目光还紧盯着中东;更因为这是李安的新作,而李安,差不多已是电影成功(艺术、品质、好看、票房、获奖……)的保证了。

长期以来,更准确地说,是在《理智与情感》《卧虎藏龙》《断背山》等影片之后,李安在公众和研究者心目中逐渐形成了这种印象。譬如,在一部由十余位不同领域的美国学者合作撰写的《李安哲学》的书里,开篇就这样称赞李安"使之驰名于世的是他这样一种能力:几乎能够就任何一种主题拍出刺激人心、独具创意的电影来——维多利亚式的爱情故事,武打史诗,超级英雄动作片,有关受到禁止的性关系的悲剧"。另一位研究者柯玮妮在她的专著《看懂李安》里也是劈头就说:"他是以演员作画的艺术家,而且总能以自己手上的演员阵容,描绘出令人激赏的作品,哪怕是最不起眼的角色,李安也能让他们大放异彩。"这些近乎着迷的语言,不外乎是赞美李安在电影上的卓越才能和李安电影的魅力,犹如"点石成金"的艺术家或诗人,善于运用手中各式各样的素材,倾力创造出完美的艺术品。

李安电影:"风景诗"里的东西方文化

观看李安的电影,往往会有一种强烈的印象,就是风景如画。《理智与情感》中的人物就像在维多利亚时代的油画里行走,《卧虎藏龙》里让人惊艳的竹林大战,虽是对胡金铨《侠女》的致敬,但也如山水画里的传统中国,《断背山》展现的"优山美地"般的西部美国风景……都能见出导演对于电影氛围的营造。而且,"风景"对于李安的电影,虽然是一个突出的特征,但李安显然更注重于风景与流畅、简洁的叙事的结合,如好的美国小说,因而能达到令人赏心悦目的效果。这不同于艺术电影的作者,往往用"风景"作为叙事的手段,虽然"风景"呈现出某些特殊效果,但在叙事上却显得晦涩。李安电影中的风景则更像是"风景诗",如王国维在《人间词话》中所说"一切景语皆情语,一切情语皆景语"。情景交融的首发或境界,也是李安电影"好看"的主要元素。

在"好看"之外,更让人关注的是李安处理东西方文化时,往往游刃有余,他既能够拍出具有浓郁东方色彩的电影,又能够拍出地道西方品位的电影。而且,往往在拍西方文化的电影时,加一点"东方特质";在拍东方色彩的电影时,又能找到为美国观众所接受的西式思维（因为中国观众受西方电影影响，实际上也是用西式思维来看电影）。

前者如《断背山》，西部片里的粗犷、豪爽的牛仔，其羞涩、其内心的丰富、隐秘如同中国心灵。据说《断背山》之后，这种牛仔形象在美国电视广告中大行其道。后者如《卧虎藏龙》，虽然改编的是王度庐的传统武侠小说，但看来看去，不就是武打版的《理智与情感》吗？而且，由于《卧虎藏龙》的成功，带出了一个竞拍武侠电影的潮流，包括张艺谋《英雄》《十面埋伏》，以及侯孝贤《刺客聂隐娘》、贾樟柯计划拍摄的电影《在清朝》、袁和平执导的《卧虎藏龙》之续集《青冥宝剑》等，都仍是处于这一影响之中。

李安就像一位如《笑傲江湖》里风清扬一般的武林高手，对各门各派的武功套路了如指掌，因而能够融会贯通，如庖丁解牛般，出入于电影中的各式文化之间，并得以超然于其上。较之于其他电影导演只擅一端（东方或西方，艺术或市场），更令人羡慕。之所以能够如此，首先是因为他在东西方文化之间迁徙、转换的生活经历，在其传记《十年一觉电影梦》里，李安谈到他出生于中国台湾一个传统的中国家庭，父亲是中学校长，对他学电影不以为然。他到美国后，开始学戏剧，因为口音与文化问题，转而学电影，因此变成了一个"不拍电影毋宁死"的电影编剧和导演。这就像金庸小说中的一位英雄的成长，必须遍历世界，才能了解世界，增长功力，获遇奇缘。此后又是长达六年的"家庭主夫"生活，寻找机会，推销自己的电影剧本，寻求拍摄电影的机会。这正是一个修炼和积蓄力量的时期。在这个时期，李安不仅培养出自己的耐性，而且锻炼出自己的感觉，也就是如何达到艺术与市场之间的平衡。此后的"父亲三部曲"（《推手》《喜宴》

《饮食男女》)则是李安初试牛刀的作品,从题材来说,此三部曲正好和李安的生活息息相关,无论是东西方之间的迁徙生活,还是由此带来的东西方文化之间的碰撞与难解,以及李安在成长过程中遭遇的"父子"问题(同时也是这三部电影中所呈现的东西方文化问题),因此,通过此三部曲的实践,李安获得了把握与处理东西方文化的"辩证法"的经验。此后,在拍摄一系列让他得以在好莱坞立足和扬名的电影时,李安便充分尝试和化用了这种经验,如《庄子》里的鲲化鹏一般,一飞冲天,拍摄出既有艺术感染力又卖座的电影作品,并走上成为世界级的电影名导之路途。

李安电影背后的"哲学"

接下来的问题是,在这些好看,而且似乎也能"看懂"的李安电影里,会有深刻的"哲学"吗?大多数的情形或许是,当一部作品成为经典后,自然会有很多阐释来挖掘它的意义,甚至建立在空洞之上的意义的意义。譬如,有一回,我听说一位中国电影导演谈《卧虎藏龙》,认为玉娇龙、俞秀莲的"玉""俞"的谐音是"欲",象征着欲望,这两位侠女也是象征对欲望的不同处理方式。一位是道家文化,一位是儒家文化……

是真的如此吗?虽然,王度庐在写作小说《卧虎藏龙》时,已是有意运用了流行的弗洛伊德理论。小说里说到玉娇龙时,也用"心中的那条毒龙"之类的语言。但,这和李安的用意相同吗?

在李安的电影里,我们看到了各色电影人物,来自不同的时空,说着不同的语言,带着不同的时代环境与文化成分。当他们遭遇时,当他们在李安这位电影导演中的"武林高手"的统帅下行动之时,这种东西方文化的辩证法,就会运转起来,从而使得李安的电影具有了在哲学上探讨的可能。

《李安哲学》一书解释所谓"李安哲学",实际上是一种电影美学,它包含的是李安在电影中所表现的一系列的价值观与观念。譬如,在《断背山》表现的是一种"儒家牛仔审美"。而在《卧虎藏龙》里,李安将原著里对受儒家思想影响下的传统中国社会,改造为一种儒家与道家相对的二元格局,并进行了一系列西方式的转换:儒家对应的是体制、社会、束缚,道家对应的是个性、自由、反叛。电影《卧虎藏龙》就是以一个中国的江湖故事,阐释了"有关个体欲望和抱负相冲突的社会互动和规矩困难性",这样一种个人主义的表达,类似于西方关注所熟悉的"牛仔审美"(也是儒家牛仔),因此获得了共鸣。

因此,李安电影背后的"哲学",实际上是建立在他对东西方文化"辩证法"的理解之上,而用一系列国际化的符号进行"编码"。那么,李安电影里的"儒""道""佛",是真正意义上的"儒道佛"吗?(更可能是空洞的、经不起质疑的。)尽管《李安哲学》的作者们对此作出长篇论证和分析。但无论如何,李安精心而富于创意地制作的电影作品,已是我们时代的经典。而且,它们也反过来,无时无刻不参与着我们的文化,我们对东西方文化的想象,正在塑造着我们。

载《海南日报》2016年3月7日

心有猛虎,细嗅蔷薇
—— 谈胡金铨及其电影

徐皓峰的新片《师父》挟金马奖"最佳动作设计"奖之风上映,虽然影迷赞誉有加,称作"骨格清奇"的民国武侠,但票房不佳;之前,侯孝贤的《刺客聂隐娘》携戛纳电影节"最佳导演奖"上映,引起巨大争议,甚至有评论说"影评写得比电影好,是《刺客聂隐娘》的功劳";再之前,陈凯歌的《道士下山》,一败涂地;再之前,徐克的《智取威虎山》,以重拍红色经典获得成功,但徐克认为自己拍的其实是武侠片,再之前……如果一直追溯到源头,就该是胡金铨了吧。因为,武侠电影虽然产生在民国时期,诸如《火烧红莲寺》等曾流行一时,但当代武侠电影史的开端,却要从胡金铨开始算起。

一 心有猛虎：大宅门的旧少年

此处不妨借来英国诗人萨松诗中的一句"心有猛虎"，来形容胡金铨的样子。

这里不是说胡金铨样子很凶猛，相反，据说他是极豪爽的，是一种典型的老北京的样子，还和朋友们相聚，见多识广，喜欢讲故事。他擅长书画，1949年11月从北京到香港，漂泊异乡，以校对为生，既校对电话簿，又校对佛经；再以绘制电影美术为生，靠的就是那一手书画；再到了被看中当演员，有"千面小生"之称；再就是成了导演，不仅自己写剧本，还拍电影，还在电影里自己设计场景、人物装扮，影片里出现的客栈招牌、字画，说不定就是他临时写就。我曾见他给《山中传奇》画的风景素描，天苍苍、雾霭霭，人行于其间，就是数幅《溪山行旅图》的气氛。然而，这种才能基本上是他无师自通。为什么？因为他母亲喜欢画画，但画的是工笔。而胡金铨不喜欢，自己画来，居然也颇可观。

胡金铨还喜欢戏曲。他的自传里提到，他1932年4月出生于北平，这是一个"大宅门"，人多，家业也大，不仅逢年过节会唱堂会，还在王府井的戏院有专门的包厢，胡金铨幼时就因此看了很多叶盛章的武丑戏，还有孙悟空的戏……买唱片听，买连环画看（那时的连环画画的最多的就是戏曲故事），还和小伙伴（他同龄的侄儿）结伴看戏、讨论剧情。一来二去，他也就是一个潜在的小戏迷啦。所以后来，他拍电影，首先想到借鉴的便是戏曲，他最早拍的《玉堂春》《梁山伯和祝英台》就是黄梅戏，再拍武侠片，有的直接化用戏曲片的故事框架，如《喜怒哀乐》之《怒》，就是由京剧名折《三岔口》变化而来。还有武打,武侠片应该怎么拍武打呢？真实的武术放在电影里不好拍也不好看。像戏曲的武功把子,银幕上看起来有些虚假。于是,胡金铨仿照戏曲的套路,重新编排出一套电影里的武功。电影中的"武术指导"一词和一职,就是从胡金铨开始。

胡金铨还喜欢武侠。说实话,在民国时期,最流行的读物之一就是武侠小说,而不是新文学。还珠楼主的《蜀山剑侠传》传遍南北,欲罢不能,写了数百万字还结不了尾。胡金铨偶然在家中的书堆里找到此书,连看了两夜。又,正好还珠楼主李寿民和胡家是通家之好。少年胡金铨便去李家,听还珠楼主讲故事。还珠楼主不讲故事,胡金铨便从家中偷来鸦片换故事。于是,武侠的种子便在小小少年心中萌生⋯⋯

胡金铨还喜欢老舍的小说。为什么呢？老舍和他一样,其实都是老北京。老舍小说中的人物,想必胡金铨非常熟悉,在拍《大地儿女》时,胡金铨还从老舍的小说《四世同堂》里"偷"人物、"偷"情节。他还自费去伦敦东方图书馆、美国斯坦福大学的现代中国图书馆,查找到老舍小说。一来二去,他还写了一本《老舍和他的小说》。这也是在老舍自杀之后,较早出现的老舍研究著作。说到底,据我想来,胡金铨和老舍对老北京应该是有同感的。胡金铨在《故乡与他乡》中,不仅说到老北京的人情世态,更将北京与巴黎比喻为"流沙",即"愈陷愈深"的乐土。

因此,胡金铨是"大宅门"中的旧少年。他在日常生活中浸染的传统文化、老北京的世界,使他的心不同于凡俗。因此,他会倾心于知识,不仅写书,不仅"为电影而生",还有着许多知识分子的朋友,还追求钟玲,一位美国大学的助理教授,并把她带到了香港与台湾。拍摄《侠女》《山中传奇》《空山灵雨》这种挣不到钱甚至赔本的电影，虽然使胡金铨遭受挫折，但正是这一类型的影片，使胡金铨不仅获得世界性的声誉，使中国电影开始走向世界，而且创造了有着中国传统色彩的电影，造就了中国电影的美学。

胡金铨的喜好成就了胡金铨的电影。

虽然胡金铨演电影、拍电影纯属偶然，如果他去了美国，会是一位科学家？如果他不去香港，会是一位小职员？如果他在香港，人生地不熟，又不熟悉粤语，还从事一份校对的工作？……但是他成了导演，因缘际会，和张彻等人一起，开创了中国当代武侠电影的空间。

在电影中，他是导演，是"电影作者"，书写着自己的志向，拍真正的电影。而电影，尤其是武侠电影也因此而不同。

"心有猛虎"即是"猛志固常在"，亦是往昔生活的存留与成长。在某些时刻，它们聚集起来，投射于电影生涯。

二　细嗅蔷薇：胡金铨的电影世界

俄国作家帕乌斯托夫斯基有《金蔷薇》（亦译作《金玫瑰》）一书，言金匠日复一日收集炼金后的尘土，终于制作出一朵金蔷薇。"金蔷薇"即是艺术之象征。

"细嗅蔷薇"一句，又可解作以巨大的耐心来工作，来创造精美、杰出的艺术品。

关于胡金铨，坊间流传有他在拍戏时的"霸道"。比如对演员的要求，对电影的掌控。有制作人痛说胡金铨在拍摄电影时的花费，甚至近乎神话化，比如，在拍《侠女》时，为了营造效果，需等待草生长才开拍,云云。其实不然。胡金铨在访谈中说,大多是制作方的噱头。

但是,对电影细节的重视,确实是胡金铨的一大特色。

譬如他对影片中的人物世界的还原。在《玉堂春》里,他对《玉堂春》里的世界的"细描",明代的社会百态,明代的青楼生活,都花了很多篇幅,至于情节嘛,结尾处草草闪过。也就是说,虽然胡金铨拍的是不同的电影,但他是以历史学者的热情来还原彼时的世界。在《胡金铨随笔》一书里,胡金铨谈日本,谈鸦片战争,还真有一般历史学者所不及的。尤其是对人物(如琦善)的臧否,基本不受流俗之见影响,而深入历史人物之处境。还如锦衣卫的衣服、称谓、武器,胡金铨都依照历史,如用剑的打斗,胡剧里的人物都是丢掉剑鞘,只用剑来刺杀,而不像一般武打片剑和剑鞘都用作武器。胡金铨解释说,这是因为剑鞘一般是木的,并无防御之能,而剑则可用双手使用。现今武侠片中剑与剑鞘齐飞,大概是受日本剑侠片《座头市》的影响。座头市是盲人,故需要铁剑鞘,也可当作武器。

胡金铨拍武侠电影时,很多情节、细节、设置皆是从来未有,所以很多东西都是自己在实践中创造出来的。如武侠电影中的基本场景"客栈",《大醉侠》《迎春阁之风波》《龙门客栈》被称作是胡金铨的"客栈三部曲",再加上《喜怒哀乐》之《怒》,客栈已是胡金铨在武侠电影中的独创之空间。这一空间如同舞台,既有公共空间,如大堂,聚集了各种矛盾冲突,并得以解决;又有私人空间,如二楼的客房,推动情节的发展与叙述。胡金铨将客栈当作中国戏曲的舞台,亦是西方莎剧的舞台,并借此一步步上演精彩、激烈的悲喜剧。

《侠女》《山中传奇》《空山灵雨》等聊斋式的玄幻电影,或许不同于《忠烈图》《龙门客栈》等片的"写实",复原明代社会的场景,而是犹如山水画,营造了中国传统文化式的美学氛围。譬如最为人称道的"竹林大战",当侠女从高空俯冲而下,便定格为世界电影之经典。1975年,胡金铨凭此片获得戛纳电影节的高级技术委员会大奖,并成为世界级的大导演。数十年后,李安《卧虎藏龙》、张艺谋《英雄》还专门来拍"竹林大战",这不但是向胡金铨的致敬,更是向胡金铨的经典借一缕精魂。

胡金铨在电影中显露的禅学,亦使人震惊。如《侠女》中的禅师,几乎是世外高人。而《空山灵雨》,则是通过一座禅寺的权力斗争,来敷演禅学。譬如住持在考察三个弟子的修为时呈现的三种境界,直脱脱像是来自《五灯会元》或《坛经》。而当欲偷经卷的商人逃至岸边乘船,却惊恐地发现摆渡人即是已圆寂的住持。最后女盗白狐的皈依,既可能是无奈之举,亦更是灵光一现的顿悟。

换言之,胡金铨运用西方的蒙太奇,学习日本的黑泽明(有时胡金铨被称作中国的黑泽明),甚至创造了电影新的技术,但最终却变成了中国式的电影美学,亦成为后来者不断追溯的源头。

诗云:"心有猛虎,细嗅蔷薇;盛宴之后,泪流满面。"

闲来将胡金铨的电影一遍遍地看,不仅仅为胡金铨的"才未能竟"而悲哀,——电影是一个建筑在商业之上的艺术,因为《龙门客栈》的商业成功,胡金铨可以自由拍摄《侠女》等经典之作。但是大众的口味还是击败了高品位。胡金铨寄托着理想与志向的电影,一旦票房失败后,他的电影生涯便没落了。1997年,当他正在筹拍《劳工血泪史》时,却因为一个小小的心脏手术失败,永远不能再重整旗鼓,再创经典了。

香港影评人黄爱玲评说"胡金铨仿佛以人物的血肉之躯在空间疾笔狂书,想象力之丰富与技术之高超,令人看得目瞪口呆"。数十年之后,我们再看胡金铨,会觉得他的电影语言既旧又新,又可返旧开新,仍然会为他电影中虽缓慢又炫目的镜头、有情亦无情的人物、浓妆淡抹总相宜的氛围而感动,而沉浸其间。而那在荒野中踽踽独行的侠客或书生,亦成为中国电影的一个苍凉的背影。

载《海南日报》2015年12月28日,署名"云雅",题为
《新派武侠电影鼻祖胡金铨:心有猛虎,细嗅蔷薇》

《茶馆》及蓝天野一代

2022年6月12日,在庆祝建院七十周年的系列演出里,北京人民艺术剧院推出了九小时连续直播,其"重中之重"莫过于当晚的《茶馆》8K录制与高清实时直播。在北京人艺迄今以来数百部作品,尤其是十余部曾产生很大影响的代表作里,如果只选一部作为代表,无疑就是《茶馆》。而在此之前的6月8日,95岁的戏剧大家蓝天野辞世,更是引发了远远超出戏剧界的追忆与怀念。在蓝天野的演艺生涯里,最让人关注、也最耀眼的戏剧角色,就是《茶馆》里的秦二爷。二者的交织,无疑给北京人艺的院庆赋予了既神圣又略带伤感的色彩。

话剧《茶馆》是著名作家老舍与北京人艺的再一次合作。在老人艺时期,话剧《龙须沟》的排演与成功,不仅使老舍实现了回归新中国后的新转向,而且初步探索了北京人艺的艺术底色,——京味话剧、斯坦尼表演方法、话剧民族化,这些理念在创演实践里一一汇集,造就了一个以莫斯科艺术剧院为目标且与新中国同步的"伟大的剧院"。

《茶馆》源自老舍宣传全国第一次普选的剧本《一家代表》,焦菊隐发掘出"茶馆"这一社会意象,如同"龙须沟"一般,借这个小小的特殊场景,来折射半个世纪中国的历史风云。1956年12月2日,老舍在北京人艺朗读新剧本《茶馆》。据蓝天野回忆,老舍亲自讲解剧中的人物,不仅边讲边念,有时还站在桌子上比画,并且声称《茶馆》里的每个人物,都是他看过相、批过八字的。老舍所言并不夸张,作为一位擅长叙事、更善于用漫画式笔调勾勒人物的小说家,《茶馆》表现的时段是晚清民国的五十年历史(1898—1949),戏里出现的各种角色,就像《四世同堂》抛出的纷纭人物一般,与老舍这位出身于贫穷旗人家庭的作家,生活于同一时空。老舍所写其实就是他自己所亲历的时代与社会,他的所闻所见、所思所感,是他的"命运共同体"。

在《茶馆》排演之时,这一社会文化形态虽然逐渐瓦解,但是仍然存在。蓝天野就曾与于是之、童超一起,泡茶馆,逛地摊,访问评书艺人。甚至有一次由于太过投入,忘记了参加同事们的集体婚礼。《茶馆》的成功上演,于其时的中国社会而言,无疑是对于往昔中国的"观看",种种事件、种种言语指向的是一个被"破除"的旧中国,而迎来的是一个崭新的中国。《茶馆》与它的观众们构成了另一个"命运共同体"。《茶馆》的演出史更加证明了这一点。如果说《茶馆》的内容反映的是二十世纪前半期的中国,《茶馆》的演出则反映了二十世纪后半期的中国。无论是《茶馆》代表新中国的出国演出,还是在每一个重要历史节点的隆重演出,都成为铭刻于历史的文化记忆。

《茶馆》与另一部稍后推出的《蔡文姬》都被称作是"话剧民族

化"的典型,但是不同之处在于,《蔡文姬》是一部古装历史剧,昆曲与古琴的大量运用使其形式上带有浓郁的民族色彩。而《茶馆》则是一部"时事剧",它所描绘的是正在消逝、人们还身处其中的历史。因此,"话剧民族化"的目标及其实现就更富于挑战性。

北京人艺是中国戏剧领域实行斯坦尼表演理论的大本营之一,不仅导演焦菊隐对斯坦尼斯拉夫斯基有专门研究,而且此时也有着迫切的需求,——因为北京人艺作为国家剧院,会集了来自各地域、各种背景的戏剧人才,他们的表演方法各不相同,如何将这些演员整合在同一个舞台上进行表演,斯坦尼"体验式"的训练与表演方法便大显身手。在表演之前,演员们首先要体验生活、深入角色。然后通过角色阐述以及编演短剧,演员最大限度地改造自己,使自己与所饰演的角色合二为一。经过系统的探索与表演,斯坦尼的体系与方法成为中国话剧演员的主流训练方式,直至如今。在《茶馆》里,蓝天野饰演的秦二爷经历了少年、中年与老年三个时期。如果说1958年《茶馆》首演时的少年蓝天野,对于扮演秦二爷,他需要揣摩与体验少年秦二爷的心理与作派,老年秦二爷对他而言是一个尚难以企及的目标。但是到了1992年,当蓝天野最后一次演《茶馆》时,年龄与老年秦二爷相当,昔日擅长的少年秦二爷又对老年蓝天野提出新的挑战。

斯坦尼方法对演员的要求,反过来又塑造了《茶馆》对中国近现代社会文化的极致描摹与复刻。演员们体验生活,抓住了这个行将消逝的社会的"尾巴",将之复现于舞台。这便成就了《茶馆》探索"话剧民族化"的另一途径:在戏剧舞台上塑造中国式的角色人物,描摹中国的风土人情。在之后的大半个世纪里,《茶馆》的每一次重演宛如二十世纪前半期中国的再现,戏剧不断地以现场的方式提示观众回到历史,历史也不断地参与着现实。《茶馆》的每一个经典场景、每一句经典台词,当它们在舞台上被表演、在剧院与屏幕前被观看时,就是一个历史与现实"共振"的契机,继续触动着不同时代的观众的心弦。就这一意义而言,《茶馆》不仅是"经典"及"经典之历史",更是"时代之珍宝"。

在6月12日的《茶馆》演出里,即使隔着屏幕,观看直播的观众仍为濮存昕恰到好处地控制脸部肌肉以演绎老年感觉赞叹不已。《茶馆》的经典性对新一代年青演员无疑会构成"影响的焦虑",尤其是在"重塑往昔"时,《茶馆》的时空已然远逝,演员所面临的困境或许是只能如"文本再生"一般,在《茶馆》里体验《茶馆》。但是,《茶馆》又可视为表演的"试金石"。因为它是"时代之珍宝",是戏剧艺术的"教科书",完整展现了杰作的生成,并召唤着后来者的加入,——正如在天空中舞蹈的"黄金",迫使你"歌唱",使之臻于完美。

载《北京晚报》2022年6月17日

杨典诗散论

近些年来，杨典的诗开始引起较多人的关注，似有"横空出世"之感。一般的读感可能有：一、诗歌主题的广泛和深入；二、全新的写法。

诗歌主题之广泛，不外乎是指涵盖了古今中外，此意并不稀奇，然而特出的是，所谓"古今中外"之目标，在杨典的诗里，至少存在着两个层面：一个层面便是"诗集"（或者是作为总体的诗歌规划）的结构，"古今中外"都各安其位，从而构成其"诗集"的有机部分，此类理想近似于博尔赫斯的"众书之书"，因而构成一个奇诡而恢宏的诗歌星系结构，这一气象在其印制的《禁诗》《七寸》两本诗集里都能显露，正在写作的《女史》也可视作如此；另一个层面便是一首诗本身。也即，即使在每一首诗里，倘有可能，杨典似乎都会加入此一要素。从其效果来看，首先是扩大了这首诗的容量，因"古今"即是"时间"，"中外"即是"空间"，而"时空"即是我们现在所能认知的"宇宙"。在一首诗里容纳一个宇宙,这亦是诗人之梦想,然大多诗人亦很难达到此境地。——不然,卞之琳见"罗马灭亡星出现在报上"何以成为名篇?其次,"古今中外"在诗中有着"互证"之功能,犹如文学研究、艺术史研究里所言"诗史互证""诗画互证","古今中外"亦因"互证"这一动力旋转起来,而使作者所表达之主题更为迅疾猛烈,也给人以鲜明之印象;再次,亦是最重要的,"古今中外"在杨典的诗中多呈自由之表现,也即诸多典故、意象,读之若是作者信手拈来,或"行于所当行,止于所当止",此种艺术效果在聆听音乐或观赏书画时多能感之,此乃可言为诗之自由。

诗歌主题之深入,也可以试说三点:

其一,诗歌背后的诗人形象。在读诗时,有趣的游戏之一便是辨识诗歌背后的作者,譬如,一首诗后隐藏的、显示的是怎样的一位作者?是维特根斯坦呢,还是王次回?抑或是以指头作锄头的农夫?林泉高致的隐士?无所事事的小官员?……人间万象皆在万诗之内。杨典的诗,显示的泰半是一位思想者、批判者的形象。在杨典诗文中所显露的——作者总是在表达某种思想(观念、理念),甚至是急于表达某种想法,以至于将他所碰触的、处理的所有的文体、所有的题材、所有的文字都变成某种思想表达的契机和场合,勿论是各种主题的诗、书评、随笔、琴论、书法、绘画……都能呈现出作者自己的某种"思想性"。而且,这一"思想"虽有哲思、禅思之成分,但多是批判性的,也即多指向"当下"之"消息"。——此"当下"并非指"近时",而是指民国以来的"现代中国",也即作者所针对的是百年以来的中国。"消息"亦是同《易经》所云,或可指"生生"之现实所传递之"消息"。即如《道德经》所言"执古之道,以御今之有"。其实,自有新诗以来，诗歌中的诗人形象，感伤者多之、抒情者多之、批判者多之，思想者有之……但以独立、较为成熟之思想，而能行激烈之批判者却少之又少。这一思想者形象，近可从王小波之小说与杂文里感知，略远则是鲁迅，皆是一个文学中的思想者之谱系。因此种特点，读者在杨典的诗里恐怕更能突出地感知到作者的爱憎、思考、趣味、阅读、生活……读完《禁诗》《七寸》，可能虽未见其人，但亦可知（如见）其人了。

其二，在杨典的诗中，虽然关涉、援引的文化资源甚多，亦是"古今中外"，但最基础亦最核心的，我以为即是禅宗。禅宗乃是中国老庄孔之外，可自立于世界之优秀思想文化资源，且其借外（印度）融中（儒道），使得中国思想至唐宋更翻一层。而且，自此禅宗与中国传统文化及文人生活（诗书画琴茶等），关系亦是非常紧密。杨典曾著书阐释《无门关》，写作过程亦可比作参悟此关。因对禅宗之熟谙，所以一则在思想上能达至较高之顿悟（此处未敢言参透，因不敢言证也），此种禅之思维贯穿于诗里，并在诗中呈现出较为圆通、较常人高出一层的思想境界，此为上；二则在用典上，诸多禅宗典故常纷至沓来，既增趣味，亦饰文采；三则在文体上，常有或借或仿语录体之处。民国以来，引禅（佛）入文之文人，如顾随、废名、胡兰成，均有此特点。即于世人而言，其语言、文体不同于当时，而且其善于识"机"，思想及表达亦不同，所以读之常常如研公案，借之不但得文字之美，思想亦能上出。四则杨典亦常引"狂禅"，"狂禅"却是禅之偏至，其实可说是魏晋文人之余韵，其在明清思想史里，更多代表的是文人之批判与反抗。从禅之源流来看，"狂禅"是其与中国思想至明清时翻出的一个"小浪花"，虽在思想层次上，不能与前贤相比，其末流则更具表演性,但其又有文人之猖狂及与周遭现实之冲突、批判之一面,自有其寄托所在,因而也恰合杨典所表述之思想之激烈与批判之层面。

其三,其诗深深卷入民国以来的思想文化实践。以上虽言"古今中外"、言"禅宗",但其落脚点却是在"现代中国",或者说,在"古今"之辨中,虽是"执古之道,以御今之有",但亦是"执今之道,以御今之有",亦如民国、五四后之学人,多是"由今入古",又再"由古入今",如此来回几遭,整个"现代中国"之景观便有所不同。如潘雨廷先生言自身治易,言前贤乃是从地主阶级而自己已至资产阶级,故能更进一步,此亦是时代之进步。写新诗的诗人里也有好漫衍古语之一路,但杨典与之不同的便是能通"当下"(现代中国),且其诗及诗学基本上仍置于新诗以来尤其是二十世纪八十年代以来的脉络之中,所以与三十年以来的中国新诗仍有互通声息之处。而且,其诗之主题、出发点都有"现代中国"之思想文化之枝可依,因而,当其参与到"当代诗"的实践,不仅不与其他诗歌实践隔膜,反而有能量自创出一路写法。

以下再言"全新的写法"。所谓"全新的写法",仍然是比喻式的说法。正如"太阳底下并无新事",恰又是"日日新"之意。近时有诗人"发掘"出新诗史初期的某位诗人,颇以为惊奇,其实此位诗人已是新诗史上有名之诗人,无须此种"挖掘"也(有心人自可寻其佚诗或编全集作为学术资料),其于彼时亦是潮流中人,至今日也当不起一个"新"字。此未可谓之"新"。而"新"或"全新",必须是有截断众流之力,而又因其诗而使历史之谱系为之重构。譬如新文学、新诗初出之力量,即使得文学史颠倒,而成为我们平常所了解之文学史(如宇文所安言,晚清人见胡适之白话文学史,必以为怪)。而杨典的

诗之所以是"全新的写法",在此也可试说一二:

首先,其借鉴明清文人札记、清言之体式,而探索、实践出一种新诗的写作方式,此可说是前所未有。新诗作为一种文类,本来也是西方的舶来物,但因与中国传统诗歌亦有承继关系,故亦有传统与现代之纠缠。从新诗史来看,扩大这一文类的疆域亦是固有探索之一种,如诸种说法,"把诗写得不像诗""诗、散文、小说打成一片",等等。亦是突破文类限制之实验,但仍是在西方文类概念里思考问题。明清文人札记这一文体的引入与实践,则突破了这一限制,不仅在文类上由于接通了某种中国传统之源头而获得"活水",其范围也较原来之西式文类混杂要大,而且具有极强的实验性,并可在这一实验中随处激发创造力与想象力。此种写法在《禁诗》《七寸》的组诗及长诗里俯仰皆可拾,而《随身卷子》更是如此。

此处又可与柏桦近年《史记》系列的写作比较,柏桦在多年的"停笔"之后,借助《史记》系列,又进入一个创作之活跃期。而《史记》系列,即有借鉴明清札记形式的成分在内(关于此种形式于柏桦之意义,我已有另文专述,此处不赘)。但二人对于此种形式处理,虽有相似之处,却更有不同,试述之:其一,柏桦所写的札记皆可以"诗"而视之,也即,无论是以诗体或散文体撰写,柏桦总是运用其对语言的敏感及非凡的感受力将其处理成"诗"。而杨典则一般不作如此之处理,也即札记也可以不是诗,它或许只是某种庞杂构想的结构中的一个部分。其二,柏桦的札记写作多是"随物赋形",其主题虽可说多样,但在一定时间、或某一类主题的写作中,仍是相对单纯的"轻",仍显露其"抒情诗人"之底色。而杨典则喜在某一类主题的写作上,不断聚集来自历史与现实之"重",而调和以"思想",而呈现出"百科全书"

式的样态。当然,以上二种区分只是我此时读感及所想,也可能是不完全对或完全不对的"误读"。

其次,杨典之"用典",亦可一说。三十余年来,新诗之"用典"亦是有一个观念的转变,从少用典到渐多,从主要用西典到用中典,均有时代之变化及其所影响的观念之变化,正所谓"与时俱化"。杨典之"用典"正是其诗的一大特征,而在一首诗中如此高密度地运用、甚至用典故来构成一首诗,却是前人所少有或未有。不仅如此,在"用典"之后,并在诗尾作注释。注释成为诗之一部分,此前亦有纳博科夫、柏桦以长诗配以长篇注释来构成一部作品之写法,但彼注释可视为是相对独立之随笔(其篇幅、主题亦可独立成文),而此注释大体相当于旧诗之笺注,既有释意之功能,亦可扩展诗之意义。从写法上,也是一种实验。而在美学上,杨典又谓之书画之题跋。

或许更重要的是,"用典"乃是新时代"武器"之一种。因杨典之诗歌写作始于二十世纪八十年代,其早期写作风格(如诗集《花与反骨》中的诗)与今之所谓"第三代诗人"类似,而异于同龄之出生于七十年代之诗人,其诗多激情与思考,呈现出与世界、现实对抗之趋向,如彼时之笔名"杨溢","溢"即是激情外显之象。经由多年停止诗歌写作,而转向小说、琴学及"留情坟典"之后,其能量再次在诗歌写作中显露出来。而能量之载体之一便是"用典",也即通过"用典",于八十年代养成的"激情与思考"之核心得以花样翻新,寄身于典故之中,而获得了再一次现身之机。因此,杨典的诗实际上兼有二十世纪八十年代与新世纪十年之特征,而且,亦可作为标本。因八十年代活跃之朦胧诗人、第三代诗人至今已过或近三十年,三十年为一世,经过这一时空变幻,除少数诗人外,大部分诗人格局已定,且能量衰退,很难再翻出新的变化,抑或将成为史迹。杨典则以八十年代所形成之格局,又因"札记""用典"等方式之发现与贯通,即是犹如重新装备了新时代之武器,又得以翻上一层。

因此,杨典与同时代之诗人的同与不同即在于此。一则,因其格局源于八十年代,所以他的写作与这三十年新诗写作息息相关,也即他所面临、所处理的问题,亦是同代人所思所想。譬如,在《幕诗学》一文里,其处理的便是叙事性、戏剧化之问题,这一"问题域"即是回应九十年代以来的中国诗歌之"叙事性"。二则,因其起步于八十年代,所以其写作风格及趋向又带有鲜明的八十年代风格,如上述之激情、思考、批判,换言之,历史及现实与诗人之间的关系比起九十年代之后成长的诗人要更紧张、更具有争辩性,但其又将这一趋向借助于"用典"来实现,这个二十一世纪的面具或许隐藏不了二十世纪八十年代的真身,但毕竟与新的时代语境有所相通,因而又能借之处理新的"现实"。而且,"溢"与"典"亦构成杨典诗中的两种气象,以及二重旋律。

再次,也是我以为或许最具有象征含义的,便是杨典的诗激发了读者重新思考诗人与他的造物——诗之间的关系。一般而言,诗人与他所创造的世界之间是通过语言联系的,可以"追风筝的人"取喻,然语言之线若隐若现,且难以把握,亦有"断线"之虞。但老子所言"其犹张弓乎",给我找到了新的形象,也即诗人犹如"弓",或更彻底点,为"百谷王",谷之吐纳即成为江海,成为世界。诗人亦是如此,其创造与呈现亦只是自然之吐纳而已。我也只是在这一思考基础上理解废名所言"诗"即是未写便已写好之经验语。杨典的诗则提供了这一参照系。

我在另一文中曾谈及诗之最重要处在于诗人之境界与素养,唯有神足方能形全。因杨典是了解且是可能解决了这些问题的诗人,亦是具有相当之素养的既传统又现代之文人,更是一位镌刻有八十年代气质的思想者,正所谓"精而又精,反以相天",所以杨典的写作,因种种机缘参与到当代诗的场域,并带来新的气象、美学及其可能。

载《新诗3》,上海文艺出版社2014年,题为
《出今入古:一种"全新的写作"》

一截陈寅恪式的心史

陈寅恪的旧诗,今日感兴趣者颇多,也有余英时、胡文辉等学者或笺注,或解读其微言大义(如胡文辉的《陈寅恪诗笺释》),只因陈寅恪之诗"炼句幽警",且在僻典中寄托其心、其所闻见之现实。这不仅给陈寅恪的诗增加了多层(一层套一层)的意蕴,又因陈寅恪所处的时代以及他的遭遇,而使其获得了坚硬的质地。这就是顾随所言之有"真"的内容,也即发自胸臆,故所见皆是诗也。

杨典的《女史》也是如此。在《女史》的写作过程中,我即评说其写作方式为"出今入古"。"出今入古"之意正是"出入古今"而无碍也。这一点正和陈寅恪之旧诗(或许还有其文)相对应。而且,纵观《女史》,虽名为一种"百科全书"式的"博物志",虽然谈古论今、谈禅说鬼,近于野史稗闻,但万变不离其宗,始终有一个"陈寅恪"的范型在场。也就是说,杨典在近现代中国文化中找到了一个"陈寅恪",并使之成为历史的对应物。正如,陈寅恪述青楼女子柳如是数十余万言,时人、学者多以为"浪费"或"歧途",而陈寅恪独以其寄托"心史"。杨典写这些纷繁复杂的无名女性之史(有人称之为半部"性史"),亦是在历史的表象中寻得一截"心史",而书写其于历史与现实之慨叹也。

《女史》之主人公虽皆为女性,但多是借女性之形,而写作者之心,也即作者的观念、作者的态度、作者对纷纭世事(历史与现实)的应对。写至此,忽然念起卡尔维诺在《未来千年文学备忘录》里论述的"轻与重"之寓言,为了对付如现实般丑恶沉重的美杜莎,而且避免因亲眼见到美杜莎而化作石头的命运,柏修斯借助盾牌的反光,观察美杜莎,并杀死了它。写作须应对现实,然现实却如泥潭般使人陷身,优秀的作家自有其应对。女史之书写体系固是"庞大固埃",亦是杨典的轻逸一跃之举。

譬如《唐筼心史》一诗,唐筼为陈寅恪夫人,与陈寅恪结婚后,即终身照顾陈寅恪,而1945年,当陈寅恪失明后,其书信、文章、诗皆是唐筼记录及协助完成。此诗写唐筼,即是写陈寅恪,因唐筼与陈寅恪的生活及命运息息相关,"唐筼心史"即是"陈寅恪心史"也。

在此诗之注中,杨典附以较长的注释,不仅解读唐筼与陈寅恪之关系,以及陈寅恪写柳如是实乃写唐筼之隐衷,因柳唐为心性相通之奇女子;而且谈及对陈寅恪诗的写作方式的理解,即是"隐写历史"。因受到时代与现实的压抑,而不得不借古喻今,因而不仅深入到历史的深处,亦碰触到现实的痛处。

昆德拉有一个比喻,曾流传较广,恰好可以拿来比附陈寅恪之"女史"(柳如是与唐筼)与杨典之"女史"(无名女性之历史),也即陈寅恪是在一个女人身上寻找无限的可能性，而杨典则是在无限（众多女性，其实可以无穷无尽地写下去）中寻找一个个体。历史之幻象层层剥落，这个个体原来就是作者自己。

因之，拨开《女史》里的种种"香氛"，显露的是作者自身的形象，也即杨典在序言《著书唯剩颂红妆》中所言"女史则是一种审判时代的机警"。作者通过这一写作，对其所处的时代发言，这或许是"文章合为时而著"之本义，也正是陈寅恪在其诗文所寄托之"心史"。

中国当下的写作虽然也可说是纷繁，但总体而言，无论是小说还是新诗、散文，其写作循旧套者多，往往有单调之感。作家们虽然各有自己的能量与取径，但多受限于自身的素养、经验与境界，而难以突破。这不仅仅来自现实的束缚、观念的因袭，更是向"古今中外"的抱负和取法还不够的缘故。在这一背景下，杨典的《女史》所采用的"隐写历史"之法，应可作为一种新的借鉴之途。或者说，这也正是杨典写作《女史》的意趣所在，"我只是在不得已的时刻，部分地启用了'新诗'这一方法。写作的根本目的，除了为认识女性，也是对当前的汉语写作，作一点开疆拓土的诉求"。

2016 年 5 月 25 日撰

诗成珠玉
—— 读志坚诗集

近日乱翻书、乱读诗,恰好逢着两句,却有所感。因此先摘来,与志坚共观,亦与读者诸君以此二句共观志坚诗也。

一句是苦水所作,云"饮罢倚楼一怅望,冯生远在松江边"。此句之来历即是如诗题《初冬至家抵津,友人召饮市肆中,醉后走笔赋此,寄君培滨江》,意思虽似平常,但我初观该诗时,前面已是一派火锅的闹热气氛,如"妃白俪红精且腴,鸾刀脍切妙天下。铜釜初看炭火明,釜中汤已沸作声",可知友朋觞饮之乐。然归来之后,却是一念生尘,悲不可抑,上冲千古矣。读至此句诗,便想起昔年僻居小城,犹在昨日。彼时初见志坚,便是生平中第一位诗人之形象,我曾撰《抒情时代的念想》忆及之,如今手头上一时找不到,只能举一些鳞爪,如大胡子(彼时校园刊物上有小说主角名胡子,一看便知他是原型),如他讲述双层牙齿室友假期的犯罪,如神来之思的诗与诗论······以我现在所记,那一时期的他(人与诗)可说是"少年性"的典范,这真是一句诗的前半句"少年子弟",或"白骑少年"。目下脑海里还经常掠过的是他写樱花之诗"为美而生／为美而死",此即是元气充沛的少年之诗。

此外还记得他写到鲱鱼从门缝中进入,凝视深夜的写作者之诗句,写擦拭生锈的雾中的通天塔之诗,虽知有时代潮流之影响,但亦可说是自出机杼的聪慧清新之诗。而且,我读此诗时亦身处于鲱鱼夤夜而来之室内,其观感于初习诗者而言,此时此刻即便不言亦可知了。

那时与志坚及另一位好友常徜徉于校园,谈诗论说,如今想来,已是不可再得了。不仅因为是时空的变幻,而且是因时间的不可逆:那位友人已于六年前故去了。因之我在一首写室外之风景的诗中云:这是一位友人的思想在哭。

毕业以后,各走东西,志坚早早成为"年轻的老干部"。我(或其他的朋友)亦以为他如一般才华横溢的少年诗人,或许厌倦了诗歌,将才华转入其他可以盛放的领域,并开出其他的花朵,如兰波等瞬息之天才。然一去经年,多年前居然又见到了志坚。志坚造访了敝舍,宗宣其时还住在本村,因而又是觞饮。席间志坚挥斥方遒,犹带有八十年代之意气的影子。后又不断读到志坚的诗作。时间过得更如加速度,诗亦聚合,诗集亦成。如杜诗"诗成珠玉在挥毫"。得而读之,真有"不胫而走"之欢喜也。

另一句是雨僧诗,问曰"诗人何所归"。此际亦是我读志坚诗之发问也。

因一睹志坚诗,便知是中年之心性。如陶子之种豆采菊,如少陵之敲棋钩钓,或如丰子恺之画里那般风度之人物宛然。然心中却是有大悲恸在焉。写至此时,忽而想起《无门关》中一句,"大力量人抬脚不起。开口不在舌头上"。

志坚诗应属"中年"之诗,如观堂诗"百感萦怀事万端,中年哀乐转痴顽"。或者竟如洪升读《秋雨梧桐》般,阅世事,谈古今,哀乐无由袭来,直有辄作数日恶之慨。志坚诗中多语涉此类,或者竟首首皆可作如是观。

志坚在信中言"我只是写,不停笔",而以"写"之行为是"灵魂的追求"。

常言道(亦是子曰):三十而立,四十不惑。其实,三十、四十之年或许物质已立,但精神上又何尝能"立",又怎能"不惑"呢?如但丁所云之"黑森林",谁又能有真正的幸运历诸地狱而达至澄明之境?

我便是在志坚诗的"雨"中来重新体味这迷惘而至恐怖之境地的。如《连阴雨》一诗,首行即是三声"连阴雨",随自然界之"连阴雨"而至的便是社会人生之"连阴雨"了,几乎无可躲避。但最终如何呢?室内人以书法自遣或对抗或消解了这一危机。在另一首《即景》里,历数种种病态风景之后,最后一节"白茫茫的豪雨"如约而至,于诗人之眼中,这是"恶狠狠的痛哭"。

这是一个微型对抗的世界。雨既是世界之表象,亦是内心之幻象。此雨并非"落花人独立,微雨燕双飞"之古典抒情世界(当然亦可以是),亦非博尔赫斯式的漫想世界,却是一个真正的当代中国的"中年世界"也。种种时事新闻、重重人际网络……乃是人世间愤怒之无计可消、迷惘彷徨之歧路世界也。这是不可吐露的自我的秘密(见诗《个人风险》),而又只能用写之行为使自己免于"滑入深渊"

（志坚信中语）。

在诗中，我感受到这份人性之真实，亦窥见屠格涅夫式的"多余人"依旧是"呼喊与细语"。

雨僧诗答曰"终极归天命"。

"写诗""不停笔"真的能拯救自己吗（知天命）？或者，只是使自己获得了暂时的平静，又回到那个套子一般的生活？暴雨将至……

在"写"时，作者将自己生命的一部分安放于诗中，如"沧海月明珠有泪"。但，这泪是否需那株仙草枯竭一生来偿还呢？写作是否能真正安放自己的生命，能否使得自己的生命变得更加丰盈（如夏日）？或者说，什么样的写作能够帮助自己"百尺竿头""转识成智"呢？

赵州云：《西厢记》亦只是一个"无"字。

观堂多敏感、多情思，故云"一切景语皆情语"，是启写作之奥也。但我又以为，恰是如此，观堂行至灯火阑珊地，纠缠其中，而无大力量得以解脱也。

志坚诗亦如一个人的踽踽独行，中年哀乐、悲欣交集诸语，皆可用以名之状之。从"少年性"到"中年"诗，既是世间生理和心理的自然规律，又渐合"少年子弟江湖老"之句。

但我还喜欢另一句"丫角女子白头丝"。且以髯仙"人间无正味，美好出艰难"之诗持赠老友志坚。

癸巳年小寒日于通州
载《个人危机》，长江文艺出版社 2014 年

国士风
—— 孙玉石先生印象记

上篇

说起来，在孙玉石先生门下受教已近十二载，此情形却又可以张充和半句当之，即"十分冷淡存知己"之"十分冷淡"，因"知己"尚未敢亦不能谬托也。从毕业前课程、学业、论文和日常生活的过从，至毕业后教师节的"一年一会"，或可形容为古琴之"清、微、淡、远"，也即虽平淡然韵致却长。

大约在 2004 年，我编选了一本百年来北京大学新诗的选本，名为《诗歌北大》，自胡适至新世纪初，称之为"超浓缩型的诗歌共同体"。当选至二十世纪五十至七十年代的诗时，甚感乏诗可选。因这一阶段的北大校园文化基本笼罩于整体的社会氛围中，也较少全国知名的新晋诗人。于是去翻阅当时的北大校园文学刊物《红楼》《北大诗刊》等刊,但查找之下,却发现了有意思的事情。譬如新时期以来影响甚大的北大诗歌学者和诗评家,在《红楼》中,都曾发表新诗。然而,他们的诗风又有区别,或者说,从他们的"少年诗"中透露的信息,可以见出他们的风格之不同,以及此后人生道路的差异。

在《红楼》里,谢冕先生有一"名作",题为《一九五六年骑着骏马飞奔而来》,由此题便可知其为当时流行的"政治抒情"之作,但此诗速度又是如此之快,此亦表明谢先生向来能预感到时代的信号,是位时代的"弄潮儿"。故而在新时期的新诗潮之初,谢先生以"崛起论"开创了新诗的批评空间,一举奠定了作为诗评家的名山"功业"。洪子诚先生在《红楼》中亦有两首小诗,其中一首至今还留有印象。洪先生大概写的是煤矿工人,写到一层一层的"黑"剥离之后,出现的是一颗亮光的心。大意如此,具体用词或许不同。读时即感想:洪先生描写的是当时流行的题材,但在角度上却有自身内省、细腻的特点,虽然题材是公共的,结论是彼时容许的,诗风不怎么引人瞩目(尤其是对比谢先生的气势),但却有那么一点点"不一样"。这似乎也决定了洪先生此后治当代文学史、新诗史研究的那么一点点"不一样"。这些"不一样"汇集起来,也终能蔚为大观,而于潮流中破茧而出。孙玉石先生的诗却又不同,如组诗《露珠集》里的开篇《是时候了》:

> 我爱听也爱唱美丽的歌曲
> 从前我却久久地吹着别人的芦笛
> 是时候了,现在我已经长大
> 我该把自己的号角含在嘴里……

读到此诗,是不是会念想起五十年代校园的"青葱岁月"?或是社会大文化中的局部的校园小文化,那种互相渗透但又存有个人的小小空间的格局,或是社会主义语境下的某一篇"未央歌"。由此诗又可延伸出两条信息:其一是孙先生之诗受艾青等诗人的风格影响,如"芦笛""号角"等意象的使用。由于这一影响,孙先生连通了民国新诗的某种脉络,因而使他在新时期的研究中,尤为关注新诗中的"现代主义"。自初期象征派至现代派再至中国新诗派,挖掘"中国现代主义诗潮"并系统化,成为其终身志业。其二是其诗情,如国人屡屡使用的荷尔德林名句"诗意的存在",或如此语"即使不写诗,也是一个诗人"(孙先生却是一直在写他的"新旧诗抄")。也即是说,孙先生有一双诗意的"眼睛",来看待人生的风景。这种"视力"可唯美,可纯情,也可激烈,但似乎并不显得如哲学或理论的"深刻",在时代中也可能或不可能引领风潮,但始终是一个独特的"诗意的存在"。一个明证是,在最近一期的《新诗评论》的"孙玉石研究专辑"里,一位老学生所写评述文章的标题便是"诗意是一种扣人心弦的东西"。

孙先生自北大本科毕业后,原本打算工作,却被宣布为"读研究生",跟从王瑶先生治中国现代文学,自此开始学术之途。彼时中国现代文学研究尚是荆棘(禁忌)遍地,文学史即将迎来"重写",诸多领域皆有可为。孙先生先是专攻鲁迅《野草》,后又挖掘李金发等中国初期象征派,因之构成其学术研究的"两翼",但鲁迅《野草》仍可算作新诗,所以孙先生的志业其实便是新诗了。《中国初期象征派诗歌研究》是孙先生较早的一本著作,也是其新诗研究的奠基之作,因彼时国中新诗潮初起,故而孙先生对初期象征派的挖掘与研究也颇受注意,不仅仅是现代文学研究或新诗研究的圈子,更多的受众应是在习诗写诗的人里,且八十年代又是一个全民皆诗人的"诗歌黄金时代"。在此书的序言中,孙先生谈及其研究初期象征派之初意,本意是为新诗潮辩护,替新诗潮挖掘和提供学术依据,这一用心可说与谢冕先生的"崛起论"相合,但一隐一显,而凸显其专业领域及性格气质之差异。因初期象征派在此前的文学史叙述中尚是负面,孙先生便以唯物论、生态论力证之。据回忆,在当日的北大课堂上,他与学生、访学者、听课者的交流,非常激动且激烈,这既有时代风气之染,又有初期象征派这一现象"挖掘"之影响。而在二十年后,待我有缘再登课堂时,已无此情此景了。前些天,我读到一位杰出的诗人朋友的自传小文,文中没有提及孙先生,但是提及"象征派",提到对他终生影响并构成他的诗歌气质的一部分的"李金发"。这些影响的渊源在于,他在八十年代的内陆某县城读高中,偶然在新华书店买到一本《象征派诗选》,因而开始写诗直至今日。这本《象征派诗选》,正是孙先生编选的。孙先生自初期象征派起,专注于中国新诗的"现代主义"的研究,再加上北大课堂及若干出版物的传播,在很长时间里,他在新诗研究领域里都保持着一种超前的位置。

从孙先生的名讳来看,或许存有二律背反,即如"玉石"之外表坚硬而内心温润。譬如他为东北人,北人亦是北相,——偶而见到他青年时代及任北大中文系主任时的若干影像,浓眉凛凛有神,面相棱角分明,便可感知是一位处事方正之读书人。后曾见到一些研究新诗的朋友,言及初见孙先生时,不敢多言。我便笑答我也是如此呀。这不仅是孙先生本身的习惯,更多的是天生自有一种威严之态。但是孙先生却又是颇有文人情趣的。比如在课堂上,孙先生采取板书加讲座式,因此堂下诸生只有聆听的份,非常之严肃。然而有一次,我注意到，在谈到一个人名时，孙先生用"反切"讲了一个笑话，自己微笑起来，但这个笑话似乎仅到讲台为止，因为课堂上的学生也许并未做好领受笑话的准备，或者听一个笑话还需要动用"反切"的知识储备，委实是太"冷"了。但此事仍可窥见孙先生性情之偶然的"闪光"。也即在冷峻之外表下，其实内蕴着温热、好玩的情怀。至于其他种种，如每次去他家，言笑晏晏，喝工夫茶（言所泡为真正的"大红袍"），引看墙上所悬文人画及书法条幅，以及多年收集的"猫头鹰"藏品（因鲁迅爱猫头鹰），据称已积百余件，故事可写一本《猫头鹰》之书了。

2007年，孙先生与谢冕、洪子诚、孙绍振等先生出版了一本《回顾一次写作——〈新诗发展概况〉的前前后后》，此书回顾了二十世纪五十年代他们六位同学编写《新诗发展概况》的情形，讲述之外亦有反思。然而让我有所震动的是，在此书出版之后，孙先生又写了几篇文章，将这一反思推到"深刻"的层面，这一"深刻"并非意义阐释之"深刻"，而是"锥心刺骨"之"深刻"，譬如讲述王瑶先生对"大批判"的内心流露，对"大批判"中自己的心理及"文学史写作"的反思（"道德良知"与"学术"），以及呼吁对自身历史反思之"言多峻急"……均可见其真切。由此我更能体会到孙先生"示众"这些或许不堪回首之往事，并非迎合潮流，亦并非出自昆德拉所描述的"媚俗"，而纯是自己内心的需要。也即作为一位读书人所感知的历史责任。文中关于王瑶先生的叙述，其实我常在聚会场合听孙先生谈起。而记忆更深的，还有孙先生对另一位彼时被打成右派而被流放、潦倒，以农民生涯终老的同学的怜惜与关切。

以上数事之素描，只堪作信手拈来的几朵生命之花（戏仿孙先生之文《给我一枝花吧》)。在孙先生自己,或许也并不如是观,所以也只能算作是我的耳濡目染之所感。唐赵耶利曾有语"若长江广流,绵延徐逝,有国士风",本是形容"吴声"之韵,但"国士风"亦是真正的读书人之风,如废名"学一个摘花高处赌身轻",我借来持赠予恩师孙先生。

下篇

上文偶然撰于五年前,今《名作欣赏》所制孙先生的别册将成,因此缘,再续几则"片羽"以为续篇。

先言孙先生之"认真"。大约在1999年,因我当时已打算继续做新诗研究,开始考虑考博。硕导程光炜先生向孙先生推荐,因而在某日趋畅春园孙先生寓所求教,——什么季节,什么时间,谈的什么话题,现在已不再能回忆。大约只是问询学习情况吧。但是步入园子,居所虽狭,整齐叠放的书籍,温和的话语与气氛,至今犹能忆起。此后便是数年后到其蓝旗营寓所,此处客厅就大多了,经过师母张菊玲先生的精心设计,呈现出一种古典精致的氛围。

读书、生活的习惯,往往亦是学术、工作的另一面,两者互相映照和转化。时下虽常见书桌凌乱者有创造力之说,但认真、严谨的生活习惯,体现在学术上,则往往是严格、一丝不苟的工作态度,甚而内化为学术方法。2010年,孙先生出版文集,厚厚的十七册,分门别类,一篇篇文章均是孙先生自己整理定稿,且不说数百万字的工作量,单是寻找数十年间在各类杂志报纸发表的大大小小文章,甚至散落的刊印或未刊印的文章及手稿,就需要有长期留意及保存史料文献的习惯与耐心,很是不易。那段时间也常听孙先生说起寻找佚文的逸闻。

孙先生时常道及"朴学"。虽然中国现当代文学的文献整理研究与清代朴学并不相同,但孙先生所言之"朴学",据我的理解,应该更多的是强调一种严谨、注重材料的研究态度与方法。即所谓"有一分材料说一分话"也。尽可能通过涸泽而渔式地搜集史料文献,从材料中形成看法,从而构成对作家作品或现象或文学史的叙述,应也是题中之义。孙先生的治学多循此路径,所做工作甚多,无论是关于初期象征派的挖掘、发现与阐释,将初期象征派置于中国现代主义诗歌脉络里加以考察,因而建构起中国现代主义诗歌的谱系。这一工作的完成,既是从周作人、朱自清于新诗叙述的发现与再完成,亦是有如我在前文中所云,为二十世纪八九十年代的当代诗寻找其脉络、根源与资源之用意也。虽然这一建构,仍然带有历史的因素(或偏向),却是与当代诗的追求构成了同步与呼应。因此,当孙先生在搜读散落于民国报刊中的诗歌、诗论时,通过在文学史中寻找其定位与意义,使这些材料抖去历史的尘土,从而得以"复活",再一次回到历史的现场,并重新获得了应有的意义。在《孙玉石文集》里,类似对《北平晨报·学园》附刊《诗与批评》的解读、关于"晚唐诗热"的讨论等,都是开风气的精彩篇章。

大约因为孙先生本身即是出身于诗人的缘故,孙老师对研究对象的趣味也多趋于"诗心",反映在人生态度与审美追求上,就是"寻觅美的小路"。此语是孙先生为北大校庆100周年所撰文章的标题,实际上也可视作孙先生的志向与趣味。大而言之,无论是孙先生对于书画的爱好、品鉴,抑或对养花饮茶之道的注重(孙先生蓝旗营寓所的阳台便是一座"小花园",还养得数种较稀见的花草,每回客人来,总是一一绍介"植物的历史"),对"猫头鹰"小物件的收藏,均可见孙先生传统读书人的趣味,亦是对生活中的美的追寻。其学术工作,孙先生的研究从鲁迅起始,后来转向新诗(即便是鲁迅研究,主要也是对《野草》的阐释。《野草》即是鲁迅的"现代诗"也)。孙先生终身的学术志业,还是落地于新诗上。于茫茫学海中,最终选择新诗这一终身致力的对象,可算是"寻觅美的小路"这一意愿自然的牵引。孙先生在文中所说"美的小路",是何其芳"朗润园通往哲学楼的小路",是朱光潜"从燕南园的坡路慢慢走下来,经过三院到一院门前的那条小路,穿过南北阁,一直到未名湖边,再走回来"……

我现在的办公室处于未名湖畔的红三楼,红三楼与红二楼之间,有一片绿茵草地,几棵参差大树点缀,时有燕鸥和戴胜散步觅食,中间就有一条斜斜的小路通往镜春路。这一带的景物,虽有变迁,但对于孙先生这一代北大人来说,应是极其熟悉不过的了。记得有一回师母张先生散步路经此地,便指点镜春园82号云,这里曾是陈贻焮先生的寓所。而么书仪先生来访时,也说红六楼当时是她们的食堂。每当我从这条草地小径上走过时,便不禁念起孙先生的"寻觅美的小路"。这里其实就是"美的小路",亦是"寻觅美""的小路"。这些小路又是燕园里的寻常风景,俯拾即是。孙先生"寻觅美的小路"的感语,既是来源于前辈大师,抑或是来源于这些平常且美妙的燕园草木。当我行走于这些"美的小路"时,思绪便会常常飘回到这些"严重的时刻"。

在《寻觅美的小路》文章的结穴处,孙先生在追忆燕园前贤后,转引冯至的诗的结尾:

> 我们纪念着他们的步履
> 不要荒芜了这几条小路

由于"诗心"或"美的小路",孙先生的治学门径,除对于史料"严上加严"(洪子诚先生评严家炎先生之语,或可视作他们的共同态度吧)外,对于具体作品予以历史的同情、诗情的理解,也是不二法门。孙先生曾和历届学生们一起专门研讨与编撰现代诗的解读与鉴赏,前后达二十余年。后来还从朱自清先生的"解诗"之说生发,倡导"现代解诗学",这些都是强调对新诗作品内部诸要素以及美学因素的感知出发,并由此开辟新的学术方向。

不能不提的是孙先生的夫人张菊玲先生。张先生和孙先生是北大五五级同学,为吴祖缃先生的学生,性格爽快,与孙先生恰成对照。张先生的专业是古典小说,到中央民族大学任教后,又致力于满族文学,是新时期以来满族文学研究的开创者之一,在顾太清、穆儒丐、王度庐等作家的研究上尤为特出。而张先生之所以将学术兴趣集中于满族文学,其中最重要的原因便是孙先生是满族人。大概是因为亲近的缘故,对满族文学也自然有了研究的兴趣。记得读到过张先生所撰《顾太清评传》,张先生用以撰写顾太清的新材料,便是和孙先生同在日本任教时访得,对顾太清研究起到了正本清源的作用。同时也可推想之,顾太清之所以成为张先生的研究对象,不外乎张先生因孙先生而对这位满族才女给与了同情。

张先生的兴趣非常广泛,写至此,我忽然想到,前文所云传统读书人的趣味,如书画、养花、喝茶、收藏诸多方面,可以说是二人共同的趣味,其实或者更可以说是由张老师发动,孙先生参与吧。见面交谈时，这些故事也多是由张老师讲述，孙先生补充。孙先生的习惯和追求，亦是由二人共同形成与塑造。这亦构成一个有趣的循环，孙先生是满族人，但主要研究现代文学。张老师是汉族人，而且是南京人，但致力于研究满族文学。由此也可见家庭美满之象。

大约在前年，我听闻孙先生有将藏书捐献给北大图书馆之愿望，后又听说捐献给了大连民族大学，作为专藏。终于有一天，再到蓝旗营寓所时，书柜里已空空如也，往日排放整齐的各类作家全集已不再睹，孙先生张先生常常加以介绍并述因缘的民国诗集或书法条幅，也只能再提起。墙壁上换上了别的书法或复制品，书柜里摆上了多年搜集的"猫头鹰"藏品，又构成了一个小小的书房的氛围。又过了一些时候，张老师在微信上发来照片，大连民族大学将这些捐赠的藏书建立专藏，命名为"长白书屋"。张老师云，此名既是寓意满族的发源地长白山，又是表明他们的人生态度，即"清白"之意。在网上查到"长白书屋"的消息，还附有两位先生所写的捐赠缘起。此处抄录之：

> 我俩1955年9月考进北京大学中文系，时当马寅初校长号召"向科学进军"，在全国名师云集，图书馆藏书极丰的学术环境中，我们完成五年大学本科专业学习。1960年9月又分别当了中国古典文学和现代文学研究生。张菊玲师从吴祖缃教授，孙玉石师从王瑶教授，自此奠定了我们从事学术研究，读书，教书，写书的人生道路。
>
> 如今我们均已年过八旬，一生虽然风雨坎坷，但不论何时，何地，均有书籍相伴，可谓嗜书如命。两人不会理财，只知有钱就买书，现已藏书近万册，是为我们毕生最宝贵的财富。

在生命的最后日子里,我俩郑重决定:将所藏全部书籍以及恩师题赠之墨宝,悉数无偿捐赠给大连民族大学。以完成我们取之于民,还之于民的宿愿。将它们奉献给各民族的莘莘学子,继续为民族教育尽我们一点绵薄之力。

因为孙玉石系长白舒穆鲁氏的满族子孙,张菊玲亦以研究满族文学为最终之事业,故此书库之建立,我们拟请题名为"长白书屋"。以祈民族文化世世代代永远流传,民族教育事业蓬勃发展,造就出一批一批更多人才。同时,此名也蕴含我们一生奉持的"清清白白做人,清清白白做事,清清白白做学问"的人生理念。

孙玉石　张菊玲　2017年7月10日于北京

再回到文章开首所引孙先生的名讳"玉石",岂不正寓有"清白"之意吗?在浊世浮沉,尤其是经历了当代中国的城头风云变幻,种种青春与激情、种种背叛、遗忘或忏悔,一幕幕的戏剧上演又落幕,一个人应该如何生活,如何保持读书人(士人)的独立且又"清白",确乎是一件难上加难的事。孙先生和张老师的人生态度,有名讳之寓示,更多是一种清醒然又坚决的追求。作为一位较晚接触到孙先生的生活与学术的学生,这篇信马由缰的小文只能算是记下一些浮光掠影且漫无边际的思绪和微茫但"按欲入木"的印象而已吧。

2018年10月16日京沪线上
载《名作欣赏》2018年第11期

卷三

近世昆曲逸闻录

吴梅自许词曲第一

二十世纪二十年代后期，吴梅、黄侃皆在中央大学任教。有一则民国文坛逸话说：黄侃为章门弟子，素来自负且狂妄。一日，在文酒之会中，黄侃薄醉，与吴梅争论不休，自称"文章第一"。吴梅答道："文章未知谁为后先，以言词曲，则当今之世，舍我其谁？"于是不欢而散。不过，也有学生回忆：吴梅和黄侃酒后闲聊，吴梅自言骈文独步当时，黄侃未允其说，不欢而散。次日，吴梅酒醒，邀汪辟疆至黄侃处道歉，遂又欢笑如旧。这两种传闻不知孰者为是，但故事里的吴梅自许词曲第一，却可得知。而且，吴梅虽然以词曲闻名，但于经史子集也是无所不窥，只是无暇旁骛而已。

在东南大学（1927年8月易名中央大学）任教时，吴梅培养了一批对词曲研究感兴趣的学生，如卢前、唐圭璋、王起等，后来都成为著名的词曲学者。吴梅曾指导学生组织了一个词社，名为"潜社"，意思是劝学生埋头学习,不要卷入政治的旋涡。潜社每月一集,一般在星期天的下午,师生共游南京名胜,并作词曲,傍晚时在秦淮河畔的万全酒家聚餐,吴梅即席订谱,撅笛歌唱。有时也在秦淮河的一只叫作"多丽"的画舫聚会歌唱。饶有趣味的是,"多丽"既是船名,也是词牌名。

王起回忆起潜社的第一次社集就是在"多丽"画舫上,当船行于秦淮河中,经过大中桥时,吴梅拿出洞箫,吹起《九转弹词》,引得路人纷纷观看。然后吴梅取出李香君小像,命诸生作词题咏。

有一次龙沐勋来访,吴梅带着学生唐圭璋和一个儿子陪他同游后湖,坐上小船后,唐圭璋吹笛子,吴梅和儿子二人唱《霜崖三剧》中的曲子,湖面上烟波浩渺、余音缭绕,令人望之若神仙。龙氏后来每每想起此情此景,不禁感慨"此曲只应天上有,人间哪得几回闻"。

还有一次,郑振铎与几位朋友乘船去游天平山,听到前面的船上有人撅笛唱曲,嗓音高亢圆润,旁边的朋友说唱者就是吴梅呢!郑振铎那时还不认识吴梅,想赶上去见识一番,但是他们坐的船始终没有追上吴梅的船,只得怅然而返。

载《大公报》2012年9月16日,题为《吴梅自许天下第一》

"余桃公"的纸上"传奇"

民国时期的北大多"奇人",譬如留辫子、"茶壶茶杯"论的辜鸿铭,又如有一位穿西服、剃光头、但是脑门上偏偏留一块"桃子"状头发(如年画中的小童)的许之衡。

周作人写《红楼中的名人》,就专门提到这位"晓先生",说他因这种扮相,被起外号叫"余桃公",还引了一位女子文理学院学生的作文,记"余桃公"上课时的情景:

> 有一位教师进来,学生们有编织东西的,有看小说写信的,有三三两两低声说话的。起初说话的声音很低,可是逐渐响起来,教师的话有点不大听得出了,于是教师用力提高声音,于翕翕声的上面又零零落落的听到讲义里的词句,但这也只是暂时的,因为学生的说话相应也加响,又将教师的声音沉

没到里边去了。这样一直到了下课的钟声响了,晓先生乃又深深的一躬,踱下了讲台,这事终告一段落。

别看学生笔下的"余桃公"一副老学究的样子,当年也曾是摩登青年。他出生于广东番禺,曾受教于康有为,后又游学日本,赋诗曰"天涯散发知何去,极目云山暮景寒",这也是一代人的"少年愁"。然而到了1920年,许之衡却摇身一变为"余桃公",在京城做了寓公,与吴梅、李释戡等人为友,终日谈戏论收藏,研究昆曲,还写了一部传奇《霓裳艳》。

这部传奇共20出,写与梅兰芳并称一时的梆子女伶刘喜奎之事。他给刘喜奎化名为"刘喜娘""小字奎儿",给自己化名为"阮心存",给吴梅化名为"蒲后轩",给强娶刘喜奎的总统曹锟起名"蒋奇"。书生"阮心存"听友人"蒲后轩"谈"刘喜娘"拒将军婚事,心生爱慕,便在"刘喜娘"小照后题曲,并加入戏班,两人一起演戏。后来书生因受其父训斥,离家远游,而"刘喜娘"因为母亲守孝,也离开戏班隐居。最后老郎神派出氤氲使者接二人上天,成就因缘。

故事虽然老套,但关目非常精巧,而且多来源于彼时之实事,可谓打扮成"神话剧"的"时事剧"。——只是"阮心存"其人纯粹是"余桃公"的幻想了,或者说,此时的许之衡或许在内心里藏着一个"阮心存",但外表却是一个"余桃公"。不过,"阮心存"与"蒲后轩"之间的关系倒并非虚言,剧中书生言道"近日与词曲大家蒲后轩研究昆曲,颇觉兴味,他每日必来这里谈话"。而吴梅在给许之衡的《曲律易知》写的序中也说:"守白寓宣武城南,距余居不半里,而近年来晨夕过从,共研此技。又与刘君凤叔订交,三人相对,烛必见跋,所语无非曲律也,用力之勤若此。"

吴梅南归后,荐许之衡继任北大词曲教授。自1923年秋至1933年夏,历十载,许之衡讲授"戏曲史""戏曲""声律学"等课程,可谓勤勉。只是与吴梅开曲学风气之先时的光景,是大大不如了。又是据周作人及北大学生回忆,许之衡除了扮相怪异之外,还有一样"特行",便是对人异常客气,往往一进门,还要找人一一鞠躬。逢年过节,如果有学生送贺卡,他不仅回赠,而且再过一年,他的贺卡早就先送来啦!

1930年蒋梦麟重掌北大之后,推行改革,将"教授治校"改为"校长治校",又"辞旧迎新",相继解聘了一批旧教授。后来,许之衡与林损同时被解聘,林损在报纸上大骂蒋梦麟和胡适,成为一时舆论之热点。而许之衡依旧低调,黯然离开北大,除出版数书,及留下参加昆弋学会的记录外,时人大多既不知其为何离开北大,亦不知其所踪,直至其离世。

说来奇怪,许之衡虽然主要从事词曲研究,其所撰《戏曲史》讲义仅比王国维《宋元戏曲考》晚数年,是第一部戏曲通史。然而,身后得名且流传甚广的却是一部《饮流斋说瓷》,至今仍屡见于坊间。"饮流斋"为许之衡的斋名,取自尧与许由之故事,此书前有《书成自题六十韵》,有云"病魔犹堪遣,愁魔或足驱。偶然存剩稿,聊复写编蒲。随笔供谈数,零编比《说郛》",又云"今古同杯土,乾坤一破盂。千金留敝帚,吾自爱真吾"。大概这位"余桃公"的内心深处,栖息着一位位古代中国读书人的身影,于青灯黄卷里浇注着万古愁思。或许也如此篇谈论他的"随笔"罢。

载《大公报》2012年10月27日,题为《余桃公纸上传奇》

白永宽：昆曲中的谭鑫培

同治光绪年间，醇王奕譞一则爱好昆弋，一则也是为了避祸，以玩娱明志，在府中陆续办了好几个科班，比如安庆、恩庆、恩荣等，后来这些艺人大多流入京中皮黄班和京畿乡村，成为北方昆曲的主要源头。在这些艺人中，白永宽经常被提起，被认为是昆曲中的谭鑫培。

白永宽原本在安新县马村的子弟会中学戏，原名白傻歹，外号"白大眼"，师从徐老发，据说徐老发演《五人义》时，可以双手挎起五人旋转。后来，白永宽带了一些同村的子弟到北京卖唱，渐渐有了名气，醇王听说后，召他到府中演唱，白的声音高亢有力，醇王听后大乐，问他叫什么名字。他回答"白傻歹"。醇王听后更乐了，说："这个名字不好听，你的嗓音又宽又亮，以后就改叫白永宽吧！愿你的嗓子永远又宽又亮。"还有一种说法是白永宽给醇王唱了一曲《闻铃》，唱得特别好，醇王就赠了这个美名。

自此,白永宽在王府中演戏,并负责排戏和诸种事务。有一次,白永宽和叔叔白老合演《负荆请罪》,白永宽饰张飞,白老合饰关羽,一黑一红,台上曲尽其妙,台下的王公看得也如痴如醉。所以,醇王府的堂会里,无白永宽、白老合演的《负荆请罪》则不欢。

恩庆班解散时,白永宽回老家,醇王把恩庆班的戏箱赐予他,并准许他用恩庆班的班牌组班。白永宽回乡后,与白老合平分了戏箱,各组一班,他组的班叫恩庆班,白老合组的班叫和顺班。

恩庆班在乡间戏班中的地位很高,官府寻常不敢派遣差役。有一回,知县硬要派恩庆班的差事,白永宽一口就回绝了。知县强迫,白永宽骑着毛驴到王府告状,王府的管家一听,就用王爷的口气写信给知县,说恩庆班的戏箱是御批专用的,不能随便派戏,方才了结此事。

白永宽技艺高超,嗓子好,演老生、花脸戏都很好,但言语刻薄,脾气也很大。他常常感慨:"唱昆弋的就是仨半人啦!"三人就是他自己、郭蓬莱和邢玉泰。那半个是化起凤,因为化起凤只唱弋腔,不唱昆腔。

有一次,一个外地来的花脸演员来搭班,因为事先没有向白永宽请安,白决定给他一个下马威。该演员一开始唱《张飞闯帐》,白永宽亲自扮中军,"中军"还没上场,就闷帘大吼一声,声如霹雳。等到一上场,"中军"大眼一瞪,把场上的差官吓得跌倒在地。众位看官,"张飞"还能演得下去吗?

载《大公报》2012 年 9 月 17 日,题为《白永宽:昆曲谭鑫培》

"铁嗓子活猴"郝振基

郝振基是京南大成县台头村人,今属天津市静海区。自小在本村昆弋子弟会学戏,工武生和花脸。其最拿手的好戏便是《西游记》中的孙悟空,人送美名"铁嗓子活猴"及"美猴王"。

说起来,郝振基本身就长得有三分像猴,时人描述他的形象说:"郝老先生生就一副拱肩,眼球浅黄色,长眼毛,眼泡略肿,两颊瘦削,两颧有些突出,个子高,四肢骨骼细长。"因这种长相,郝振基将孙悟空的脸谱设计成"一口钟",即外白中红,红色上端像个月铲,下端较窄,似橄榄形,不同于皮黄班的"倒栽桃",存有清宫猴王脸谱之遗意。在扮相上,演《安天会》时,上场时戴草王盔,帽两边各系着一条长过膝头的鹅黄彩绸飘带,盗丹时戴一顶白色毡帽,身着黑箭衣,系大带。这都是传统的弋腔猴王的穿戴。

早年时,他在京南安新县大田庄演《安天会》,一名老者批评他扮猴吃桃没有吐核，——因为即使是猴子，也不会把核吞下肚的！后来他大病一场，病愈后养了一只猴子，观察猴子的行动坐卧和表情。据侯玉山以及向郝振基学过猴戏的侯永奎介绍，郝振基平时休息时，也常常把肩拱起，两腿劈开，两手很松弛地垂放在两腿之间，琢磨猴子坐着的姿态和神情。因此，后来到天津演出时，就有剧评文章赞道："该伶一出场，掌声雷动，足见其人缘之普遍。脸谱较昔日少变，手脚之灵便，眉眼之活动，逼似真猴，与往无异。嗓音之顿挫高亢，比往中气尤足，真可称老当益壮矣。偷桃时之跳跃，纯属猴类一种毛手毛脚的神气；吃果时之剥皮、吐核及咀嚼，种种神气与猴俱化，盗丹时之取葫芦放葫芦，俱出猴式，可谓一丝不走。写生能写到骨头里去，决非但求貌似者可比。"

据说，在演猴子"偷桃"时，郝振基动作很小，行动极为灵活。一边吃桃，一边转眼珠，来回晃脑袋，尖嘴巴一鼓一鼓的，两个耳朵还能前后扇动。过一会儿，他又把后脑勺朝着观众吃桃，边吃，后脑勺还能上下耸动。

而演至"盗丹"时，郝振基先抱起葫芦，走到台中央，四顾无人，便倒出一粒金丹吃了，又倒出第二粒、第三粒、第四粒，前三粒都是先尝再嚼再咽，第四粒就开始直接吞。接着把葫芦里的金丹像洒水一般倒在桌上，又用嘴像吃炒豆一样胡乱猛噜，发现桌缝里有一粒，抠出。发现地上掉了一粒，轻身走小边，找到并吃掉，再纵身跃回桌子……

因此，时人评曰：杨小楼犹是人学猴，而郝振基则是猴学人也。

载《大公报》2012年9月22日

听陶歌似诵陶诗

陶显庭字耀卿,京南安新县马村人,少时拜在白永宽门下,习武生,后兼习老生和净,均闻名于世,尤以《弹词》为最著,谓为"绝调"。因此,李啸仓将他比作"英之金屈普拉""俄之夏里亚平",此二人皆是当时世界著名的歌唱家,在中国极有声名,犹如今日的帕瓦罗蒂。又有诗赞其"古貌古心弹古调""听陶歌似诵陶诗"。

陶显庭随白永宽学大武生戏时,白又请钱雄来教陶显庭小武生戏,据说钱雄也曾是王府武生,擅长《夜奔》《夜巡》《打虎》《蜈蚣岭》等戏。《夜奔》一出,他曾教过陶显庭、王益友和荣广三人,但钱雄根据各人不同的特点,教给他们不同的路数,一则避免竞争,二则发挥他们的长处。陶显庭因演《夜奔》成名,但在改行当后,他便四十余年不演此戏,直到六十九岁时,才在天津演了一场,该场有郝振基演《探庄》、陶显庭演《夜奔》,二人均是六十九岁,被称作"老武松"和

"老林冲"。当陶显庭唱至太平令时,依然来了个大劈叉,不因年老而省略,令人叹为观止。而此场之掌声与叫好声"声震屋瓦"。因《夜奔》一场号称"一场干",一人独自在舞台上歌舞三十余分钟,非常吃功,即所谓戏谚之"男怕《夜奔》,女怕《思凡》"。陶显庭可以说是迄今所知演《夜奔》之最高龄者。

陶显庭生活淳朴,状若老农,而且虚心好学,班中勿论大小,皆称作兄弟。侯玉山在《优孟衣冠八十年》里,还回忆到陶显庭曾向比自己小二十多岁的侯玉山问艺。最令人想象不到的是,陶显庭晚年的"代表作"《弹词》,竟是在近五十岁时向师弟王益友学的。

《弹词》为《长生殿》中一出,叙安史之乱后李龟年流落江南沿街卖唱之故事,即剧中所唱"昔日天上清歌,而今沿门鼓板"。此出非常吃唱功,共有"九转",一般唱者大多削减唱段,但陶显庭依据《遏云阁曲谱》演唱,颇能传达剧中凄凉之感。而且陶显庭年迈犹在登台歌唱,再加上听者念及昆弋之惨淡命运,剧里剧外皆笼罩于此种气氛。故王小隐评曰:"落拓龟年,江南春老,个中身世,有同慨也。"当陶显庭在天津演唱《弹词》时,有一些北平的戏迷,专门驱车至津门,看完后再连夜赶回。

不过,也有人说陶显庭的《弹词》是自学的。在民国五、六年时,由一位大学生将《遏云阁曲谱》的工尺谱翻译过来,然后自己学唱演出。因《遏云阁曲谱》里的《弹词》缺少"梁州第七"和"八转",陶显庭也就从来不唱。后来胜利公司录有陶显庭《弹词》唱片,声音苍迈,古韵悠然。

本来,陶显庭晚年时准备在家乡务农终老,也留起了胡子,但侯永奎、马祥麟重组荣庆社之后,邀其参与演出,所以在休养一年多后,又重新到天津演出,《北洋画报》还特意登载了一张陶显庭剃须前留有小胡子的合影,即"陶老板剃须登场"之菊坛佳话。

陶显庭为北方昆曲的鲁殿灵光,也有人称他为"昆曲大王"(后世多以韩世昌为此誉,其实陶显庭亦有)。时人评曰:

余惟陶老之歌,甫出口即作金石声,泊乎唤于天而掷诸于地也,则铿铿然,锵锵然,比龙虎之吟啸,郎然若清晨之钟,淳然若昏暮之鼓,倾喉一歌,绕梁三日,岂足喻其妙哉,聆之者盖终身不绝于耳也。

载《大公报》2012 年 9 月 26 日

民国昆曲的"一台双绝"

1916年,因京南大旱,原在京南演出的宝山合班闯到京东演戏,而本在京东活动的郝振基挑班的同和班被挤到通州、三河一带,最后只得进北京,于广兴园演出。不料郝振基的《安天会》一出,即轰动全城。从此,郝振基跻身梨园名伶之列,与杨小楼、盖叫天、郑法祥并称为"四大猴王"。1918年1月6日,丹桂园演出义务夜戏,其中程艳秋(后易名砚秋)的《彩楼配》为压轴,郝振基的《安天会》则是大轴。

同和班走红京城后,王益友想来搭班,不料却被班主李益仲所拒,于是王益友致信河北高阳的荣庆社,由田际云掌管的天乐园邀请入京。荣庆社亦是昆弋班,但是实力雄厚、好角更多,如陶显庭、侯益隆、王益友等人,各有擅演剧目,此外还有正被追捧的旦角韩世昌,比起同和班仅依靠郝振基一人来,更受欢迎。同和班生意萧条,只得黯然退出北京。第二年,郝振基也应邀加盟荣庆社。因此,郝振基和陶显庭开始搭档,京城昆曲舞台上出现了著名的"一台双绝"。

本来陶显庭早先习武生,以《夜奔》驰名。但进京城后,因王益友也擅长《夜奔》等武生戏,而且京城观众多爱听昆腔戏,厌闻高腔,故陶改唱老生及花脸。陶显庭有一条高亢如"黄钟大吕"之嗓,颇受欢迎。如《刀会》《训子》之关公、《北饯》之尉迟恭、《功宴》之铁勒奴、《酒楼》之郭子仪、《弹词》之李龟年、《安天会》之天王、《草诏》之燕王等。

最为人津津乐道的是《安天会》里"大战擒猴"一场,天王每派一将,必唱一大段曲牌,其后是猴王与天兵天将大战,向来被称作是"唱死天王累死猴儿"。郝振基与陶显庭合作时,陶显庭饰演托塔天王,唱起来高亢雄浑,郝振基则做工细腻逼真,二人相得益彰,是民国昆曲复兴时期的"黄金组合"。

据陶显庭的养子陶小庭说,《草诏》一出,由郝振基饰方孝孺,陶显庭饰燕王,和《安天会》中的"孙悟空"与"天王"一样,也是"一台双绝"。因为陶显庭的嗓子高亢嘹亮"赛铜钟",但郝振基的嗓子恰好能够压着陶唱。陶显庭庄严肃穆,郝振基则擅长做表,有天生一副悲愁之貌,所以配合起来韵味绝佳。

1938年,二伶均应邀至重组后的荣庆社,孰料一年之后,天津连降大雨半个多月,街道积起齐腰高的大水。水灾持续两个多月,荣庆社诸伶病死殆半,不复成班。陶显庭的行头全部被毁,兼又感染风寒,病中听说家乡被日军洗劫烧光,一生积蓄均化为乌有,在激愤中去世。而郝振基也就此隐居乡村,依养女过活,几年后也默默故去。"一台双绝"至此成为传说。

载《大公报》2012年9月29日,题为《一台双绝》

一百年的两个"活钟馗"

在由晚清至民国至共和国的昆曲舞台上,有两个"活钟馗"。这两个"活钟馗"都来自同一个村,拜的同一个老师,也曾同台演戏,彼此还是本家,只不过,他们获此美誉却相距近半个世纪。

头一个"活钟馗"是侯益隆,生于1889年,河北高阳县河西村人,拜师邵老墨,先习油花脸,后改架子花脸。他练功非常勤奋,寒暑不辍,下雪天也在院子中赤膊练功,因此武功根底深厚、工架优美,又兼嗓音高亢圆润,打"哇呀呀"能连翻三层,飞腿又高又轻,故极受欢迎。相传他于清末曾到北京演戏,与他伶竞技,该伶于三张方桌上拧旋子五十个,而侯益隆则于台上置一长凳,凳上放一砖,在砖上连过五十小翻,引得该伶赞叹不已。醇王听说后,召他入府演戏,连演七场《钟馗嫁妹》,醇王赞曰:"真刀老艺也,活钟馗。"并赐戏箱一对、酒盅两双及戏衣数件。自此,侯益隆"活钟馗"的美称传播四野。乡间有谚云:

"三天三夜不睡,也得看《嫁妹》。"

第二个"活钟馗"是侯玉山,生于1893年,也是高阳县河西村人,也师从于邵老墨,比侯益隆小六岁,但辈分要高两辈。侯玉山先习武丑,后改架子花脸。他常在庙外的野地里练翻筋斗,下雪天练功亦如侯益隆故事。虽然侯玉山腰圆体胖,但翻起来仍然轻巧灵便,演钟馗能翻筋斗,演《五人义》时能挎着三个人翻一人多高的筋斗,谓为一绝。有诗赞曰:"身轻似乳燕,体健若狸奴。"

两人同在荣庆社演戏,侯益隆成名早,且是承班人,演《钟馗嫁妹》较多。侯益隆演此戏,善用眼神,既妩媚又有书卷气,身段优美。评者多赞其"吐火之匀""艳如红煞",有若"前不见古人,后不见来者"。吴梅当年观荣庆社的戏,除对韩世昌的《琴挑》大加赞赏外,尤为注意的便是侯益隆的《钟馗嫁妹》。可惜侯益隆渐渐抽上大烟,不仅武功衰退,且将荣庆社的股份卖给韩世昌,沦为配角。最后,在1939年的天津水灾中贫病而亡。

侯益隆故去后,侯玉山始多演《钟馗嫁妹》。据侯玉山回忆,现今《钟馗嫁妹》中的多项绝技,都是他首先使用后才为同辈伶人所借鉴,如"喷火功""椅子功"等。此说待考。但侯玉山因工架扎实,嗓音雄浑,演起钟馗来也别有一番味道,即突出了钟馗豪爽之特点,而较少书卷气,可称作"武钟馗"了。

1956年11月,全国昆剧观摩演出在上海举办,北方昆曲伶人与南方的俞振飞及传字辈伶人会聚一堂,彼时侯玉山已是六十三岁,仍然每天都演《钟馗嫁妹》,连演二十多天,被称作"活钟馗"。回京后,待遇连升三级,从900斤小米升至274圆。侯玉山思昔想今,感慨不已。

载《大公报》2012年10月5日,题为《活钟馗》

韩世昌与"伤寒病"

民国六、七年间,京中名角梅兰芳、杨小楼、贾璧云、鲜灵芝等,名票袁寒云、红豆馆主等竞相演出昆曲,京畿昆弋同和班、荣庆社、宝山合班陆续进京,北京因而兴起了一股"昆曲热",被称作昆曲的"文艺复兴"。

韩世昌因此次"昆曲热"脱颖而出。他本是河北高阳县河西村人,自幼家贫,小名"四儿",到十二岁学戏时,才由一位乡下老秀才起名为"世昌"。此后学娃娃生,又改小花脸和武生,又应工旦角。1917年冬,随荣庆社到北京天乐园演出。传统昆弋班演花脸、武生等"阔口戏"较多,挑班伶人多为"黑头"(黑净如饰演尉迟敬德、张飞等)、"红头"(红净如饰演赵匡胤、关公等),像韩世昌这样的少年旦角一般只能演前几出,比如荣庆社到北京的第一天演出,韩世昌演《刺虎》,戏码排在第二出。

但是，彼时京中的戏曲风尚正在发生变化，旦角成为观众追捧的对象，皮黄也从谭鑫培时代渐次进入梅兰芳时代。有一次，在北大读书的高阳籍学生刘步堂、侯仲纯到天乐园看戏，结识了韩世昌。他们鼓动北大师生也来看昆曲。当时演戏一般是日场，因韩世昌总是演前几出，学生们下课后再来看戏，就总看不到韩世昌的戏。于是他们要求将韩世昌的戏"码后"。韩世昌的戏便越排越后……终于，1918年的一天，因该场的戏码全部演完，而天色尚早，一位观众站起来点戏，要求看韩世昌的《春香闹学》，此戏韩世昌从未演过，但一演之下，居然唱到掌灯也无人起堂。由是，韩世昌在荣庆社唱上了"大轴"，确立了主演的地位。

喜好昆曲的观众中有"北大韩党六君子""韩党四大金刚"之说，指的是追捧、扶持、宣传韩世昌最热心的几个人，有学生，也有寄身报界的文人、画家与官商。如"梅党"一般，他们组织"青社"，出版《君青》花谱十余期。"君青"是韩世昌的别号，乃北大教授吴梅、黄侃所赠，正所谓"君山一发青"。因吴梅曾授韩世昌昆曲，又被戏称为"曲学"附"世"。当时常以疾病形容戏迷，如同今天的"粉丝"，如谭鑫培的戏迷叫"痰迷"、梅兰芳的戏迷叫"梅毒"、刘喜奎的戏迷叫"流行病"，而韩世昌的戏迷呢，自然就叫"伤寒病"了。

载《大公报》2012年11月5日

韩世昌演《游园惊梦》

自韩世昌在北京走红后,经"北大韩党六君子"中的顾君义联系,吴梅也来看韩世昌演的《琴挑》,颇为赏识,于是韩世昌便拜吴梅为师。1918年夏,在大栅栏杏花村饭馆举行拜师礼,请了两桌客,除了昆弋班伶人外,还有赵子敬等曲家。

拜师宴上,吴梅非常高兴,原本他就嗜酒,每天必喝一斤黄酒,那天他豪饮五六斤黄酒,还当场作了一首曲子,将宴会上的客人的名字都嵌进去,并立即打谱歌唱。

几年间,吴梅教了韩世昌《拷红》《寄扇》《吴刚修月》,以及《牡丹亭》中的一些戏。据韩世昌回忆,学戏非常苦,因为韩世昌白天要演戏,学戏只能在晚上,每晚七八点从住处走去吴家,十一二点学完再走回家,至家已是半夜一二点了,往返三十多里,为省钱不坐洋车,全凭双脚。有一次回家路上,已是夜深,骤遇暴雨,走在路上连避雨的地方都没有,只得蹲在墙边边淋雨边哭……

彼时,赵子敬在京中教曲,也在北京大学音乐研究会任昆曲导师,经吴梅介绍,韩世昌也向赵子敬学曲,学了《折柳阳关》《扫花三醉》《跪池》《三怕》《痴梦》等戏。为了学戏,韩世昌和赵子敬都从各自的住处搬到打磨厂德泰皮店住,韩世昌因此也免除了远途之苦。

1918年12月下旬,韩世昌首演《游园惊梦》,盛况空前,《游园惊梦》为《牡丹亭》中最著名、亦是最常演之一折,但在彼时之北京,已是多年未演。这一年梅兰芳、韩世昌、袁寒云等人相继学演,从而使《游园惊梦》一折又流行起来。

当日赶来观剧的张镠子记曰:"韩伶扮杜丽娘,行头甚鲜艳,唱工做派,日见进步,游园时之身段,尤柔曼婉妙,歌衫舞扇,掩映动目,同座陈君,亦精昆曲,极致赞美……季鸾谓此乃天乐园中最漂亮之一出戏,洵然。"

不过,在唱《游园惊梦》时,韩世昌还有一桩为难之事:因这出戏,他向吴梅、赵子敬都学过,唱到"没揣菱花偷人半面,迤逗的彩云偏。我步香闺怎便把全身现"时,吴梅教他唱"迤"为"移"音,赵子敬教他唱"迤"为"拖"音。所以韩世昌只好在吴梅面前唱"移",在赵子敬面前唱"拖"。因之后来就出现了一则逸闻,就是韩世昌在演唱《游园惊梦》时,吴梅和赵子敬都来观剧,此时韩世昌是该唱"移"还是"拖"呢?

这则逸闻说:韩世昌选择了唱"拖"。吴梅大怒曰"孺子不可教也",从此不再给韩世昌教曲。

但终究这也只是逸闻罢了。由于韩世昌得到著名曲家吴梅与赵子敬的教曲与订正,摆脱了"怯昆腔"之讥,声名大振,超过了当时昆弋班中他最强劲的对手白玉田,成为"昆曲大王"。

载《大公报》2012年11月1日

民初的一场昆弋义务戏

河北乡间的昆弋班同和班、荣庆社初入北京时,因北京已多年没有昆曲班社演出,故一时颇受欢迎,观众除高阳布商外,以北京大学师生为多,尤其是侯仲纯、刘步堂、顾君义、王小隐、张聚增、李存辅,号称"北大韩党六君子",专捧韩世昌,如介绍韩世昌拜吴梅为师,编印《君青》专刊,为韩世昌打理生活及学艺之事。韩世昌日后成为"昆曲大王",即是从此时始。

蔡元培也时常去天乐园观昆曲,特别欣赏韩世昌的《思凡》。一日,正在楼上包厢看戏时,楼下顾君义等人大声喝彩,有人便对蔡元培说:"楼下掌声,皆高足所为。"蔡元培笑答:"宁捧昆,勿捧坤。"

从1918年6月18日《北京大学日刊》登载的一则启事,可知当时蔡元培等人支持昆曲之状况。这则启事的标题为《本校会计科代售留法俭学会学校义务夜戏票》。原来,这是留法俭学会学校为了筹集经费,在江西会馆举办昆弋义务夜戏。可谓是"要留法,先看戏"。

启事所附的"戏目"有:侯益太、王树云《琴挑》,张文生、张小发、马凤彩《双龙会》,陶显庭、陈荣会、胡庆合《冥勘》,侯益隆、侯瑞春《莲花山》,姚玉芙《思凡》,韩世昌、陈荣会、马凤明《春香闹学》,王益友、马凤彩《快活林》,陈德霖、钱金福《刺虎》,郝振基、郭凤鸣、韩子云《安天会》,姜妙香、梅兰芳、程继先、李敬山、李寿峰《奇双会》,白云亭、韩世昌、侯益隆、侯益太、马凤明、朱玉鳌《千金记》。《千金记》注有"初次演出""拿手好戏","戏目"后附注"梅兰芳如演《春香闹学》,韩世昌则演《佳期拷红》"。

从这份戏单来看,此次演出的伶人为河北昆弋班和京中皮黄班名角,前者多为醇王府恩荣班、恩庆班的艺人及其学生,如陈荣会、胡庆合、侯益太、侯益隆、陶显庭等。后者多为宫廷流入皮黄班之昆曲名角及其学生,如陈德霖、钱金福、梅兰芳等。他们既是明清两代作为宫廷艺术的昆曲之遗存,也是民国以来流转于京津冀地区的北方昆曲之先声。值得一提的是,韩世昌拟演的《佳期拷红》为吴梅所教的第一出戏。

此次演出的发起人中,有蔡元培与齐宗康。齐宗康即后来著名的戏剧家齐如山,齐也是河北高阳人,彼时他正帮助梅兰芳编写《天女散花》等新戏,开始他的戏曲研究生涯。

启事中的"本校"即北京大学,之所以这则启事会持续登载于《北京大学日刊》,大概是因为蔡元培及北大师生热心提倡昆曲的缘故吧。

载《大公报》2012年9月22日

中途陨落的昆旦白玉田

在韩世昌于北京走红后,另一位昆旦白玉田也来到北京,比韩世昌扮相更靓、嗓子更好,与韩世昌并称"一时瑜亮"。

白玉田出身昆弋世家,祖父白老合、伯父白永宽都曾在醇王府唱戏,后又回乡组班演唱。父亲白建桥工花旦、小生,擅演《思凡》《水漫》等剧,有"京南花旦第一人"之称。据说他的《思凡》下场"碎步如飞",身段火爆利落。与韩世昌合演《琴挑》,也是佳配。白玉田因皮肤白皙、眉清目秀、扮相水灵,被观众称作"白大姑娘"。在乡间演戏时,常有痴迷观众跟随戏班,一村一村地看他的戏。有谚曰:"看了白玉田,吃饭也香甜。"

荣庆社入北京站住脚跟,韩世昌成为名伶。接着,宝山合班听闻此事,也到北京演戏。两班争胜,自是精彩纷呈。宝山合班有白玉田、白建桥、侯玉山诸伶,也颇受欢迎。但是半年后,白玉田等人转入荣庆社,宝山合班元气大伤,退回乡间,荣庆社却因集聚了众多好角,实力大增。后来,白玉田与韩世昌挂双头牌,两人合作《藏舟》《刺梁》等戏,但也常有争压轴、大轴之事。

1919年,白玉田与郝振基一起到上海演出,郝振基演《安天会》,挂头牌。白玉田演《春香闹学》《水漫》诸剧,挂二牌,与周信芳等皮黄名角皆有交往。彼时白玉田的堂弟白云生中学毕业,给白玉田当跟包,见白玉田拿八百大洋,而自己仅拿二圆大洋,心生羡慕,返京后也开始学戏,后亦成为昆弋名伶。

河北束鹿县商会会长王祥斋到北京看到荣庆社的"盛况",尤其是看过白玉田的戏后,也想组班,成为一名"昆曲研究家"。于是邀请白玉田挑班,购买戏箱,于1920年组建昆弋祥庆社。但白玉田染上抽大烟的嗜好,演起戏来无精打采,渐渐不上座。王祥斋一气之下,解散了祥庆社。白玉田遂又参加荣庆社,依旧挂头牌,但形势已是不如往昔。有一次,荣庆社到保定演出,因上座不佳,准备邀请韩世昌来与白玉田合演《春香闹学》,以两位著名昆旦合作为看点。但韩世昌在途中被保定的曹锟戏班仗势截走,与荣庆社唱起对台戏。据侯玉山回忆,荣庆社贴出韩世昌白玉田合演《春香闹学》的海报,曹锟戏班也贴出韩世昌演《春香闹学》的海报,双方均是戏票一卖而光。由于曹锟的权势,韩世昌只能在曹锟戏班先演。面临这一紧急局面,白玉田振作精神,冒出劲儿演,引得退票的观众纷纷又购票观看。这也算是白玉田"最后的辉煌"了。之后,白玉田的嗜好越来越深,由大烟到白面儿到吗啡,终于再演不了戏。1938年,白玉田流落街头,同伴们凑钱让他回家,他走到天津杨柳青时,便一头栽倒,死于路边草堆。

载《大公报》2012年10月3日

"思凡""双思凡""反思凡"与"丑思凡"

在昆曲舞台上,《思凡》是一出雅俗共赏的折子戏,它叙述了一名小尼姑赵色空,居住在仙桃(谐音"逃")庵里,趁师父不在,思凡私自逃走的故事。此出戏旦角身段繁重,独自在舞台上载歌载舞三四十分钟,被称作"一场干"。因此戏谚有"男怕《夜奔》,女怕《思凡》"和"净怕《嫁妹》,旦怕《思凡》"之说。《思凡》之后又有《下山》,述一位小和尚从碧桃寺私逃下山,二人相遇,唱到"有心人对有心人""我和你做夫妻,同偕到老"。

在新文化运动时,虽然昆曲、皮黄等"旧剧"被新文人批评,但《思凡》却例外,被蔡元培、胡适等人赞扬,当作反映个性解放、破除宗教迷信的样本。

《思凡》是昆曲大王韩世昌的拿手剧目之一。在他演出时,曾经采用过一种形式,就是在小尼姑"数罗汉"时,上真人扮演罗汉,如此一来,舞台上就出现各种姿态各异的罗汉,显得热闹了。但是演过一段时间后,发现效果并不比不上罗汉好。小尼姑通过唱词和身段来描摹罗汉,反而更具美感。

还有一种"双思凡",也就是上两个小尼姑,都是边唱边做,身段一正一反,互相对称。而且,也上真人扮演十八罗汉。据张正芳回忆,此剧是1941年朱传茗在上海戏剧学校任教时根据《思凡》改编,已是绝迹舞台大半个世纪。2004年,张正芳指导北方昆曲剧院青年演员,又由周万江设计罗汉群像,恢复上演此戏。

张充和的《曲人曲事》里,写到一种"反思凡",是苏州的一位教育家兼佛教徒改编的,顾名思义,就是要维护佛教了。曲词有所删改,譬如"一心不愿成佛,不念弥陀般若波罗",改成"一心定要成佛,要念弥陀般若波罗"。

昆弋班演出时,偶尔会演一出"丑思凡",也即还是演《思凡》,但是旦角的扮相、演法却各不相同。大约在1924年时,马祥麟见过白建桥在祥庆社演《丑思凡》,扮相是梳水头,抹一脸白粉,画几个麻子和一个疤瘌眼,其他都和平时演的《思凡》无异,但是在唱到"奴把袈裟扯破"时,把头面揿掉,露出光头,引得观众哄笑。马祥麟还回忆白建桥在荣庆社时,也在河北乡间演过《丑思凡》,扮相变化不大,只是戴僧帽,演时动作较夸张而已。王鹏云也回忆曾在天津看到田瑞庭演《丑思凡》,扮相和《风筝误》里的"丑小姐"相似。

由此可见,《丑思凡》是《思凡》一剧的一个变体,是在乡间昆弋班中流传的一出顽笑戏,并无定规。张古愚曾写过关于此戏的剧评,但他把这出戏当作白建桥对《思凡》的改造。因为《思凡》一剧中,小尼姑有"正青春被师父削去头发""把袈裟扯破"等剧词,但在演出时一般都是作小道姑的打扮。张古愚认为白建桥演《丑思凡》时，将《思凡》里的小尼姑改成光头、穿袈裟，是对以往演《思凡》时扮相错误的改正，但因为未获台下看戏的吴梅、赵子敬的认可，就没能被接受。因此篇剧评，朱復访问了侯玉山、马祥麟、吴祥珍"北昆三老"，证明了张古愚对"丑思凡"的回忆为误记或虚构，吴梅、赵子敬并未看过《丑思凡》。此次访问展现了以上所述昆曲舞台上《丑思凡》演出的吉光片羽。

《思凡》一剧，多标作出自《孽海记》，但其实并无此传奇。如今可见的较早出处是在目连戏中，"罗卜行路"时的一个过场。因《思凡》《下山》颇受欢迎，常有人问道："小尼姑、小和尚下山后，结局如何呢？是否结婚生子？"便有读过《目连救母》人答曰："后来目连僧在地狱里看到了他们！"怅然。

载《大公报》2012 年 10 月 4 日，题为《思凡与丑思凡》

顾传玠弃伶学农

昆剧传字辈里,首屈一指的名伶,当属顾传玠。而身世与经历,譬如弃伶学农,譬如与合肥四姐妹之大姐张元和的婚恋,都堪作传奇。

昆剧传习所学员初出科之际,顾传玠、朱传茗率先走红,胡山源在《仙霓社之前后》一文里忆曰:"传玠、传茗,正当妙年,或濯濯如春柳,或灿灿如奇葩,清歌妙舞,一回视听,令人作十日思。"因顾传玠在进入昆剧传习所学艺前,曾上过私塾,有一定文化基础,习艺则善于揣摩,于小生行当非常全面,而且颇能摹拟情态。

1926年2月28日,传习所学员在上海徐园演出《明末遗恨》(即《铁冠图》),顾传玠饰演《撞钟分宫》之崇祯帝,崇祯帝为大官生之典型角色,慷慨激越,唱做繁重,顾传玠唱至"恨只恨三百载皇图一旦抛"时,口吐鲜血,可见入戏极深。《撞钟分宫》一出,曾绝迹舞台数十年,前几年由传字辈之弟子蔡正仁恢复演出,大略能见其情景与风采。又,顾传玠有微微皱眉之小弊,却成全了他擅演凄苦奇情之戏之美誉,如《八阳》《见娘》诸出,皆为拿手好戏。

在新乐府时期,一则是因为接办人大东烟草公司总经理严惠宇实行名角制,给予顾传玠、朱传茗特殊待遇,引起班中师兄弟不满,要求独立;一则是经营不善,虽然新乐府很受欢迎,仍然亏损严重。因此,经过谈判,严惠宇收回行头,传习所师兄弟返回苏州,自行筹办行头,谋划建立新班。当时,顾传玠面临三条出路:一是继续留在班中;一是加入梅剧团(顾传玠曾于1930年11月与梅兰芳合作《贩马记》,很受好评,梅剧团亦抛出橄榄枝);一是放弃伶业,转学实业。顾传玠思之再三,最终选择继续读书求学。

在严惠宇的资助下,顾传玠就读于东吴中学、光华大学附中,后在金陵大学农科学习,并易名为顾志成,寓"有志者事竟成"之意,成为彼时昆曲伶人里唯一的大学生。顾氏之转向,或因昆曲虽为存亡继绝之风雅之艺术,但身为昆曲伶人,却是为常人所贱视。

1938年,上海举行筹募难民救济捐款游艺大会,顾传玠适时因九一八事变亦避于上海,故担任昆曲演出之筹备与演出,与朱传茗、张传芳合演全本《狮吼记》《贩马记》。在记者访问时,顾传玠展示自己从事农业的成果——手臂上的肌肉,并吐露心曲,称"如果我早生五十年,也许我将以度曲终身。在个人兴趣上,昆曲始终是我的嗜好,并且我也自信,演戏会比从事其他职业来得胜任愉快。但,我的世界观却不允许我把个人嗜好永远当作职业。为了要做一个平凡的现代的国民,我不能不跳出那狭隘的笼子,因为到了今日,昆曲事实上已无法再在戏剧界占其一角之地位了。我们这次发起在兰心大戏院串演昆剧,除了想替难胞募一些捐款外,绝无挽回昆曲的颓势的企图"。记者对比顾之舞台上张生形象与墙壁照片上在农场劳作之影像,感慨万千。顾传玠此言一出，即引起轩然大波，他的"昆剧演出筹备人"的名义和大会发起人的名义被取消，甚至节目单上，有着他的名字的一页也被撕去。报刊上也有人写揭露他的桃色新闻的文章……

次年，顾传玠与张元和结婚，张元和是著名的合肥四姐妹之大姐，爱好昆曲，曾和妹妹张允和、张充和一起串演《游园惊梦》。据张元和说，在新乐府时期，张元和姐妹曾给顾传玠写信，邀请顾演出《拾画叫画》，顾果依约演出。后顾传玠又演出《吟诗脱靴》，风流俊雅，一下子打动了张元和的心。《申报》新闻报道"昆曲界的珍闻"，以曲牌名串其事："知顾张好事已近，定于本月二十一日，假四马路大西洋菜社结婚，同庆'闺房乐'，'懒画眉'欣'傍妆台'，'龙凤呈祥'，'佳期'待产'玉麒麟'。"其友姜可生撰文赞道："志成以仙霓名艺员，发愤读书，今后得元和贤内助，其所造诣宁有涯涘，不惟成室之可贺也。"

不过，顾传玠的农学、经商等实业工作虽有成绩，报端亦载有其资助族人之新闻，后由严惠宇推荐，担任大东烟草公司副经理。但最终还是并无大成，晚年在台湾经商也不算如意，于1965年离世。

1985年是顾传玠逝世二十周年，为纪念顾传玠、朱传茗、张传芳等十位1950年后去世的昆剧传字辈艺人，北京昆曲研习社与全国政协文化组联合举办了三场演出，11月17日是第二场，大轴为汪世瑜所演《拾画叫画》。据朱复在《传习所师生与北京曲界》所述，此场演出为汪世瑜在北京的最后一场演出，汪氏演得非常卖力，满宫满调，举座称佳。张元和在美国得睹录像，评曰"尤其是汪世瑜的《拾叫》出色，这两折纪念志成的戏太棒了"。

载《昆曲的声与色》，中信出版社 2017 年

徐朔方、胡兰成与昆曲

2010年夏,我偶然翻阅台湾中央大学戏曲研究室主办的《戏曲研究通讯》第五期(2008年出版),意外发现居然刊有徐朔方先生的一篇遗文,名曰《回忆张爱玲的第一个丈夫》,即徐朔方回忆胡兰成之事。徐与胡之缘分,胡兰成《今生今世》中述之较详,且胡由徐联想至张爱玲,又有对徐朔方唱昆曲极其细腻之描写:

步奎常到他家唱昆曲,徐玄长吹笛,他唱贴旦。去时多是晚上,我也在一淘听听。昆曲我以前在南京官场听过看过,毫无心得,这回对了字句听唱,才晓得它的好,竟是千金难买。

我听步奎唱《游园》,才唱得第一句"袅晴丝",即刻像背脊上泼了冷水的一惊,只觉得它怎么可以是这样的,竟是感到不安,而且要难为情,可比看张爱玲的人与她的行事,这样的柔艳之极,却生疏不惯,不近情理。

步奎即著名戏曲学者徐朔方的字,彼时正从浙江大学毕业,至温州中学教书,与化名张嘉仪逃亡的胡兰成有数月同事之谊。徐胡往事,坊间早有流传,我读到此文后,当即扫描并寄给多年来孜孜传播胡兰成文章的杜至伟先生,并由其整理发布于网间。

但在这个故事里,我更关心的并非胡兰成初识徐朔方之心境,而是徐朔方唱昆曲。因徐朔方的"人生功业"正在研究汤显祖与《牡丹亭》上,而昆曲中最广为人知的剧目便是《牡丹亭》了。又是一个恰巧,我翻阅手头上一本《昆曲演艺家、曲家及学者访问录》,为洪惟助教授主编。洪教授曾与助手于1992年至1994年遍游大陆,访问100余人,编成此集。今日集中人大多驾鹤西归矣。徐朔方在访问中述及"唱昆曲":

> 我高中时,有一位音乐女教师是苏州人,她教我们唱昆曲,我也就学会唱昆曲……我一直唱到大学毕业,教书的头几年,现在不唱了;因为唱曲非常费时间,还要有几位会唱的朋友聚在一起才好。
>
> 我最早学唱昆曲就是唱《牡丹亭》的《游园》,唱了《游园》这一折,就会想找原著来看,看看《牡丹亭》其他折是如何。看了书以后,又想去了解作者,也就这样不自觉地开始了研究。

民国初年,因教材的更易,一时间并无合适的音乐教材,因此多地都有音乐课教昆曲之说,譬如河北高阳,全县曾以昆曲为音乐课,又如老舍在北平任音乐课教师时，也有教昆曲之佳闻。然徐朔方却并非如此，其幼年即观家乡昆班之演戏，及至读省立联合师范学校，音乐教师顾西林女士能唱昆曲，因而习之、唱之（见徐宏图所撰《徐朔方情系昆曲》），并成为其后人生"天地之始"。胡兰成与徐朔方之遇正是"教书的头几年"。

所谓无巧不成书，我再次见到描述徐朔方唱昆曲，则是在张充和口述、孙康宜撰写的《曲人鸿爪》中，孙教授叙述徐朔方于1983至1984年间，于普林斯顿大学客座，并在她的引领下访问张充和的情景：

> 一听说徐朔方教授是研究汤显祖的专家，充和立刻感到亲切，所以刚见面，两人就很自然地哼起了《牡丹亭》的《游园惊梦》。

写至此，关于"胡兰成听徐朔方唱昆曲"似乎便可完结。后来，徐朔方读到《今生今世》，知当年之张嘉仪即胡兰成时，胡已逝去。而此文得以发表，为天下人所见时，徐亦已去世。自兵荒马乱之世晤首数月，此后是"人生不相见，动如参与商"也。岂不哀哉！

徐朔方好写新诗，曾由废名推荐数诗于朱光潜主编的《文学》杂志发表，毕业论文亦是英文写的《诗的主观和客观》。《今生今世》里，胡兰成写道"步奎的好语""把绿色还给草地，嫩黄还给鸡雏"，当是徐朔方的某首诗吧，但细览《徐朔方集》，却寻不见此句，大约已散失了。此处权且摘一首徐朔方写于1947年温州的诗：

树下

邂逅在这样一棵树下，
一点也不必惊讶。
邀约你和我的，
都是这艳丽的晚霞。
即使是两个不相识的人，
此刻也不妨在树下谈几句话。

1947 年 9 月 19 日, 温州

当时徐胡二人共在温州中学教书，诗或不必为胡所发，但似可推及于胡。徐朔方很少发表新诗，不以新诗为志业，在新诗史上也并未留有声名，却是终生写诗，可视为新诗史上的"失踪者"。《徐朔方集》中最后一首为叙事诗剧《雷峰塔》，据徐朔方自述，此诗从 1947 年写到 1981 年，"文革"期间亦不辍，如同"造酒"。1947 年时，徐朔方写下了前三章，我捕捉到了这样的句子，乃是写白娘子与许仙的初遇：

一个小伙子青衣小帽，
可怜一点也没有修饰，
是他青春的光彩，
触发了白娘子的心事。

而胡兰成在《今生今世》中亦以白娘子与许仙取喻：

向步奎,我亦几次欲说又止。我问他:"白蛇娘娘就是说出自己的真身,亦有何不好,她却终究不对许仙说出,是怕不谅解?"步奎道:"当然谅解,但因两人的情好是这样的贵重,连万一亦不可以有。"我遂默然。

徐朔方于张充和书画册页中论《牡丹亭》中好句"沉鱼落雁鸟惊喧,羞花闭月花愁颤",并以批评此句之清人为"庄生所谓有蓬之心者",胡言徐"心思干净,聪明清新",徐写许仙"一点也没有修饰",都可谓为"无蓬"之境吧,故有此段因缘。可改元好问诗咏之:牡丹一曲遗音在,正是当年寂寞心。

载《大公报》2012年10月29日

丑角大师的百年

这是一个比"老舍之死"更要悲惨且谲诡的故事。1967年的一天早上,两位铁路工人经过东便门雷震口时,发现护城河内漂浮着一位老者。打捞上来,发现人已故去,但手上的劳力士表仍在走动。家属来了,确认了老者的身份,却发现脑后有一个洞。过了几天,有一个小学生在陶然亭公园玩耍时,在假山里找到死者生前所用的眼镜、钢笔、日记本和公债券,以及尚未吃完的干油饼……家属无处也不敢去查询老者的死因(自杀抑或他杀?),只能使这一切成为一个伤痛的谜。

这位老者便是名伶叶盛章,系富连成社创始人之一叶春善的第三子,也是梨园中唯一以丑角挑班唱头牌、其后亦可称开宗立派的艺人。翁偶虹在《霜叶红于二月花》一文中谓叶盛章、叶盛兰兄弟为"叶氏双绝",因一为武丑,一演小生,但均技艺高妙,如"红于二月花"之

"霜叶",又皆开枝发叶,蔚为大观。

在翁文中,述及叶盛章对"即心即境"之境界的领悟,颇有兴味。原来,叶氏初上台演戏时,劲头十足,一心想要哄堂彩声。于是王长林一反常规,教他第一出便是自己最拿手的《时迁偷鸡》。等演完此戏后,第三天叶盛章才来见师傅,张开口一看,满嘴火泡。原来,此戏中时迁有一特技,即以吃火来象征吃鸡,而且是三次吃火,伴有科诨说白动作。尤其是第三次吃火,吃后还要咀嚼,并张嘴展示嘴中的火焰。叶氏演时因要好心切、气息不匀,虽完成此吃火绝技,但也吃得满嘴起泡。王长林遂以老北京小吃"爆炒冰核儿"(大约和油炸冰激凌相似)为例,教导叶氏"内冷外热"、掌握火候之艺理,并云"水火既济,外动内静,即心即境,外热内凉"。由此教训,叶氏自然铭刻在心,时时体悟。

关于叶氏的艺术与逸话,以《三岔口》为多。《三岔口》原是一出甚冷的开场小戏,但经叶氏的改造,成为广受欢迎的名戏。然今日常见之《三岔口》又非当日之《三岔口》,因原来的《三岔口》中的刘利华谐音为"琉璃滑",意为像琉璃一样滑不唧溜,是奸诈的坏人,勾歪脸,开黑店。但在后来的《三岔口》中,刘利华不勾脸,成了义士。而且因为删除了刘利华和任堂惠的戏剧性冲突,此剧除了哑剧般的逗乐外,就不那么好玩了(吴小如评"真是岂有此理")。这也是戏曲在中华人民共和国成立后被改造的实例之一,今犹遗有叶氏在《三岔口》中"勾脸照"与"素脸照"为证。

民国时期的皮黄班中,犹留有京朝派昆曲之流脉,叶盛章在富连成坐科时,曾在清宫中演戏的昆曲名宿曹心泉即于此授艺,而且叶氏还向郭春善学了很多昆丑戏。翻看叶氏手书的擅长剧目,即有叶氏的"十打五毒","五毒"戏里如《盗甲》《下山》《问探》《羊肚》皆为昆腔,"小五毒"戏里如《活捉》《教歌》《访鼠》亦是昆腔,还有如《借茶》《扫秦》《拾金》《醉皂》《借靴》《狗洞》《秋江》……所以叶氏堪作"文武昆乱不挡"也。而且,即便是现今能列入"大熊猫"行列的昆丑,恐怕也无叶氏这般全面吧。

叶盛章生于1912年,这位曾闻名一时的丑角大师,年仅五十五岁便含冤离世。或许这也只是非常时期的中国里普通一人之遭遇。

载《也有空花来幻梦》,台湾秀威2013年

当代昆曲人物志

岳子散记

犹记往岁张洵澎老师至国戏授戏，内子携我去拜访，谈到《寻梦半世纪》，随即问了一个傻乎乎又很好玩的问题："昆大班毕业的老师们为什么名字都很好听啊？岳美缇、张洵澎、华文漪……"这确乎是我心头上的一个疑问，因为在那个工农兵的年代，在苏青都要穿上列宁装的时代，能拥有这般绚烂的名字，背后肯定会有一些非同寻常的故事。

在问到这个问题时，我想到的是岳美缇老师。在之前的七、八月间，内子携我回上海老家过暑假，每周都幸福地坐上叮叮当当的地铁（我想象成三十年代的电车）到绍兴路上的上昆小剧场看戏，有时还带上岳母大人，看打斗热闹的《请神降妖》，看滑稽老戏《刘二借靴》，还看《夜巡》的汴九州不小心掉了软罗帽、《十五贯》的熊友兰或是熊友慧晃啊晃啊晃出一头黄头发……哈哈！当然，最幸运的是沾了上昆要去香港、台湾演出的光,连连看了岳美缇老师的两场戏和一场与张洵澎老师共讲《牡丹亭》的讲座。那么,谨以这些零散的文字来纪念这些机缘和回味那些会心的日子。

初识岳美缇老师,是她的自传《我 —— 一个孤独的女小生》(后来我推荐这本书给朋友看,他们往往念成"我 —— 一个孤独的小女生")。岳老师生动又清驯的文字让我着实吃了一惊 —— 对于戏曲演员,亲手为文已属异数,更何况是长篇自传,而且写得又是这般翔实好读 —— 我曾猜想可能是粉丝或学生帮其整理,后来有朋友告知,岳老师坚持写日记,有好多好多本呢!我才信服了这本自传和它的作者兼传主。

读了自传没几日,便在上昆小剧场看了岳老师演的《牧羊记·望乡》,这是当天的大轴戏,说的是苏武出使匈奴被扣,李陵被派去劝降,两人一同拜望家乡,最后在苏武的责备下,李陵羞惭而走。这场戏不仅唱做兼有,而且唱词悲怆,伤心处让人感喟不已。岳老师饰演的是无奈投敌的李陵,雉尾生兼小官生应工,年轻潇洒、中年意气、又满腹伤惭。如今我很难描述所见戏中之细节,但是从暗暗夸奖缪斌的苏武(苏武先上场,念叨起李陵)到岳老师的李陵出场时的眼前一亮、再到脑袋中还残存的似乎激越似乎悲愤的李陵(实则是岳老师)的影像,却是印象深刻且常想常新。噢,从此 ——《苏武牧羊》故事中的李陵便是如此这般了。

又过了几日,天瞻舞台贴出《占花魁》的戏码 —— 这是岳老师的名戏。这出戏来自《卖油郎独占花魁》(小时候读《三言两拍》就记得"卖油郎独占花魁,乔太守乱点鸳鸯"),故事流传甚广,亦是往日戏班常演之戏,且角色要求甚高,因为卖油郎秦钟没有明确的行当,既非巾生,亦非鞋皮生(穷生),而在巾生和鞋皮生之间,这就需要演员能把握角色的分寸和火候。那日,在和"黄牛"纠缠良久之后,匆忙入场,得睹全剧。只见得岳老师饰演的卖油郎时而卑屈、时而惊喜、时而希冀……表情万端,恰能得这一角色的好处,因而也颇热闹好看。不过,内子与我皆认为,《占花魁》虽则是名戏,但仍不过是"通俗故事",反不如《牧羊记·望乡》之能动人、更能表现岳老师的艺术也。

然后日子过得紧锣密鼓,几日后又是岳老师和张洵澎老师在东方艺术中心做《牡丹亭》的讲座。此番才见着了卸装后的岳老师的真貌——"端庄、慈祥、和蔼可亲"之类的字眼用在岳老师身上恰如其分!岳老师谈起戏校学戏的情形,说是 1956 年上京,临时演《游园惊梦》,结果去的都是女生,独缺一个柳梦梅。于是让她反串小生,结果回上海后,就让她改女小生,她不愿意,俞振飞校长还亲自写信来说服她(后来我看到当时的照片,个子高高的言慧珠和八位戏校美女学生站在一起,岳老师抄手斜站,一派男儿豪爽之风)。谈起学柳梦梅的逸事,那时俞校长说,柳梦梅出场后,往后倒退三步,便注定会碰上一个软软的香肩——而成就一个凄美感人的故事。

讲座之后,我向内子发表意见,这段话翻译成文言就是:"汝信'人生如戏戏如人生'乎?张洵澎者,扮杜丽娘也,吾见其甫一落座,千妖百媚横生焉。岳美缇者,扮柳梦梅也,其神专注,目不斜视,非小生又何为耶?"其实,我想描述的是,一看照片上的岳老师——眼睛直勾勾地看着你——便是个小生啊。后来,因出版社想重新出版岳老师的自传之事,我因缘与岳老师有了少许电话联系。这才知道岳老师的膝盖不好,又有严重的脊椎病,在档期之间还常去医院动手术,此时回想起舞台上的李陵、卖油郎,不禁平添了几分叹息之感。

从那段幸福看戏的时光到今日坐在电脑前追怀,已是快一年了。我找出当日的戏单、拍的照片和小视频,一张张、一段段地想念,那些很美的人、很美的事、很美的时光,使得此刻的我不再空寂寞于此刻(蓦乱里,忽想起写《宝剑记》的李开先所言"坐消岁月,暗老英雄"之句,便觉意气全消)。又,行文至结尾,想起文题应如何称呼岳美缇老师,称之"老师"则太疏,称之"美缇"又太近,皆非我愿。突然想到,不妨称为"岳子",既是身为美女子,演的又是好男子,昔日有孔子、程子、西子,我亦不妨借其意,用"岳子散记"之题来遥致艳羡尊敬之美意罢。

2006 年 5 月 13 日下午

幽兰犹是幽梦来
——记丛兆桓先生

记得最早见到丛兆桓先生,是在北大的"昆曲剧场"。大约是2006年,北昆要在北大讲堂演一百折戏,每次演出,开场前有导读,结束后有交流。主持人往往会请上一位"帅帅的"老头,称之为"老帅哥",如果当天正好在演《林冲夜奔》,介绍时就会加一句,"丛先生当年就是资本家少爷,解放前夕投奔革命,如林冲夜奔一般",诸如此类,都是常抖的"包袱"。

那时总见丛兆桓先生在台上笑着,尤其是忆及其师辈北方昆弋艺人的穷愁潦倒生活时,讲到二十世纪三十年代,昆弋班演出,观众稀少,台边挂的对联是"不惜歌者苦,但伤知音稀"(我在彼时看戏者如卞之琳的文章里也见过此联)。一说起"知音",丛先生就更是笑吟吟看着观众,仿佛台下满满的皆是知音,或者要浪里淘金般找出几个铁杆知音出来。

之后,我出于专业兴趣,访问丛先生的《李慧娘》往事。因《李慧娘》是当代中国文化史上的重要一笔,向来文学史提及此事,都只说剧作者孟超,较少有人关心演员们的命运。丛先生正是剧中书生裴舜卿的扮演者。在这部戏里,裴舜卿被关进相府,为李慧娘的鬼魂所救。而生活中的丛先生,此后亦有牢狱之灾。此正可谓是命运的戏剧性。

在2011年写就并出版的《丛兆桓评传》里,我曾以两个关键词评丛先生的。其一是"昆曲",昆曲是丛先生的主要志业,从少年时看暑假回家的姐姐表演昆曲(两位姐姐在北大读书时向韩世昌、王益友等学习昆曲);到参加革命工作却被派去学昆曲,成为北方昆曲剧院初期的"五大头牌"之一,与李淑君并起成为年轻演员里的主演,武生、老生、小生、丑角诸多行当样样来;再到八十年代转向昆剧导演,将古典名著一部部搬上舞台;再到担任北昆和昆剧研究会的领导和组织工作,可说是八九十年代诸多昆曲活动的操盘手和亲历者。

谈及导演,说起来,丛先生导演过数十部地方戏,又大多是有戏便导,哪怕是穷乡僻壤,或无钱请导演……虽然各种各样的地方戏,蔚为大观,但看来看去,发现丛先生导的还是昆曲。因不论是他的理想,或是他的习惯,总是将地方戏当作昆曲来排(也可称作将地方戏雅化)。这也正可说明丛先生的志业的的确确是且只是昆曲了。

因此,在昆曲这个"翻滚"了大半辈子(亦是大半世纪)的领域里,丛先生算得上是一以贯之。如今昆曲界的"大熊猫"(戏迷对老一辈著名昆剧艺术家的谑称)也大多如此,而且基本上都是丛先生的晚辈了。只是丛先生因八十年代以后,转向导演和理论,作为彼时名演员的身份也就渐隐了。但丛先生又常说,某某戏谁会,被问者往往瞠目。然后丛先生笑道：我会。

另一个关键词是"全面"。从擅演多个行当的演员，到创排诸多新编大戏的导演，再到昆剧事业的管理者和推动者，还喜思考昆曲理论问题，喜欢写昆曲文章，还是"转基因昆曲"的命名者之一……在昆曲界里，有这些经历和兴趣的，应属少数。我曾在文章里形容丛先生颇似昆弋时期的白云生，因白云生有文化，也喜与文人交往，民国时期便常在报刊撰文介绍昆曲，亦是民国北平活跃的文艺名流。

还值得一说的是，在相当长的时间里，丛先生是昆曲界的演员圈与学术圈之间的桥梁。这不仅是他以张庚、郭汉城等戏曲理论家为师，观念受他们影响，并以之反过来影响昆剧的创作与生产。记得在看昆剧录像时，忽然看到有一个元杂剧的串折，计有《刀会》《借扇》《五台会兄》等，一问，原来是为某次戏曲学术研讨会特别订制排演的。再说《宦门子弟错立身》一剧，为丛先生排演于新世纪初，获奖甚多。一则是彼时排演《永乐大典戏文三种》之潮流，永昆排《张协状元》，省昆排《小孙屠》，北昆排《宦门子弟错立身》；另一也是丛先生将古典名著立于舞台的努力（此意原为张庚所阐述，丛先生在八九十年代排《长生殿》《桃花扇》等皆有此因），但丛先生排《宦门子弟错立身》，排的却不是南戏，而是以南戏为参考，欲复原的是杂剧，而且在剧中设置了诸如"眼药酸"等戏曲史材料，即只有文献记载和一两幅图像，丛先生则在剧中将戏曲文物"复活"。

2015年，《丛兰剧谭》一书在台湾出版，这是丛兆桓先生所写剧评的合集。此书的内容简介为我代拟：

本书为丛兆桓先生的剧评、剧论、回忆及讲演之合集，分为"剧目篇""剧人篇""剧论篇""剧事篇"四辑,以昆曲为主,兼及大半个世纪以来中国大陆戏曲领域的人与事。丛兆桓先生曾先后从事昆曲表演、导演、编剧、理论、组织等工作,是当代昆曲发展的亲历者与见证人。因这一身份,此书之特点至少有二:其一为在半世纪以来昆曲的特殊历史境遇中思考,其二是从昆曲舞台实践出发的理论批评,这些特点使本书不同于学院式的阐释,而更具有现实性、针对性与启发性。

这些"评语"不仅是我对丛兆桓先生的文章的观感,更是我对丛兆桓先生其人其事其生活其志业的认知与感受。

丛先生喜言"兰",喜说"梦"。二十世纪八十年代给昆剧研究会办会刊,便命名为《兰》。兰是昆曲之象征,空谷幽兰,既是志向高洁之象征,亦是稀有珍贵之比喻。丛先生自己写文章也用兰,譬如有文章名《幽兰童话》,及《兰花梦》。我写评传时,也就因之戏作"终朝采兰"。丛先生的微信名片则是屈身藏于一片灿烂花丛(在丛中笑),或因追慕汤翁之"临川四梦",自号为"梦翁"。

载《中国文化报》2016年3月1日

艺兼京昆，六场通透
——记北昆名净周万江先生

多年前，写有一则札记，说的是"北昆名净周先生人物朴实，脚力雄健，曰六十年代去杭州，西湖十景全靠'11路电车'，甩开大步走遍。九十年代去香港，亦是步行环绕港岛一圈，犹不倦也"。

那时刚刚认识周先生，起因是2006年初到中国传媒大学教书时，一时兴起，办了个名为"昆曲之夜"的系列昆曲讲座，然后邀请昆曲名家来讲。因为没有课酬，彼时"昆曲热"初起，得到的反应都不太相同，有的是"只要把我运过去，再送回来即可"，如汪世瑜先生；有的是自己驾车来去，如侯少奎先生，晚上讲座结束后一小时，给他打电话，云还在回家的路上。也有一问没有报酬，直接给回掉的。接周万江先生时又有不同，在出租车里，周先生讲了一路的花脸，接着到了巴掌大的校园，又说了一下午的从艺。晚上谜底揭晓了，原来都是他讲课的内容。后来有一次，北昆在国家大剧院有系列昆曲艺讲座,周先生讲昆曲花脸,我们全家都去听,讲座内容很丰富,气氛不错,听众也很满意。散席时遇到规划系列讲座的王君,说起此事,"就这个讲座,老爷子找我彩排了六次"!

这里说的是认真与朴实。如今回首想来,周先生的言行举止,确乎带有浓厚的旧京梨园气息。譬如常常提起郝寿臣,必称"没有郝校长,就没有我的今天";说起学某戏,便来一句"老辈人说,小子诶,那是给你口袋里搁钱呢";见人便呼"好孩子"……凡此种种,活脱脱似是从民国戏界逸闻里走出来的人物的流风遗韵。

追溯起来,周先生出身梨园世家,父亲周文贵是老旦名家李多奎的琴师,对李派的唱腔其功非小。2014年天津京剧院举办纪念李多奎周文贵的演唱会,李家的后人、周家的后人齐聚,算是重叙这段旧缘。这也可以解释周先生的风格为何如此,因为他本身就生活于其间而不察觉焉。就我平素所见,京剧艺人多讲规矩和辈分,做事端"角儿"的架子。但周先生却全然不似,更多的还是昆曲艺人式的平易近人。

据周先生的自述,他从小的家庭作业就是抄工尺谱,很早就会唱全本《安天会》,等到1951年考戏校,一问会唱什么,《安天会》。考官也一惊,找来会长沈玉斌,一边吹笛,一边点唱《安天会》里的曲牌。结果自然高中,因为全场会唱昆曲应考的,就他一人,独一份。等到戏校毕业,恰好北方昆曲剧院成立不久,急需年轻演员,于是从京剧改到了昆曲。到了北方昆曲剧院后,因为花脸演员的缺乏(当时侯玉山年龄已较大),也因为侯永奎的"赏识",再加上自己的努力,他迅速地开始担当大戏的演出。

二十世纪六十年代初的《李慧娘》应该是周先生主演的影响最

大的戏了。此戏由李淑君饰演李慧娘，丛兆桓饰演裴舜卿，周万江饰演贾似道，其中李淑君、丛兆桓是北昆建院时期的青年主演，剧院的"五大头牌"之二，而周万江亦主演此戏，且六场戏里有四场都是他与李淑君的对手戏，戏份不可谓不重。《李慧娘》初出时，颇受称赞，有"南有《十五贯》，北有《李慧娘》"的说法，但随后因其特殊的历史命运，归于沉寂。直到新时期，《李慧娘》拍成电影，一时也流布国中，却是由胡芝风主演的京剧电影。

周先生在戏校时的老师是郝寿臣，是正宗的京朝派。到了北昆之后，又向侯玉山、陶小庭等习艺，算是又接上了北方昆曲一脉。记得有一张老照片，是中年时的周先生，合掌拜于侯玉山身边，这里摆的是《醉打山门》里鲁智深拜别方丈的造型。还曾观一部录像，正是庆祝侯玉山百岁的演出录像，百岁老人侯玉山亲自出场，扮上鲁智深（因此在视频里看到侧幕里有两个鲁智深），演了《醉打山门》的前一段【混江龙】，然后众人搀扶下场，再由周先生续演此剧，完成了这段佳话。还有细究戏词，《醉打山门》里有"丛林"的戏词，周先生便思忖是否应是"禅林"，就如贾岛"推"还是"敲"的沉迷一般，甚至真的推开（或敲开）庙门，去请教僧人了。此外，还有一则逸闻可喜，侯玉山对他说起《醉打山门》里鲁智深唱"全不想济颠僧他的酒肉可也全不怕"的不妥，因为鲁智深是北宋人，济颠僧是南宋人，戏里鲁智深唱济颠僧就变成了前人唱后人了。彼时《少林寺》正风靡全国，于是侯玉山得到启发，建议改为"少林僧"。戏词里朝代前后颠倒是常事，且不用去管，但这种如切如磋的认真劲头，还真是一种稀有的精神了，尤其是到如今。

京朝派，再加上北方昆曲的熏习，构成了周先生花脸艺术的传承路线，可用"艺兼京昆，六场通透"来形容。譬如《醉打山门》一戏，他既谙熟郝寿臣的表演，也了解侯玉山的演法，于是在自己的戏里，各取好处，融于一身。在庆祝侯玉山百岁的演出时，侯玉山让他画了个郝寿臣的鲁智深脸谱，因为——侯玉山说这个好。提起北昆濒临失传的老戏，周先生更是擅长不少，如《西游记·北饯》《宵光剑·功宴》《昊天塔·五台会兄》《棋盘会》等，皆是多年甚至数十年难以露演的精彩兼经典剧目，只是时下流行的皆是《牡丹亭》之类的热门戏，较少有人花力气去打捞"真正的传统"罢了。

对于保存昆曲资料，周先生也很是留意。每回讲座，如有录像，他必定拜托录像者给他留一份。记得有一回，在他家中，他从小柜拿出一包文稿，却是我以前给他整理的说戏文章。而且，重要的昆曲史料，就我所知，至少有两次：一次是在"文革"中，他在垃圾堆里忽然看到一些胶卷，对着光线一看，原来是《李慧娘》的剧照，于是冒着风险保存下来。后来关于《李慧娘》的现场剧照，很多都源自这些胶卷。还有一次，就是北昆老艺术家舞台艺术的小电影，这是一部较早的稀有的昆曲影像记录。1962 年，北京原丽影照相馆用 16 毫米摄影机给韩世昌、白云生、侯玉山、白玉珍等 8 位北昆老艺术家的 10 出戏的片段拍摄了彩色无声电影，这些影像是现今所见到的这些老艺术家（除侯玉山、马祥麟外）唯一的舞台艺术的电影记录。1966 年北昆解散后，电影拷贝就归了北京京剧团。等到 1979 年北昆恢复，周先生还惦记着此事，于是去资料室找。资料员说没有，但是周先生准确地从一大堆杂乱资料里寻出此物，又因损坏严重，仗着曾担任电影放映员的手艺，精心修补胶片，终于使之得以呈现于世人之面（于此，影片说明只描述为"奇迹般的"）。大约是在 2002 年，这盘电影拷贝，经过北昆剧院的"像配音"（由老艺术家的后人和弟子演唱,配上以前的无声电影）,正式出版。

在昆曲史上,昆曲的净角艺术不乏精彩描写,如张岱笔下的串客彭天锡,"千古之奸雄佞倖,经天锡之心肝而愈狠,借天锡之面目而愈刁,出天锡之口角而愈险"。又如侯方域所撰《马伶传》,潜身相府三年以求演活《鸣凤记》之严嵩的马伶,均是千古美谈。然而,近代以来,南方昆曲以"三小"（小生、小旦、小丑）见长,遂有昆曲无好花脸之说。但在北方昆曲里,花脸、武生一直是主要行当。而今受时代影响与流行趋势,也是日衰之势了。在此背景下,周万江先生秉承的京朝派与北昆之源流的净角艺术,应该得到传承与研究,从而使昆曲的传统重新恢复且丰富起来。

载《中国文化报》2016年8月23日

汪世瑜:巾生魁首　还魂圣手

在昆曲界,提到"巾生魁首",所指必是汪世瑜先生。就如同提起"昆曲皇后"即是张继青,"蔡明皇"即是蔡正仁,如同民国时期的"活林冲""活霸王"这些绰号。仅此寥寥数语,道尽艺人艺事的荣光。

"巾生魁首"得名久矣。半个世纪以来,汪先生一直是浙江昆剧团的当家小生。1941年,他出生于江苏太仓,1955年进入浙江国风苏昆剧团,这是当时中国仅存的半个昆曲剧团。1957年第一次上台扮戏,演的是风流书生,《玉簪记·琴挑》中的潘必正。到1962年,他主演《西园记》,一炮走红,演出360多场。据说周恩来总理观戏后有言"汪世瑜是一个好演员,要给他创造一个好条件"。自此,汪先生便从同辈演员中脱颖而出,成为明星般耀眼的昆曲小生。

汪先生师承周传瑛。在昆剧传字辈里,民国名伶当属顾传玠。但顾传玠早早弃伶,如流星一闪而逝,空留若干佳话。周传瑛则以技艺见长，念白有力，身段飘逸，善于刻画人物，且苦心延续南昆一脉，后以演《十五贯》中的况钟名世。汪先生得周传瑛之真传，在说艺及回忆文章中时有念及。在一篇谈《拾画叫画》的文章里，周传瑛给汪世瑜讲解"雅、静、甜"，为"在淡雅的风格中透露出炽热的痴情，在恬静的情调中流露出诗情画意，在甜美的韵味中让人回味陶醉"。此处说的是这出戏的意境，但汪世瑜将这三字转化作昆曲小生艺术的境界与真诀。譬如"雅"，即是通常所说的"书卷气"；"甜"为可爱灵动；而"静"，汪世瑜常以自己的演出史来证之。如初次演出《拾画叫画》，因演出前夜失声而紧张，48分钟之戏39分钟即匆匆而过，后几日再演，静下心来，获成功。又说浙昆第一次晋京演出并争梅花奖，戏码恰在林为林《界牌关》之后，由热闹之武戏转为冷清之文戏、独角戏，甚难。是日他演《拾画叫画》，周传瑛把场，他心极静，平日出场走七步，那日他偏偏走了九步……全力而为。嗣后亦以此剧获梅花奖……

汪先生可说是顾传玠与周传瑛两位南昆正宗小生的嫡传与化身，既展露顾传玠的风神韵致，又深谙周传瑛的沉郁老到。或许他正是从周传瑛追忆的顾传玠里，找到了与自身契合的表演艺术。

二十一世纪以来，由于联合国教科文组织的加持，昆曲成为中国的"非遗"之首。但是昆曲在当代社会的真正复兴，却要数到著名作家白先勇制作的青春版《牡丹亭》。青春版《牡丹亭》自2004年开始巡演，至今已有300余场。最重要的是，青春版《牡丹亭》改变了世人对于昆曲的观念：由陈旧落伍的老戏变为时尚高雅的艺术，从而使昆曲不仅获得了源源而来的年轻观众，而且制造了一个传统艺术现代化的"样板"（白先勇称之为"昆曲新美学"）。

《牡丹亭》又名《还魂记》，百年来一衰再衰的昆曲因《牡丹亭》而遽然还魂。在这场昆曲还魂的戏剧中，白先勇是推手，但还魂圣手却是总导演和艺术指导汪世瑜先生。白先勇说，三顾茅庐请汪先生出任该剧总导演是一个重要的决定，又细数汪先生的贡献，有"丰富原有经典折子""新排折子戏经典化""过场戏趣味化""人物塑造成功"。如今看来，青春版《牡丹亭》虽是新制大戏，但呈现的仍是接近传统昆曲的样貌，这自然少不得全心浸润昆曲又锐意创新的汪先生的功劳。在一次演讲里，汪先生说及《牡丹亭》里柳梦梅见杜丽娘时叫"姐姐"，青春版每演至此处，定然全场哄笑，此乃由大嗓转为小嗓，真声转为假声，当场演示，并说"我要是这么一叫，一定能把杜丽娘从地府里叫回来"。于是满座欢乐。汪先生又常一一解说青春版《牡丹亭》里柳梦梅的12种不同的出场方式，凡此种种，昆曲之还魂确乎有赖于此等精绝技艺之圣手。

　　汪先生原名汪铭育，习昆曲后取艺名为"汪世瑜"。浙江昆剧团的辈分排行定为"传世盛秀"，"世"正是承"传字辈"而启后来人。而"瑜"之命名，大约与"育"谐音，斜玉旁代表小生的行当，"瑜"为美玉之光辉，恰好是昆曲小生风流蕴藉之征象。在大半个世纪的昆曲沉浮里，汪先生于时代汹涌中闲庭信步，如在舞台上迈着台步，与昆曲之美交相辉映。

载《289艺术风尚》2019年3-6期合刊

仁者之"甜"
——蔡正仁先生印象记

于北京凄风冷雨寒雪的深夜里,百般无计消磨,遂打开蔡正仁先生所演的《惨睹》《太白醉写》《乔醋》《撞钟分宫》诸戏录像,边看边重温这些前尘旧梦。

记得大约是2005年夏天,内子携我返沪,她家住在浦东,我们却几乎日日坐地铁、公车至绍兴路的上昆,看他们的折子戏演出,看他们日常的排练。绍兴路梧桐蔽日,颇有旧时上海之风味。其时上昆正在准备去台湾的演出,蔡正仁与张静娴二位先生也在对戏,我们立于二楼的狭窄小层上,静静观看。他们似乎注意到有两位观众,但大概习以为常,也不以为意。一位女演员或工作人员走过来,问道:"你们以前没来过吧?"答曰:"是从北京来的。"她就又走开了。还有一次,排练场里却有很多人,大概是群众演员甚多,我们迟到了,探首欲进,忽出一人拦住说:"看一次两百块钱!"我们一惊,却是刘异龙先生,他招我们进门,说:"逗你玩的。"我们才知是名丑之风。2006年时,我曾撰文提及此月观戏之事,因这些"曲人曲事"均已化作美好记忆。

蔡先生以饰演昆曲小生,尤其是小生里的官生和穷生名世,新近出版的传记即题为《雅部正音 官生魁首》。2012年5月,应白先勇先生主持的北京大学昆曲传承计划邀请,蔡先生在北京大学讲座,我略作介绍,大意是:其一,昆曲的老艺术家们现在被戏迷称作"大熊猫",而蔡先生则是"大熊猫"中的"大熊猫",前一个"大熊猫"指的是珍贵而稀少,而后一个"大熊猫"呢,则是蔡先生经常笑呵呵的(憨态可掬),长得也像大熊猫;其二,蔡先生如今被戏迷尊称为"蔡明皇",因为他的唐明皇演得绝佳,当世无出其右。

翻检当日日记,得如下简录:

> 蔡正仁老师的课笑料颇多,其实,在讲解小生的分类,和《长生殿》故事时,课堂还是颇为冷静的。而到《小宴》和《评雪辨踪》时,便是笑声不断了。是时,先是张贝勒演唱《闻铃》中的一曲,后与沈昳丽"携手向花间",至《评雪》,蔡老师方与沈演示了一番,神情动作皆戏剧化,所以一时出现了很多萌照。

再回想起蔡先生在课堂上所演示的两出戏,一为《长生殿》之《闻铃》,一为《彩楼记》之《评雪辨踪》,一官生,一穷生,皆是他的代表作。这似乎是两个极端,因一是富贵之极,尤其是大官生,多是皇帝神仙(所饰演角色有"三皇两仙"之说),亦是常人所难想象(如民间或戏文所传之笑闻"皇帝用金扁担"及"皇后娘娘烙大饼"之类);

另一则是落魄之极，种种穷形怪状，或是平常百姓。相较来说，穷生较官生易演，因穷生较为常见，且按如今的说法，人人皆感觉自己是"卢瑟（loser）"也。穷生，又名"鞋皮生"，蔡先生讲，就是趿着鞋的，如今生活条件提高，再困难的大学生也会有双鞋吧。所以穷生也难见到了。恰好我读风行水上君所写随笔集《世间的盐》，里面提到一位画家朋友，为画画妻离子散、家徒四壁，整天趿着双破鞋……我便于页间批注曰：此文当与蔡老师阅之，并说"大师您瞧，穷生还有呢"！

官生与穷生似是天壤之别，差异颇大，但在中国传统故事里，却又是可相通的，譬如穷生亦有飞黄腾达之时，成为官生。而在戏箱里，穷生所穿富贵衣，即是百衲衣，却又置放于最上层。其原因，有乾隆帝编演《花子拾金》制富贵衣之传闻，亦有寓以"莫欺少年穷"之民间观念。由此看来，穷生与官生亦是可转化的，亦是古代社会阶层之流动。从蔡先生的传记里看来，蔡先生少年时因擅演《断桥》中的许仙而定于小生行当，中年以后，又因擅演《长生殿》之唐明皇、《千忠戮》之建文帝、《铁冠图》之崇祯帝而驰名。从穷生至官生，其人生与艺术历程恰是如此。自然年龄与艺术年龄呈现出同步之特征，恰似孔子"三十而立，四十不惑，五十知天命……"之说。随着年龄的增长、经验的增加、技艺的提高，而能顺应这一变化，寻找到最佳的表现途径，因而能成就其人生与艺术之"大"。

蔡先生有"好好先生"之誉。因其性格宽和（如其名讳中的"正仁"二字），故演穷生惟妙惟肖，如当日所示范《评雪辨踪》之吕蒙正。又因其气度与嗓音，故演官生亦恰如其分，如前述之诸位"皇帝"。但即便如此，其所饰人物之气度中又显露宽和憨厚之一面，除"皇帝"

外,亦有《太白醉写》之李白、《见娘》之王十朋、《书馆》之蔡伯喈、《乔醋》之潘岳,莫不如是。与汪世瑜先生之"风流潇洒"绝然不同,故一为"官生魁首",一为"巾生魁首",各擅其妙。

蔡先生又号称"故事大王",盖因其人生经历丰富,故事多且谑,常有令人捧腹喷饭之效果也。记得有一次吃饭,同桌多为上昆演员,蔡先生讲起故事,满桌皆笑。只有我因不通沪语,只能看着旁人乐而自乐。但时间不长,就等到了补偿的机会,在那次讲座上,蔡先生即施展了"故事大王"之本色,譬如讲起某次演《长生殿》时,皮带忽然崩断了,而此时戏未完,还需演20分钟。他便说道:如果是京剧就好了,可以站着唱。可是昆曲是载歌载舞呀,一边唱,一边还得配以身段。于是他便左右手轮流按住腰间,如此这般,熬过20分钟。中途"杨贵妃"见"唐明皇"形状奇怪,两人背对观众时说"小话",才知此"险情"。满堂听此故事,都乐不可支。

蔡先生这一辈昆曲演员,出生于民国,于中华人民共和国成立之初学艺,学成之后又遭遇多年蹉跎,待得重返舞台,又面临戏曲之颓势,直至二十一世纪,方才守得云开见日出,不仅见及昆曲为社会所重视,并成为昆曲领域中人所尊崇的顶级艺术家。其经历可谓坎坷多变,但其实又是幸运者,因其学艺恰有机缘获俞振飞及传字辈名师指教,至其晚年,在其人生经验与艺术的巅峰期,又能一展舞台艺术之才能,并留有声影。从近代以来的昆曲史来看,蔡先生这一辈是承前启后的一代,俞振飞、传字辈、北方昆弋老艺人等从晚清接过来的昆曲之灯,历经时代之变与诸多困境,传递到他们手上,而他们亦经时代与社会之变迁,使之仍能薪火相传。在2011年的一次关于张紫东旧藏《昆剧手抄曲本一百册》的座谈会上,我即听到蔡先生的"忧虑"，这是一个有趣的对比。蔡先生说：昆大班时，全国能教戏的传字辈老师只有20人；如今，全国能教戏的还是只有20余人。——历史总是在循环……但继承的折子戏却是越来越少了。

一个是"接班人"问题，一个是"传统与创新"问题，这些都是昆曲领域里时常讨论与叹息的问题。但蔡先生讨论问题的方式不同在于，他不仅是"承前启后"的昆曲表演艺术家中的一员，亦曾是掌管上海昆剧团的"一方诸侯"（为"文革"后上海昆剧团的命名者与创建者之一，并担任团长十八年），这一位置或许使他一方面更多地考虑到昆曲的全局问题，另一方面亦强调昆曲的接受及昆曲的传统问题。在《2012牡丹亭》的争议中，蔡先生与张静娴先生破例发了批评之声，因而引起一场不小的沪上风云。其实，蔡先生之意正在于维护"传统"。也即，经由戏曲萧条阶段之力图获得"知音"之"创新"，而随着时代之变、经验与艺术之积累，而至对昆曲"传统"更上一层的体认。

还是回到2005年的"甜"吧。那一天，内子携我至中国戏曲学院访在此教戏的张洵澎先生，我们先是看她教孔爱萍等青研班学员，又至她所住的公寓闲谈。张先生谈起前些年她的"张洵澎舞台生活四十年"专场，谈起蔡先生遭遇车祸，眼睛上（额头上）缝了一百多针，但还是赶来参加她的专场……这些故事里的"故事大王"，却是别一番味道（这些"甜"，出自张先生之口，似乎都是蔡先生的仁厚之风）。恰巧，张先生曾赠我那次专场的录像。此时此夜，我找出来，放入电脑，影像出现了，待到专场结束时，蔡先生出现在舞台上，彼时鬓发犹黑，手捧鲜花，腕悬短拐……

载《人民政协报》2012年12月17日

中国好声音
—— 张继青先生印象记

念及张继青先生,提起笔来,千丝万缕,如早晨细密而下的春雨,却又不知从何说起。且先记下两句话吧。

与其争论莫言是否应该得诺贝尔文学奖,不如去听张继青。张继青才是真正的中国好声音。

此语出自台湾作家薛仁明之文。我亦曾多次引述。薛兄写胡兰成,并以国学为身体力行,指点"山河岁月"。但在台北书院见到他时,我却盛赞他的"戏曲评论",言差可称"戏曲研究家"了。他问道是哪篇文章,我便道是写张继青的。他又说写过好几次张继青。我回曰,就是最后写"张继青才是中国好声音"的那篇呀。

此语断得有力,如拨历史的弦,可闻铮铮作响。在中关新园,张继青先生与姚继焜先生到北大讲座之前,甫一见面,我便向他们提此句。张先生忙说:"不敢。不敢。"我则笑谓:"因为文学也是声音,所以还是可以比较的。"

莫言获诺贝尔文学奖后,媒体一片热潮,如今似是退却了。但去观某昆曲电影首发式时,主持人刚念莫言之名,台下学生便是惊呼,孰料却是贺电,又是哄笑。由此可知争议已渐被忘却,或将成为"经典"了。

然而,"张继青才是真正的中国好声音"。薛仁明此语破了二妄:一妄是国人迷信诺贝尔奖之妄,另一妄则是电视综艺《中国好声音》之妄。而别开蹊径,回到了何为"中国"之"好声音"的问题上。

一位老师曾在课堂上讲八十年代初看张继青《牡丹亭》,说传言不让再演《牡丹亭》。人民剧场外面都是"黄牛",一票难求。进得剧场,台阶上都坐满了人,一抬腿碰到一个人,原来却是一位相识。还有两个人只有一张票,于是约定一人看上半场,一人看下半场,云云。

讲古的人自是身犹在往昔,但聆听者却能想象彼时昆曲之象。

三十年后,我向张继青先生问起这次演出,她便原原本本道来。譬如《牡丹亭》的幻灯片字幕改词,但是她唱时却未改,依旧照原词来唱。

"但是,有些词确实改过,和原本不一样。"我见过那一版《牡丹亭》录像,便如此追问。

"可能柳梦梅和春香的词有些改了。但是我的没有改。"张先生回答。

1983年的晋京演出是张继青的演艺生涯的关节点。此次演出后,她成为中国戏剧梅花奖首位获得者。而且,张先生言,梅花奖亦是因她而设。初听此语或以为怪，但张先生一一讲来，却是真实，因彼时张先生携《牡丹亭》《朱买臣休妻》进京，为《戏剧报》《戏剧论丛》所邀"推荐戏剧演出"。演出之后，《戏剧报》《戏剧论丛》即设梅花奖，首次获奖者即是张继青、叶少兰等。也即，拨开历史的层累灰烬，仍有蛛丝马迹可寻。

翻读《青出于兰——张继青昆曲五十五年》这本传记，有"诸家评说'张三梦'"，所列王朝闻、阿甲、张庚、冯牧诸人之评说，多是彼时所述，几位先生皆是彼时美学、戏曲界资深人物，文章亦登载于《人民日报》。如以旧时红伶之状比拟之，张继青亦是不遑多让也。昔读张庚《从张继青的表演看戏曲表演艺术的基本原理》一文，因张庚为彼时中国戏曲界之领导人，我本以此文为张庚破国中斯坦尼之迷思，而举张继青之艺术为中国戏曲表演体系之例证，其意并不在张继青。如今看来，张继青的表演却是给张庚以批评之资源与契机，正所谓"张看、看张"，三十年前张庚看张继青，看到的正是"中国好声音"。

张继青先生的特点是纯。正因为纯，所以能成功。

此语出自一次与肖怀德博士的私下闲聊。肖博士原为北大昆曲传承计划的执行者，所学为电影，却随白先勇先生推广昆曲六年，今已赴西域入仕。肖博士曾见诸昆曲名家，偶有评点，真能契中人物之性格。

我见张继青先生亦是如此。初见似需寻个话头，但谈下去却是无碍。譬如我问起她八十年代所演《说亲回话》中《回话》时楚王孙所歌【南小梁州】曲，与《缀白裘》所载不同，张先生便回忆，并轻声

卷三 / 319

唱了出来。惜斯时不及取录音机也。

张先生出身于苏滩艺人之家，在乌镇出生，乌镇彼时名为乌青镇，故名"张忆青"（因总不能叫"忆乌"吧）。因生活困窘，曾作童养媳。去年见张继青先生时，我即言传记中有一事记忆犹新。哪一事呢？即是一人在家中，揭开米缸，却是一粒米也没有，哭了一天。张先生听到此处，便说"不好意思"。

我相信童年之原型影响人之一生。如张宗子于暮年"饥饿之余，好弄笔墨"，所见却仍是繁华旧梦，依旧历历在目。梁谷音先生曾作"小尼姑"，而后以《思凡》名。张继青先生无米，于是有《朱买臣休妻》之"崔氏"。然而却又不仅仅如此。

张先生先习苏滩，后习昆剧，名字亦由"忆青"变为"继青"。"继"字之一代，正是昆曲"传字辈"之下一辈。近百年之昆曲，数衰而不绝，幸赖南方之"传字辈"与北方之昆弋艺人维系。中华人民共和国成立之后，"传字辈"所传较多，于上海有昆大班，于浙江有"世字辈"，于江苏有"继字辈"，因而使得昆曲如今仍有数十位"大熊猫"存焉。

由艺人家庭入戏班，从苏班入昆班，或是"文革"中唱样板戏，张继青一生均寄身于戏班。或可说，是中国传统式的戏班（尽管新时代亦有新特点）造就了张继青，与京沪二地之昆曲艺人不同，京沪为大城市，见闻广，好演员风格亦大气，但失在驳而不纯。而张继青则胜在"纯"之一字，虽常有人评其带苏音，但其风格纯而为一，杜丽娘之为杜丽娘、崔氏之为崔氏，心无旁骛，皆能跃而独立。

观张继青传记，见传记作者（张先生之夫君姚继焜先生为作者之一）言张先生的一大"怪癖"，即演出前不会客，晋京演出亦是提出此要求。张先生还曾言：退休之前，仍上舞台，便依旧每天练唱一个半小时,一般是三个戏,每天都唱《寻梦》。可见其认真之状。

张继青又被称作"张三梦",以"三梦"著称,即《牡丹亭》之《惊梦》《寻梦》,《烂柯山》之《痴梦》。《惊梦》为尤彩云所授,《寻梦》为姚传芗所授,《痴梦》为沈传芷所授,皆是南昆之嫡传。《牡丹亭》《朱买臣休妻》(此戏由《烂柯山》改编)为张继青成名之二出,此为张继青之代表作,亦是其功业。

《牡丹亭》之《惊梦》《寻梦》之杜丽娘为闺门旦,《烂柯山·痴梦》之崔氏为正旦,二者角色不同,表演亦是各臻于其行当之致。杜丽娘之"好"、崔氏之"痴",又各臻其人生之致。张继青却兼擅此二角色,论者常以此说明张继青的戏路广。但又不仅仅如此,因毋论杜丽娘或是崔氏,皆是世间风景,皆是融人生于艺术之中。

《牡丹亭》之杜丽娘,为每一个"闺门旦"的梦想。与张继青先生同时代(或稍早、稍晚)的昆曲演员,多有演杜丽娘之名,如李淑君、洪雪飞、华文漪、张洵澎、蔡瑶铣等。我曾观1986年中国昆剧研究会成立之大会串《牡丹亭》演出录像,洪雪飞之《游园》,岳美缇、华文漪之《惊梦》,张继青之《寻梦》,蔡瑶铣之《问花》,极一时之胜。诸杜丽娘,各擅一妙。张继青所饰杜丽娘之"纯",却是因时势而起,故而最为著名。又出版数种音像制品(如《牡丹亭》《朱买臣休妻》。日人曾邀请张继青演出,并出版《朱买臣休妻》),名声流播国内及海外,亦被称作"昆曲皇后"或"昆剧祭酒"。

昔年曾访一位百岁曲家,谈其曾习《寻梦》并演出,且常有人来学。问及师承,他坦言是据张继青《寻梦》录像所学。听闻后,其一是感佩此曲家心胸之浑然(如《道德经》所言如婴儿之未孩),故多寿;另一便是知晓张继青《寻梦》彼时之传播。

《痴梦》之崔氏，又称"雌大花面"，即是如大花脸一般，音色激越高亢。（查日记，记有张继青此语，并云杜丽娘不可如此）。同时代演员里，有梁谷音、秦肖玉亦擅演，但梁谷音所擅为《烂柯山》之《泼水》，秦肖玉所擅为韩世昌所传北派《痴梦》，亦是各不相同。然兼擅《牡丹亭》《痴梦》之美的昆曲艺人，确乎只是张继青一身。

　　民国时，昆曲大王韩世昌以《游园惊梦》与《痴梦》闻名，时人摘二剧之戏词，集成一联赠之，曰"良辰美景奈何天，破壁残灯零碎月"。如今张继青先生亦擅此二戏，也许是一个巧合，也许亦是一种轮回（昆曲命运的轮回）。"青出于兰"为张继青先生传记之名，兰为昆曲之象征，张继青先生全然沉浸于昆曲，因而得昆曲之纯，因而得其艺术之大。我也借此来描绘"真正的中国好声音"。

载《人民政协报》2013年4月15日

昆曲之儒
—— 洪惟助先生印象记

一日，闲来翻读《曲人鸿爪》，此书为孙康宜教授给张充和先生珍藏多年的书画册所做的"口述历史"，所载皆是"曲人曲事"。至"四一"则时，见有洪惟助先生的题字，云"时有凄风兼冷雨，偶然明月照疏窗，书声伴我意芬芳"。此词虽仅半阕，虽是临时忆旧作所写，读来却颇有兴味，亦引起我的瞩目，因它恰到好处地展示了一位读书人的世界，也可视作读书人之"象征"。

譬如，"凄风""冷雨"之语可让人想起《诗经》中著名的一句"风雨如晦，鸡鸣不已。既见君子，云胡不喜"，明末东林党人"风声雨声读书声声声入耳，家事国事天下事事事关心"之联亦为国人所熟知。在文人的世界里，"风声雨声"多作外部世界的隐喻，"凄风冷雨"亦是"风雨如晦"式的烦扰（有国事家事，亦有个人身世之感怀，如杜丽娘、林黛玉之伤春悲秋）。然又有"偶然"间的"明月照疏窗"可使心胸开阔（卞之琳致张充和诗云"明月装饰了你的窗子"），亦可使人从尘世间暂时脱身，而身入"书声"之"小世界"，因而便有了"意芬芳"的自得、自在之感了。

初次见洪惟助先生是在 2006 年的苏州，正是第三届昆剧节。那时节内子携我，既不耐烦听昆曲研讨会的琐碎言谈，也懒于观看各昆剧院团的新制大戏，彼时印象最深的便是纪念沈传芷先生的两场折子戏专场和台湾昆剧团的《狮吼记》。记得观看台湾昆剧团的戏时，我们在台下中间位置坐定，一位老者上台讲话，即是团长洪惟助先生。远观似肯德基先生之笑容，然其谈吐、语气、神情，却又让我想起另一位我尊敬的北京大学的洪先生，风格何其相似，但一在台北，一在北京，也许从来没有见过，从来不知道彼此，领域也各不相同，一为昆曲音乐，一为当代文学，——这恰恰又似一个基耶斯洛夫斯基的"双生花"故事了。

今之谈及洪惟助先生，多言他于台湾昆曲上之功，有文题曰"洪惟助教授 20 年戏曲之路及其亲践之'台湾昆曲模式'"，更有坊间趣谈，谓其为"台湾昆曲之母"，因曾永义先生与他于台湾昆曲发展最力，故戏谑一为"父"，一为"母"。但我之所感，却是洪先生的文人修养、文人趣味及文人气息（即传统之书生），也更可"围炉"或"扪蚤"而谈，因皆是韵事韵谈。

洪先生为台湾中国文化学院（后易名为台湾中国文化大学）的首届本科生，当日报考时，见报端有学院的招生广告，位于阳明山上，且有宫殿式的建筑，环境似极幽极美，遂报名入读。去后方见，宫殿式建筑仅一幢，为教学楼，学生数百，设施均不尽如人意，但环境仍是极幽极美。早晨上课，云从山谷中升起，渐渐飘入教室，对面人影皆不见,等到云消雾散,发现学生皆不见了。"学生不见"这一句却是国学家辛意云先生所忆,辛先生彼时也在台湾中国文化学院就读,每每谈及,便有此语。

台湾中国文化学院时期可说是洪先生成长的中间时期,亦是关键时期。因入学前,于人生道路、于个人志向或许还只是茫然无定,只是积蓄了一点点因子,如孩提时便聆听父亲与朋友"玩"各种乐器,如对文史的喜好、书法之摹习,其中可作为典范的即是"太老师"。"太老师"为母亲的老师,为彼时台湾有名的诗人,亦是名流。母亲曾携他去求教,请"太老师"教书法与《论语》,"太老师"则给予指点,并让其外甥教他吟诵《论语》,虽则仅一年有余,但于少年世界而言,无疑是一道启蒙之光亮。至今,洪先生仍津津乐道"太老师"的"七绝",有诗书画琴插花……又可作为一证的是,洪先生常谈起"太老师"的花园,有亭台楼阁,有池塘、自己做的花与树……但是,"太老师"花园的面积仅比他在台北的"有四时之花"的小楼大几倍,也不见得很大,为什么在记忆中却是非常之大呢?——大约,并非花园之大、之美,而是在少年之眼中,"太老师"这般非同常人的生活之艺术,显得如此之大、之美,因而打开了少年世界之门。

及至台湾中国文化学院,便是"友朋之乐"的求学生涯,诸友皆爱好且擅长文史,而台湾中国文化学院初创之时,雄心颇大,所聘请皆是良师,图书馆可随意寻书,更有山间小径可供彻夜倾谈。在此期间,洪先生的书法崭露头角,据回忆,入学不久便有一次书法比赛,他以魏碑书写,得艺术研究所评委激赏,却因评委中的外行不懂魏碑而仅获第四名。次年又有比赛,他书以王体,雅俗共赏,便获首奖。彼时洪先生的书法便已超出同辈,并因其影响,班中同学也喜习书法。

而且,因高明、汪经昌等人在学院兼课,亦奠定洪先生在词曲方面的兴趣及基础。二师皆为词曲大家吴梅之弟子,故洪先生亦可算作吴梅之再传弟子。洪先生彼时便听高明讲往事,如卢前为"陪读生",因其在中央大学仅是旁听,后各门课程合格,居然亦被授以正式学位。此种作风似仅听闻于此。后日洪先生撰《词曲四论》,其序便道:"余在少年,而喜读诗。洎入上庠,乃习词曲,暇日吟咏,亦颇自得。当时喜独自登山,偶或涉水;每出游,辄一卷相随;满眼青山,林风吹拂,低吟漫唱,不觉日之移晷。"由此便可知其在台湾中国文化学院游学之乐了。

自政治大学读研究所毕业后,因高明之荐,获中央大学教职,又因他为中文系最年轻之教师,而彼时尚无人教"曲学",故被派去教"曲学"。此后又因"戏剧选"成为台湾各大学两门必修课之一,且台湾"文建会"成立后,洪先生便申请并合作主持其昆曲计划,遂由词之领域转为曲学,其后在昆曲领域开花结果,而成就其功业。洪先生自言其"背负两座十字架":一为"中央大学戏曲研究室",一为"台湾昆剧团",这两个机构皆是洪先生创办并勉力维持运行。

中央大学戏曲研究室源于其《昆曲辞典》编撰计划,洪先生思昆曲为中国文学史之瑰宝,却尚无辞典,遂有此设想。1991年春,因休假,洪先生至南京小住数月,日日与吴新雷、胡忌、刘致中等大陆昆曲研究者交游往还,亦谈及此计划,或因此催生出吴新雷教授主编《昆剧大辞典》之构想,故于2002年,台湾与大陆各出版昆曲之辞典,可谓盛事。《昆曲辞典》开始编撰后,洪先生便在中央大学成立戏曲研究室,并收集戏曲文物。几年之后,其收藏便蔚为大观,不仅为台湾戏曲研究者提供了便利,即使是大陆来客,亦是称羡不已。

台湾昆剧团之前身则为台湾昆曲传习计划,自1991年至2000年,洪先生与曾永义先生共同主持、执行台湾昆曲传习计划,邀请大陆昆剧名家,教授台湾的昆曲爱好者,一共举办了六届。台湾昆曲传习计划对台湾昆曲之影响自不待言,譬如台湾之前昆曲之传播多依赖于徐炎之等曲家,其范围与影响多拘于一时一地、时断时续。而昆曲传习计划之十年,既有大陆昆剧名家之传授,又有媒体之推波助澜,故培养了大批昆曲爱好者,时有"最好的演员在大陆,最好的观众在台湾"之称。更因台湾培养了一批稳定的昆曲爱好者,故而营造出台湾昆曲之生态。昆曲传习计划结束后,仍能良性运转。而且,在传习计划期间,便开始招收"艺生",即鼓励有基础之京剧演员和爱好者来专门学习昆曲,掌握一定的昆曲折子戏。在传习计划结束后,洪先生便组织"艺生"成立台湾昆剧团,是为台湾第一个职业昆剧团。

所谓"立德、立功、立言",诸多昆曲之计划为洪先生之"立功",可谓公论。虽云"十字架",然亦是读书人(儒者)于社会与人生之担当。而且,其所为虽多是台湾之事(亦有为大陆昆团拍摄录像,制作《昆剧选辑》之劳),但其功却不仅仅在于台湾,更是延及大陆。譬如此十年间,正是大陆昆曲之低谷,诸多昆曲艺人或改行、或涉足影视,坚持者亦是辛苦。而台湾聘大陆昆剧名家去教戏及邀请昆剧团去演出,可慰昆曲艺人之心意。而且,2004年之后,青春版《牡丹亭》的制作与巡演成为大陆影响极大之文化现象,然追溯其成功,则其来自港台的制作团队至关重要。且其概念,如"昆曲之美""原汁原味"等……且慢,当我立于中央大学戏曲研究室翻阅其收集的二十余年台湾各报刊之戏曲剪报时,这些语汇常常闪现于眼前,彼时白先勇先生常从美国回到台湾,亦说"昆曲之美",……因此,大陆近年来的

"昆曲热",我以为其部分原因在于台湾昆曲之氛围借青春版《牡丹亭》于大陆的某种释放。而在此过程中,洪先生所主持的昆曲传习计划与之有着虽隐性却很深的关系。

  2012年岁末之一日,我携内子并小女步至洪先生于台北的小楼,果如众人所言,室内陈设雅致,友朋来访,可泼墨、可饮茶、可清谈。室外花园虽狭,然亦是花草琳琅、鱼虫游戏,可知是一位熟谙"生活之艺术"的主人。瞬间我想起了"明月照疏窗",想起了女诗人(洪之"太老师")的花园,想起了那位携诗卷登山涉水而忘返之少年,如持时间的望远镜。

载《人民政协报》2013 年 7 月 29 日

白先勇的昆曲之旅

一 引子

2018年4月10日,校园传承版《牡丹亭》在北京大学一百二十周年纪念讲堂首演。当晚,来自北京16所高校的学子在舞台上演绎汤翁的《牡丹亭》,就如十四年前青春版《牡丹亭》在北大的首演一般,情景如画。白先勇先生依旧在满场的欢呼声中走上前台,欣然谈论的却是校园传承版《牡丹亭》的"人与事"。4月12日,白先勇在已持续九年的北大通选课"经典昆曲欣赏"课堂上,在席地而坐的前排同学之间,纵论"我的昆曲之旅"。

时间无情,从2004年——青春版《牡丹亭》开始巡演的那一年,我与内子初聆是剧(犹忆世纪剧院三层的高高台阶),到如今又已是十四年。思顾随的一句词"遥天一点见孤星。不知人世改,仍作旧时明"。这十四年来,人世变迁,中国社会的状况,以及昆曲在中国社会中的位置与处境,亦有了巨变。青春版《牡丹亭》亦发挥着它的影响,并被认为是二十一世纪以来昆曲发展的重要标志。当我回头再来看白先勇先生彼时的言论,发现他所提出的观念、理想,有很大部分得以推行、传播及实现。再由此回溯,不由得为"历史"中的当事人而感慨,"少年心事当拏云",当此事初起时,可说是有这般的心志;而当尘埃落定后,又能见其因果。这便是我此时此地的"心事"了。十四年来,白先勇先生制作青春版《牡丹亭》及新版《玉簪记》,此后又有新版《白罗衫》与新版《义侠记》,再到近时这石破天惊的校园传承版《牡丹亭》出世,便可知白先勇先生于昆曲、于中国文化之理想,亦可明二十一世纪以来昆曲观念变迁之线索(我以为其变化不亚于民国昆曲与共和国昆曲之变)。更重要的是,十四年来,从青春版《牡丹亭》到校园传承版《牡丹亭》,中国大陆的昆曲之时势、人事与面貌为之一变,历史与现实亦有所更新矣。

二 昆曲

白先勇先生的"昆曲之旅",在我想来,这自然有两重含义:第一是青春版《牡丹亭》的十四年之旅,从策划、巡演至功竟,如世间之逆旅,总有一个实存的轨迹与面目在内(但往往其人及旁人难以识得,故六祖云识得真面目便知"密在汝边")。十四年辛苦,非同寻常,所幸当初之志已逐一成为现实,虽或不能把握它的未来,但毕竟差可慰人意。如今,人们每津津乐道于昆曲观众人群的年轻化,如"黑发多于白发",或是昆曲票房之热,昆曲演出门票往往能一售而空,诸剧里独此一家也。这不仅为人所艳羡,亦提示这十四年"昆曲之旅"之历史势能犹在。因自有"青春版《牡丹亭》热",然后便有"昆曲热"也。

提起白先生的昆曲之旅。白先生往往远则追溯于幼时睹梅兰芳与俞振飞之《游园惊梦》,此乃是种一点因于其心;近则回想八十年代之际初睹上海昆剧团华文漪、蔡正仁诸君之《长生殿》(诸昆剧艺术家如今已成"大熊猫",而在北大之课间,刘异龙亦模仿白先生睹剧后之神态,惟妙惟肖)。及至在南京看张继青之"三梦",感曰大陆居然还有如今精妙之昆曲艺术存焉。此既是怀旧,亦是"昆曲之旅"之始吧。(大约同时或稍后,台湾的教授及爱昆者亦有两次"昆曲之旅",此后便有台湾昆曲之新天地。)2014年我曾立于中央大学戏曲研究室,翻阅其剪报,此剪报尤为难得,如电影回放之一幕幕,而主题便是台湾昆曲之空间,从初创到文化之养成到"最好的演员在大陆,最好的观众在台湾"之评语,再到现今台湾昆团、昆事之繁多。而在这一片热闹里,则常见白先生往返于美国与台湾之身影。台湾昆曲之发展,亦有白先生之推波助澜在内也。

翻罢这些剪报,我便有一个感想,即台湾昆曲经十余年之酝酿所形成之观念(自然亦有白先生的一份),借助于白先生与大陆昆曲艺术家之实践,而光大焉。诸如"昆曲之美""原汁原味""只删不改"等观念之提出,其实迥异于彼时大陆昆曲之观念,而亦成为现今大陆昆曲之主要观念,皆可说是青春版《牡丹亭》影响之所及了。白先生在台湾昆曲之实践,以及形成的诸种观念,又经青春版《牡丹亭》之实践与传播,遂成其大功也。比如,当我读到白先生在策划1992年华文漪《牡丹亭》在台湾演出时的言论,竟发现与如今之言论多有相合,诸多观念其实萌于彼时。因此,白先生的昆曲之旅却是在八十年代初访大陆,迄今已是近三十年矣。三十年为一世,如追寻其间之白先生与昆曲之因缘,自然会有许多趣味与发现吧。此外我还思及"昆曲之旅中的白先勇",这又是另一重意思,稍后再述。

白先生与昆曲亦因人世种种缘分而聚合,譬如观剧,譬如文字与内心中所存的那一份古典之中国,譬如其大志。白先生自云"志向远大,目标崇高"。我在一篇小文中亦以其提倡昆曲与早年欲修水利之志相对应。凡种种果,皆种种因,故百丈下一转语云"不昧因果"。"情"却是白先生之关键词,如文学,白先生的文字处处皆有"情"在,感时伤世怀人,近于张宗子之风也,故多为读者所赏,亦因此有永久之价值。而白先生于昆曲之认知,亦系于"情"字,其访谈云"一个是'美',一个是'情'",此二者可说是其昆曲观念之核心也。而白先生与《牡丹亭》之缘,抑或是《牡丹亭》之"情"已臻于极致,生生死死,三生之石,皆因于"情"。此乃白先生于《牡丹亭》(以及《红楼梦》)于"情"之通感,故能独赏之、独乐之,并以青春版《牡丹亭》一剧,与世间人共赏之、共乐之。而青春版《牡丹亭》之后,又有校园传承版《牡丹亭》,正是承其余绪,又开出一片新天地。

白先生与"牡丹"一词缘分匪浅,如《牡丹还魂》《牡丹亦白》等,既是指涉《牡丹亭》一剧,抑或成为某种象征(如坊间谑称青春版《牡丹亭》为"白牡丹")。但"词与物"意义之变迁或许不尽于此。昆曲之象征为"兰","兰为王者香",故喻为"国色"。"兰"之所名所喻,或来自孔子,孔子于荒芜之谷见兰遗世而独芳,故制《幽兰操》之曲。而人多以"空谷幽兰"作为昆曲之象征也。这一象征或许恰恰迎合昆曲于现代中国之处境,即"一衰而再衰,衰而未绝",仅为少数知音者所赏。

但白先生却喜用"牡丹",此来自《牡丹亭》之简称,然而我却以为凝有白先生之意念,因牡丹之贵气。而白先生出自将军之家,当日亦是翩翩佳公子,故其视昆曲之视角,难免亦携有一种贵气。故白先生盛赞昆曲于其盛世之繁华、之高超、之精妙、之为世界遗产,故白先生制作青春版《牡丹亭》,欲求其美、其精致、其格调、其完美、其与西方之艺术相抗争,等等,皆是由这份贵气。在小说《游园惊梦》里,白先生也给主角昆曲名票蓝田玉安排了一丛牡丹作为象征,而他人则是月季、辣椒、桂花之流。昆曲之为"非遗"之首,复因青春版《牡丹亭》之推广,在中国社会里,亦复归这一份贵气。既异于民国之时流落于城乡之景象,又与中华人民共和国成立后一段时期内附庸于政治之景观有所变化焉。也即,昆曲既有"兰"之孤高,如今又是"牡丹"之贵气。且"牡丹"却是中国人之喜气,也就是"曲高和众"之愿景也。

因此,白先生的"昆曲之旅",正是"牡丹情缘"。前年我编白先生的昆曲言说,命名为《牡丹情缘》,情由正是在此。其名大约亦能反映白先生之于中国文化、之于文学、之于昆曲之意念,亦相应于白先生之实践,昆曲之诸种变化。

三 文人

我曾为文,来谈昆曲如今之时势,谓为"官人、文人与商人",其中"文人"即举白先生与青春版《牡丹亭》。近代以来,昆曲于中国社会之浮沉多与文人相关。我曾拟举四大转折之事件:其一为民初北京之昆曲复兴,其事由昆弋之进京、名伶竞演昆曲、北大师生之倡导昆曲之合势而成,由此既确立现代中国之观念中,昆曲于中国文化之崇高位置,亦奠定北方昆弋班社此后二十余年辗转于京津之基础。其时居于北京之文人如蔡元培、吴梅、齐如山、张季鸾诸君功莫大焉;其二为昆曲传习所之设立,此乃穆藕初、徐凌云、张紫东等沪苏曲家之功也,由此南昆一脉得以接续,并成就百年昆曲之历史。俞平伯在《昆曲将亡》一文中曾云"昆戏当先昆曲而亡",是之谓也。故民国时期,昆曲如昔时王谢堂前燕,但仍可薪传不绝,其文人扶助之功与焉。其三为中华人民共和国初建,因《十五贯》"一出戏救活了一个剧种"。虽是因昆曲迎合政治之时势,却少不了文人之参与及策划,如此剧之改编者,又如田汉、郑振铎、金紫光辈。今人喜谈毛泽东亦看昆曲,如点韩世昌、白云生之《游园惊梦》要带"堆花"云云,而以毛于北大任馆员时曾睹韩世昌之剧也。

其四却在二十一世纪,自2001年昆曲成为"非遗"之首,且因白先生所制作青春版《牡丹亭》之影响,兼以"非遗"在中国社会的体制化,故成其为昆曲之"盛世"。此亦是百年昆曲之于中国社会所能达到的最高"位置"。其中,青春版《牡丹亭》之影响,亦为人所知。我曾言及,虽然国家能赋予某剧种或艺术以资源、以政策,却不能让观众自愿走进剧场,去观赏或喜好这一艺术。故虽然国内"非遗"林林总总,不知几许,然其观众、其推广却大多无甚改观。昆曲之独占风流,青春版《牡丹亭》之功不可没也。而此剧之所以"成功",据傅谨教授说来,一是因白先生之影响,现身说法,招引青年学子入场观剧;二是观者一入场,便觉《牡丹亭》之美,因之入昆曲之门也。故傅教授念兹在兹的便是,昆曲及其他剧种之佳剧颇有之,何独以青春版《牡丹亭》得此功,其秘密何在?癸巳仲秋,我与傅教授曾访苏昆,于其情节一一问来,受访者多言白先生,不仅于策划、传播,剧中诸多环节、细部，小如一把折扇（白先生曾赞张继青"一把扇子扇活了满台的花花草草"），大如该剧之理念、剧情桥段之设置等，皆有白先生之深心在焉。

自近代以来，昆曲之所以于中国社会仍可延续，国中仍得以闻大雅之音，其伶人之坚持欤？其文人之独怜欤？此四事外，文人之于昆曲故事甚多，此处不及备述。唯再说俞琳一事，俞氏曾于四十年代在北大习昆曲，八十年代时居文化部之高职，故倡昆曲，筹昆剧振兴委员会，举办昆曲训练班，昆曲于1986年得一小高潮也。惜后转迁他职，昆曲遂复沉寂也。文人于昆曲之作用，当以白先生最为典型。因其彼时为昆曲之热心观众，又兼以其文学与审美亦是传统与现代交融之理念，且存有昆曲之复兴、中国文艺复兴之理想，及有意志力、行动力实行之，诸多因素聚于一身，名实皆有所归矣。

四 观念

白先生说昆曲谈青春版《牡丹亭》，或他人引用白先生之语，多云"正统、正派、正宗"，言及"传统与现代"（白先生在北京大学、香港中文大学的课堂讲题之一即是以青春版《牡丹亭》与新版《玉簪记》来解读这一理念），又阐释曰"尊重传统，但不因循传统；利用现代，又不滥用现代"。"传统与现代"之关系，可说是现代中国之一大命题。古今中西之间，如何处理，如何融合？既是国家社会之大事，亦是每一个人所要处理之细事。《道德经》云"执古之道，以御今之有"，而另一版本又谓"执今之道，以御今之有"，于此后世皆有妙论，其实莫衷一是。是以可见观念歧义，古来有之。而于昆曲之于当前中国，其观念亦多有缠绕复杂之处。但中华人民共和国成立以来之昆曲,官方多持创新、主旋律、通俗之论,民间则有传统、复古之努力(民间亦是鱼龙混杂,未可一而论之),而八十年代以来的昆剧舞台,尤其是本戏大戏,受彼时其他艺术样式影响,多呈现话剧化、歌舞剧化之趋势,并以之为新。如今从老录像里再观彼时舞台之状,光怪陆离,真不可解也。

青春版《牡丹亭》之出,于昆曲大戏之舞台,可谓为一新,或是全方位之变化。从其昆曲制作之理念,如"原汁原味""只删不改",彼时国中多言"三条腿走路"(即现代戏、历史剧及古典名剧整理,然即使言"整理"亦往往将剧词改为通俗),今时则以"只删不改"为尚;从昆曲演员,彼时以青春版为号召,多有质疑,因中年之后伶人艺更高也。然"青春版"后成为各院团昆剧大制作之基本类型(并以更年轻相号召),青年演员从此成为昆剧舞台之主角;从其舞台美术,青春版《牡丹亭》之美学(实则是白先生之审美),今似已是昆曲舞台之普遍风貌,如其淡雅之色调、细节之雕琢,较之于传统或八九十年代舞台,风光不同矣;从其运作方式,如制作模式、宣传推广方式、展演交流学术研讨出版之系统等等,彼时多令人惊异,今则多为相关团体借鉴之。再如,近时文化部举行热闹之拜师仪式,称为"工程",然此种风尚之肇始,却是白先生主导之青春版《牡丹亭》"拜师仪式",彼时是新闻,今日却是惯事矣。故青春版《牡丹亭》在国家大剧院上演两百场时,我于大厅偶遇总导演汪世瑜老师,问及感想,我即不假思索便云,感觉"古典"。后思之,此感既来自青春版《牡丹亭》之美学,即白先生之"传统与现代"理念之实践,而得之于舞台之简约与美感也。另一则来自对近来昆曲舞台之感,因大陆各院团之昆剧制作,虽其理念有所变化,但一则审美不能统一,支离破碎,常有败阙;二则细节未臻完善,甚或并不在意漏洞百出。究其因,除缺少持"传统与现代"观念且在美学上不可妥协之制作人外,即在于艺术于政治之依附,因其制作之目标不在于昆曲之兴,不在于观众,而在于庙堂也。古兆申先生批评八十年代以来之大陆昆曲在体制内循环之弊即在于此,于今愈演愈烈焉,因新形势下亦有新变化也。

因此,青春版《牡丹亭》之美学,虽亦有可指可点之处,或有更上层楼之余地,然返观之,对照之,却又可资借鉴也。青春版《牡丹亭》之"现代",在青春版《牡丹亭》里,是引而不发的,因诸种现代手段,多是小心使用。其倾向在新版《玉簪记》"显山露水",即如白先生当时所言"琴曲书画"之"昆曲新美学",除古琴是因《琴挑》一出而得之,书画之为舞台美术,之为隐喻象征,在青春版《牡丹亭》中已有设计,而至《玉簪记》则成为主要之特征,几使此剧成为"现代"之剧也。我观《玉簪记》之后,即有感想云:比之云门舞集,又有何差异?此剧实为前卫之剧也。然传统之昆剧观众或不能适应之。又语白先生欲将《玉簪记》排成《牡丹亭》也。因《玉簪记》本一闹热之戏,但白先生却寓以慈悲之意,如《偷诗》中观音画像之凝视俗世小男女,其象征之意昭然。

五 复兴

某日见一戏迷撰文曰"《十五贯》'一出戏救活了一个剧种,青春版《牡丹亭》一出戏复兴普及了昆曲'",初见此语,又思是否言过其实,但考之再三,又觉恰合今日之昆曲时势也。譬如,诸多场合,常见昆曲艺术家或官员兴奋言及其他剧种观众较少且多老年,而昆曲则不仅多且"座中皆黑发"。回想十年前,昆曲界岂不皆是感叹"座中皆白发"欤?我亦在《话题2007》中分析青春版《牡丹亭》所导致之昆曲观念变化,云昆曲在人们心目中的位置"从陈旧落伍的艺术一变为可消费的时尚"。曾闻某老艺术家回忆彼时去菜市场不敢自称持昆曲之业,而某青年艺术家则说打车不便说去昆剧院,而语剧院邻近之某地。可谓心酸也。较之于今日荣耀之状,又是天地倒转也。而昆曲之于百年历史(虽不能与历史上"国剧"之盛相比),也差可称之为"复兴"也。其中,既有国家意识形态之于"非遗"之动员,亦有青春版《牡丹亭》之风行。

白先生曾云传承,即演员需要传承,观众亦需要传承,此二传承,则通过青春版《牡丹亭》实现之。近些年见昆曲爱好者谈到青春版《牡丹亭》,多言由其入门。因睹青春版《牡丹亭》而爱好昆曲,此后或更深一步,喜好传统昆曲及习曲,或以"昆虫""粉丝"而参与昆曲,态度或有所异,但对青春版《牡丹亭》多有一份"初心"存焉。因遇青春版《牡丹亭》,而获此"情"此"缘",而得以充实"人生的艺术"也。如佛家所言方便法门也。白先生力行之昆曲巡演、昆曲进校园(曾云让每一个大学生都看一次昆曲),亦开花结果矣。大约五六年前或更早,白先生又在大学里推动昆曲之传承,如在北京大学、苏州大学、香港中文大学设立昆曲传承计划,在台湾大学亦以其名设立昆曲系列讲座,将以往昆曲进校园之方式由演出变为课程,且这一课程形式,多延请著名昆曲艺术家、学者讲座,且辅以折子戏演出之立体形式,此亦是一大创举,其影响今已日渐彰显矣。校园传承版《牡丹亭》初成,却又是一大转折,拿白先生之语,便是观众的传承之升级,由观众而演员,从看戏到演戏,正是昆曲之传承走向深入之境地的标志。

然而,白先生所言之复兴却并不仅仅是昆曲之复兴。他所寄冀的,乃是中国文化之复兴,而昆曲之复兴只是其始也。也即,因昆曲为中国文化之精粹。因之,由昆曲复兴,而开始中国文化之复兴。这一目标可谓远大,虽其成尚有赖于时势,却可以贯穿历史与现实,以及文学与艺术诸因素。因思之,民国初年,北京之昆曲复兴即被称为"文艺复兴",而于彼时胡适等《新青年》同人所倡之"文艺复兴"相颉颃。而白先生在台大时创办《现代文学》,其实亦有仿效《新青年》而有"文艺复兴"之志也。今之昆曲复兴与文艺复兴,并而论之倡之,历史自是常有山重水复柳暗花明之处,然云水相生之时(如"五四"),则亦有英雄之绮思、才子之慨叹也。

读《西厢》、读《牡丹亭》、读《诗经》《离骚》,读古往今来之一流文字,而与古今之佳人妙人晤谈,是为阅读之乐也。观《西厢》、观《牡丹亭》、观《长生殿》、观《桃花扇》(此所谓"亭厢殿扇"是也),犹之乎与古往今来之佳人妙人同处一室,亦可由此明世事得世理,与古往今来之人息息相通,真乃妙不可言。晏几道云"当时明月在,曾照彩云归",杜丽娘歌"但愿那月落重生灯再红",人世变迁,依旧是那遥天孤星,那旧时明月,照耀着我们。白先勇先生的昆曲之旅,乃是寄寓复兴之志的修行之旅,既有"明月出天山"之云海气象,亦堪比人间的闲庭胜步。

改订于戊戌母亲节前一日

载《文学》(2018秋冬卷),复旦大学出版社2019年

不惜歌者苦,但伤知音稀
——李淑君的人生与艺术

题目里的"歌者"之"歌"却是指昆曲。昆曲作为一种在明代产生的文人艺术和戏剧样式,自晚明至中华人民共和国,有"七死七生"之劫,然又衰而不绝,如禅宗之传灯,故我借其喻,以"持灯"形容昆曲之歌者。又,李淑君为中华人民共和国成立后至"文革"前名声最为卓著的青年昆剧演员,常任侠曾有诗赞"宛转能歌李淑君",在当代昆曲史上,李淑君以"能歌"而闻名,她曾演唱电影《桃花扇》中的全部插曲,听者皆以为"仙乐",而且,至今虽有二十余年不再上舞台,或许已渐被后世之观众忘却,但知者犹留有"好听"之印象。

然而李淑君的命运又极其惨烈,虽然曾在几年间"红极一时",却又因此饱受几十年精神病症的困扰,并黯然告别舞台。或许,李淑君的人生与艺术,可比作诠释"古中国的歌"(此为叶秀山先生言京剧语,但谈昆曲亦可)的持灯歌者穿行于红色年代,这也正是昆曲在彼一时代命运的缩影。

一　从芭蕾到昆曲

李淑君的出生时间与地点,有多个版本。曾见北方昆曲剧院新近出版的李淑君CD（为北方昆曲剧院"名家演唱系列"之一种）,内文介绍说李淑君生于北京,其实误矣。在各种相关辞典上,大多称李淑君出生于1931年或1930年,出生于上海或山东或海州,造成这种状况的原因,却是因为李淑君的身世与经历。

李淑君的祖籍是海州,今属连云港市,父亲曾为伪军军官,抗战胜利后,又变为国民党军军官。在新中国成立后的"三反"运动中逃往香港,辗转至台湾。据说是李淑君向其父通报消息,并亲送至前门火车站,此后亦有书信相询。这一历史自然给李淑君带来了沉重的"包袱"。有一则流传很广的故事说：五十年代初期,李淑君常被召至中南海演出、伴舞,有一次与周总理跳舞时,问及家庭,称父亲是国民党中将,在旁的罗瑞卿便说是个小官,而总理让她放下"包袱"。但是显然,在那个时代,这个"包袱"是怎么也放不下的。直至2006年,当我拜访李淑君时,她已被精神病折磨二十余年,记忆也断断续续,但第一句话却是"你们来给我平反""她们说我是特务"之语,可见其身世对于一生之影响。

李淑君的母亲生长于北京,后被其父纳为姨太太,所以少时的李淑君常辗转于北京、上海、山东、海州、南京等地。可能在不同时期的简历上所写出生地不同,因而造成出生地点模糊且不一。李淑君的出生年份却与她后来从事文艺工作有关。原来,1951年,中央戏剧学院崔承喜舞研班招生，报考年龄限制在20岁以下，李淑君当时正就读于辅仁大学一年级，曾看过芭蕾舞剧《和平鸽》（李淑君回忆说"我太喜欢芭蕾了""中国也有芭蕾了，就放弃了辅仁大学"），老师也推荐她去报考，但是她出生于1930年，年龄已超过，于是改为1931年去报考，并顺利考上，于是出生时间遂从1930年变为1931年。

此处涉及当代舞蹈史和昆曲史的一个重要问题，也即中国古典舞与昆曲之关系。从1949年底开始，华北文工团以及后身北京人民艺术剧院陆续纳入北方昆弋老艺人，如韩世昌、白云生、侯永奎、马祥麟、侯玉山、侯炳武等人，也有刘玉芳等京剧艺人，他们的任务就是将昆曲和京剧中的基本身段、程式予以编排、规范，化为中国古典舞，并教授给剧院的舞蹈队。而早在1944年，朝鲜著名舞蹈家崔承喜在北平流亡时，创建"东方舞蹈研究所"，与梅兰芳、尚小云等京剧名家探讨中国戏曲中的舞蹈。1950年，崔承喜和韩世昌、白云生、马祥麟、侯永奎、荀令香等昆曲京剧老艺人一起合作，请来这些老艺人在课堂上示范生、旦、净、末、丑的各种动作，她则记录并编排了花旦、青衣、武旦的舞蹈教材，还拍摄了《中国舞蹈基本动作训练》的新闻纪录片。舞研班创立后，这项工作依然在进行。而李淑君进入舞研班，也接受了这种由昆曲京剧身段而来的舞蹈训练。

伴随着中华人民共和国的成立，诸多由"新社会"而来的"新艺术"皆在探索、创建之中，除"中国古典舞"外，"新歌剧"也是争论、实验很多。因彼时"新歌剧"有三种路向：一种是以西洋歌剧为模板，予以中国化，如《茶花女》等；一种是以民歌、民间曲调为基础，如《白毛女》等；一种是以中国传统戏曲为基础。所以，1953年，曾有中央实验歌剧院之实体，实践这三种道路，后又一分为三，其中提倡以戏曲为基础之力量组成了北方昆曲剧院。

从1951年至1952年，李淑君在中央戏剧学院学习，接受了各种舞蹈基础训练。从崔承喜舞研班毕业后，又转至吴晓邦舞运班继续学习。虽然李淑君因喜芭蕾而学舞蹈，但最初却以民歌歌手成名。因吴晓邦舞运班常至全国各地学习民间舞蹈，李淑君曾随队去云南学习花灯戏，后又至辽宁海城学习二人转，并学会《瞧情郎》一曲。又因李淑君音色甜美，遂因此曲一举成名。彼时有报道描述说，本来李淑君是青年演员，在晚会中一般排在前面演唱，但由于其演唱《瞧情郎》非常受欢迎，所以戏码越排越后，到了压轴或大轴的位置。因此，如今很多彼时的观众，虽然记不起歌名《瞧情郎》，但是仍然记得歌里面所唱的"大西瓜"，提起李淑君便道："不就是那首'大西瓜'吗？"

此时李淑君的命运有一大转折，就是中央实验歌剧院来中央戏剧学院挑选演员，李淑君遂到中央实验歌剧院民间戏曲团，除继续演唱民歌外，开始学习各种传统戏曲。据李淑君回忆，当时中戏亦挽留，并称可送她去苏联继续学习芭蕾，但是她觉得自己除跳舞外，还有好嗓子，更偏爱"载歌载舞"之艺术，便去了中央实验歌剧院。

中央实验歌剧院的民间戏曲团号称"总戏曲团"，因其目标为以中国戏曲为基础创建中国之新歌剧，所以只要他们发现哪里有好的剧种剧目，便派人去学。不久李淑君便学演闽剧《钗头凤》，又学习豫剧《红娘》，后来《红娘》中的唱段也成为她的代表曲目。而去福建泉州学习梨园戏《陈三五娘》则记忆颇深，因条件艰苦也。据同去学戏的丛兆桓先生回忆，彼时梨园戏剧团仅有一人会说普通话，他们去泉州数月，虽然听不懂戏词，但仍然"刻模子"学完。回来后在北京汇报演出，台上台下均听不懂。

彼时中央实验歌剧院排演《小二黑结婚》，共三组演员，其中二组所排为今之所见该剧，即以民歌与民间曲调（三梆一落）为基础的歌剧，而李淑君与丛兆桓则另排以戏曲为基础的歌剧，并筹备排演《槐荫记》。

1956年四、五月间，浙江省昆苏剧团的新编昆剧《十五贯》晋京演出，可谓是当代昆曲史上的关键事件。因《十五贯》符合提倡实事求是、反对官僚主义之政治时势，便得以宣扬和提倡，周总理有"一出戏救活了一个剧种"之谈话，随后《人民日报》亦发表《从"一出戏救活了一个剧种"谈起》之社论。此后，昆曲有起死回生之机。至11月，上海举办全国昆剧观摩演出。

此次演出又称作南北昆会演，在上海，由俞振飞、传字辈及徐凌云等老曲家组成南昆代表团，在北京，由韩世昌、白云生、侯永奎、侯玉山等昆弋老艺人，再加上中央实验歌剧院曾学习昆曲的青年演员、中国戏校的毕业生等，组成北方昆曲代表团。在南北昆会演中，李淑君临时"钻锅"学演《昭君出塞》，以青年主演之势出现在昆剧舞台上，从而奠定了此后她在北方昆曲以及昆剧界的位置。1957年6月22日，以北方昆曲代表团为基础，北方昆曲剧院成立。李淑君等歌剧院演员亦转入北方昆曲剧院，由歌剧演员变为昆剧演员。

从芭蕾到歌剧再到昆曲，这一"出身"对李淑君以及同辈昆剧演员影响至深。譬如彼时北京、上海、江苏三地昆剧旦角演员之风格差异，北京如李淑君等出身于歌剧，故表演纯朴大方，演唱多留有歌剧痕迹；上海如张洵澎、华文漪等，受言慧珠言传身教，表演偏嗲，且受京剧影响；江苏如张继青等，亦兼演苏剧，故风格内敛，有地方戏曲之格局。因地域与经历不同，故有此区别。

李淑君之成名亦有另一意义。因中华人民共和国成立前昆剧班社以男演员为主，旦角也多为"男旦"，如韩世昌、马祥麟、朱传茗等。除此之外，仅北方昆弋有张凤云、田菊林，南昆有张娴为"坤旦"。但在中华人民共和国成立后，"男旦"渐被废止，"坤旦"成为昆剧舞台的主角，而李淑君则应时而生，乃昆剧"坤旦"中最特出者，成为北方乃至全国昆剧青年演员之代表。

二 "红霞姐"与"鬼阿姨"

从1957到1966年，可说是李淑君昆剧生涯的"黄金时代"。一方面，她身为北方昆曲剧院的当家主演，主演了一系列有影响的大戏，以此在当代昆曲史上留有声影。另一方面，她的昆曲演唱与表演亦在探索之中，并结合自己的嗓音条件，形成自己独特而富于感染力的风格。

彼时北方昆曲剧院有"五大头牌"之说，据丛兆桓先生回忆，北方昆曲剧院原来的演出场所为西单剧场，后因拆迁，转至长安大戏院。长安大戏院原属北京京剧团所有，大厅中悬挂有马谭张裘赵（马连良、谭富英、张君秋、裘盛戎、赵燕侠）五位主演的大照片，北方昆曲剧院进驻后，便在对面悬挂起更大的照片，亦是五位主演，为韩白侯李丛（韩世昌、白云生、侯永奎、李淑君、丛兆桓）。这一排列应是符合北方昆曲剧院彼时之状况，因韩世昌为民国时"昆曲大王"，为北方昆曲剧院之象征。白云生、侯永奎则依然活跃于昆剧舞台，李淑君与丛兆桓则是青年演员中的主演。

在北方昆曲剧院所编排的一系列大戏中，李淑君皆担纲女主角，而根据不同剧目，由侯永奎或丛兆桓任男主角，譬如《百花公主》，李淑君饰百花公主，丛兆桓饰海俊；《红霞》，李淑君饰红霞，侯永奎饰游击队长赵志刚；新《渔家乐》，李淑君饰邬飞霞，侯永奎饰刘蒜；《文成公主》，李淑君饰文成公主，侯永奎饰松赞干布；《吴越春秋》，李淑君饰越夫人，侯永奎饰勾践；《李慧娘》，李淑君饰李慧娘，丛兆桓饰裴禹……诸多大戏里，最有影响的是《红霞》和《李慧娘》，在批判《李慧娘》的风潮中，李淑君曾发表署名文章《要演红霞姐，不做鬼阿姨》，即是言此二剧。事实上，这两个戏及她所饰演的这两个角色，在当代中国之社会文化中，亦皆具有象征功能。

"红霞姐"出自北方昆曲剧院于1958年排演的现代戏《红霞》，一则是在"大跃进"运动中，确立"以现代戏为纲"之方针，各文艺团体纷纷"放卫星"，京剧院"今年要编八十出现代戏"，而北方昆曲剧院则要"十五天排出现代戏《红霞》"。另一方面，北京彼时正上演歌剧《红霞》，此后又有电影《红霞》，各剧种亦纷纷搬演《红霞》，形成"红霞热"。北方昆曲剧院副院长金紫光等人或因其"歌剧"生涯，以为从歌剧改为昆剧现代戏较为适宜，便提出这一目标。

《红霞》一剧所叙述亦是彼时流行题材，如丁佑君、刘胡兰，亦是新中国所树立之英雄形象。该剧以红霞、赵志刚（游击队）与白五德（白匪）为对立双方，以"红霞"的自我牺牲，最终取得消灭白匪的胜利而告终。报道中所描述的一幕"火红的太阳从东方升起，美丽的朝霞出现在天空。红霞为革命英勇地牺牲了，她的英姿像雕塑般屹立在山头。——北方昆曲剧院演出的《红霞》全部结束"则展示了该剧的象征性。

《红霞》被命名为"新昆曲",其演出彼时被视为古老剧中演出现代戏的成功尝试,故茅盾曾发表诗作云:"新声孰最数红霞,埋玉还魂未许夸。厚古薄今终扭转,关王汤孔太奢遮!"此诗即言及《红霞》在彼时政治形势中之影响。而且《红霞》这一现代剧目的出现,也使得北方昆曲剧院在下乡演出中缺少剧目的状况得到改变,因传统昆曲戏在下乡时较少受欢迎,所以演员多表演歌舞,李淑君亦唱"大西瓜",但《红霞》因采取现代戏形式,题材亦是彼时流行题材,所以演出时颇受欢迎。丛兆桓先生回忆说,在农村演出时,台下常有人拉台上反面人物的腿,如观看《白毛女》之反应。而在保定演出时,台下观众有上千名女孩子,齐声叫喊"红霞姐",这都是演出《红霞》时的极端体验,皆因扮演红色年代之英雄所致。

　　彼时关于传统剧中能否演出现代戏争论不休,李淑君主演的"新昆曲"《红霞》为较早获得好评的现代戏,亦是京剧"样板戏"确立之前的昆剧现代戏之尝试。此后北方昆曲剧院所排演的现代戏,如《师生之间》《飞夺泸定桥》《奇袭白虎团》均受欢迎,其中若干特技也被引入"样板戏"中,北方昆曲剧院解散后,一批北方昆曲剧院青年演员成为样板团及样板戏的主要演员。

　　"鬼阿姨"则是指昆剧《李慧娘》的主角"李慧娘",此剧由孟超编剧,又被康生盛赞,如康生称剧中裴禹的扮演者丛兆桓为"政治小生",并推荐该剧至钓鱼台为参加苏共二十二大的中国代表团演出。《李慧娘》改编自传奇《红梅记》,但如《十五贯》改编自《双熊梦》一般,原传奇情节结构为双线索,《李慧娘》则删去爱情线索,而突出裴禹等太学生与权臣贾似道之间的政治斗争,而贾似道之侍妾李慧娘因赞美裴禹被处死,其鬼魂来搭救裴禹并向贾似道复仇。剧末唱词云"俺不信死慧娘斗不过活平章",即是彼时之政治语汇。与《红霞》不同,《李慧娘》为古典名著之改编,自《十五贯》获得成功之后,此种将古典名著、传奇进行删削,并予以政治化、通俗化,也成为昆剧院团排演大戏的一种路向。

《李慧娘》初演时,有"南有《十五贯》,北有《李慧娘》"之说,《十五贯》《李慧娘》分别被认为是南北昆剧院团的代表剧目。李淑君在该剧中的表现亦广受称赞,譬如她的"鬼步",学自筱翠花,也下过一番苦功。又因彼时很多鬼戏剧目被禁,不能上演,《李慧娘》算是将旧技巧运用于新戏,所以能受一般观众欢迎。而且,剧中的斗争热情与情节结构,亦合彼时中国之社会情绪,故易形成共感。

但在《李慧娘》一剧的演出与运作中,因涉及高层领导人之间的矛盾,所以不仅在报端常有关于"有鬼无害论"的讨论,而且不久就被批判为"大毒草"。这种政治压力虽未直接殃及演员,但无形中依然构成巨大压力。当李淑君正在上海学戏时,就在无意中看见报上印有华君武的漫画,以皮里阳秋之笔法批判"鬼戏"。李淑君后亦因此检讨,表态"要演红霞姐,不做鬼阿姨"。

在《红霞》与《李慧娘》之间,李淑君主演的《文成公主》亦较有特色。此剧因配合1959年西藏平叛而排演,而宣扬千年前汉藏两族之友情。李淑君饰文成公主,开场便是"送别",其景却似《昭君出塞》,而此后"远行",载歌载舞,虽似《昭君出塞》,却又化悲伤为豪情。李淑君的"悠扬的歌唱与细腻的表演"获得了称赞,此剧也被认为是化用旧剧中的程式而加以"革新改造"尝试之成功。彼时话剧、越剧也出现《文成公主》之剧,但评者以为昆剧之《文成公主》甚好。

从《十五贯》到《红霞》,再到《李慧娘》,可作为昆曲在中华人民共和国成立初期至"文革"这一时期的三个标志。《十五贯》为昆剧、苏剧老艺人在浙江宣传部副部长黄源策划下,迎合政治形势,从而使昆曲获得政府支持,起死回生。在昆剧院团的建立过程中,一批新文艺工作者进入昆曲领域,一方面是学习昆剧这一剧种之传统与技艺,另一方面亦抱有改造昆剧之使命。李淑君亦是彼时从歌剧院进入昆剧院中的新文艺工作者之一员。《红霞》《李慧娘》等剧皆是响应政治形势,故一时获欢迎,然而随着政治形势之变幻,命运也随之变化,《李慧娘》由进入钓鱼台演出到迅速变成"大毒草"之遭遇即是一例。李淑君作为这些大戏之主演,一则其演艺工作非常繁忙,二则亦承担盛衰荣枯之压力。北方昆曲剧院解散后,李淑君被调入北京京剧二团,十三年间,李淑君虽也学习样板戏,并在陶然亭公园、香山等处坚持不懈,但再无上台机会,并被专案审查,其身世与演出《李慧娘》之经历无疑是重要原因。

三 八十年代之李淑君及其演唱风格

1978年,北京京剧团内筹备恢复北方昆曲剧院,并成立昆曲小分队,其时举办折子戏演出,因之李淑君才得以重返昆剧舞台,并在演出中担当大轴《千里送京娘》。《千里送京娘》为据《风云会·送京》与同名江淮戏改编的新编折子戏,于1962年由侯永奎与李淑君创演,此后常演不衰,成为南北昆团的常演剧目。在筹备演出中,本来李淑君应是《千里送京娘》之不二人选,但以主演《沙家浜》之阿庆嫂成名的洪雪飞亦想主演《千里送京娘》,洪雪飞为北方昆曲剧院1958年高训班学员,与李淑君皆列为"北昆四旦",为北昆高训班之主演。后进入样板团,代替赵燕侠扮演阿庆嫂而全国知名。在这一争执中,李淑君因获北京市文化局局长支持而获演出《千里送京娘》之机会。但这一事件仅仅是开始,因在"文革"前,李淑君是北方昆曲剧院的主演,并无其他演员竞争。但"文革"后,随着洪雪飞由样板戏而成名,蔡瑶铣从上海调入北方昆曲剧院,北方昆曲剧院出现洪雪飞与蔡瑶铣竞争之局面,而李淑君则上台机会日稀。

李淑君昔年的一位同事曾言及李淑君于"文革"前何以能成为主演:一是条件好,比如李淑君个子高、嗓子好。二是关系好,譬如李淑君上有周总理等国家领导人之关注,中有剧院副院长金紫光之培养,下有乐队与演员的支持(其夫为乐队队长,与剧院同事关系甚好),因此能成为主演。但是在"文革"后,这些条件都不复存在,而且更年轻更著名的演员的竞争,也使得其盛况难再。

北方昆曲剧院于1979年恢复之后,李淑君主演了复排后的《李慧娘》及新编大戏《血溅美人图》。在《血溅美人图》中,李淑君饰演女主角红娘子,其唱词虽通俗,但唱腔却婉转优美。因《血溅美人图》之剧亦是迎合时势而排演,彼时中国社会正在进行关于毛泽东思想之旗帜要不要坚持之争论,且姚雪垠的《李自成》亦畅销一时,故此剧以"闯王旗打不打"为中心思想,而介入这一争论中。之后又拍摄为戏曲艺术片,为"文革"后首部昆曲彩色电影。又因电影传播较广,李淑君及《血溅美人图》也较有影响。

在拍摄电影《血溅美人图》后期,李淑君开始显示精神病症的特征,关于其得病原因,说法不一,亦有诸多野史八卦之传闻。但综合而言,一方面是长期的来自身世、演出的压力,这些政治压力同时亦是精神压力,另一方面是恢复建院后,失去主演位置,以及其他主演对她的刺激。譬如在1989年,她联系中央电视台,准备拍摄《李慧娘》录像,已经录音完毕,但因某主演之讥讽,精神病再次发作,录像之事遂作罢。

自八十年代初期以后,李淑君的精神病反复发作,据云在精神病院亦唱昆曲。等病好了,便要求演戏。但或许受这一病症之影响,以及剧院主演竞争之关系,李淑君至此再无主演大戏之机会,仅偶尔演出折子戏《千里送京娘》而已。1989年2月,在北京昆曲研习社主办的"纪念韩世昌大师90周年诞辰"专场演出上,李淑君与李倩影、朱心演出《游园惊梦》,其中李淑君饰杜丽娘,这一演出其实是彰显了其作为韩派传人之标志。但此次演出亦是绝唱,自此以后,李淑君即息影舞台。

李淑君的昆曲演唱风格常被认为引入民歌、歌剧之元素,在她的演唱中,声音高亢、音色甜美被认为是她的特色。在演出传统折子戏《游园惊梦》时,她用F调演唱,比通常所用的D调要高一个半调门,这一举动曾引起争议,譬如有些老曲家认为调门一高,便失去了昆曲的味道,但李淑君却想发挥嗓子好的优点,并认为传统的昆曲唱法调门太低,以致观众难以听清,且容易产生都是一个味道的感觉。这一感受及提高调门之"改革"即带有新文艺工作者进入传统戏曲领域之痕迹。但李淑君此后亦注意学习传统昆曲唱法,并于1962年至上海戏校向朱传茗学习《游园惊梦》等戏的南昆路子。在此期间,录制了电影《桃花扇》的全部插曲。电影《桃花扇》为一部相当昆曲化的电影,其主要配演多为昆剧演员(主演本来也定为昆剧演员,后因故未成),音乐、作曲亦来自北方昆曲剧院。这些插曲皆为昆曲唱段,但纳入梨园戏等民间戏曲元素,李淑君的演唱彼时又正是由带有歌剧特点之唱腔向传统昆曲转换之关口,因此电影《桃花扇》之插曲可称为她在昆曲演唱艺术上的高峰。

四 结语

文末兹录我所撰写的《李淑君源流谱系》,以见李淑君之人生与艺术之概况:

李淑君之于昆曲,亦是彼一时代之倒影。

当日,在新中国的召唤下,一大批新文艺工作者投身于昆曲领域,将之作为自己的事业。

李淑君原为歌舞演员,以演唱民歌和若干地方戏剧目闻名,后因《十五贯》进京、南北昆会演、北方昆曲剧院成立等一系列契机而走上昆剧舞台。

初因韩世昌、白云生、马祥麟诸多北昆老艺人从事中国古典舞的编创和教授,学习了《游园惊梦》等昆曲唱段,在南北昆会演中开始充当主演,直至北方昆曲建院后的十余年间,成为北方昆曲剧院的第一名旦。其时报端有"北昆四旦"之说,为李淑君、虞俊芳、洪雪飞、张毓雯。

李淑君首度主演的剧目为马祥麟所授《昭君出塞》,在建院初期,此戏亦是她的看家戏。

此后,李淑君获韩世昌所授传统戏十余出,如《游园惊梦》《思凡》《刺梁》《刺虎》《百花赠剑》《奇双会》《狮吼记》《小宴惊变》《埋玉》等。据李淑君云,《游园惊梦》虽早已学演,但在迎接建国十周年时,剧院曾挑选多对演员,并确定国庆演出《游园惊梦》的人选。她被选中,因此向韩世昌学习半年,精心打磨此戏。

斯时,北方昆曲剧院有"韩世昌继承小组",李淑君并未列名其间。其中缘由,乃是因李淑君、虞俊芳都是剧院主演,主要任务为演出,但也可随时向韩世昌学戏也。

此外,在彼时演戏时,李淑君常与白云生、侯永奎搭档,耳熏目染,亦是受益匪浅。

1962年11月,李淑君获准去上海戏校向朱传茗学戏,并正式拜师。在上海约有九月,获授《游园惊梦》《断桥》等剧。

以上为李淑君所继承的传统折子戏。

从20世纪50年代到80年代初,北方昆曲剧院所演出的新戏大戏,李淑君大多参与了创演,以《红霞》《文成公主》《千里送京娘》《李慧娘》《师生之间》《血溅美人图》等最为著名,其中,《李慧娘》曾为彼时席卷中国社会之一大事件,时有"南有《十五贯》,北有《李慧娘》"之势。《千里送京娘》亦是南北昆团所常演的保留剧目,直至今日。

李淑君以唱功见长,有诗云"宛转能歌李淑君",她将民歌的唱腔糅入昆曲之中,声音高亢、音色甜美,常被赞为"仙乐"。还曾为话剧《蔡文姬》中的《胡笳十八拍》配唱、演唱电影《桃花扇》插曲,彼时流播于国中,为人所喜听。

李淑君择徒甚严,学生仅有董萍,曾授《游园惊梦》《红霞》《千里送京娘》等剧。自董萍意外身没之后,北昆由"韩世昌—李淑君"所传、在昆曲演唱中融入民歌元素之一脉即已难续。

2006年到2007年期间,我曾访问李淑君多次,此后撰写《歌台何处——李淑君的艺术生涯》(合著)(人民文学出版社2007年版),以及《仙乐缥缈——李淑君评传》(上海古籍出版社2011年版),颇能感受到李淑君之于昆曲的希望与焦虑。今往事已依稀,李淑君也安居于北京近郊某养老院,但其人其艺其命运,亦是红色年代里作为传统艺术之昆曲的遭遇与"变形记",仍可带来某些难以磨灭的话题。

载《传记文学》2011年第10期,题为
《红色年代的持灯歌者——李淑君的人生与艺术》

哀董萍

天色阴霾,坏消息总是接连不断。当我打电话向一位长辈求证时,得到的是微微叹息。

妻站在椅后,听着我打电话。然后问:

"为什么会这样?"

这也是我的疑问。为什么?这般奇特的运命。艺术和生命以如此凄烈的方式忽然终止。

"为什么会这样?"

去年的五月,我们去访问她。关于她的老师李淑君,如何循声寻找,然后又追着教她的故事。

李淑君常说:"我的学生是董萍,我选她当接班人。她的个头、扮相和我很像,嗓音略窄一点。"

董萍也笑着自嘲学戏的糗事一大筐。

比如,骑着单车、背着背包,唱着《游园惊梦》,去李淑君家学戏。太投入。有一次到后,发现背包被割了一个大口子,里面的东西都没了。

比如,有段时间不想学戏,李淑君追到香山她家去教。而她呢,将门一关,躲到山上玩,晚上再回来。

"不要写到书里呀,万一等我成了老艺术家……"

我明白董萍的嬉笑、自嘲和直爽。

她说起自己的经历。说自己的第一个戏是张君秋教的,张似乎还微露收她为徒的意思,可是她年小,依旧是那样没心没肺,过后才知。

她说起昔年在北昆的遭遇。主演是有名的霸道,她便没有了多少上台机会。有一年排《长生殿》,本来她是B角,可是有一次排练,被主演听见,就被撤下了。连排练的机会都没了。无奈,就向李淑君学《红霞》。

她说起和李淑君的相遇。李淑君也讲过,说是在东北演出时,她练声,被丛兆桓听见,"这声音怎么这么像李淑君啊?我还以为是李淑君在唱呢!"李淑君听说后,去找她并教了《千里送京娘》。

我看过好几次她演的《千里送京娘》,大方之气度略似李淑君。时不时飙的高音则常会赢得满堂喝彩。

当然她思忖自己的不足:我和李老师一样,嗓子还可以,情感的细腻度不够。比较适合正旦戏。所以在那次访问时,她说以后准备多挖掘正旦戏。

她谈起正要彩排的《女弹》,开玩笑道:女儿跟院长说,不要让她排了!因为,她一边开车一边唱,声音压过喇叭声。一次等红灯时,听到有人敲车窗,原来,已经变绿灯了,她还在尽情唱,全然不晓。(我这才知道,她是单亲妈妈。)

她谈起刚学《芦林》时的八卦。

她谈起自己的病。一种无法根治的疑难杂症(名字我没记住)。一演出就犯,只能躺着。

我们还说起北昆的风水,老话题,不利旦角。李淑君、洪雪飞、蔡瑶铣……

她大大咧咧。她说,有时别人问她为什么这样。她则对答:要知道,我的老师是李淑君。对方遂无语。

去年年末,我正要将书稿交给出版社,她听说后,说要给李老师写篇文章。于是,急急地赶写了。我记得,在冬天,北昆的小院子里,她打开车门,发动马达制暖,然后将她和李淑君的合影递给我。旁边走来剧院的同事开玩笑,讨论车的好坏。

在传媒大学看完《琵琶记》,本想去后台瞧瞧,结果主演们被学生团团围住。

过年她发来短信,我愿她来年多排好戏。震灾时,她群发了地震短信,大致意思是保重身体吧。

给那位长辈打电话时,他说:三天前。八达岭高速辅路。本来她要担当一部新戏的主演。

她的女儿正好今天高考。

李淑君的女儿说:感觉李淑君对董萍比对她好,因为李淑君把董萍看作是自己艺术上的继承人。自己不能演了,董萍就像在延续她的舞台生命。

据说,在李淑君能出门时,到长安看董萍的《西厢记》,泪流满面。

妻问:李淑君那儿,大概不会有人告诉她吧。

…………

写至此处,更有何言道哉。只以此片段纪念那些片光流影。慰藉那些痛苦而心碎的灵魂。纪念董萍。

戊子端午于京东

红楼梦·高腔·张卫东

大概有一段日子了吧,张卫东先生打电话时说,在帮《红楼梦》剧组弄里面的昆曲,也弄了点高腔,到时给我看看。

"《红楼梦》里的高腔,是'封神'吗?"

"就是那个。"

去年9月12日,内子发了几张小女的照片给他看,有贺中秋之意。张先生也于今年的9月12日晚"re"了这封信,照例还是有打油诗:

> 又是一年秋叶红,
> 晗犀两岁春华荐。
> 唐槐桂树移月影,
> 京东古渡育芝灵。

云:"一眨眼又是一年秋,去年9月12日一晃就过去了。好日子过得快,苦日子过得慢,相比之下育儿的三年是最漫长的……"

在信中附了几张剧照和一支曲子《斩将封神》。

上次信中的剧照就显示张先生将生旦净末丑几乎包了个圆,因此回信说"过足了戏瘾啊"。这次的剧照又有扮瑶芳公主的,大概应该算是武旦。还有两张扮姜子牙的剧照,白髯飘飘、剑拔弩张、神情凛凛的样子。

今天早晨,本来在看默温写行吟诗人的《五月之诗》,想来点背景音乐,就点了张先生的《斩将封神》。

孰料道,点下去后就收不回,书也废置于一旁不观。

这是一段高腔,除了大锣的大开大阖和少许鼓点外,就是独唱了。

只听得一个苍劲的声音,仿佛有高台上的回响(曲中有去往高台封神之念白),而轰隆轰隆的大锣又增加了其惨烈与威严。悲高楼之多风兮,似乎又回到了那远古的神话之地……

可惜没有高腔中的帮腔,大概是做不出或没有做这部分吧。

几年前,朱复先生在讲"心香一瓣祭高腔"时,也唱了几段高腔,有《青石山》《敬德钓鱼》里的曲子。说是八十年代去高阳,在村里找一位会高腔的老人,村里人告诉他,正在等死呢。在炕上录了几段,等下次去时,人也早就没了。

他讲,唐山地震时,在街头帐篷里找到韩世昌,韩世昌还念叨着恢复高腔,但不久便去世了。韩世昌原是出身高腔武生。

偶读旧报刊,看到齐如山在三十年代组织高腔演出的消息,适时昆弋社的高腔家伙就已不全了,后来从喜好高腔的票友那里借了一套,凑成了一场观摩会。

张先生在北昆学员班时的教师陶小庭是昆弋名角陶显庭之义子,也会很多高腔。据说,当时周万江先生、张卫东先生等人都曾学过一些。在陶小庭离开北昆回家乡时,傅雪漪先生也赶去录过一些录音。

这些,再加上侯玉山先生晚年录的高腔。大概就是北方昆弋社所遗存的高腔了吧。

休管休管,再来听一段《封神天榜》中的《斩将封神》吧。可以忘忧,亦能欢愉。

2009 年 9 月 15 日

听张充和的故事

充和女史已是我们这个时代的"民国传奇"之一种了。

前些时候,在豆瓣网站上看到名为"听张充和讲故事"的同城活动,刹那间有些激动,还以为张充和到北京来了呢!尽管知道不太可能,因为毕竟是百岁老人呵。再看活动内容,原来是听耶鲁大学的苏炜教授讲张充和的故事,还奉送欣赏大提琴演奏的节目。

其实,我觉得,不如请北京的曲家曲友去唱上两曲呢!笛声响起,方能与"天涯晚笛"的气场相应和吧。

苏炜教授在耶鲁有地利人和之便,常常"听张充和讲故事",也一篇一篇写张充和讲的故事,于是便有了一本叫作《天涯晚笛——听张充和讲故事》的书。

我很快得到了这本书。书架上除了《曲人鸿爪》《古色今香》《张充和诗书画选》《名作欣赏》的"张充和"别册之外,又添了一件张充和的"宝贝"。当然,市面上还有《张充和手抄昆曲谱》,惜价昂。

这些书形成了一股不大不小的"张充和热",汇集到方兴未艾的"民国热"中。而在地球那一端的张充和呢,有一次听朋友讲起,说她年纪大了,谁谁谁都不太认识了。而另一次,另一位前辈则反驳说,她不是不认识了,而是装作不认识,因为想清静……

但是张充和的故事仍然流传出来,大概有两个主要渠道,一个是昆曲圈,一个是汉学圈。先说昆曲圈,张家兄弟姐妹大都喜好昆曲,早一辈的"曲人"(爱好昆曲、研究戏曲等)常相往来,《曲人鸿爪》里的曲人曲事可见一斑。而且她在美国教了很多年的昆曲,在网上视频里可以看到,美国的海外昆曲社给她庆寿,她还唱了昆曲。有位香港曲友质疑她"跑调",立即被群起而攻之,以为"不恭"。

再说汉学圈,且不说她的夫君傅汉思教授是著名汉学家,就拿这几本书的作者和编者来看,孙康宜、白谦慎、苏炜,均是美国汉学界的有名人物,与之缘分匪浅,……写至此,忽然想起有些趣事确乎出自他们之手,譬如我写过这样一则札记:

> 昨晚收到杨早兄参编的《中堂闲话》,今晨方展卷,便见有"访"与"道"张充和女史之二文,录充和女史隽语趣闻甚多。略举三事:其一,苏炜访张充和时,见其谈郭德纲、潜规则、男色消费云云,惊叹"update",其实是因张氏读《话题2006》所得,而《话题》为杨早兄所编,后曾请张氏为《话题》题签。其二为怀抱一部《四部丛刊》于兵荒马乱中去国赴美,此事亦可牵出彼时文化古城之可爱处(如"一种风流吾最爱,六朝人物晚唐诗"),细节暂略,有意者可寻是文。其三为张充和言唱昆曲勿要嘴张

得太大,其友善唱但有此病,张氏笑言:给你扔一块狗屎进去。仅此一语,便可梦见百岁老人张充和之今昔风影也。

在《中堂闲话》里读到的这篇文章便是苏炜所讲的"听张充和讲故事",如今亦见于《天涯晚笛》。除此之外,像张充和谈与沈尹默的因缘、谈胡适所题那首诗为人误传替情人送信之事、谈与卞之琳的关系,陆续在国内刊物上读到时,均是抱有很大的兴趣,而且很快就更新到头脑里的"民国人物八卦野史库"里了。

读上述诸书,艳羡诸作者之余,也曾想及,如《曲人鸿爪》《天涯晚笛》,似乎是以一种别出心裁的口述史方式,前书以诗书画证史,揭橥了一段波澜起伏、惊奇曲折的昆曲的艺术史和社会史;后书则是娓娓道来,围绕着张充和的民国文化圈得以呈现,这亦是民国气质及神话之一种。

但与平常以访谈自述为主的口述史相比,这种方式虽然于听者、读者都有兴味在焉,但最大的问题在于,这一方式往往受制于撰写者的程度。譬如张充和之素养在于诗曲书画的中国传统文化,而听故事、写故事的人,如果没有相应的程度,或许会"听不懂",或许会无意识地漏掉更有价值的东西,或许会误解和"低解"。

在《曲人鸿爪》里,作者通过张充和的讲述,以及搜集资料,来撰写"本事",但也会因对昆曲的"人和事"缺少了解,偶尔出错。再如《天涯晚笛》,作者亦见识了张充和生活的诸多方面,书、画、墨、曲、古琴、民国人物……但每每涉及至此,便多只是惊讶、感叹了。

在诸多名人逸事中,我最感兴趣的是卞之琳与张充和之事。卞之琳追求张充和而不得,可谓举世皆知。闻一多曾称赞卞之琳不写情诗,然而卞之琳写的诗很多其实是情诗,而且是写给张充和,只不过"隐藏得很深"。当张充和讲给苏炜听时,"朗声"笑说从来没和卞之琳单独出去过,"连看戏都没有一起看过"。

我相信卞之琳与张充和之间气质的"不搭",一个是敏感"酸的馒头"(sentiment)的新诗人,一个是爱玩会乐的富家小姐,估计是谈不来的。但是卞之琳曾在一篇文章中回忆,曾和张充和一起坐马车去看北京的昆弋班的戏。难道这真的只是诗人的幻想吗?

我倒是有几个证据证明卞之琳不全是幻想或乱想。其一便是卞之琳写到当年昆弋社的戏台旁挂着一副对联"不惜歌者苦,但伤知音稀",这副对联已见于当时的报刊及今人的回忆了。其二便是卞之琳在小说《雁字·人》里写到男主角与女主角(其实是他和张充和)讨论"艺术的精神",除诗书画外,还大谈昆曲,即女主角边表演《出塞》,边和男主角谈论这出戏。而他们谈论的细节,如唱词、角色、身段,和民国时昆弋班所演《出塞》一模一样。非身临其境,及多次观看,不能道也。

还记得王世襄夫人讲的一个"笑话",大约是说王世襄年轻时吃喝玩乐,而她哥哥用功读书,结果吃喝玩乐的成了"国宝",用功读书的则没什么成就。在中国文化里,"吃喝玩乐"皆是文化,王世襄并非"玩物丧志",而是"玩物成家"。张充和亦是中国的闺阁传统的现代之"形",她所散发的其实亦是中国传统文化的绝大能量,苏炜教授撰写的这些故事,虽然多少打了些折扣,但我们依然能感受到这种力量和气息。书的附录图片里,苏炜将自己在大陆偶然获得的某琴与张充和藏的查阜西所赠"寒泉"琴并而列之,读罢真是令人有不胜唏嘘之感了。

载《人民政协报》2013年11月18日,题为《听张充和讲故事》

桃花鱼

张充和有一首词《临江仙·咏桃花鱼》,其中有一句:"愿为波底蝶,随意到天涯。"这首词写于1943年,而此句也流传较广,洵为名句,如她的另一句"十分冷淡存知己,一曲微茫度此生"一般。

此句一则是意象鲜美,如词前小序云"嘉陵江曲有所谓桃花鱼者,每桃花开时出,形似皂泡。余盛以玻璃盏,灯下细看,如落花点点……""桃花鱼"即形似桃花之小鱼,于桃花盛开时出现,这种意思与意象,简直活脱脱从中国古典诗词中走出。一则是此句似乎预料了张充和此后的命运,"随意到天涯"(异文为"随梦到天涯",但"随意"比"随梦"好)或是远嫁美利坚之兆。想起彼时有人称张充和将嫁给"胡人"而引起张充和的不快,以及卞之琳在自传式的小说里写及和张充和谈论《昭君出塞》之情景,有一饮一啄皆前定之感。还有一则,是她的人生态度,如在繁华之外的"落寞",如桃花与桃花鱼的映照。世人皆赏桃花,但张充和独识桃花鱼之美。而当世事的繁华落尽之后,显露出来的或许才是"真人"。

关于张充和的传闻野史甚多,见诸民国及今人的笔记文章,甚至她在美国的"朋友圈"也不时将他们听到的张充和故事传播出来,譬如苏炜写的《天涯晚笛》、孙康宜编撰的《曲人曲事》等。但是张充和本人写的文章却较为少见。我甚至一度以为张家四姐妹虽都是民国闺秀,但文章并不一定佳。这一印象是从张兆和的小说、张允和的散文得来的。

近期读到的《张充和诗文集》《小园即事——张充和雅文小集》却完全改变了我的看法。《张充和诗文集》由白谦慎编就,白谦慎对于国内的艺术史爱好者来说,早已是大名鼎鼎,关于傅山和吴大澂的研究,将艺术史与政治史、社会史结合起来,写出了既有开创性又有吸引力的著作。而白谦慎到耶鲁教书法和研究艺术史,却是因为张充和的推荐,缘分匪浅。在书前的《编辑始末》里,白谦慎也叙述了编辑过程之宕延与不易。

读此书最大的惊喜,还是读到了张充和如此之多的文章,因张充和的诗词,虽未窥全貌,但还是可以偶然遇到,如那首《桃花鱼》。但散文,除了后来零星的几篇,在二十世纪三十年代因编副刊而化名写的诸多散文,一股脑地端出来,还真是难得且意外的福分了。

虽然这些文章是张充和少女时代的产物,但气息活泼,写法圆熟,一个和她的民国旧照相似的形象跃然纸上,——我说这句话的意思确实是文如其人。而且,我觉得最大的优点是艺术感,这些文章虽然大多是短制,但是文字、节奏、文体感觉,乃至内容,都给人一种综合的印象,也即是可作为一件完整的艺术品,即使只是文字。

因为张充和爱好昆曲，我便留意里面写看戏的情节，结果还真找到了两篇半的样子，其中，《看戏》一篇写道"生旦是宋元的工笔仕女，付丑是当代的漫画。漫画所抓住的一点也正是小花面所要抓住的一点"，结尾又批评"只知道应该如何涂上生旦的脂粉，唱着付丑的戏，如何开着包公的黑脸唱着曹操的戏，如何把台步走得庄严美丽，如何把局面应付得周转"。看着这些，可以忍俊不禁。也不禁佩服张充和在各种艺术之间、在艺术与生活之间的那种均衡感了，所以文章也写得很有艺术感，老到且动人。

花了几天时间读过《张充和诗文集》，再回头去读《小园即事》，这本书其实出版还要早上将近两年，是"百岁张充和作品系列"里的一本。所选文章倒是差不多，主题部分还是张充和化名所写的那些随笔，但是编者王道在每篇文章后都撰写了"编注"，好处是能够了解文章的背景或相关知识，即使和文章不太相关，也可了解编者眼中的"张充和"，缺点可能是常常会被打断，少了阅读《张充和诗文集》时的整体感。

我很留意书中提供的张充和旧照，尤其是在北平读北京大学时的照片，有头戴小红帽骑自行车的身影，有在西山或别的什么山的留影，脑中蓦然想起的，除了张充和数学零分上北大的佳话，还有卞之琳写的一起坐马车到前门外看昆弋班的戏的情节。

说起来，张充和的这些"少作"之所以能被找到，被整理，及至面世，还真少不了卞之琳的功劳。张充和的散文，最早的收集整理者就是诗人卞之琳了。在《张充和诗文集》的插图里，就有一张"卞之琳手书他收集的张充和旧文目录"，除了写明文章题目、日期、笔名外，还将这些文章分为小说、小品（抒情、写景、忆旧散文）、杂感三类。

卞之琳的文章里，除了看戏、谈艺术，还有保管张充和的昆曲唱片、偶然拾得并保管张充和的旧墨，等等。可见用情之深。再想起闻一多曾称赞卞之琳不写情诗，但其实卞之琳写的诗大多是情诗（诗集也题献给张充和），可莞尔之。

1971年，张充和又翻检《桃花鱼》词，念及"昔咏鱼诸故旧大半为鬼，余亦凋瘁。奈何！"于是又续写了一首《桃花鱼》，句末云"最难沧海意，递与路边花"。

今日是中元节，《桃花鱼》中人皆已故去，读者大概都可归属于"路边花"吧。历史的人与事空留了许多文字与追想，如吴宓诗"文藻空存异代思"，此文亦由是而撰也。

丙申中元

载《中国美术报》2016年11月28日，题为《愿为波底蝶，随意到天涯——张充和佚闻随感》

花开阑珊到汝
——《京都昆曲往事》后记

本书中这些篇章的辑录,最早的机缘始于2005年,斯时"少侯爷"还能在台上"唱不断的流水,送不完的京娘",周万江先生也偶现舞台,继续充当《刺虎》中的那只虎和《扫秦》中的秦桧,丛兆桓先生在北大讲堂多功能厅的演出前"帅帅的"讲解折子戏……不过没几年,这些便都成为陈迹、成为念想,舞台上开始活跃的是"青年演员展演"。

这或许是一个时代的尾声。此一时代,是自昆曲登上京都舞台的四百年,它曾盛极一时,成为明清两代的宫廷艺术,并向全国扩散,"家家收拾起,处处不提防"。它也曾衰微至极,即使辗转于城市与乡村之间,亦难有容身之地,"不惜歌者苦,但伤知音稀"。一脉相连,生生灭灭,命运无常,最近的一剂猛药是联合国送来的"人类口头与非物质文化遗产"。

书中"现身说法"的几位先生,与我的缘分大多是由2006年我与内子一时热心而举办的"昆曲之夜"系列讲座而起（唯侯少奎先生是因观剧）。记得最早是朱复先生，其时朱先生在中国传媒大学给戏剧戏曲学专业的研究生开昆曲课，我听到消息，推开课堂的门，见到了一个似乎熟悉的身影，回去翻看若干昆曲纪录片，才知朱先生常有出场。朱先生递来的名片是一个机械厂的"退休工程师"，在课堂上讲起昆曲课来却比教授还要"教授"。君不见有评说在此：

> 他虽年逾六十，要是批评起昆曲现状能像十六的小伙子那样率真，不是义愤填膺怒满胸襟，就是怒发冲冠张牙瞪目，听了他课无论什么人都会感动。可是他教起曲来却既细致又和蔼，也很严格，不少学生听了他的课都纷纷写起了昆曲毕业论文。

除授曲之外，附带说一句的是，朱先生虽非正途学者出身，但对学问之认真、严谨，常常让人不由得感叹。他亦自持曲家之尊严，撰《自述》云愤于"昆曲事业在国内、国际南辕北辙，传统艺术遗存，因之泯灭殆尽，势已不可挽回"，"意决淡出曲界、独善其身，自我了结"。朱先生唱曲专研俞派唱法，嗓音宽厚，韵味绝佳。一曲《闻铃》，写此文时犹在耳际。而《忆王孙》一阕，至今我仍能效颦哼唱几句也。

侯少奎先生一向被尊称为"少侯爷"，由此可见其在戏迷心目中的地位。他身材高大，嗓音清越，舞台上亦威风凛凛，为当世武生中少有。人称"杨小楼的嗓子，尚和玉的功架"，美誉虽或过之，但感觉却有几分神似。我喜听其《刀会》中"驻马听"一曲，"这不是水，这是二十年来流不尽的英雄血"，一唱三叹，台下聆之，不禁热血沸腾。深夜赏玩，又顿觉"风月消磨、英雄气短"。与朱家溍先生唱此曲之雄浑，直是两个世界之极致矣。"少侯爷"初看有北方式的粗豪与排场，其实心思却是细腻，读其叙述与妻子之往事，亦是情深意长而难忘。曾与内子同访其亦庄寓所，一开门便有猫狗迎面，原来是从高速公路捡回的"流浪儿"。"少侯爷"爱写毛笔字，爱画画（脸谱画得简直是优美的艺术品），或许真如其戏言，"在台上是武生，在台下是旦角"。

周万江先生与"少侯爷"却是相反，"少侯爷"有角儿的派头，不甚管细事。而周先生却面面俱到、不怕烦琐，为人亦是古道热肠。在当今之昆曲花脸中，周先生亦是特出者，艺兼京昆，且文武六场通透。曾言随团去北欧演出，因人数有限，于是他不仅演戏，还要操持场面，忙得不亦乐乎。周先生功架好，声若铜钟，记得在北大演出《草诏》时，他所饰演的燕王一出场，刚念得几句定场诗，便气撼全场。惜此情此景，今已不复睹矣。

在北大看戏时，主持人介绍到丛兆桓先生，必称其为"老帅哥"，如碰上正好演《林冲夜奔》，又必称他"夜奔"，但此处指的不是他演《林冲夜奔》，而是戏谑他原本出身民族资本家家庭，却背叛家庭投奔革命之"夜奔"。不过说起来，丛先生与《林冲夜奔》亦有缘分，在北昆建院前即演过《夜奔》，而且"文革"中系狱八年，在囚牢中拉山膀练"夜奔"以自遣。丛先生经历坎坷，却因此愈加胸襟开阔、乐天知命。当我得识丛先生时，他早已息影舞台、忙于排戏了，再加上经常思考"昆剧理论问题"。但据一位现身处加拿大的老戏迷回忆，儿时看北昆的戏，对丛先生饰演的小生的印象是有英武之气，不同于一般小生的文弱阴柔。

顾凤莉先生曾就学于"昆大班"，后又考入北昆"高训班"，可谓身受南北昆曲名家之熏陶，邓云乡所写《红楼梦导读》文里提及顾先生。顾先生是电视剧《红楼梦》的导演助理,专门负责全国选角,《红楼梦》中的昆曲片段亦是她一手安排,据邓文云,顾先生跑前跑后,"非常能干"。(说起《红楼梦》中的昆曲,自然《山门》一折必不可少,听周万江先生说,其中《山门》那场戏用的是他的唱,而由北昆另一位花脸演员贺永祥所演)等见到顾先生,方才知道她进入《红楼梦》剧组的缘由。在六十年代,在北昆的《李慧娘》大红的同时,顾先生主演的是另一部大戏——由北京市副市长王昆仑编剧的《晴雯》。"文革"后因在剧院发展不顺,又因王昆仑之怜惜和帮助,得以参与《红楼梦》拍摄,却因此成就了另一番事业。

一日,我买来旧日《晴雯》的戏单,正是顾先生所演,难得的是观剧者还在戏单上留下了自己的观感,在此不免抄录一番,"1963年10月26夜""在大众剧院第2排15座观此剧,开场有四个丫鬟手执鲜花边唱边走,服装多是淡雅各色,顾凤莉姿容扮相是比较特出秀美,极合晴雯风格""饰晴雯的身材年貌,婉似含苞待放的少女,她表演不肯低首奴婢之气概,非常自然恰到好处,唱音也清亮,说白词句念音,好像南方女子非常清明,服装业淡雅宜人"。评完主演,这位观众意犹未尽,继续写道,"此剧各幕布景古色古香令人欣赏有余,昆剧唱句多参加现代文句影以字幕听来句句入耳,佐以后场箫笛口琴,丝丝入扣韵味映然,末场宝玉夜探晴雯,除宝晴二人演唱外,参加后场女子随唱,异音伴歌,别有一番哀婉情声,袭人催宝玉走后,晴雯在自家卧室断气瞑目,剧随告终。自7时1刻起至10时1刻剧终、谢幕。因颇感满意,欣然于次日记之"。此段可与顾先生自传文对照观之。

关于张卫东先生,我曾有过如此描述,"他是一个多元身份的复杂的人:演员、曲家、昆曲的保守主义者、传播者,还有老北京文化、旗人文化、道教音乐的传承者……这一身份的多元赋予了他某些迷人之处。"除此之外,似乎还有更多可说,却又一时不知从何说起。想来想去,有不用手机、不骑自行车之趣闻,有在酒后大唱其八角鼓,有组织所授曲社学生正儿八经地按古法办"同期",有各种资深野史八卦……闲情逸致种种,亦是意存高远。张先生在 2005 年发表《正宗昆曲,大厦将倾》的谈话,直指时弊,引起昆曲界很大的关注。2006 年 8 月 18 日,在北大讲堂多功能厅观看张先生与周先生合演之《草诏》,亦可记上浓浓一笔也。

除上述各位先生的口述、传记及文章外,本书还辑录了若干昆弋史料,譬如民初北大学生张镠子之观剧纪实,譬如《北洋画报》所载昆弋班社剧事,譬如昆弋名角陶显庭之生平,譬如"活林冲"侯永奎讲述《林冲夜奔》的表演体会,譬如"活钟馗"侯玉山谈《钟馗嫁妹》的表演艺术,等等。其中,《北洋画报》虽主要记录津门之事,但彼时昆弋班社往返于京、津、河北之间,时分时合,人员亦有流动,畛域之分似并不如今日之分明,或可归属于广泛意义之"京都昆曲往事",因而辑之。

年来手头上常翻的一本书便是《清代燕都梨园史料》,为近人张次溪所辑。在《清代燕都梨园史料》一书中又有众书,有名曰《长安客话》,亦有名曰《消寒新咏》,林林总总,皆为清人所撰赏花聆曲之事。客居京城,长夜无聊,把玩世间舞台种种情态,在寂寞与繁华轮转的无边蔓延中,便有与天地同命、与古今相怜之感。本书虽不能及,亦是追慕前贤,愿为其众书之书,可作如是观也。

己丑年八月初八夜于京东皇木厂
载《京都昆曲往事》,台湾秀威 2010 年

俞平伯与昆曲
——《俞平伯说昆曲》前言

在二十世纪文化史上,除人们所熟知的红学家、古典文学学者、新诗人等称谓与专业之外,俞平伯还有另外一幅"肖像",这幅"肖像"原本比较私人化,随着时间推移,这幅"肖像"并未黯淡色彩,反而愈加清晰。也即,俞氏还是一位具有象征意义的昆曲家。二十世纪五十年代之后,有"南赵北俞"之说,便是指上海北京两地曲界的中心人物,创建上海昆曲研习社的赵景深与创建北京昆曲研习社的俞平伯。俞平伯与赵景深的经历颇有些相似之处,都是少年时为新文学作家,得大名。后在大学任教,以古典文学研究为业,尤倾心昆曲。但二人又有不同之处。俞平伯在北大读书时受吴梅亲炙,后与许宝驯结为良缘,曲学更乃是家学。而赵景深则是在大学执教后,因教授古典文学与戏曲而开始习曲,其夫人李希同亦好昆曲,有"赵家班"同台演出之逸事。

关于俞平伯的昆曲生涯,张允和、王湜华、朱復等俞平伯的友人及研究者已有所叙述。大抵而言,俞平伯之于昆曲,渊源应是来自吴梅的北大课堂。我曾查寻《北京大学日刊》,见及吴梅的学生即有俞平伯之名。但专注习曲,则是在许宝驯的熏染之下,妇唱夫随。许家为书香门第,先世兄弟八人,倒有五位翰林,全家皆擅昆曲。俞平伯伉俪居于清华园秋荔亭(俞氏《遥夜闺思引》序云"过槐屋之空阶,如聆风竹;想荔亭之秋雨,定湿寒花"),延师习曲,创立谷音曲社,与三五同好,"发豪情于宫徵、飞逸兴于管弦",一时陶陶之乐。

俞平伯于1956年创建北京昆曲研习社,担任主委。其后的一桩大事便是排演节本《牡丹亭》,由华粹深整理改编,延请四位传字辈艺人入京传授,整台戏全由业余曲友敷演。排演过程由1957年至1959年,经过多次试演,最终在1959年10月正式公演两场,作为新中国成立十周年的庆祝。此事在当代昆曲史上最是值得一书,因业余曲友串演全部《牡丹亭》,此或是头一回也。1982年后,由于许宝驯去世,又因"文革"时受曲社之事连累,遂不再参加曲社活动。虽则如此,从现今所见的一些资料来看,——如与叶圣陶的通信,后以《暮年上娱》为名出版,谈曲仍是一大宗主题。可见俞平伯也并不能如太上之忘情也。

此次编选《俞平伯说昆曲》,我细细阅读了俞氏关于昆曲的撰述。俞氏谈论昆曲的篇什并不多,在其文字著述里所占比重较少,大约俞氏视昆曲为业余爱好吧。其特点在于,这些文章,他更多是作为一位昆曲家而非研究戏曲的学者来写就,其兴趣、其立场、其专攻大多是在度曲,也即在其研习昆曲过程中的"人与事"以及心得。也正因为如此,为这些文章分类也成为头疼之事,因曲人曲事曲文都是混杂在一起,很难截然分开。因此,我将之勉强分为三类,即书中的三辑:第一辑以曲事为主,如谷音社、北京昆曲研习社、应邀写剧评序论等,虽然关涉曲学,但多是因事而发,故以为一辑。第二辑为曲学,以谈论度曲的文章为主,如探讨昆曲的音韵、唱法、改编等。第三辑为《牡丹亭》,俞平伯曾撰《牡丹亭赞》一文,此文篇幅较长,而且以一位痴迷昆曲的新文学作家的视点写出,实乃一篇奇文。我曾撰文证之为新文学作家探讨"绝丽文章"之作,与其师友周作人废名等人的探求相呼应,惜少有人知也。故以《牡丹亭赞》为主,附上俞氏探讨《牡丹亭》数文,专为一辑。

俞氏对昆曲界的影响最深远之事,至少有二:一是民国时期创立谷音社、新中国成立初期创立北京昆曲研习社,谷音社犹是彼时曲社之一叶,然北京昆曲研习社为京中曲社之集合,可谓彼时曲界之大事。1996年,北京昆曲研习社庆祝成立四十周年,将整理印制的曲谱命名为《谷音曲谱》。另一是为《振飞曲谱》作序,文中以"吴下红木作打磨家具"释"水磨",成为今人对昆曲之"水磨"的"常识"。从俞氏与叶圣陶之通信可知,此"常识"却是出自叶氏。

在俞氏最早写作的昆文里,有"昆曲将亡"之语甚是触目惊心,我最初在《盛京时报》上读及,再读《燕郊集》,发现此文已易名。如今重读,仍能感觉俞氏对昆曲衰落之激愤与痛心也。俞氏又谓"昆戏当先昆曲而亡",又云昆班曲社皆零落,确乎能感受俞氏为中国文化、为昆曲放一悲声也。

以往最少人注意但又最能说明俞氏之曲学的,乃是俞氏辨析字音的几篇文章,如对《琴挑》的"华"与"花"、《游园惊梦》的"借"与"惜"等,俞氏之倾向在于并不专信古书或曲谱,而注重口传心授之经验,如在校正《胖姑学舌》之时,他便言及自身之体会:"前辈艺人,口耳相传,并不专靠书本,固然有些地方不免墨守陈规,而先正典型亦得借以传留。所以工师的传钞本,字迹即使讹错满目,而字音大致不远,不以形求而以音求,往往十得八九。"这些文章,读来感觉俞氏将词曲之学与度曲之道相互印证,每有精彩之处也。

作为一位身处于昆曲衰微时代的曲人曲家,其亲历昆曲的几起几落,然后一切似乎都在走向末途,从少年时代的"昆曲将亡",大半个世纪过去了,但昆曲之命运并无好转,是非成败皆会成空。犹记昔年在定福庄习曲时,朱复先生常语及俞氏,亦是有二:一是纪念俞氏110周年诞辰,说虽然北大及社科院不纪念俞先生,但昆曲研习社办曲会纪念。另一是彼时教曲,必然会拍俞平伯1963年所撰《临江仙》,此处录之:

惆怅西堂人远,仙家白玉楼成。可怜残墨意纵横。茜纱销粉泪,绿树问啼莺。

多少金迷纸醉,真堪石破天惊。休言谁创与谁承。传心先后觉,说梦古今情。

此词虽是俞氏为《红楼梦》而作,但经陈宏亮谱曲,朱先生以苍迈之音唱来,堂中众生合咏,尤其是唱至"休言谁创与谁承。传心先后觉,说梦古今情"便觉古今悠悠,心热情至,而昆曲之运命仿佛系于一身。此景距今又已十余年了。至今思之,不觉惘然也。

己亥四月廿一日于未名湖畔
载俞平伯著、陈均编《俞平伯说昆曲》,北京出版社 2019 年